大鱼

有爱的青春陪伴者

禾刀

著

寻星日记

四川文艺出版社

图书在版编目（CIP）数据

寻星日记 / 禾刀著 . -- 成都 : 四川文艺出版社，
2024.6
ISBN 978-7-5411-6941-0

Ⅰ . ①寻… Ⅱ . ①禾… Ⅲ . ①长篇小说 - 中国 - 当代
Ⅳ . ① I247.5

中国国家版本馆 CIP 数据核字 (2024) 第 075988 号

XUNXINGRIJI

寻星日记

禾刀 著

出 品 人　　冯　静
责任编辑　　范菱薇
特约编辑　　年　年
装帧设计　　刘　艳　孙欣瑞
责任校对　　段　敏
出版发行　　四川文艺出版社（成都市锦江区三色路 238 号）
网　　址　　www.scwys.com
电　　话　　0731-89743446（发行部）　028-86361781（编辑部）

排　　版　　长沙大鱼文化传媒有限公司
印　　刷　　长沙鸿发印务实业有限公司
成品尺寸　　145mm×210mm　　开　本　32 开
印　　张　　11　　　　　　　　字　数　430 千字
版　　次　　2024 年 6 月第一版　印　次　2024 年 6 月第一次印刷
书　　号　　ISBN 978-7-5411-6941-0
定　　价　　45.80 元

目录

目录

♡ 楔子

　　2022 年 5 月 14 日，虽已是深夜，但梧城青浦机场依旧热闹非凡，与之格格不入的是楼上的贵宾休息室。

　　张知陈靠在奢华高档的单人沙发上，视线隔着镜片落在面前的平板电脑上，默默审阅着在截止日期前半小时才发来的研究生论文，原本带着一丝不悦的眉眼渐渐舒展，眼角下垂，显出几分疲态。

　　看完最后一个字，张知陈熄掉电脑屏幕，点开手机微信，按住语音键，低沉的嗓音说出让人如释重负的两个字："行了。"

　　刚发送过去，几乎是瞬间，李啸痛哭的表情包便跟了过来，还不忘配上一句"谢谢老板"，惹得张知陈唇角一松，笑得温和清俊。

　　他的航班在凌晨一点，从梧城直飞奥克兰，将近十二个小时的行程，他特意提前调整了睡眠时差。

　　手边的浓茶已然失去温度，张知陈屈起指节揉了揉额角，指骨重重按在太阳穴上方的位置，留下浅浅的痕迹。

　　这是他放松时的一个小习惯，时间一长，额角那块便留下了一道小小的印记。

　　他抬了抬微僵的脖颈，滑动的喉结轮廓突出显眼，漆黑额发散落，在清隽懒散的眉眼上投出一片朦胧细碎的阴影，配上深灰色的宽松卫衣，显得整个人的气质愈加慵懒随性。

　　一旁同样等待登机的女生从他一进来就没有移开过目光，手里紧攥手机，酝酿着勇气，试图上前搭讪。

　　张知陈却没有给她机会，他摘掉眼镜，熟练地戴上黑色眼罩，生人勿近的意思不言而喻。

　　打扮靓丽的女生脚步一僵，只能讪讪而归。

　　他并没有要睡，只是不想耗费精力应付接下来尴尬的场面。

　　"舒律，我已经帮您预约好了中国向导，落地奥克兰后他就会在机场接您。"一个年轻男子恭敬的声音从休息室门口传来，"那我先走了，祝您旅途愉快。"

被称作舒律的男人颔首："辛苦了。"

沉稳的脚步声由远及近，不一会儿，张知陈便感觉到他身旁隔了一个座的沙发上坐了个人，他下意识地朝着反方向偏了偏头，没放在心上。

舒则刚坐好便从包里取出电脑办公，其间服务人员端来一杯热饮，但被他低声回绝。

静谧的贵宾室里顿时响起沉闷的敲键盘声。

有股淡淡的男士香水味飘来，张知陈几不可见地皱了皱眉，心道律师就是讲究。

口袋里的手机忽然振动，他摘掉眼罩拿出手机。

是费扬打来的语音电话。

他站起身走到窗边角落按下接听键。窗外夜空闪烁着点点星光，张知陈习惯性地观察起星星，刻意放低的嗓音显得越发沉郁："嗯。"

费扬的声音裹着风传来，看来他正在外面："还没起飞呢？"

张知陈看了眼腕表："快了。"

"行，我正好也要接个从梧城来新西兰的游客，到时候一起，你没问题吧？"费扬语气嬉笑，俨然是吃定了他不会拒绝。

张知陈闻言挑眉，下意识地看了眼身后一身黑衣的舒则，轻嗤道："知道了，不挡你的财路。"

"那人指明要去特卡波小镇观星，我一听，正巧顺路，况且有你这位教天文的大教授在，我都不用自己讲解了。"

果不其然。

张知陈无奈："别贫了，到了请我喝酒。"

"没问题！包你费哥身上。"费扬乐呵道，将指尖被风吹得即将燃尽的烟蒂按灭，沉默片刻，语气突然一转，"我以为你今年不会来了。"

张知陈的视线落在天边光亮最微弱的一颗星星上，耀眼的星光穿越遥远的宇宙，隔着数万光年，才能被人看见。

多么浪漫又哀伤。

他眼睫轻颤，没有吭声。

"往年你都提前一周来找我，今年昨天才说要来。"费扬叹了口气，"我还想你是不是终于放下了。"

"费扬，我从没有放不下。"

男人低磁的嗓音给这黑夜蒙上一层温柔的光影，他望着星空，背影颀长孤寂，站在偌大的落地窗前，仿佛背着一整个世界的落寞："我只是想她了。"

费扬不明白他的意思。

"想念她，是让我活下去的方式，就像鱼离不开水一样。"张知陈翘起唇角，眼眸比星光还亮，好似他看的不是星星，而是世上最美好的事物。

费扬有些说不出话来，沉默两秒才朗声笑道："不说了，明天见。"

"明天见。"

挂断电话，地勤人员前来通知登机，张知陈顺势将手机塞进口袋，拿起茶几上的黑色旅行包。他一身休闲装扮，少年感十足。

舒则慢条斯理地合上笔记本电脑，抬眸时视线无意间和张知陈的撞上。待看清男人的长相后，舒则不由得一愣。

张知陈显然没有认出他，礼貌地点头示意，越过他走出贵宾室。

久远的记忆此时从黑暗深处涌现，舒则立在原地，面无表情，但那双陡然变得黑沉阴郁的眼却看得人不寒而栗。

梧大的学子都知道，每年五月中旬，天文系的张教授都会请假一周左右，去向不明，但回来后脾气会变得非常好。这也给各专业选了他公开课的女生上前搭话的机会。

大家印象里的张教授，校园男神，沉稳严谨，对待课业一丝不苟，已经三十岁了，连个女朋友都没见他谈过，更别提结婚了。

活得清心寡欲，朋友圈是中老年养生堂风格，但偏长了张招桃花的脸，又是在躁动的大学任教，不堪其扰的他干脆除了上课，其余时间都待在天文台，彻底成了校园里只可远观不能沾染的风景。

在头等舱坐好，向空姐要了毛毯，张知陈打算一路睡过去，正要把眼罩戴上，刚刚的律师迎面走进来在他斜后方的位子落座。

他并不确定这位就是费扬说的客人，但还是莫名多看了两眼。

眼熟。

这是他脑海里蹦出的第一个想法。

张知陈眉头轻皱，视线扫过男人。

舒则非常白，甚至有些病态，眼窝深邃，唇色很浅，给人一种阴郁难以接近的感觉。

对方仿佛注意到了他的打量，回以一个无懈可击的商业微笑："您好。"

张知陈也自觉这样不太礼貌，抱歉一笑，说："看您有些眼熟，我们之前见过吗？"

舒则表情淡淡，没打算瞒他："张知陈，是我，舒则。"

"……"听到对方叫出自己的名字，张知陈眼尾上挑，盯着男人的脸，脑海里闪过一些回忆。

"高三（1）班的班长，舒则。"

听到男人的补充，张知陈恍然："对，原来是高中同学，怪不得这么眼熟。"

他大方伸出手，"对不起啊老同学，一时间没想起来。"

在张知陈靠近的瞬间，舒则眼底浮现出一丝阴骛，但他掩饰得很好，垂眸瞧着对方修长的手，客气回握："没关系。"

感受到对方冷淡的态度，张知陈没有放在心上。

他高中那会儿属实有些犯浑，和这些成绩好的学霸并不是一路人。

但这个舒则，他有印象。

只是这个印象，不算太好。

两人之后便没了交谈，况且本就不是一路人，成年人心照不宣地保持着礼貌的社交距离。

飞机平稳飞行后，困意逐渐袭来，张知陈吞了颗褪黑素，很快便陷入沉睡。

其间他做了个梦。

刚开始基调很温暖，他好像又回到了今阳中学。种植着大片法国梧桐的林荫道上，他正远远跟在一个女生后面，阳光透过茂盛的梧桐叶，在柏油马路上投射出细碎的树影，落在女生的身上，宛如一段没有终点的长镜头，耳边蝉鸣连绵不断，唤醒了一整个夏天的记忆。

女生背影瘦弱单薄，背着颜色黯淡的书包，瘦弱的肩颈却挺得很直，透着股韧劲，后颈纤长白皙，即使只是远远的一个背影，都能感受到她的美好。

长长的马尾随着她的脚步左右摇摆，每一下都扫在张知陈的心头，惹得他鼻子都酸了起来。

他想追上去，可是脚步却无比沉重，他开口叫她，喉咙却发不出一丝声响，只能看着女生越走越远，直到消失。

紧接着画面一转，阳光陨落，黑暗来袭，他眼前是划破夜空的火光。

四周空空荡荡，只有那个被火吞噬的房屋。

张知陈表情麻木，他还是什么都做不了。

眼睁睁看着，看着大火燃尽，只余一片废墟。

宛如那个人走后，他的世界。

从梦里惊醒过来，客舱安安静静，没有一丝声响，遮光板全都落下，昏暗里，张知陈呼吸急促，他慢慢坐起来，目光没有什么焦点地落在自己的掌心。

他艰难地吞咽唾沫，眼睛酸涩无比，但流不出眼泪。

他已经很久没有梦到她了，今年这是第一次。

张知陈撩了把额发，缓了缓情绪，从随身的包里翻出一个粉色封皮的本子。

本子只有手掌大小，看样子已经有很多年了，右上角甚至有被灼烧过的痕迹，但保管得很好，边角都是平整的。

他像是获得良药一般，翻到扉页，唇角不自觉上扬。

陈旧的纸张上有一行娟秀小巧的字：姜姜的日记。

修长的手指轻轻拂过这几个字，带着珍惜和贪恋。

接着翻到第一页，少女的小情绪扑面而来。

2010 年 8 月 26 日，晴

明天是我正式转到今阳的第一天，希望一切顺利，可以交到好朋友。

张知陈密长的睫毛止不住地颤动，那股在胸腔深处翻涌的思念，不管过了多少年，都无法消解。

不同于国内，五月的新西兰正值秋季。

飞机即将抵达奥克兰机场，张知陈戴上黑色针织包头冷帽，遮住了大半张脸，微微低头，只能瞧见他硬朗的下颌轮廓。

取到行李，背上硕大的旅行包，身高腿长的男人落拓地沿着出口指示牌走出机场，他看着身旁那些久别重逢的拥抱和亲吻，眼底柔和，不禁嘴角上扬，身上那股浓烈的萧瑟感越发浓重。在这个南半球的陌生国度，他是如此格格不入。

由于落地时间比预期的提前了半小时，他下飞机后才临时通知费扬，这会儿只能在原地等对方过来。

舒则拖着行李箱出来的瞬间便看见了站在路边的张知陈，他压了压眉骨，沉着脸走到离他两米远的地方站定。

注意到身旁的动静，张知陈懒懒地撩起眼皮扫了舒则一眼，意有所指地挑了挑眉。

记忆里这位学霸同学，可是出了名的心高气傲，谁都不值得他放在眼里。

张知陈不喜欢这个人，从高中时见到舒则的第一眼，对方那种仿佛从黑暗深处爬出来的阴沉眼神，就让人不适。

于是，两个明明认识却互不搭理的人，在异国他乡的街头，诡异又和谐地保持沉默。

等了一会儿，身着黑色夹克外套的舒则侧身开始打电话，正巧此时张知陈抬眸瞧见属于费扬的白色商务车从远处驶来，稳稳地停在两人面前。

费扬火急火燎地打着电话从车里下来，舒则拿着手机，表情微顿。

"舒先生！"费扬热情地朝他招手示意。

场面一时陷入沉默。

三人面面相觑，张知陈半藏在帽檐下的眼尾，不爽地挑了下。

费扬两年前毅然从投行辞职，背着个包就独自跑到了新西兰，美其名曰要趁着年轻享受生活，但张知陈清楚，这厮就是因为工作太累导致身体大小毛病不断，为了保命才逃到这里。

费扬毕业后就一直在投行工作，那几年在国内积累了雄厚的财富，他并不缺钱，但在新西兰偶尔也会接些带团导游的工作，借此和国内人相处交谈。

这次找他的据说是京州最牛的律师，年纪轻轻就成了律所合伙人。

舒则瞧着费扬那张熟悉的脸，拧眉移开视线，暗自叹了口气。

小孙说的中国导游竟然是费扬。

高中那会儿在学校里和张知陈一样最不对付的差生。

舒则眼神浓暗，极轻地"嗤"了声，觉得自己这趟旅行已经可以结束了。

费扬见人不理他，询问地看向张知陈，对方耸了耸肩，把背包扔给费扬，然后驾轻就熟地打开车门坐进副驾驶。

费扬连忙接住背包，笑着轻骂一声，然后走到舒则面前，熟稔地接过他的行李箱，爽朗道："舒先生，我们走吧。"

舒则心里烦躁，但面上不显，他微微颔首，手握成拳抵住下唇轻咳了几声，借此避免和费扬的寒暄，接着便自然地坐进车里。

费扬神经比较粗，没有察觉到舒则的抗拒和嫌恶，只以为是这位大律师坐飞机太累了。

车子驶上高架，往奥克兰主城区前进。现在已是傍晚，经过十几个小时的飞行，疲惫席卷了车里的两人，他俩都没有说话的欲望，费扬透过后视镜看了眼舒则，"舒先生，明天我们可以先在奥克兰玩一天，后天再乘机去基督城转特卡波小镇，您看如何？"

闻言，张知陈闭着的眼微动，他忽然想起之前在电话里费扬说客人指明要去特卡波小镇观星。

他撩起眼皮看向后视镜里的舒则，不由得想起多年前这位班长做过的事。

一丝阴鸷划过眼底，张知陈抬手将冷帽往下拽了拽，遮住自己的视线。

一直没有说话的舒则习惯性地端正身子，跷起二郎腿，声音很冷清："不用，明天直接去特卡波小镇。"

"奥克兰也很好玩的，不逛逛是不是太可惜了……"

"没事。"舒则冷声打断他，"我不想浪费时间。"

"……"

费扬劝阻的话被堵了回去，他又看了舒则几眼，总觉得眼熟，但也想不起来在哪儿见过。

这人给他的感觉，很冷漠，那双眼直勾勾盯着人看的时候，仿佛隐藏在丛林里的猛兽。

感觉他看的不是人，而是猎物。

费扬不由得在心底小小感叹，怪不得这么年轻就能爬那么高呢。

丛林法则玩得一定很溜。

反观他的兄弟……

费扬无奈地扫了眼再次陷入梦乡的张知陈。

高中那会儿，他以为张知陈是头怎么也不被驯服的狼，可万万没想到。

众人眼里那个鬼神不服、混吃等死的小浑球，竟然会考进梧大，还顺利从哥大博士毕业，成了学生眼里的男神教授。

其实一切转变都有迹可循，只是那个让张知陈变好的人。

再也回不来了。

车子抵达市中心的高级酒店，把舒则送到后，费扬载着张知陈去到他们常去的小酒馆。

酒馆里播放着轻快的乡村音乐，金发碧眼的胖大叔笑着为他们端来满杯的啤酒。

费扬一口气喝了大半杯，张知陈神情恹恹，显然还没从长途飞行的疲惫里缓过来。

"哎，那位舒先生好眼熟啊，我总感觉在哪儿见过。"费扬舔掉泡沫，随意说道。

张知陈按了按额角，轻嗤："高三（1）班的大班长，你这就忘了？"

费扬神情一怔，随后用夸张的语气说道："他呀，我说呢，怪不得脾气这么怪。"

"我记得他当年针对过你吧。"

费扬"嘶"了声，皱眉："因为什么事儿来着？"

张知陈眉眼稍敛，手撑着脑袋，慵懒地看向窗外，天边深粉色的霞云宛如梦幻的泡影，他缓慢地眨了眨眼，哼笑："忘了。"

费扬瞅着张知陈的表情，知道张知陈在说谎，但他了解张知陈的脾气，不想说的怎么逼也不会说，特别那件事大概率还是和那个人有关。

"明天天气不错，月亮也很暗。"张知陈嗓音低沉缓慢，宛如上好的提琴，"运气好的话能看到流星。"

费扬打趣："怎么，大教授还想许愿啊？"

张知陈收回视线，骨感的指节轻抚着杯沿，胸口胀涩："你知道吗，其实有的流星体很小，小到你的手掌就可以轻易地盛下数千颗。"

男人明明没有喝酒，声音却好像已经染上了醉意，感觉光是听着他的声音便能沉醉其中。

"但是它们却能发出明亮而短暂的闪光，它们以每小时 6 万千米的速度冲入大气层，用结束自己生命的方式，来换得如此耀眼的光亮。"

张知陈低垂的眼里渐渐爬上哀伤，周身的气质也变得低迷。

"倔强又凄美。"

费扬看在眼里，无声地叹了口气，哼笑："你说的这些东西我也听不懂。"他把酒杯塞进张知陈的手里，"我只知道不醉不归，今晚你费哥请客。"

"喊——"张知陈弓着脊背，身姿放浪，眉目在暧昧灯光的映照下潋滟生光，惹得周围不少人注目，"那我不客气了。"

翌日，奥克兰的清晨阳光直射大地，秋季舒适的风吹在人身上像是最温暖的轻抚。

三个男人踏上最早的航班前往基督城，将近两个小时的航程相较于昨天只是小菜一碟。

舒则还是那副生人勿近的模样，费扬自从认出他是谁后也没了热情，例行公事地招待他。

吃完饭，三人随意在基督城逛了逛，天色渐暗的时候才驱车去到特卡波小镇。

由于张知陈几乎每年都会来，所以一切流程都驾轻就熟。

特卡波小镇的湖水是梦幻的乳蓝白，周围金色的树木环绕，美得让人舍不得移开视线。

购完上约翰山的票后，三人跟着走进咖啡厅集合，等待凌晨上山观星。

张知陈自己带了专业的单反，镜头焦距很长，足以拍到大部分的星星。他今天特意换上了一身登山服，黑色的冲锋衣，脚下一双添柏岚黄靴，整个人干练运动，兼具成熟与活力。

舒则扫了眼张知陈的装备，目光中闪过嘲讽。

特卡波小镇是世界上首个星空自然保护区，是许多天文爱好者都会来打卡的地方，也不乏情侣一起来这儿感受浪漫。

费扬吸了吸鼻子，裹紧身上刚刚发的羽绒服，瞥了眼周围秀恩爱的小情侣，哀怨地叹了口气。

张知陈没有注意到费扬的小情绪，他只盯着浓郁黑沉的天空，表情认真又虔诚。

时间不知不觉来到凌晨，登上约翰山顶，沿着一条清晰的小路便能走到著名的好牧羊人教堂。

星空成了最好的背景，大地在银河繁星的映衬下黯淡无光。

张知陈走在最后，他痴迷地盯着头顶那片浩瀚的星河，心跳都失了节奏，耳边也逐渐开始朦胧。

仿佛整个世界都消失了，只余他和这片星空。

他下意识地寻找起南十字星，在半人马座的下方，四颗最闪耀的星星连接成一个十字架的形状。

没有北极星的南半球，水手就是靠着南十字星在苍茫的大海上辨寻方向，在黑暗中找到归途。

舒则独自离了小队，沉默地站在望远镜前，透过镜头看到了他从没有见过的星河灿烂。

不禁想起久远的记忆，那双向来淡漠的眼睛里难得泛起波澜。

银河的轮廓清晰可见，像是有人撒了把金粉在黑色的画布上，深蓝色的天际线泛出深沉的绿光，远看仿佛极光闪烁。

费扬兴奋地跑到张知陈旁边："那不会是极光吧，我们运气也太好了！"

张知陈盯着头顶浮动的光影，笑了笑："运气是不错。"

为了保护星空，这里手机被禁止使用，费扬只能催着张知陈用单反多拍几张。

张知陈举起相机，将眼睛对准取景器，转动焦距，眼前的画面逐渐清晰。

盯着这片灿烂的星空，莫名地，他眼眶一热，心脏仿佛被人用力攥紧了，脑海里蹦出清亮遥远的女声。

——"张知陈，你见过漫天繁星的夜空吗？"

——"我也好想变成一颗星星，混在其中，就算没那么亮也没关系。"

所以这漫天繁星里，哪一颗才是你呢？

他手指轻颤，按下快门的瞬间，一颗流星划进镜头，被他拍了下来。

"哇！老张！是流星！"费扬一手拍他的肩膀，一手指着天空，兴奋道。

张知陈垂下手臂，密长的睫毛轻微颤动，他一眨不眨地盯着那偶尔划过的流星，背脊微弯，眼眶逐渐泛热，那是面对大自然的敬畏与感动。

胸腔里不由得升腾起无限的酸涩。

——"既然能做星星为什么不做最亮的那颗？"

女生垂眸笑了笑，耳边的碎发滑落到她的脸庞，惹得少年心跳加速不止。

——"你要接受有的星星就是没有那么亮，因为有了它们的衬托，所以星空才会这么美。"

"快快快！老张，许愿许愿！"费扬说罢便双手合十，对着流星喃喃有词，细听就是些希望脱单的言论。

张知陈喉结艰涩滑动，他吸了吸被冻红的鼻子，身为天体物理学领域的专家，明知道这是伪科学，但还是幼稚地双手合十，对着这片星空虔诚地闭上眼睛。

他强忍着哽咽，用只有自己能听到的声音说道：

"流星啊流星，求求你，哪怕只有一分钟，我想再见她一面。"

"即使要我失去生命也没关系，只要她能安然无恙。"

前往机场的路上，车内很安静，张知陈低头翻看凌晨拍的星空照片，一张张地筛选，最后挑选出几张最好的发到了朋友圈。

他摸出怀里随身携带的粉色日记本，用笔在后面的空白页上记录下观星的时间和情况。

"哎，我听说昨晚的那场流星雨很难得，我们还真挺幸运的。"费扬笑道。

舒则正处理着工作信息，闻言眼皮稍抬，说出了这两天里的第三句话："到了奥克兰之后，就不需要费先生你再带着我了。"

费扬皱了皱眉："是要终止旅程吗？"

"嗯，我想自己一个人逛逛。这两天的费用你告诉我，我转账给你。"

费扬不太高兴，为了舒则这一个人，自己推了个十人的团，还费心为他定制了一系列的游玩计划，甚至订好了接下来的酒店和景点门票，结果他现在说结束就结束。

好似看出了费扬的不悦，舒则继续说："都是老同学，没想到这么多年过去了我们还能再见，我就按原计划结一周的钱给你好了。"

"你什么意思？"费扬气笑了，"你是觉得我是因为舍不得你这点钱吗？"

舒则神色淡淡，意思不言而喻。

费扬好笑地"喊"了声，在一个红灯前刹住车，掉过头手搭在椅背上，耷拉着眼道："喂，舒则，不装陌生人了？我也没想到，这么多年过去了，你还是那么让人讨厌。"

张知陈合上本子，听到这句话不由得挑了挑眉。

显然舒则没有被费扬的讽刺伤到，面上还是淡淡的，他坐在阴影里，唇角轻扯，配合上深邃的眼窝和白到反光的肤色，仿佛是从地狱爬出来的幽灵："多谢夸奖。"

路口的红灯此时转绿，车里的三人却没有注意到左边的街道上，一辆速度不正常的大卡车正朝着他们的方向驶来。

费扬忍着脾气，舌尖舔过后槽牙："真行，舒大律师。"

舒则不甘示弱，他本就看不惯这两人，如今也不想装了，在他正要开口的时候，却听见副驾驶座上的张知陈猛然吼道："费扬！快开车！"

这一声怒吼叫醒了费扬，他猛地回过头，却扫见张知陈和舒则那一侧的方向，正有一辆大卡车以超快的速度驶来。

费扬心一跳，连忙踩油门想要避开，可是一切都已经晚了。

张知陈和舒则所在的一侧是直接承受撞击的位置，巨大强劲的撞击力让车瞬间变形，玻璃在顷刻间碎裂飞舞，划过脸庞和手臂。

那一瞬间，张知陈觉得自己整个人都腾空了起来，依着惯性，他的脑袋和身体撞到不知名的地方，后知后觉地产生剧痛，一阵翻滚过后，他感觉世界停了下来，只余耳边嗡嗡作响的鸣叫。

他挣扎着想要睁开眼，可是鲜血顺着额角流到眼睛里，让视线变成血红色。

一片红色和眩晕里，他好似看到了一道光。

那光温暖却不刺眼，包裹住他，连疼痛都减弱了几分。

彻底昏迷之前，他紧抓着怀中的日记本，因为用力，指尖都泛出了白色，他的血落到日记的封皮上，逐渐和纸张融合。

姜絮言，我终于可以去找你了。

♡ 第一章
他的小玫瑰

2010 年 9 月 1 日。

梧城正值酷暑，烈日把梧桐叶晒得打蔫，蝉鸣不停，伴随着燥热的空气，让人打心底生出一股烦躁。

今阳开学后的第一次全校大扫除在下午大课间正式开始。

姜絮言一手提着水桶，一手抓着拖把，背影纤瘦，吃力地走向教学楼后面的水池。

她本来是擦窗户的，可是班上拖地的男生偷摸去了球场，副班长便叫她来打水。

顶着烈日走到水池前，原本白皙的脸庞被蒸腾出红色，她放下水桶，闭了闭眼，细密的汗珠从细长的脖颈上冒了出来。

驱走因为炎热而产生的眩晕感，姜絮言将校服外套宽大的袖口卷起，把散落的碎发别到耳后，双手提起水桶放到水龙头下，湍急的水流瞬时砸在塑料桶底，溅起的水花溅到女生细长的胳膊上。

阳光下，皮肤白到晃眼。

姜絮言微微低头盯着水柱发呆，可以闻到水龙头的铁锈味，不听话的碎发再一次滑落，让白皙柔美的侧脸轮廓多出几分脆弱之感。

此时的校园异常吵闹，来接水的基本都是男生，他们大声地互相拉扯玩笑，视线却时不时落在角落打水的姜絮言身上，企图用这种幼稚的方式吸引她的注意。

相较于班上其他咋呼活泼的女同学，眼前这个安安静静、默默打水的漂亮女生，宛如燥热时吹来的一阵夏日晚风，清凉又美好。

姜絮言沉浸在自己的小世界里，眼见着水装得差不多了，便双手抓住提手，想将水桶从池子里拎出来。

但她高估了自己的力气，铆足劲试了几次无果之后，她的脸更红了。

一旁的男生似乎看出了她的困境，想上去帮忙，却见女生放弃了拎桶，直接将积了一整个暑假灰尘的拖把放进桶里清洗。

清水瞬间变得混浊不堪。

男生尬在原地，伸出的手转换方向摸向后脑勺。

冲了一会儿，拖把的布条渐渐显出原本的颜色，姜絮言将湿淋淋的拖把按在水池壁上挤压出大部分的水，正要将脏水倒掉，一个声音从身后响起。

"打桶水要这么久吗？"

徐珈曼独有的傲慢又骄纵的语气，即使声音不大，也莫名地让姜絮言心里咯噔一下。

她扶着拖把转过身，撞上徐珈曼不及眼底的笑容，淡淡垂下眼睫，轻声说："马上就好。"

徐珈曼身后还跟着一个身材高挑的女生，姜絮言记得她，周瑶，和徐珈曼玩得很好。

周瑶抬起手掌搁在眉上试图阻挡阳光，视线上下打量着眼前气质文弱的女生，语气颇为嫌弃："为了等你这桶水，我们班到现在地都还没拖。"

"磨磨蹭蹭的，慢死了，装什么装。"

这句话周瑶说得极为小声，但足够让三个人都听见。

姜絮言喉头一紧，眼睫颤了颤。

她不知道自己做错了什么。

自从转来今阳之后，莫名遭受了很多细微的恶意。

大多来自副班长徐珈曼和她的小群体。

徐珈曼似乎，很看不惯自己。

徐珈曼长相好，家世好，人缘也好，性格开朗，在女生群体里处于领导地位。

姜絮言一直记得她刚转来的那天，一上午的时间，没有一个人跟她搭话，她自己又是个不擅长与陌生人变亲近的人。

昨晚写在日记里，希望可以交到好朋友的愿望眼看就要落空。

但徐珈曼却突然笑着走到她的课桌前，伸出没有一丝瑕疵的手："要不要一起去小卖部？"

那一刻，姜絮言看着站在阳光下笑容甜美的女生，以为自己可以融入。

接下来的几天，徐珈曼去哪儿都要叫上她。徐珈曼似乎很享受身后簇拥着一群小姐妹的感觉，对着相熟的朋友介绍新转来的漂亮同学。

无论何时何地，徐珈曼的嘴角始终含笑，仿佛一个精致完美的人偶娃娃。

姜絮言不适应这种相处模式。

不像朋友，更像炫耀新得的宠物。

亲近却又疏离。

平静只维持了三天，直到她成了班长舒则的同桌。

当天傍晚放学后，徐珈曼叫住了她，脸上还是挂着那违和的笑容，眼神却很冷："班长上课和你说了什么呀，笑得那么开心？我和舒则从小就认识，我还是第一次见他和其他女生笑得这么开心呢。"

她依旧微笑，只是落在姜絮言眼里，那笑容带着几分警惕和试探。

姜絮言下意识地想逃避，她摇了摇头："没说什么。我写错了一道题，班长看到就帮我指出来了。"

听到这个回答，徐珈曼顿时极为刻意地"啊"了一声，笑得愈加开朗："这样啊——"她点点头，垂下长睫，"他原来这么热心的吗？"

这句话像是自言自语。

姜絮言双手攥紧包带，"嗯"了声，见徐珈曼盯着舒则的课桌发呆，轻声说："那我先回去了，珈曼你……"

"姜同学，"徐珈曼向来娇俏的声音突然变得寒冷平直，她抬起黑漆漆的眸子，面无表情地看向姜絮言，"我允许你叫我珈曼了吗？"

"……"姜絮言目光微顿，没有吭声。

徐珈曼似乎不想放过她，目光从女生苍白的脸上移到她磨损严重的陈旧球鞋上，极轻地嗤笑一声。

扫视的眼神和嘲讽的讥笑，像把刀割在心口，刺得姜絮言呼吸一滞。

"我们不是一路人。"

轻飘飘地撂下这句话，徐珈曼踩着新款的名牌鞋，背脊挺直，浅笑着越过她。

错身间，对方身上甜腻的洗发水味道扑面而来。

姜絮言长长呼出一口气，低头看着自己的鞋，莫名地，脸色苍白。

徐珈曼听到周瑶的话，眼里划过一丝讥讽，她径直走到姜絮言面前，扫了眼桶里的脏水，说道："老师让我们去把卫生区的瓷砖地拖干净，正好你和我们去吧。"

一班的卫生区在教学楼西南角的公厕前，那里有一大片的瓷砖地，想要拖干净，一个拖把是不够的。

姜絮言见两人两手空空，心里也明白了。她转过身，继续拧干拖把，声音冷清："我还要拖班级的地，你们找男生吧。"

"姜絮言，你什么意思？"

周瑶在她转来第一天的时候就看她不爽了。

不爱说话，看起来一副柔柔弱弱的，手不能提肩不能扛的样子，像朵无辜又纯洁的小白花，但周围的男生还就喜欢这样的，拐着弯儿来一班打听她的情况。

连向来高冷的班长舒则都只对她笑。

到现在还这副清高的模样，也不知道在狂些什么。

周瑶越想越生气，她越过徐珈曼径直走到姜絮言旁边，伸手夺过拖把扔到水池里。

不大不小的声响瞬间吸引了周围所有的目光。

姜絮言的手僵在空中，缓了两秒才抬头看向周瑶。

姜絮言的眼睛生得很漂亮，大大的，杏仁状，扇形双眼皮，瞳色是不同于一般人的浅咖色，眼睫浓密纤长，下睫毛也很明显，直勾勾盯着人看的时候，像只无辜又倔强的小动物。

被这双眼睛看着，周瑶心头升腾起恼怒的情绪。

姜絮言眉头微皱，默默把拖把扶好后，才淡声说："我先上去了。"说罢就要倒掉脏水换桶新的。

可周瑶快她一步，直接把盛着小半桶脏水的桶拎在手里，走到姜絮言背后，勾住她的胳膊，笑道："走吧走吧，很快的，拖完我们就回去。"

"我不去……"周瑶的力气很大，姜絮言被拉着往前移动了几步。

徐珈曼见状也走过来扯住她另一边的胳膊，配合着周瑶将人架着往前走："走吧。"

西南角的公厕是学校里最偏僻最荒凉的地方，很少有学生会来这儿上厕所。

一进入这片区域，阳光被高楼隔绝，阴冷瞬间将人包裹，姜絮言趁着两人松懈时挣脱开桎梏，白皙的脸色愈加苍白："你们要干吗？"

徐珈曼指着拖把，眨眨眼："能干吗，拖地啊。"

她闻言看向公厕门口的瓷砖地。前几天下过雨，现在地上沉积着斑驳的泥沙和污垢，还有零落的树叶，想要彻底拖干净不花点功夫是做不到的。

她俩想为难她。

姜絮言转过身就要走，周瑶却拦住了她。

两人其实差不多高，但周瑶比她有力气。

"姜絮言，别给脸不要脸，让你拖就拖，废什么话。"周瑶把拖把塞进她手里，收手时指甲故意划过她细嫩的手背，顿时留下一道红痕。

姜絮言下意识地倒吸一口凉气。

徐珈曼双手抱臂，嘴角上扬，冷冷地瞧着周瑶为难她。

昨天体育课的时候，舒则帮姜絮言拍掉了飞过来的篮球。

他明明离她那么远，却还是跑着过去帮了她。

想到这儿，徐珈曼眼底嫉妒翻涌，目光落在一旁的水桶上。

"马上就要上课了，请你们让我回去。"不同于外表的文弱，姜絮言的声音格外冷静，语气不卑不亢。她将手藏在背后，还在试图和对面两人讲道理，"把这里拖完下午也就结束了，到时候老师找来你们打算怎么解释？"

"既然你不想自己拖，那我就帮帮你好了。"徐珈曼神情闲适，语气仿佛是在讨论天气这点小事而已。

姜絮言心头一顿，转身看向徐珈曼。徐珈曼不知何时拎起了水桶，站在离她一米远的位置，眼尾上挑。

视线相撞的瞬间，姜絮言忽然意识到了徐珈曼的想法。

在徐珈曼举起水桶的刹那，她抱着头想要往后躲，可周瑶钳制住了她的胳膊，挣扎拉扯间，她脚下一滑，口中不由得惊呼出声，她连忙闭上眼睛，等待着疼痛和污水的袭来。

突然间，一个炙热强劲的力道出现在腰上，勒住她的腰肢往上一带，额头顿时撞上一个温软的触感，有双大手按在她的后脑上，把她紧紧扣在怀里。

还没等她反应过来，一个属于男生的低沉嗓音在耳边响起。

"闭上眼。"

姜絮言鬼使神差地听话，紧紧闭上眼睛。

下一瞬，她感觉有几滴清凉的水珠溅到了自己的额头，裤脚也被零星打湿。

男生闷哼一声，沉重的喘息扑在她的耳郭上，她感觉自己的心口都被烫了一下。

徐珈曼和周瑶显然也没想到会突然蹿出一个人，一时都愣在那儿，没了动作。

男生被结结实实浇了个透，整个后背都被污水浸湿，衣角还在滴答滴答地滴水，湿衣下，属于少年的肌肉若隐若现，肩胛骨突出，暗藏着蓬勃的力量。

"砰"的一声，塑料水桶掉落在地，惊醒了现场的四个人。

周瑶看清男生的脸，心口猛地一跳。

被吓的。

"张……知陈？"她往后退两步，走到徐珈曼旁边，扯了扯徐珈曼的衣袖，小声道，"珈曼，他怎么来了？"

徐珈曼眉头紧锁，甩掉周瑶的手，冷冷地盯着缩在张知陈怀里的姜絮言，有股无名火噌地蹿上脑门……

此时的张知陈僵硬地注视着前方，一点没在意背后的潮湿，只觉得脑子还是迷糊的。

明明上一秒还在车祸现场，怎么一睁眼自己就出现在了高中教室里。

突然后脑勺泛起刺痛，他下意识地"嘶"了声，没等他缓过神，身旁少年模样的好兄弟封远拍了他一巴掌："走啊张哥，发什么愣呢，说好趁着大扫除哥几个打一场，睡蒙啦？"

张知陈扶着脑袋，一脸蒙地盯着封远看，印象里棱角分明的硬汉警察封子，怎么突然变成了清俊小屁孩，还叫他"张哥"？

"封子，你……"

刚蹦出几个字，他喉咙一紧。

桌上摆的是高三上学期的语文书，黑板右上角写着高考倒计时。

他愣怔在那儿，眼神发直，打量着吵闹的教室还有眼前的封远，脑后密密麻麻的刺痛让他的五感没有往日灵敏，但成年人的沉稳和阅历告诉他。

——这大概率不是梦。

因为车祸，他重生回到高中了。

封远见他神情奇怪，一会儿皱眉一会儿笑，不禁伸手在他眼前晃了晃，语气担忧："是不是中午敲的那下太狠了，脑震荡了？"

"封子。"张知陈拍掉封远的手，抬眸直直地盯着眼前的男生，眼神给对方一种从未体会过的压迫感，让人下意识地臣服，闭上嘴听他说话。

封远莫名吞了口唾沫，眨眨眼，摆正吊儿郎当的站姿。

张知陈心口翻涌着复杂的情绪，手指止不住地颤抖，他双手握拳，良久才哑声问："今天几号？"

"啊？"封远一口气堵在嗓子眼，本以为他要说些什么豪言壮语，没想到竟然问这个，不由得笑道，"9月1号啊，今早你还说再过几天是你生日呢。张哥，你咋啦，睡一觉起来奇奇怪怪的？"

9月1号……

张知陈呼吸一滞，回想起刚刚封远说的话。

大扫除去打球。

电光石火间，粉色日记本上的一段话出现在脑海里。

2010年9月1日，晴

今天被我过得很糟糕，大扫除的时候被徐珈曼带到卫生区泼了一身的脏水，到了办公室，她却说是我自己不小心，班主任信了，因为她是品学兼优的好学生，不可能会干这种事。

我没有撒谎，但没有一个人相信。

班主任要求我当众向徐珈曼道歉，我怎么也不说，甚至没用地哭了，最后是徐珈曼不计前嫌地"原谅"了我。

我讨厌这里，讨厌这里的同学和老师。

更讨厌哭了的自己。

回忆结束的瞬间，张知陈从凳子上弹起来，凳腿与地面摩擦发出刺耳的巨响，班级顿时安静，众人瞧着最后一排位子上的男生飞快跑了出去。

姜絮言脸埋在张知陈的胸前，男生心跳得很快，隔着胸腔，像沉闷的音响，震着她的耳膜。

她悄悄抬起头，想要看看突然蹿出来护着她的男生是谁，却被后脑上的大手给按了回去。

"别动。"张知陈沙哑的声线带着几丝颤抖。

姜絮言肩颈一僵，飞快地眨了眨眼，下意识地乖巧不动。

张知陈感受着怀中的温热触感，压抑着从心底迸发出的欣喜与恍然，勒在姜絮言腰上的胳膊不自觉地绷紧，鼻息加重，眼眶在她看不到的角落悄然变红。

十二年。

时间原来已经过去这么久了。

久到就算她真的再一次出现在眼前，张知陈都觉得是自己又在做梦。

他轻轻松开姜絮言，目光终于落在午夜梦回间不断折磨他的那张脸上。

隔着十二年的光阴，姑娘一点没变，还是记忆里的模样，身形纤瘦，乌发黑眸，虽然柔弱，但眼神比谁都倔。

她正用那双略带警惕的眼睛看着他。

张知陈喉结轻滑，吸进去的空气都带着涩。他缓慢地伸出左手，靠近她的脸，在感受到她抵触的视线时，眸光微闪，原本想要触碰她脸颊的手指稍抬，抹掉女生额头上的水珠。

姜絮言一顿，看着他沾水的指尖，莫名感觉额头被碰到的地方开始发烫。

徐珈曼极轻地冷哼一声，优雅地从口袋里掏出纸巾，随后紧皱着眉头走过去，语气夸张地说："天哪，我本来想帮忙来着，没想到桶太重了，我没拿稳，张知陈你没事吧？"

说罢，她就要用纸巾帮张知陈擦拭头发上的水，却被男生躲了过去。

徐珈曼动作一顿，眼神里闪过错愕与尴尬。

张知陈转过身把姜絮言挡在身后，漆黑的短发还在滴着水，少年漂亮的眉眼被打湿，他面无表情、居高临下地盯着徐珈曼，眼神却很冷，看得她下意识吞咽唾沫。

"对了，你怎么突然来这儿了？"

张知陈很浑很难接近，但长得极好，比舒则还要好看。

相较于舒则的淡漠阴沉，张知陈散发着这个年纪的少年该有的蓬勃生命力，所以就算他不学好，也有大把的女生想靠近他。

徐珈曼到底是被娇生惯养长大的，心气高，她不同于那些胆小怯懦不敢上前的女生，每次都主动找张知陈说话，享受着旁人艳羡的目光。

此时就算察觉到张知陈心情不好，但当着姜絮言和周瑶的面，她还是梗着脖子继续说："你看你衣服都湿透了，快点回去换……"

"如果不是我过来了，这桶水现在已经泼到她的身上。"

男生压抑着怒火的嗓音堵住了徐珈曼的话语。

徐珈曼一愣，看了眼张知陈身后的姜絮言，对上她那双看起来灵动的眼睛，徐珈曼喉咙发紧，指甲陷进掌心。

"所以呢？"徐珈曼轻笑，眼角上扬，"张知陈，泼都泼了，谁让你突然冒出来的。"

到现在，她还在以为男生是因为被她泼了水才这么生气。

张知陈闻言哼笑，仿佛听到了极好笑的笑话，落在徐珈曼耳里却很刺耳。

"道歉。"

他揉了把湿发，露出带着锋芒的眉眼，眉骨下压，极具压迫感。

徐珈曼表情一僵，难以置信。

让她道歉？

从小到大只有别人跟她道歉的份。

徐珈曼娇嫩的手握紧，骨节泛出白色，咬牙忍了忍："我说了是失手。"

张知陈漫不经心地摸了把后颈，喉结滚动，唇角轻扯，笑得很好看："我是个什么样的人，你应该有数吧，我不介意再去打桶新的。"

然后泼回来。

徐珈曼双目圆瞪。

她当然清楚张知陈的为人。

仗着家里有钱有势，从初中开始就是学校里出了名的问题少年。

被这种人盯上，她就毁了。

想到这里，徐珈曼深吸口气，抿了抿唇，眼角顿时泛起泪花，配上那张脸，显得可怜巴巴："对不起，是我不小心……"

"不是跟我说。"张知陈掀起半睁的眼皮，玩世不恭的脸上挂起懒散的笑，向身后的姜絮言偏了偏头，"跟她道歉。"

气氛陡然安静下来。

姜絮言睫毛轻颤，抬眸迎向阳光，和张知陈的视线在半空中撞上。

心仿佛被蜇了一下，有点涩痒。

她眨了眨眼，垂下长睫，移开对视的目光，不明白张知陈为什么突然帮她。

毕竟在她转来的一周时间里，这位班上有名的不良少年，没有跟她说过一句话。

她连他的名字也是从徐珈曼嘴里得知的。

知陈……

难道他的妈妈姓"陈"吗？

一时间，姜絮言有些走神，没有注意到徐珈曼羞愤的眼神。

张知陈捏着胸前的衣服扬了扬，湿透的黏腻感和风吹在身上的阴冷让他后脑那块更痛了。

"快点。"

徐珈曼假面撕裂："你让我跟她道歉？凭什么！"

姜絮言眼神一暗，冷声说："凭你是故意的。你和周瑶强行把我带到这里，不让我离开，你们就是故意为难我。"

她的声音和她的长相极为不符，冷静清脆，自带信服力。

徐珈曼嗤笑："你说故意就是故意，你有证据吗，谁看见了？"

"我看见了。"

张知陈手插兜朝前走了两步，将近一米九的身高自带强大的气场和压迫感，让徐珈曼不自觉地往后退。

"啧，真麻烦，本来想到这儿躲清静，没想到撞见一场好戏。"

他单手插兜，另一只手摸了摸后颈的水渍，动作间有种吊儿郎当的帅气，语气懒散却不容置疑。

"让你道歉就快点，再废话我连你的好朋友一起泼。"男生深长的眸子扫了眼一直默不作声装死的周瑶，威胁的意味很明显。

周瑶身子一抖，小声劝道："珈曼，道歉吧……"

"闭嘴！"徐珈曼哪受过这种气，向来形象完美的副班长彻底失态，"行，张知陈，真有你的。"

她气笑了，瞪着眼睛看向姜絮言，咬牙蹦出那三个字："对不起。"

理直气壮，没有一丝道歉的意思。

说完，她也不管周瑶，几乎是跑着离开了这里。

周围恢复安静，姜絮言小心地打量背对着她的男生，想说声谢谢，可是又怕对方嘲讽她，毕竟刚刚让徐珈曼向她道歉这事，很大程度是因为他自己被泼了水而想出的羞辱对方的法子。

不愧是不良少年，真的很坏。

不过……他为什么要帮她挡？

姜絮言想不通，气氛就这么诡异地凝滞了几秒。

直到张知陈突然双手撑着膝盖，揉了把后脑的位置，神情痛苦，小声嘟囔道："什么破穿越，这么痛……"

这话说完，空气霎时凝滞，只余张知陈自己都觉得十分尴尬的咳嗽声在回荡。

他暗自懊恼，警告自己暂且先不要做出太跳脱原本人设的行为。

得循序渐进，慢慢来，好不容易失而复得，这么多年都熬过来了，不必急于这一时。

这姑娘警惕得很，对这个世界充满防备，他不能吓到她。

想到这儿，张知陈吸了吸鼻子，他直起身想和她说话，可后脑的刺痛感愈加强烈，眼前忽地黑了一瞬，身子摇晃，眼看就要倒下。

一双带着温凉触感的手摸到了他的手臂上，力道柔柔的，却足以支撑他站稳。

张知陈垂眸盯着女生白到晃眼的手，感觉那块被她碰到的肌肤着火了一般，烫得他后背僵硬。

真实的接触，那种失而复得的酸胀感把他心口填满。

男生的体温很高，手臂很结实。

姜絮言将他扶稳后便不动声色地抽回了手，表情淡淡，礼貌十足："你没事吧？"

张知陈稳了稳呼吸，喉结滚动，依旧是散漫的德行："喂，我帮了你。"

虽然转到今阳才一周，但张知陈的事迹，姜絮言听过不少。

成绩差，爱打架，但样貌好人又仗义。

这么近距离地被他看着，那锋利的目光带来的压迫感和冲击力，让她下意识地逃避。她不由往后退了两步走进阴影里，羸弱的身形愈加黯淡。

"谢谢。"她垂眸不卑不亢地说，落在细白额头前的几缕碎发被风吹开。

话音落下，气氛安静，姜絮言垂在裤缝边的手慢慢收紧，女生抿了抿唇，补充道："真的很谢谢你。"

她不擅长和男生讲话，更何况对面的人还是张知陈。

刚刚他怎么对待徐珈曼，她都看在眼里。

确实是个十足的坏小子。

狂妄自大，目中无人。

就算是众人眼里完美的副班长，他照样不给面子。

这样的人，为什么突然来帮自己？姜絮言不敢问也不敢细究，她只想快点回教室，结束这个莫名其妙的小插曲。

在今阳安安稳稳地度过。

这是奶奶希望的，也是她自己希望的。

张知陈瞧着她对他不自觉地设防，下颌收紧。他眼里的心疼，姜絮言看不见。

他扯唇轻笑一声，身上还滴着水，一步一步、慢慢地把姜絮言拉开的距离缩短，直到女生惊疑地抬头，和他的视线相撞。

异性气息扑面而来，姜絮言心头一顿，向来波澜不惊的眼神微闪，她极快地眨了眨眼。

张知陈嘴角翘起一个痞气的弧度，居高临下地瞧着她，歪头指了指自己的后脖颈："因为你，我湿透了，现在脑袋还开始疼了，估计要生病。"

这话不用细听都漏洞百出。

怎么就因为我了，谁让你突然扑过来的……

姜絮言不自在地往后退，别开眼，耳后微微发热："对不起。"

她不知道该怎么处理，只能道歉，心里祈祷对方赶紧放过她。

"哼。"张知陈嗤笑，眼角上挑，显然是不满意这个回答，"把衣服脱了。"

"什么？"姜絮言猛地看向他，觉得自己听错了。

张知陈神情自然，双手抓起自己湿漉漉的衣角往上掀，紧实的腹部已然露出大半。

姜絮言脑袋一蒙，连忙抬手遮住自己的眼睛，语气难得慌乱，结巴道："你你要干吗？"

她想到张知陈很浑，但没想到竟然这么浑。

光天化日还是在学校里，他怎么敢……

闻言，张知陈停住动作，好笑地盯着她："想什么呢，把你的外套脱给我，我衣服都湿了。"

现在早已到了回教室的时间，校园里重新归于平静，只余他们二人在这隐僻静谧的角落，风吹过来带着别样的舒适和安宁。

姜絮言眸光微闪，这才好好打量张知陈。

男生上半身基本已经被脏水淋透了，蓝白相间的校服短袖被染成了斑驳的灰黑色，肌肉轮廓依稀可见，就这么回去确实可能会感冒。

今阳的校服外套很宽大，就算姜絮言选的是最小号，穿她身上也宽出一大截。

"发什么愣，快点。"

张知陈说完已经把短袖脱了，顿时，属于少年蓬勃朝气的身体彻底展现于眼前。

由于常年运动打球，不同于其他男生细瘦干瘪的身材，张知陈的身形精壮却不过分，腹肌轮廓清晰，脂肪很薄，可以看见上面凸起的青筋。

姜絮言第一次直面这种场景，原本被晒红的脸颊因窘迫而更加红了。她慌张地转过身，手指有些打战，连忙把外套脱下来递过去，无声地催促他快穿上。

张知陈眼角带笑，瞧着女生紧张的模样，慢条斯理地接过外套，手指还若有若无地扫过她的手背，正好是周瑶指甲划过留下痕迹的地方。

姜絮言心跳一顿，触电般地抽回手背在身后，被轻扫过的地方微微发痒。

姜絮言离他远了点，声线僵硬："可以了吧，我先回去了。"

穿在女生身上略显肥大的校服外套，被张知陈套上后却刚刚好，甚至还有点紧，松紧的袖口勒在男生的小臂处，看起来滑稽又可爱。

姜絮言悄悄扫了一眼，抿唇将笑意憋了回去。

外套上淡淡的玫瑰香在鼻间弥漫，张知陈抬眼捕捉到女生微笑的神色，不由得也跟着翘了翘唇角："不可以，你要陪我去医务室。"

"凭什么？"

脱口而出这三个字，姜絮言猛地闭上嘴。

果然，张知陈脸色一沉，倾身靠近她，视线与她持平，在只有十厘米的距离前停下，声音低哑："凭我为你挡水差点受伤。"

姜絮言用倔强的眼神回望着他，男生漆黑的眸子里只映出她的身影。强大的压迫感和直白的威胁下，她不情愿地从鼻子里哼道："好。"

这下张知陈满意了，他直起身，对着前面扬扬下巴，示意她走前面。

学校的林荫道旁种满了翠绿的梧桐树，宽大茂密的枝叶将恼人的阳光遮住大半，姜絮言扎着个马尾，脖颈细长白嫩，背影纤瘦，肩颈却挺得很直，莫名生出股强装坚强的倔劲儿。

她速度不快，每一步都走得很稳，踩在细碎的树影光斑上，仔细听着身后男生的脚步，心口莫名有股安全感冒出来，仿佛就应该是这样。

如果这时她回过头，会看见向来玩世不恭的张知陈，此刻脸上的神情，是多么认真。

曾经只能在梦里回忆的人，如今活生生地走在他前面，只要他伸出手，就能触碰。

他忽然回忆起高三那会儿，第一次见到姜絮言时的场景。

那是开学的第一天，他本想逃课去网吧，却被老张提前警告，要是他敢开学第一天逃课就砸了他的电脑，无奈只能留下来，趴在课桌上补眠。

早读课结束的铃声刚响，他迷糊地爬起来想去上个厕所。

今阳的教学楼每个楼层都修了独立洗手间，就在最西边拐角的回廊上。

一班的教室在最东边，而班主任的办公室在西边，他要去厕所必须经过办公室。

男生走路姿势吊儿郎当，手插着兜，眉头微皱，一看就是还没睡饱。路过办公室时他慢下脚步，侧眸随意朝里瞟了一眼。

阳光透过硕大的玻璃窗洒进宽敞的办公室，空气中都是燥热，姜絮言身着浅粉色的圆领上衣，牛仔短裤下两条细长纤直的腿在阳光的照射下白得惹眼，整个人像朵开在这浮华盛夏里的小白花，自带着洁白的柔光。

张知陈脚步一顿，在窗户旁站定。

从他的角度看过去，只能瞧见姜絮言露出的半张脸，女生轮廓柔软流畅，密长的睫毛像两把小刷子，在阳光里扑闪扑闪的，似乎能带动空气中的浮尘。

她很白很柔软很漂亮。

这是张知陈脑海里蹦出的最直白的描绘。

班主任老郑正对着女生说着注意事项，新转来的同学说话语调很舒适，让人也不自觉对她放轻语气。

张知陈就这么看着，忘记了本来要干吗，只盯着姜絮言看，心里有个声音在小小地呐喊。

转过来，转过来……

最后等到上课铃响，女生也没转过来，张知陈回过神，抬手摸了摸鼻子，再抬头却和老郑对上视线，老郑原本和煦的表情瞬间板正，朝他挥了挥手，意思是叫他快点回教室。

姜絮言也跟着回过头看向身后，如猫一般的杏眼顿时就跳进了男生懒散的目光里。

那一刻，仿佛有人捏着根羽毛从他心头悄然扫过。

又痒又麻。

向来天不怕地不怕的他第一次不自然地移开视线，没有理会老郑的眼神威胁，继续朝着洗手间走去。

只不过脚步却有些乱了。

医务室在食堂后面，离教学楼有段距离。走出林荫道，姜絮言在阳光下不适地眯了眯眼睛，身后的脚步越来越轻，她不禁回头看了一眼。

张知陈半闭着眼，脸色是病态的苍白，唇上毫无血色，他拖着脚步，走得极为吃力，但还在紧紧跟着她。

姜絮言莫名呼吸一顿，雅淡的眉眼轻皱。

似是察觉到女生停了下来，张知陈虚弱地抬眼，两人视线隔空相撞，他怔了怔，随后扯唇轻笑了下。

这个笑容没有平日里的吊儿郎当，反而有种安抚人心的温暖和沉稳。

姜絮言看着这个笑，不知为何，心口那股酸胀的痒意再次泛起。她抿唇思忖了下，掉转方向朝着男生走过去。

下一秒，那个温凉舒适的触感再次出现在手臂上，女生发丝上淡淡的玫瑰香气剥夺了他的呼吸，他眼睫轻颤，目光落在姜絮言柔软的头顶。

"我扶你吧。"

她的声音很轻，垂着长睫，仿佛自言自语，听得张知陈鼻子泛酸。

她就是这么一个人，表面冷淡疏离，可内心却比谁都柔软。

像株开在悬崖边的小玫瑰，浑身带着小刺，但只要你肯主动靠近，她会用幽香回报。

其实张知陈不是个爱哭的人。

至少在失去姜絮言之前，他不是。

姜絮言搀扶着他想继续走，可张知陈站着没动，她抬眸看过去，却撞进男生复杂的眼神里。

她看不懂。

两人就这么默默对视了两秒，张知陈先别开了视线，恢复向来混不吝的语气："想扶我的女生很多，你还是第一个敢真碰我的。"

说罢，他扫了眼她的手。

姜絮言心想，这人还很自恋。

她无奈地叹了口气，没有搭话，手也没收回去。

看在他帮了自己，现在又一副很虚弱的样子，姜絮言忍了男生逞口舌之快的幼稚小心思。

两人慢吞吞地朝前走，一高一矮，背影分外和谐美好。

谁都没有开口说话，却意外地舒服，没有半分尴尬。

姜絮言悄悄松了松搭在他手臂上的手，还没松口气，一个更加炙热的温度在下一秒覆在了她的手背上。

姜絮言瞪大了眼睛，瞧着张知陈拽住她的手往上扯了扯，她瞬间从搀扶他的姿势变成了半挽着他，他还得寸进尺地将大部分体重压了过来。

"扶人就好好扶。"张知陈斜睨她，语气倨傲，"软绵绵的，看着一点力气也没有，刚刚质问徐珈曼的时候不是很强势吗？"

为了撑住他，姜絮言下意识地揽住了他的胳膊。两人之间的距离缩短，不同于其他男生身上的汗味，张知陈身上的味道很好闻，是清爽的薄荷沐浴露味，其中掺杂着她外套上的玫瑰清香。

其实说到底，他俩也就认识不到半小时，张知陈估计连她的名字都不知道，她对他也没什么好印象。

但这人就是给她一种难以言喻的安全感，让她对他的接触和话语生不出一丝厌恶和排斥。

闻言，姜絮言直视前方，语调平直："因为做错事的是她，我只是陈述事实。"

意思是我有理。

张知陈清楚她的个性，听到这个回答也不意外，但他还是想告诉她。

这个世上有些时候不是谁有理谁就能全身而退。

回想起日记本上的内容，张知陈眼底戾气翻滚，想开口提醒她一下，可目光触到女生无畏坦荡的侧脸时，呼吸一顿。

心里不免好笑。

自己真是老师当久了，对谁都想说教一番。

罢了，并不一定非要她遭受打击被迫拔掉软刺才是保护，他往后会紧紧地跟着她，这一次，他一定可以改变结局。

医务室里没有学生，年长的校医正趴在办公桌上打盹，两人走进来的动静吵醒了他。

"怎么了？"他抹了把脸戴上眼镜，看向被搀扶着的张知陈。

张知陈摸了摸后脑，那里依旧在痛，像被猛烈撞击过一般，这让他不由得想起自己车祸晕倒前的状态。

难道前世的疼还会跟过来？

但他又想起封远说的话，似乎中午他后脑也被敲了一下。

"头疼。"他压了压眉骨，坐到椅子上，指着自己的后脑，"这里不小心碰到了。"

姜絮言闻言极缓地眨了下眼。

合着头疼是自己撞的。

校医走到他身后拨开头发仔细看了看，后脑那块已经肿起了一个大包，看起来还挺严重的。

"肿起来了，你这不小心劲儿挺大。"校医打趣，坐回去问道，"除了疼还有其他感觉吗？头晕不晕，想不想吐？"

张知陈明白校医是在怀疑他有没有脑震荡，不由得点点头："有点晕，吐倒不想。"

校医"嗯"了声："没什么大碍，再观察观察。去床上休息会儿吧，还疼的话就要去医院了。"

听到这话，姜絮言觉得自己的任务已经完成了，刚要开口道别，一只修长的胳膊伸到了她面前挡住了她的去路。男生傲慢低哑的声音响起："同学，扶我去床上躺一下。"十足的少爷做派。

见姜絮言面无表情地看他，他还厚脸皮地补充道："我现在很虚弱。"

他确实很虚弱，头发还没干透，脑后像有无数根针扎在上面，苍白的脸色不是装的。

姜絮言和他对视，无声地拒绝，他也不躲闪，似乎有十足的耐心和她耗。

校医看着两人大眼瞪小眼的模样，了然地笑了笑，抿了口杯中的凉水，打破沉默："小同学你就扶他一下吧。"

听到校医的话，姜絮言这才不情愿地接住他的胳膊，小心扶着他走到病床边坐下。

张知陈三下五除二脱了鞋子，直挺挺地往床上一躺，目光看向脚底的被子，语气理所当然："帮我盖上。"

姜絮言抿唇忍了忍，黑眸若有若无地扫了他一眼，抓过叠起来的被子，动作随意，没什么章法地将男生整个盖住。

张知陈从蒙头的被子里挣扎着拱出来，头发蓬乱，气笑了："同学，不知道照顾病人要温柔点吗？"

"不知道。"从进来到现在一句话都没说过的女生，终于没忍住语气冷冷地回了一句，"你休息吧，我先走了。"

说罢，她没给他反应的机会，转身就走。

"坐下。"

张知陈的语调陡然下压。他的嗓音本就低沉，此刻又故意压低嗓音，落到耳里有种令人难以抗拒的威严。

姜絮言莫名脚步一僵，背对着他立在原地，没有动，仿佛在无声地抗拒。

"坐过来，等我睡着再走。"

看着她挺得笔直的肩颈，那股倔强不服气的劲让张知陈几不可闻地叹了口气，他不由得放缓了语调，像在哄小孩："老师都去开会了，现在班上在自习，徐珈曼还在气头上。"

言外之意就是，你要是现在回去她肯定会为难你。

听到这话，姜絮言清润的眸子微闪，回头看向他，想问他为什么要帮她，可话到嘴边却说不出来。

张知陈喉结轻滚，支起身子把床边的凳子拉来，收回手前还下意识地用手掌将凳子表面的灰尘拂去。

姜絮言没有注意到这个动作，她迟疑片刻，最后还是留了下来。

校医端了杯温水给张知陈，张知陈接过没喝，拿在手里叫住了要走的校医："老师，您能给我一个创可贴吗？"

"行，我拿给你。"

姜絮言没放在心上。她是背对着窗户坐的，微风吹进来，将她长长的马尾扬起，发丝在光影里舞动，衬得她的轮廓愈加柔软。她不自在地偏头打量墙上的照片，浅色的瞳仁宛若两颗玻璃珠子，在光的映照下比猫眼还要剔透。

张知陈接过创可贴道了声谢，扭头看见这么一幅画面，心底也软成了一片。

"姜絮言。"

他突然开口叫她的名字，声音是从未有过地轻柔。

姜絮言目光微顿，迎上了男生的视线。

他原来知道她的名字啊。

张知陈垂下长睫，掩盖住眼里的情绪，把温水放到一边，向来桀骜不驯的神色此刻被一种隐忍的温柔替代。姜絮言突然感觉，眼前的张知陈一点也不像她转来这几天观察到的样子。

他朝她伸出手，淡淡道："把手给我。"

"干吗？"她握了握拳，没有动。

张知陈扯起唇角，眉眼上扬："怕什么，我现在什么也干不了。"

姜絮言还是没有动。

见眼前的女生比猫还警惕，张知陈无奈地闭了闭眼："给你个东西，快点。"

姜絮言犹疑地盯着他看了会儿，随后慢吞吞地伸出握成拳的右手。张知陈却突然手掌一翻，握住了她的右手腕。

温热的掌心贴在她纤细的手腕上，她猛地抬起眼，呼吸一滞。

男生的手和她的很不一样，骨骼清晰分明，手背浮着青筋，指骨是淡淡粉色，就这么握在她的腕上，在嫩白皮肤的映衬下非常好看。

姜絮言愣了愣，还没回过神，却见张知陈用另一只空闲的手把创可贴递到嘴边用牙撕开，随后将有药的地方轻轻按在她的手背上。

被周瑶用指甲划了一下的地方有一道血痕，她自己都没注意到。

所以创可贴是为她要的吗？

姜絮言眼睫轻颤，盯着正一脸认真，低头帮她贴创可贴的张知陈，心口酸涩。

她身子僵硬，被他握住的地方像着了火一样。

贴好后，张知陈歪头看了看自己的成果，满意地挑起眉梢："贴得还行。"

姜絮言连忙把自己的手抽了回来背在身后，手腕在腰上蹭了蹭，动作间有一丝慌乱。

"谢谢。"她盯着床单，嗓音清冷。

"不客气。"张知陈压着唇角，被姜絮言明明红了耳尖却还在强装镇定的模样可爱到。

姜絮言头低着，手握成拳，指甲陷进掌心的嫩肉里。

听到张知陈躺回床上，盖好被子的声音，她这才悄悄抬眼，看向这个莫名其妙一直帮她的男生。

他是除了奶奶，第一个注意到她有没有受伤并且记在心里的人。

姜絮言收回视线，扭头望向窗外盛夏茂密的绿意。

她的嘴角不自觉地微微上扬。

不管他是出于什么目的。

起码这一刻，她是真的很想谢谢他。

医务室在一片茂密的竹林后面，风吹过竹叶沙沙作响，风里都裹挟着沁人心脾的清新。

头顶慢悠悠的吊扇送来微微凉爽，不知是不是车祸的冲击力太强，张知陈躺下后只觉得浑身的骨肉都像被碾过一样，他眼皮越来越重，逐渐没了动静。

注意到男生已然入睡，姜絮言放缓呼吸，精神放松后，胆子也跟着大了起来。

她轻轻凑近，手肘撑在床边，细细打量起今阳有名的不良少年的睡颜。

他的五官长相是俊秀的淡颜，鼻子高挺，眼形深长，不笑的时候很疏离，笑起来透着股痞气。

睡着之后，轮廓柔和，还挺可爱的。

姜絮言一直记得第一次见到他时的场景。早晨的办公室，张知陈站在窗边，遥遥碰到的眼神冷而淡，估计是刚在早读上睡了一觉，眼角微微下垂，额发散落，看起来散漫又疏远。

男生直接无视班主任的眼神威胁，上课铃响后依旧我行我素。

姜絮言之前在滨宁的学校里见过很多不学好的男生，他们大多顽劣、粗鄙，打眼一看便能知晓他们的品行。

但张知陈不一样。

不单单因为那张脸，他整个人都透着股高高在上的傲气，就连插科打诨都自带一种吸引人的滤镜，仿佛他是看透一切的旁观者，看破却不说破，故意放纵自己。

一个人坐在后排角落的位子，支着下巴看向窗外，偶尔独处时才会流露出他本来的面目。

落寞又孤独。

想到这儿，姜絮言猛然回过神。

她……怎么观察得那么仔细……

耳后发热，姜絮言立马端坐好，细长的脖颈挺成一条直线，宛若罚站，老老实实地把手放好，不敢再看张知陈一眼。

仔细想想，她这些天确实总注意到他。

体育课时看到他在打篮球，她就掉转脚步坐到场边，看她不感兴趣的篮球。昨天还差点被飞过来的球砸到，幸亏班长反应快帮了她一把。

数学课时会借着转头传递讲义的间隙，下意识地扫过教室角落的位子，他一般都在睡觉，蓬松的短发不听话地翘起几根，被老师拽醒时会不悦地皱眉。

像头发蒙的小狮子。

可是今天，她好像又发现了他的另一面。

不经意间露出成熟的眼神和微笑，认真说话的时候很有威严，会注意到很多她自己都注意不到的细节。

姜絮言抿了抿唇，如小猫偷偷观察人类一般，没忍住又看向床上的男生。

指尖按在创可贴上，渐渐用力，血痕处泛起痛痒，仿佛自虐一般，姜絮言把那股子旖旎的幻想抛掉。

徐珈曼有句话说得没错。

他们不是一个世界的人。

她和这里格格不入。

和这些家世样貌都顶好的天之骄子格格不入。

奶奶费尽心思帮她从滨宁转学到今阳，她也有自知之明，要想在这里安静地待下去，她必须收敛，降低自己的存在感。

既是保护那小小的自尊心，也是保护自己不被伤害。

可是好像一切都被她想得太简单了。

徐珈曼、周瑶这样的人，她不敢招惹，却在莫名其妙中被她们划到了对立面。

姜絮言垂下眸子，无声地叹了口气。

幸好只剩一年了，只要上了大学就好。

睡着之后，张知陈做了一个梦。

他依稀感觉自己被人从狭小逼仄的空间里拉了出来，模糊的视线里都是血色，周围喧嚣一片，人声和警报声充斥了他的耳膜，吵得他头痛欲裂。

依稀间，他好像听到了费扬叫他的名字，紧接着身体悬空，他被抬到了什么地方，眼皮上空突然亮起一团刺眼的白光，有人拿着仪器在他身上摆弄。

"患者血氧含量正在降低，心率也在逐渐下降。"

"立刻输血，开启除颤……"

纯正的英语对话夹杂着器具碰撞的声响，张知陈感觉胸口一凉，一个冰冷的触感落在他心腔的位置，紧接着他感觉自己整个灵魂都震颤了一下。

"张哥！快醒醒！找你半天了，没想到你竟然在这儿睡大觉！老郑都快急死了看你俩没回来！"

在灵魂即将离体的刹那，封远的声音宛如从遥远天边砸进脑子里的巨锤，将张知陈从噩梦里唤醒。

他猛地睁开眼，大口大口地呼吸，额头上都是细汗，后背也是一层冷汗。他撑着半坐起来，打量身处的环境，姜絮言的外套贴在他滚烫的肌肤上，平整的布料在摩擦间变皱。

他还在医务室。

"你做噩梦啦？脸色这么难看？"封远试了试他的额温，"这么烫！"

张知陈没理封远，闭了闭眼，待呼吸平复后才抬头，声音很哑，问："姜絮言呢？"

"啊？"

封远实在没想到张知陈醒来后的第一件事就是找人家女生，不由得愣了愣，随后好笑地指向门口："刚和班长一起走了。"

封远："哎，你俩什么情况啊？一起玩失踪，老郑都快急死了，徐珈曼说你俩在水池那边，他就让我和舒则来找你俩，结果就看到一个拖把。"说罢，他把靠在墙边的湿拖把拿在手里，嘴角露出一抹坏笑，"说说，你俩什么时候变熟的，刚刚小美女走的时候还给你盖被子呢。真没想到啊，前天哥几个凑在一起讨论人家的时候你一声不吭，还以为你对她不感兴趣，合着憋大招呢。"

姜絮言转来的第一天就在男生堆里掀起了一阵不小的风波。

肤白貌美，性格气质清冷，不爱说话，但人家主动找她却又笑得比谁都软。

这种反差感才是最吸引人的。

姜絮言俨然已经成了男生心里公认的今阳校花，连向来惹眼的徐珈曼在她面前都被比下去了。

听到封远的话，张知陈沉着脸从床上下来，不顾脑后的疼痛，穿上鞋就跑了出去。

"哎！"

封远愣怔地瞧着张知陈急吼吼的背影，还没来得及问他怎么换了校服，还那么小。

姜絮言和舒则并排朝着教学楼走去，她抱歉地笑了笑："不好意思啊班长，害得你来找我。"

舒则比她高了一个头，五官深邃，像混血，皮肤很白，但不是那种健康的白色，不说话的时候总有一种阴郁感。

他勾唇，偏头看她："没事，郑老师很担心你俩。"他的语气顿了顿，"我也很担心你。"

姜絮言收敛了笑意看着脚下的路，礼貌道了声谢："谢谢。"

氛围安静下来。

自从她转来之后，班长是对她最关照的人，但不知道为什么，她面对他总是很拘谨。

男生看她的眼神说不出的奇怪。

她感到不舒服。

"不过你怎么会和张知陈一起在医务室？"舒则语气随意，嘴角扬起一个轻蔑的弧度，"平时在教室还不够他睡的。他威胁你了？"

"没有。"姜絮言倏地抬头，"他身体不舒服，我扶他到医务室。"

舒则没吭声，和她对视了两秒，随后点点头："那就好。"

姜絮言极轻地"嗯"了声。

她知道自己被张知陈骗了，老师根本没去开会，也没上什么自习，但她还是下意识地替他说了话。

"我和他从高一就认识，这人不光学习不好这么简单。"

沉默间，舒则低声道。

"我有一次亲眼看见他和别人打架。"舒则面无表情，那双沉静如水的眼睛隐在树荫下，"因为隔壁一个职高的女生。"

姜絮言眼睫微动，手指捏紧了衣角。

"那个女生和他走得很近。"舒则低眉轻嗤，"他那样的人一辈子也就这样了。"

不知是有意还是无意，舒则的言语里充满了对张知陈的贬低和蔑视，仿佛张知陈是什么落在烂泥里自甘堕落的草芥，永远都爬不出来。

这种毫不掩饰的厌恶和优越感让姜絮言忍不住皱了皱眉。她心里有点不舒服，想辩驳些什么，可又觉得自己没有立场。

张知陈是个什么样的人，她没资格也没底气去和舒则评判争辩。

也许舒则嘴里的张知陈，才是真正的他。

想到这儿，姜絮言心口似乎堵了口气，更不想说话了。舒则也不是真的想得到女生的回应，两人默默朝前走，直到身后传来由远及近的脚步声。

还没等姜絮言回头，一个极重的力道抓住了她的手腕将她往后一扯。

踉跄间，她被跑过来的张知陈拉到了身边，少年像护食的狼崽一样，拽着她大步往前走，没看舒则一眼。

"张知陈？"姜絮言被迫跟在他身后，小声叫他。

"姜絮言，我现在心情很差。"

张知陈喉结轻滑，宽阔的后背微微发紧，扣住她的手背青筋突显，像纵横的山脉，富有生机，衬得她的手腕越发脆弱。

姜絮言表情茫然。

你心情很差，所以呢？

仿佛是听到了她的心声，张知陈偏过头瞧她，侧脸轮廓硬朗，面色寡淡道："所以别再让我看见你和舒则讲话。"

姜絮言脱口而出："为什么？"

张知陈别过头，沉默片刻才闷声说："我看着碍眼。"

女生盯着他的背影眨眨眼，没有吭声。

古怪，但不讨厌。

姜絮言没法解释自己现在的情绪。

就当是因为张知陈现在心情不好，所以自己好心顺着他吧。

舒则在张知陈拉走姜絮言后就停下了脚步，目光沉沉地盯着两人一前一后的背影，忽然极轻地笑了声。

张知陈人高腿又长，一个步子的长度是她的两倍，但姜絮言跟在他身后并没有感到很费力。

他像是故意走得很慢，好让她能跟上。

就这么走到教学楼下张知陈才松开她，爬上楼梯，头也没回："等下你先进去，老郑要是问你去哪儿了，你就说扶我去医务室了。"

姜絮言温暾道："哦。"

四周安静下来，只能听见爬楼梯的脚步声。

过了片刻，女生清亮的声音再次响起："可这个不就是事实吗？谁开口不都一样？"

张知陈脚步一顿，嘴角上扬，笑得无奈。

姜絮言不管做什么都坦坦荡荡。

"不一样。"他转过身站在高几级的台阶上俯视她，"在老郑眼里我是个坏学生，不管我说什么他都会觉得是在撒谎，你说的他才会信。"

姜絮言抓着扶手，垂眸没搭话，良久才又低低"哦"了声。

张知陈见她反应奇怪，但也没多想，继续朝一班所在的四楼走去。

姜絮言慢吞吞地跟在他后面，盯着男生的背影，心情有点复杂。

原来他很清楚自己在别人眼里的形象吗？

不管说什么都会被认为是撒谎，这种感觉光是想想就很糟糕。

回到教室，郑荣见他俩同时回来，眼神警告地瞪了眼张知陈。姜絮言主动说了他们两个人去了医务室，提到了张知陈疑似轻微脑震荡的事。

闻言，郑荣皱了皱眉，负责任地多问了两句，但语气依旧不善："脑震荡？那要不要回家休息？"

以他对张知陈的了解，这小子绝对会顺杆爬然后拍拍屁股走人。

可没想到男生往座位上一坐，主动翻开崭新的数学书，头也没抬："不用，能坚持。"

这态度倒让郑荣没想到，不由得愣了下，随即上下打量了张知陈一眼："哟，太阳打西边出来了。行，那我们继续上课。"

姜絮言在女生里面算高的，座位就被安排在了偏后排，前两天郑荣刚调的座位，照顾到她刚转来不熟悉校园环境，所以让成绩好又得老师信任的班长舒则成了她的同桌。

她回到座位坐下，舒则还没回来。她顺了顺呼吸，翻出数学书打开，余光却捕捉到右前方的一道视线。

徐珈曼此时的表情没了平日里的甜美近人，她阴沉着一张脸，侧头轻飘飘地瞥了她一眼，随后宛若无事发生一般地移开。

姜絮言拿书的动作微动，慢慢垂下了眼。

这种阴恻恻的打量她见过不少。

有时候她甚至会想，是不是自己真的有问题，才会走到哪里都有针对和不善的视线……

这下彻底得罪了班上最受欢迎的女生，可以想象接下来的日子不会好过。

想到这儿，姜絮言胸口发闷，刚刚舒缓下来的心情又沉了下去。

郑荣习惯讲题的时候在教室里来回晃荡，时不时在走神的学生旁边意有所指地站一会儿，等对方吓得注意力集中再离开。

就在郑荣从后桌男生那离开往讲台上走的时候，一个小小的力道砸到姜絮言的后背，她下意识地转过头，撞上张知陈处在阴影里薄凉的眉眼。

男生神色未动，垂眸示意她看地上。

她低下头，从胳膊的缝隙里看到一个皱纸团落在她的脚边。姜絮言抿唇，小心观察台上正在板书的郑荣，弯腰把纸团捡了起来。

她捏紧拳头，看了眼四周，不知道为什么有种心虚感，像是在做什么见不得人的事情。

这还是第一次有人上课传纸条给她，对方还是学校出了名的刺头。

他到底想干吗？

姜絮言按捺住脑海里闪过的从小说电视里看到的校霸桥段，咽了咽唾沫，轻轻把纸团展开。

本以为会看到龙飞凤舞歪七扭八的字，没想到纸上的字竟然出乎意料的好看。

带有个人风格的行楷，字迹清晰有力，一笔一画都带着锋芒，极其漂亮板正，比字帖上的都好看。

印象里少年散漫的形象和这一手好字形成了强烈的反差，都说见字如面，这简直像两个人。

姜絮言密长的睫毛微动，鉴赏完字才注意到写的内容。

【校服等我洗好还你，谢谢。】

简简单单的一句话，不是她想象中的威胁和警告。

礼貌又客气。

落在字上的指尖微动，姜絮言把纸团整整齐齐地叠好，小心翼翼地塞进笔袋里。

明明是一张随手撕下的草稿纸，皱皱巴巴的，她却莫名地不想扔。

姜絮言迟疑片刻，回过头再次看了眼张知陈的方向，本以为男生还像往常那样趴在桌上呼呼大睡，可入眼的画面却让她一怔。

张知陈不知何时戴上了他那副常年不见光的近视眼镜，腰杆挺得笔直，正低头在书上做笔记。此时傍晚西沉的阳光从后门落进来，打在他身上，宛如加了层金色的滤镜。

少年下颌轮廓硬朗分明，低垂着长睫，没有一丝装模作样的刻意，认真到连郑荣都惊疑地多看了他两眼。

姜絮言握紧笔杆，也跟着坐直身子，把注意力放在试题上。

任谁都想象不到此刻坐在教室里的张知陈已经换了个灵魂。

离开高中多年，再次翻开熟悉的教科书他还是有种恍如隔世的错觉，要不是后脑还痛着，他都觉得自己只是做了一场荒诞的梦。

在那场梦里，他为了和姜絮言考上同一所大学拼命读书，却在高考结束后的那个夏天彻底失去了她。

而现在……

张知陈抬起眼，喉结艰涩地滑动，他注视着那个让他记挂了一辈子的人。

心脏抽痛。

他深吸口气，视线重新落在书本上。

高中的知识对现在的他来说根本不算什么，甚至过于简单，天文学少不了用数学去测算，那些繁杂的公式和数据比为了应试而出的题目难出百倍。

但他不能过早地让别人察觉出他的转变，从而引来一些不必要的麻烦。

他现阶段最重要的就是保护她。

直到过完那天。

想到这儿，张知陈眼底晦暗如墨，心跳如擂鼓，握着笔的力度不自觉地加重，指腹泛出白色。

后脑的疼痛仿佛又重了几分，但他的意识却前所未有地清晰起来。

眼前恍惚浮现出高考结束那天晚上的场景。

他冒着细密的雨，忍着一腔怒火和不解跑到姜絮言家的巷子口，正好碰到从外面回来的她。

女生撑着一把灰败的红伞，站在离他三米远的地方，头顶破旧昏黄的路灯在风雨里飘摇不定，微弱的光将两人分割成两个世界。

姜絮言的脸被伞遮住大半，他看不清她的神色，只觉得她好像很冷，整个人都在轻微发抖，光洁的双腿上有几处不明显的淤青。

可惜那时的他只想着质问，只沉溺在自己被"背叛"的痛苦里，并没有注意到她的不对劲。

"姜絮言，你为什么不来考试？"他几乎是咬着牙说出了这句话，异常沙哑的嗓音在雨幕的映衬下听起来像是泣诉，他站在昏黄的光里，整个人湿漉漉的，硬挺的背脊微弯，颓败又无措。

"为什么……不是说好的要一起上……"

"张知陈。"

姜絮言的声音很冷很轻，却足够打断他所有的情绪。

"我不想上大学了。"

四周陷入了死寂，只余雨滴砸在伞面发出的嘈杂声和少年急促的呼吸声。

"你也别来找我了。"姜絮言侧过身子，鼻音浓重，声音嘶哑，"我很累，没空陪你玩下去了。"

张知陈定在原地，手脚冰凉，向来玩世不恭的脸上划过受伤的神色，雨水落到眼角，顺着脸颊砸在地上。

他低头极轻地嗤笑一声，抬手擦掉眉毛上的水珠，再抬头嘴角挂着嘲讽的笑："姜絮言，真有你的，合着都是耍我是吧。什么一起考大学，都是狗屁，我也是贱，还真的信了。"

为了这一句承诺，他几乎拼尽全力，从最基础的知识开始复习，每天熬夜学习，熬到流鼻血都没想过放弃。

这是他第一次想做成一件事。

可是现在却因为她轻飘飘的一句话，变得十分可笑。

到底是十几岁的少年，面对喜欢之人的出尔反尔，那一刻，痛苦大过一切。

撂下这一句，张知陈转身朝着反方向走去，背影挺得很直，却不难看出其中落荒而逃的意味。

女生那一句我很累，被他当成了拒绝。

在他真的转身离开的刹那，姜絮言一定心都碎了。

这个傻姑娘什么都憋在心里，什么都要自己扛。

要是他当时能放下那微不足道的自尊，再向前迈出一步，不那么冲动地逃离，结局是不是会不一样……

张知陈闭了闭眼，仿佛又看到了那漫天的火光，它将黑夜照出猩红的色彩，也将他放在心上的人吞噬。

直到下课铃突然响起，他才忽地睁开眼，封远那张清秀的脸呈放大状出现。

"怎么突然想着戴眼镜了，不是说嫌麻烦吗？"封远一屁股坐在他课桌上，压到了书本。

张知陈抬手推开封远，把数学书揣进书包里，屈起指节习惯性地在额角用力按了按，满脸疲惫地看着姜絮言乖顺的背影。

见张知陈不理他，封远顺着张知陈视线的方向也跟着看过去，随即揶揄道："看什么呢？这么入迷。"

张知陈也不回避，一脸认真："姜絮言。"

封远没想到他这么直白，不禁被口水呛到，用力咳了好几声，语气夸张："我去，你认真的？"

正好这时舒则拿着试卷凑近姜絮言，看起来是在问题目，可越靠越近的脑袋让张知陈不爽地顶了顶腮。

就算已经三十岁，但他本质上还是那个有着极强占有欲和顽劣心的人。

特别是对姜絮言。

他突然开口："老郑一般什么时候调座位？"

封远莫名其妙："每次考试后都会换啊。开学摸底考你倒数第一，于是光荣蝉联了垃圾桶旁边的位子，忘了？"

考试……

张知陈挑眉。

他想起来了，郑荣是按成绩排名来调座位的。

成绩靠前的可以自由选择座位和同桌。

"说到考试，听说高三每个月都要考，还会把成绩和排名发给家长。"封远烦得趴在课桌上，"现在我妈每个月都有理由打我了。"

"不过你突然问这个干吗，你不是最喜欢坐……"封远猛地抬起头，看了眼姜絮言，又难以置信地盯着张知陈，"不是吧……"

张知陈单手撑着脑袋："是，就是你想的那样。"

"张哥，咱别妄想一些做不到的事情行嘛。"封远压低嗓音，指了指舒则，"最起码成绩要比过那位，你才有机会。我不觉得小姜美女能主动选你做同桌。"

这是实话，今阳的学生都清楚这位小爷的脾性，成绩差还爱逃课打架，光开学的这一周就已经被通报批评过几次了，就算是新转来的，一周时间也足够了解他的品行，况且姜絮言看起来就是个学霸乖乖女，怎么可能会选他做同桌。

"怎么不可能。"张知陈慢条斯理地整了整身上略小的校服外套，虽面无表情，说出的话却极其自信，"我肯定会和她做同桌。"

封远不甚在意地笑了笑，注意力放在校服上："这校服不是你的吧？"

"不是。"张知陈回答得很干脆，抬眸眼角微微上挑，看起来颇为得意，"姜絮言的。"

封远："……行，你有本事，话我收回。"

♡ 第二章
烟花与金鱼

今阳的高三学生可以自愿选择是否参加晚自习，因为学校规定晚自习老师不能上课，只能让学生自学。校外辅导机构又层出不穷，不少有条件的家长都会选择让孩子去机构老师那儿复习补课，所以留在教室里上晚自习的都是住校生。

姜絮言也没有参加晚自习，不过她不是去补习班，而是去做兼职。

她瞒着奶奶去找了一份小吃店服务生的工作，晚上三个小时，可以赚五十块钱。

虽然不多，但起码可以稍微减轻奶奶的压力。

放学铃声刚响，姜絮言便收拾好书包，今晚的作业是完成两张卷子。

每晚她结束兼职之后才能写作业，这导致她每次都要熬到凌晨才能写完，本就不算健康的身体也越来越瘦弱。

她胳膊细长，背影纤瘦，背着宽大的书包，肩膀被压出两道红痕，脚步却很坚定，落在旁人眼里，莫名心疼。

明明是应该享受青春，最多也只是为学业烦恼的年纪，她却一个人承担了这个年纪本不该承受的。

周围是噪杂拥挤的放学大军，张知陈手插兜保持着不远的距离默默跟着她。

四周的一切仿佛都消失了，他的眼中只有走在前面的女生。

姜絮言住的出租房就在学校附近，是一栋藏在巷子里的破败出租屋，因为位置太偏外加设施老旧，所以价格也十分便宜。

她和奶奶租了一个单间，只有二十几平方米，但对她们来说这已经是她们能负担得起的最好的了。

走了十分钟，姜絮言拐进黑沉的巷子，推开锈迹斑斑的铁门，迎面吹来的带着霉味的风裹挟着饭菜的味道钻进鼻腔，她扯了扯唇，将自己状态最好的一面展现出来，朗声道："奶奶，我回来啦！"

"哎，言言！"

王卉瘦小却利索的身影应声出现在房间门口，老人今年才六十出头，但头发已然花白，身影佝偻，看起来像是比实际年龄还要老上十岁。

她看见自家孙女笑盈盈的模样也跟着笑了起来："上一天课肯定饿了吧，快来洗手吃饭。"

姜絮言"嗯"了声，关上房门放下书包，王卉瞧见随口问了句："今晚作业多不多？"

"还好，几张试卷，我两节晚自习就差不多能写完了。"

"作业写完回来就早点睡觉，每晚都学到那么晚，不管怎么样身体健康才是最重要的。"王卉盛了碗炒饭给她，嘴上念叨着，担心之情溢于言表。

姜絮言甜甜地笑了笑，没有多说什么。

王卉并不知道她在兼职打工的事情，她也不敢让奶奶知道。

"奶奶知道你想考好大学，但比起这个，我更不想看你这么辛苦。"王卉皱眉费力地坐到矮凳上，她的腰一直不好，"唉，你看你现在瘦的，明明小时候胖乎乎的一个奶娃娃……是奶奶没照顾好你。"

老人说完长长地叹了口气，混浊的眼睛里泛起水光，视线落在女生头顶，枯败又疲惫。

姜絮言垂头吃饭，闻言鼻子泛酸，她声音闷闷的："不辛苦，学习算什么苦啊。"她扬起唇角，抬头安抚道，"炒饭好好吃，我要吃两碗。"

王卉失笑："好。"

其实在十岁以前，姜絮言过得很幸福。

那个时候爸爸妈妈都还在。

变故发生在她十岁生日的那天晚上。

姜高在滨宁开办的烟花厂因为烟花存放出现管理纰漏，导致厂房里囤积的烟花发生爆炸，当晚值班的工人和姜高夫妻俩无一幸免。

姜絮言因为和奶奶去买蛋糕而逃过一劫。

所有的一切，包括爸爸妈妈和她本来的人生，都在那个夜晚的火光中付之一炬。

她的生日从此成了父母的忌日，她再也无法忍受烟花的声响。

姜高办厂欠的贷款和后续需支付的工人赔偿款自然落在了王卉的头上。

姜絮言记得很清楚。

在父母葬礼那天，一伙凶神恶煞的人冲进她家，将屋内的家具砸了个遍。无论奶奶如何哭喊求情，他们都无动于衷，最后邻居赶来帮忙他们才勉强收手。

年幼的她瑟瑟发抖地躲在奶奶身后，没有哭一声，只狠狠瞪着为首的男人秦劲。

秦劲似乎也感受到她的视线，饶有兴趣地蹲到她面前，不顾奶奶的阻挠抬手扣住她小小的下巴。

"脸蛋不错，长大能值点钱。"

秦劲话音刚落，王卉发出尖细凄厉的哀号声，她"砰"的一声跪倒在他面前，不停地磕头："她只是个孩子，你放过她！欠的钱我拼了这条命都会还的！求你别碰她！"

然而哀号声对他们这些人来说宛如助兴的乐曲，秦劲一脚踹开老人，揪住了姜絮言的衣领，把满脸倔强、狠狠瞪着他的女生提到面前。

男人的呼吸扑洒过来，姜絮言挣扎着捶打他。秦劲不怒反笑："小鬼，你知道你爸欠了叔叔很多钱吗？"

姜絮言没有说话，苍白的小脸上没有一丝血色。

"欠债还钱，天经地义，现在你爸爸还不了，你就要帮你爸爸还，这才是好孩子。"男人粗粝的手指划过女孩细嫩的脸颊，说出的话却让王卉通体冰凉。

秦劲长得很普通，单看他的一张脸可能难以把他和那些地痞联系在一起。

但他确实是滨宁地方上有名的混混。

被秦劲盯上，往后的生活可想而知。

周围看热闹的街坊无不可怜这对祖孙。

后来的日子，她们也的确过得很艰难。

一个手无缚鸡之力的老人和一个小女孩能怎么活呢，除了逃好像没有其他更好的办法了。

吃完饭，姜絮言洗了碗才背上书包离开。

天色完全陷入黑暗，她抓着包带从巷子里出来，朝着小吃店的方向走去。

暖黄色的街灯将她的影子拉得很长，晚风扑面，带走了一整个白天的燥热。

风吹到身上有些许凉意，她下意识地摸了摸自己的胳膊，这才想起自己的校服外套被张知陈穿去了。

她动作顿了顿，眼前闪过少年的笑容，不知怎的，她忽然回味起白天在男生怀中的感觉。

好温暖。

像小时候爸爸抱着她的感觉。

她一点也不排斥。

很奇怪，明明正式认识才不到一天的时间，她却觉得两人已经很熟悉了。

张知陈带给她的安心和信任感，让她觉得仿佛上辈子两人就认识一样。

姜絮言深吸口气，晚风里梧桐树独有的香气让她忍不住翘起唇角。

有点期待明天了。

不知道他会不会再逃课。

一直鬼鬼祟祟跟在姜絮言身后的男生，在她停下脚步时慌乱地背过身抬手挠头，等了一会儿扭头见女生继续朝前走，才舒了口气继续跟上。

张知陈自嘲地笑了笑，暗骂自己跟个变态跟踪狂一样。

但他实在放心不下。

重生后的不真实感让他无法接受得那么快，总感觉姜絮言会再次消失，只能用这种方式让自己暂且安心。

他知道姜絮言现在要去东街的小吃店打工，那周围有不少黑网吧和游戏厅，附近职高的学生经常去那儿玩，那些人的品性他清楚，姜絮言的模样绝对会招来不必要的麻烦。

他不由得想起日记本上的内容，眼底一暗。

就在不久后他生日那天，一帮职高的人去了店里闹事，害得姜絮言跟着进了警察局，老郑也知道了她兼职打工的事。世上没有不透风的墙，学校里渐渐传出对她不好的谣言，也是从那会儿开始，他才真正有机会接近她。

张知陈脸色深沉，眼底泛起狠戾。

那些人都是将他的姑娘推向死亡的凶手。

在他即将被暴戾包围的时候，姜絮言脚尖磕到了路边的凸起跟跄了一下，这个小插曲让他回过神，嘴角抑制不住地上扬，眉眼都再次鲜活起来。

夜晚是小吃店生意最好的时候，老板娘杨琳是个三十岁出头的外地人，操着一口明显带着口音的梧城话，待人十分热情。

杨琳是个单亲妈妈，八岁的儿子小斌刚上一年级，每天放学后就在店里写作业，有时候店里没什么客人，姜絮言也会帮着辅导一下。杨琳清楚姜絮言的困难，所以一直都很照顾她。

店里除了姜絮言，还有另一个女服务生杨茉，是老板娘的亲戚，年纪看起来也不大，已经和姜絮言混熟了。

见姜絮言进来，杨琳连忙招呼道："小姜，今天小斌生日，给你留了一块蛋糕，在后厨。"

姜絮言走到后面的杂物室，换上工作服，出来笑道："谢谢杨姐。"

一旁的杨茉把视线从手机上移开，看向姜絮言："小斌都快馋死了，你快去吃了吧，不然一会儿就没了。"

姜絮言笑着点点头，走到后厨看见了台子上的草莓蛋糕。

她思绪不由得一怔，笑容凝滞在嘴角。

记忆回到了她十岁生日那天。

奶奶带她买的也是草莓蛋糕。

得知工厂爆炸的消息时，她刚和奶奶买完蛋糕回到家。

王卉顿时脸色惨白如纸，颤着手扶住她的肩膀，让她在家乖乖待着，等他们回来。

姜絮言对爆炸并没有概念，只能听奶奶的话，抱着蛋糕乖巧地点点头，然后坐在小凳子上等爸爸妈妈回家过生日。

怀里的草莓蛋糕散发出甜腻的香气，她忍不住伸出手指沾了点奶油吃进嘴里，草莓酱混合着奶油的香甜味道从舌尖蔓延到胃里，这是她吃过的最好吃的蛋糕。

也是她这辈子最不想再吃的蛋糕。

姜絮言到底没吃那块蛋糕，她对门口望眼欲穿的小斌招招手。胖小子眼睛一亮，屁颠屁颠地跑到她身边，盯着小块蛋糕试探道："姐姐，你不吃吗？"

姜絮言撑着膝盖弯腰直视男孩，笑着把蛋糕递给他："姐姐牙疼，不能吃甜的。今天你生日，你最大，都给你吃。"

"谢谢姐姐！"小斌笑得眼睛眯成一条缝，双手捧着蛋糕乖乖地跑了回去。

杨茉把手机揣进口袋，无奈地摇头："这小子迟早被宠成两百斤。"

姜絮言耸耸肩："小孩子正长身体呢，多吃点没事儿。"

两人闲聊间，进来吃饭的客人逐渐多了起来，姜絮言驾轻就熟地拿着点餐本到各个桌前招呼，深棕色的围裙衬得她的皮肤更加细白，即使是一身十分不出众的打扮也能让人眼前一亮。

不少年轻的男客人把目光放在她身上。

察觉到这些视线，姜絮言很不自在，她始终微垂着眉眼说话细声细语，尽量把自己的存在感降到最低。

这条街离今阳很远，姜絮言不必担心会遇到学校的同学和老师，来这儿吃饭的大多是这附近的大学生和职高生。店里的菜品都是些便宜精巧的小吃和甜品，深受年轻人喜欢。她来的时间不长，对这条街的情况还不太了解，但也从客人的交谈里和偶尔路过店门的路人身上观察到了一些。

这条街上应该有不少黑网吧和娱乐场所，染着各种颜色头发的小混混们经常出没在这一带。

时常有摩托炸街的轰鸣声伴随着嬉笑声在夜晚的街道上响起。

姜絮言当初是在张贴着各种招聘小广告的公告牌上找到的这份服务员工作，没想到小吃店所在的东街这么乱。

点完一圈，她走到后厨把菜单递给杨琳，老板娘风风火火地扫了一眼便开火工作，杨茉在旁边打下手。时间在忙忙碌碌中度过，时针不知不觉间指向了11。

姜絮言拿着抹布将最后一张桌子擦干净，直起腰舒展筋骨，随手将额上冒出的汗珠抹掉，扭头瞧见刚刚还在认真玩手机的杨茉此时却拧眉瞧着门外。

姜絮言眨了眨眼，好奇地走到她旁边顺着她的视线看过去，却只看到昏暗空荡的街景。

"看什么呢？"她问。

杨茉"嘶"了声："我从晚上开始就感觉有个人一直在大门附近朝我们这边看。"她抬手摸了摸下巴，一脸严肃地看向姜絮言，"你说会不会是什么变态在找目标？"

杨茉颇喜欢看悬疑犯罪类的作品，对这些奇奇怪怪的事物特别感兴趣。

此时街道上已然没有什么行人，不少店都打烊了，姜絮言盯着对面黑洞洞的街巷，想起待会儿自己还要摸黑回去，不由得后背一凉，讪笑道："是不是你看错了，我没看到人啊。"

杨茉从桌前站起来，走到门口四处张望了一下，小声嘀咕："我刚刚确实看见了啊，一个高高瘦瘦的人影，一直盯着我们……难道真是我看错了？"

姜絮言也蹭到门口，小心地张望了下，但街上并没有什么高高瘦瘦的可疑人士。

她抚了抚自己露在风里的胳膊："应该……吧。"

下班时间一到，姜絮言把衣服换好，背上书包和杨茉等人打了声招呼就走出店门。

深夜陡然降低的温度让她下意识地耸起肩膀，变得冷清的街道和几个路过的互相搀扶着的醉汉让她像只时刻警惕的鹌鹑。她垂着眼睛，紧抓包带，背脊挺直，只盯着脚下的路，闷头朝前走。

有惊无险地走到另一条相对静谧的小路上，周围仿佛被按下了静音键，一切都停了下来，只余梧桐被风吹动的沙沙声。

姜絮言松了口气，抬眸看了眼熟悉的街灯，神经稍稍放松。

这条路她独自走过很多次，每到这个点基本就不会再有人出现了。

只是今天她莫名地感到紧张，想起杨茉说的话，越想越觉得身后好像真的有人在跟着。

她抿了抿唇，下意识地放轻步子，耳朵仔细听着身后的动静。

风卷动着树叶，静谧的氛围里她听到了自己的脚步声。姜絮言咬了下唇角，突然在原地停了下来，耳朵在此刻敏锐地捕捉到不远处一道没来得及刹住的鞋底与水泥地摩擦的声响。

姜絮言心头猛地一跳，攥着包带的手心冒出一层薄汗。

变态，跟踪。

这两个词从脑袋里蹦了出来，霎时占据了她所有的神思。

身后的那个人也陷入了诡异的沉默，脚步声没有再响起，如果是正常的行人大可超过她继续走，可那个人……没有动。

是在等她吗？

这个想法让她后背一凉，那些从电视里看过的变态杀人场景像放电影一样从眼前闪过。

姜絮言艰涩地咽了口唾沫。她没有愣神太久，为了不让身后的人起疑，她慢吞吞地蹲下身子佯装系鞋带，仔细听着那人的动静。

张知陈在她突然停下的时候还以为自己被发现了，连忙顿住脚步，正当他在想该怎么解释的时候却看见女生慢悠悠地蹲下开始系鞋带，不由得松了口气挠了挠后颈，等着她系完继续送她回家。

这边人烟稀少，很不安全，他决定以后每晚都偷偷送她。

还没等他彻底松懈，再抬头时却瞧见刚刚还蹲着的姜絮言像支离弦的箭一样，嗖地就开始跑了起来。

"哎……"

一声下意识的呼唤被他硬生生咽了回去，张知陈像傻子一样愣在那儿，眼睁睁地瞧着女生宛如百米冲刺一般跑到了红绿灯路口接着右拐奔向学校的位置。

速度之快。

空气安静了两秒，张知陈宛如傻大个一样杵在那儿，抬手撩了把凌乱的头发，无奈地摇摇头，按灭了追上去的心思。

姜絮言大概率是把他当成跟踪少女的变态了。

他在店外等了将近四个小时，腿都麻了，就是在担心她的安全，合着自己被当成危险分子了。

不错，还有点警觉。

张知陈嘴角翘起愉悦的弧度，直到姜絮言的身影彻底消失才手插兜转身往回走。四周又热闹起来，他伸手拦了辆出租车，对师傅报出记忆里许久未回去的地址，精神才彻底放松。

随着离家的距离不断缩减，窗外的街景也慢慢熟悉起来，和记忆里的模样开始重合。

说起来，他已经很多年没回老屋了。

想到回去要面对老张，张知陈合了合眼。

在世人的刻板印象里，像他这样小时候听话懂事，到青春期突然叛逆犯浑的小孩，大概率都是家庭出现了不幸的巨变。

他的父母很相爱，从他的名字就可以感受得到。

很俗套，但又是最直白的浪漫。

张知陈，张，知陈。

变故发生在他小升初那年，母亲陈冉遭受意外去世，父亲张大明从此一蹶不振，原本爱笑的男人变得沉默寡言，沉浸在失去妻子的痛苦里，连带着就是对儿子的忽略。

张知陈一直记得，母亲刚走的那年，张大明每天都是凌晨才回来，有时候甚至整夜不归，一回来也是满身酒气，也不开灯，一个人在黑暗里哭。

哭声悲伤哀婉，张知陈根本没办法入睡，也不敢睡着。

失去母亲，他也很伤心，很需要爸爸的安慰和陪伴，可爸爸只在乎自己的悲伤，完全忽略了孩子的感受。

时间一长，父子俩很少再有交流，一个晚归一个早出，甚至在一起吃顿饭都是奢望。

升入初中后，他周围出现了各式各样的朋友，形形色色的诱惑也随之出现。张知陈从小被陈冉教导的自持和优秀告诫着他不能就此堕落，可他回家想要和张大明说说话的时候，对方总是抬手疲倦地打断他。

那一刻，积压已久的委屈和怨怼让他想要报复父亲，用毁掉自己的方式，获取父亲的关注。

这么多年过去了，三十岁的他再去评判当时的自己，自然是觉得幼稚可笑，但对那个年纪的孩子来说，这是唯一能让他获得父亲一点关注的方法了。

车开到别墅区，张知陈让司机在小区门口停下，他一个人慢慢走到第三排最尽头的那一栋，目光沉沉地落在朱红色的大门上。

房子里静悄悄的，里头昏暗一片，应该没人在家。

他深吸口气，陌生又自然地输入门锁密码。开门的提示音响起，他推开门垂眸瞧见门边散落着一双男士皮鞋。

张大明回来了？

他反手关上门，打开玄关处的顶灯，霎时暖色的灯光将这一小片空间点亮，张大明跌坐在墙边，空气中弥漫着浓烈的酒气。

张知陈几不可见地皱了皱眉，朝张大明走过去，他蹲下身子，借着灯光，看清了男人醉红的脸，不禁屈指按了按额角。

就这鬼样子，怪不得老了后胃出血进医院。

"老张，醒醒，要睡回房间睡。"

姜絮言死后，张知陈考进梧大，这么多年的经历，过往对父亲的种种怨怼也消散了，反而觉得这个男人非常可怜。张大明不是一个好父亲，但他确实是一位好丈夫。

张知陈架着张大明的胳膊想将男人从地上拽起来。

被突然亮起的灯光和儿子的声音惊扰，张大明迷迷糊糊地醒过来，他努力抬起沉重的眼皮望向张知陈，意外地笑了笑："臭小子，又去哪儿鬼混了，这个点才回来。"

他没有推开张知陈，只顺着张知陈的力道摇摇晃晃地站了起来，嘴里笑道，

"还知道扶你爹起来，又缺钱了？"

张知陈扶着他朝楼上走，嘴里顺着他："是是是，缺钱了。"

张大明喝得脸色通红，闻言用力拍了拍张知陈的后背，没好气道："真是臭小子，我就知道，对我这么好，肯定是因为这个……"

他边说边掏裤兜，打开钱包，将一沓钞票抽了出来一股脑地塞进张知陈的校服口袋里，嘱咐道："下周你生日，请，请你那些小崽子哥们，吃顿好的。"

张知陈怔了怔，嗓音低哑："您还记得我生日呢。"

"当，当然，你妈每年这个时候，都会提前一周给你布置生日会，可热闹了。"喝醉的男人提起亡妻声音一顿，深吸了口气，把手中的钱包敞开，借着微弱的灯光看着里面藏着的照片。

他手指轻抚着上面微笑着的女人，目光微闪："可惜啊，我们爷俩再也吃不到你妈烤的蛋糕了。"

听到这话，张知陈喉结滚动，隐忍着情绪，没有搭话，沉默地扶着张大明走到主卧，将他安顿好。

其实，他和张大明在某些方面很像。

面对深爱之人的离开，一样走不出来。

他轻轻带上房门，回到自己的卧室。

看到卧室里的陈列，他有片刻的恍惚，重生的真实感让他心跳越来越快。

平复了半晌，后脑的疼痛感减轻，张知陈走进浴室想洗个澡，脱衣服的时候透过镜子看到了自己现在的脸。

稚嫩却张扬，是和三十岁的他完全不一样的感觉。

他用力咬了咬后槽牙，小心翼翼地把姜絮言的校服脱了下来，胸口迸发出的想念和哀伤这一刻不必再隐忍。

他把脸埋进衣服里，贪婪地感受着姜絮言的味道，后背止不住地颤抖。

还好，她又回到自己身边了。

白天的疲惫让张知陈几乎是沾到枕头便陷入了沉睡。

他做了一整晚的梦，梦里都是当年姜絮言出事后的场景。

在警方的通报里，姜絮言是自杀。

那个高考完，学子彻夜狂欢的茫茫黑夜里，在他被她赶走后不久，她独自将房门紧锁，用一把火将自己的生命焚烧殆尽。

连带着把他的一颗心也带走了。

张知陈永远都记得，在他从封远那儿得知消息的一刹那，他整个人像被猛然泼了盆冰水，没有任何反应，甚至率先涌上来的都不是伤心，而是荒唐。

怎么可能，姜絮言怎么会死呢？

她还没答应做他女朋友呢。

他失魂落魄地挂掉电话，疯了一样狂奔向姜絮言和她奶奶的住处，还没走近，就看见整条街挤满了围观的群众，身着橙黄色防护服的消防员和身着蓝色警服的警察在一片灰蒙蒙的天地里尤为刺眼，他们拉起警戒线疏散周围议论纷纷的人群，满脸肃穆沉静，仿佛最无声的哀婉。

火光被扑灭，原本就破败不堪的房屋已经变成了残垣断壁。大火吞噬过后，空气中弥漫着烧焦的气味，乌云密布的天空被直蹿而上的浓烟浸染得越发阴沉，压在每个人的心头上，让人喘不过气。

张知陈站在人群外，机械地喘着气，脚步像被钉在了原地，动不了，也不敢上前。

"那女生长得漂亮又乖巧，和奶奶相依为命，听说前天，她的奶奶死了，就剩她一个人，所以想不开……"

"啊？老太太没啦？前几天我看还好好的呢，怎么就突然没了？"

身旁两个还穿着睡裙的阿姨正哀叹一个年轻生命的逝去。

"能因为啥？你忘了经常来她们家催债闹事的混混啦？那阵仗那架势，前天晚上的动静你没听见啊，都把警察闹来了，老太太本来身体就不好，估摸着是没挺过去。"

"你说这都叫什么事啊，唉……"

"孩子可怜啊，因为奶奶的事，听说连高考都没参加。"

"嘻，人生还长着呢。"

"熬不下去了吧，可怜啊……"

一声声可怜，像把钝刀一下又一下地磨在张知陈的心上，撕扯着血肉。

听到这些话，他忽然觉得自己身上的血仿佛被抽干了一样，明明已经是六月，他的手脚却凉得可怕。

他表情呆滞麻木，周遭的声响仿佛是透过玻璃罩传到他的耳膜里的，一点也不真切，甚至有点可笑。

为什么她们说的他一点都不知道？

奶奶死了？

姜絮言没去参加高考是因为这个？

她为什么不告诉他？

他为什么不多问几句？为什么没察觉到她的不对劲？为什么丢下她就这么跑了？

他都做了什么？

张知陈胸口又闷又堵，他皱眉张了张嘴用力咳了一声，眼泪被震得顺着脸颊滑落，随后像断了线的珠子一样，无声地往外冒，怎么也止不住，心绞痛得厉害，他用力捶着胸口，但一点缓解的作用都没有。

周遭的空气仿佛被压缩了，他吸不进去，也吐不出来。渐渐地，他感到耳鸣，围观人群的惋惜和议论像堵密不透风的墙，把他围在里面。他抬起胳膊抱住脑袋，想要放声嘶吼，可嗓子哑得发不出一个音节。

直到一身橘色的消防员抬着一个盖着白布的担架出来。

白布隆起的弧度让人崩溃。

张知陈眼神震动，原本一丝自我安慰的侥幸随着那担架颠簸中从白布下抖落出的手而灰飞烟灭。

那都不能称之为手，黑黑的，因为失去水分而蜷缩成小小的一团，完全看不出原本的模样。

他最喜欢在上课的时候盯着姜絮言出神，女生低头写字的样子特别乖，细白的指节捏着笔，一笔一画地运算抄写。感受到他的视线，她会小心地转过头，用笔尖指指他，警告他认真听讲。

在他打完球口干舌燥的时候，那双莹白的手会握着水杯轻轻地递给他，他每次接过的时候总能无意间准确地拂过她的手背。

他喜欢到宁愿改变自己也要走到她身边的人，变成了一具黑黑的蜷缩的焦尸，被随意地盖上一块白布，放在脏乱不堪的地上，留在警方存证的相机里，成为众人口中的可怜人，连个给她收尸的人都没有。

那一刻，有什么东西在张知陈的心底彻底碎了。

他踉跄地跑起来，推开围观的人群，不顾拉起的警戒线，像只发狂的恶犬，想要冲到姜絮言身边。

周围的民警被这突然闯进来的少年弄得猝不及防，在他就要碰到尸体的时候，被生生拦腰挡了下来，但少年力气大得惊人，两个民警都差点没拦住他。

"放开我！"

张知陈像头受伤的猛兽，从胸腔深处发出低哑的哀鸣，眼睛赤红，里面血丝密布，脸上毫无血色，苍白又可怖。

"张知陈！赶紧给我出去！这是什么地方？能让你随便往里跑！"

呵斥的是封远的父亲封兆光警官，他一眼便认出了张知陈，这个和他儿子经常在一起厮混的小子。

听到有人叫他的名字，张知陈有一瞬间的愣怔，随即从恍惚里找回些理智，红着眼没什么焦点地看向封兆光，语气恳求："叔叔，让我看看她好不好？她是我……同学，我认识她，求求您，让我看一眼，就一眼……"

封兆光原本烦躁的表情一顿，上下打量了张知陈几眼，不确定道："你同学？"

"是是……我……"那句"认识"怎么也说不出口，张知陈咽了咽唾沫，强忍哽咽道，"求您，让我看她一眼。"

封兆光皱了皱眉，扫了眼地上的尸体和低声下气的张知陈，还是摆了摆手："不行，警方办案有规章制度，尸体我们得拉回去检查，到底怎么回事我们后面会告诉你们老师。这不是你瞎闹的地方，赶紧出去！"

说罢，他跟拦着张知陈的民警使了个眼色，然后转过身指挥将尸体搬上车带走。

听到封兆光的话，张知陈脑袋一蒙，更加用力地挣脱，额头上、脖子上青筋暴起："别碰她！你们要对她做什么！"

担架被重新抬起，张知陈声嘶力竭地挣扎，可是只能眼睁睁地看着姜絮言离他越来越远。他哭得嗓子都哑了，无力地抓着民警的胳膊，祈求他们放开他。

向来天不怕地不怕，一身桀骜混不吝的少年，第一次卑微到尘埃里，只是想要再看姜絮言一眼。

直到载着尸体的车在呜呜作响中驶离，周围看热闹的群众慢慢散去，张知陈跪倒在泥泞的地上，他已经哭不出来了，但眼泪还是不断地流下来，不知过了多久，初夏的朝阳从他背后升起，阳光洒向人间，照亮所有黑暗。

可往后的十二年，唯独漏了照亮他空荡荡的心。

那本日记不知道为什么被丢在巷子口的垃圾桶里，没有被大火波及，封兆光从封远那儿听说了张知陈和死者的关系，联想起那天张知陈痛苦的样子，自己也不忍心，在结案后将这件姜絮言留下的唯一的遗物交给了他。

他这才从日记中得知，原来在他自己都没发现的时候，他早已经成了女生日记里的第一主角。

没有姜絮言的十二年，张知陈过得不算多坏，也没有多好。

他的人生好像失去了衡量的标准，无论好坏都没有了意义。

快乐的时刻，一想到她就会陷入失落。

难过的时候，一想到她就会忍不住翘起嘴角。

她永远鲜活，永远干净地被他放在记忆里小心保存。

于是他找到了另一种活着的方式。

那就是想念她。

就像被困在鱼缸里的金鱼，虽然失去了自由，但有足够的养料去存活。

只是他的记忆比金鱼要好。

天刚蒙蒙亮，张知陈从梦中惊醒，入眼熟悉又陌生的房间摆设让他半天都没回过神来，一时间竟然有些分不清现实和梦境。

他迟钝地眨了眨眼，这才后知后觉地想起昨天发生的一切。

——在新西兰出了车祸，然后一睁眼发现自己回到了高三。

还有……姜絮言。

迷茫的思绪瞬间清醒，他腾地从床上爬起来，胡乱洗漱干净，走到楼下把洗衣房烘干机里的校服外套拿出来。刘妈正端着热牛奶从厨房里出来，见他这般风风火火的模样，不禁笑道："起得好早啊，快来吃饭。"

刘妈每天都过来给他做饭，但大多时候他在外面和朋友厮混，经常不着家，刘妈也难得看到他能这么早起床。

张知陈仔细把校服外套叠好装进书包里，闻言头也没抬，语气抱歉："刘妈对不起啊，我不吃了，要赶去学校，您吃吧。"

他边说边急急忙忙地走到玄关那儿换上鞋，拧开门正要出去，他想到了什么，扭头嘱咐道："老张昨晚又是喝醉回来的，您受累，煮点热粥给他。"

说完，他轻轻带上门，一切归于平静。

刘妈还双手端着冒着热气的牛奶，愣在原地，觉得自己还没睡醒。

刚刚那个礼貌懂事，还会关心父亲的男生，是张知陈？

张知陈刚从别墅跑出来就迎面撞上张大明的司机老宋把车开回来，没等老宋开口，他就回绝道："不用送我了，宋叔，以后我都坐公交车。"

他撂下这句话便朝别墅区门口不远处的公交站跑去。

"哎！慢点跑！"老宋打开车门下来看了眼腕表，才早上六点，盯着少年奔跑的背影，忍不住嘀咕，"太阳打西边出来了。"

从别墅区坐公交车到今阳需要花费半个多小时，他必须提前一个小时从家出来坐上公交车，才大概率能碰到上学的姜絮言。

早班车上并没有什么乘客，他投完币径直走到最后一排坐下，长腿往前一伸，抱着双臂懒懒散散地往后一躺，闭上眼开始补眠。

公交车慢慢悠悠地行驶着，时不时到站停下，气门开关的声响让张知陈无法睡得安稳，乘客渐渐多了起来，身旁学生聊天打闹的笑声让他皱了皱眉。

十七八岁的高中小孩都这么精力充沛的吗？他不由得想起在梧大教课时，每到早八的那节课，下面的大学生总是睡倒一片。

张知陈撩开眼皮，懒懒地扫了眼窗外。车已经开到离今阳还有两个站的梧桐大道上，街道旁挺拔粗壮的梧桐将阳光阻隔，只留下斑驳的光点。他盯着飞驰掠过的树影，不禁思绪弥散，连身边坐了个人都没察觉到。

"张知陈？"费扬不屑又带点惊讶的声音响起，"大少爷竟然坐公交车了？"

张知陈不动声色地挑了下眉，把长腿一收，保持好自己拽哥的形象，散漫地偏过头，嘴角扬起不咸不淡的弧度："怎么，这公交车是你家开的？"

潜台词是你小子管得真宽。

"你……"

费扬话头被堵瞬间多毛，暗骂自己也是贱，明知道自己每次碰上他口头上都讨不到好。

他们俩在初中时是同班，一直不对付。费扬从小就是火暴性子，非常沉迷古惑仔电影，小小年纪就在同龄男生群里拉帮结派，以老大自称。

直到碰到张知陈这根钉子，其狂妄自大且目中无人，天不怕地不怕又不服管教的态度让费扬的"威信"受到了打击，从此费扬一直和张知陈不对付。

两人在学校一言不合就对呛，双方家长因为常常被一起叫来学校，彼此都熟悉了，老张甚至和费扬他爸处成了酒友。

张知陈撑完费扬，别过头，下颌线绷紧，很明显在憋笑。虽然知道两人后来会成为好兄弟，但时隔多年还能看到费扬这小子吃瘪，他就心里暗爽。

对了，是因为什么事让他俩和好了来着？

见张知陈撑完就一副不想理他的臭样，费扬气笑了，抓着前面的杆子就站了起来，居高临下地睨着张知陈，把憋了两天的"好消息"告诉张知陈："听说你前两天在东街带着苏雨骑摩托被向铭他们看见了？"

费扬不怀好意地笑了笑，让原本白净秀气的脸增添了几分猥琐。

张知陈眼睫动了动。

哦，他想起来了。

他无所谓地笑笑："向铭让你来告诉我，他要堵我？"

费扬笑容一顿，我还没说你怎么就知道了？

仿佛看穿了费扬的内心独白，张知陈笑着摇头叹了口气，抓上同一根杆子站了起来。他比费扬高了半个头，肩又宽，这么近距离地站一起，费扬活生生被对比得像个小学生。费扬不由得伸出手指将他往后推了推："哎哎哎，我警告你，是你先招惹人家女神的，我好心提醒你，据说向铭叫了一帮人要在今天放学后堵你。"

张知陈敛了笑，单手插兜，微躬着腰，视线检索着窗外身着今阳校服的学生，一副无所谓的态度："哦。"

哦？还哦！大哥你要被打了知不知道！

"向铭是职高的头头，能打得很，就是条疯狗，谁接近苏雨都会被他盯上。"费扬语气急促了几分，"上学期他刚把一个高年级的学长打进医院，人家闹都不敢闹。"

张知陈没搭话，连一个眼神都没给费扬。

费扬"啧"了声，以为他根本不清楚事情的严重性，还想开口嘱咐两句，却没想到张知陈突然直起身走到后门口按了下车的按键，随后扭头耷拉着眼，扯唇反问："你很担心我？"

费扬瞬间"黑脸"："担心你不被打死。"

张知陈闻言低头笑了下，背过身朝费扬摆了摆手："知道你口是心非。"

一个暑假不见，没想到张知陈换了种方式恶心他，费扬想自己就不该莫名其妙地瞎操心。

公交车过了梧桐大道交叉口的红绿灯，在距离今阳还有一个站点的位置停下，气门打开，几乎都是上车的学生，张知陈是唯一一个下车的。

费扬看见后皱起眉头，下意识地看了看站点，小声嘀咕："还没到啊，他下什么车？"

好奇心占了上风，在气门将要关上的时候，费扬也跟着挤了下去。

昨晚又很晚才睡，早上闹铃响后姜絮言多磨蹭了十分钟才起，她洗漱的时候王卉在桌上放了点钱就出去了。王卉这个年纪找不到什么合适的工作，只能去家政公司看看有没有机会。

姜絮言摩挲着手里皱巴巴的五块钱，透过窗户瞧着奶奶离开的背影，整个人被一股看不见摸不着的无力感包围。

学校附近的一条街上都是早早开始营业的小吃摊，热门摊点前甚至排起了东倒西歪的长队，姜絮言看了眼手表，还有不到半个小时就上课了，她可没时间去挑选，径直朝卖小笼包的店走去。

店门口的热锅上摆着比人还高的蒸笼，她还没站稳，那蒸腾滚烫的热气便随着风扑了过来，她吓得立刻闭上了眼睛。

脸上没有感受到预想中的滚烫，有人抓住了她的书包带子用力往后一扯。姜絮言本来就轻，再被这么一拽，整个人跟跄了一下。

张知陈顺着她的动作把她的书包带往上提了提，像拎小孩一样将人扶正了。

"同学小心点啊，这蒸汽熏到眼睛可疼了。"见姜絮言站稳后，老板后怕地说道。

姜絮言愣怔在那儿，先入眼的是张知陈的黑色球鞋，她正要抬头看过去，一件外套罩在了她的身上，阻隔了她的视线。

衣服上清新浓郁的柠檬香气钻进鼻子里，姜絮言眨了眨眼，把外套从脸上拿下来，看见领口上画的黑色简笔小熊。

这是她的校服外套。

是张知陈。

"老板，来两笼肉的。"张知陈松开她的书包带，从兜里掏出一张紧紧卷在一起的十块钱递过去，收手时还顺手从台上拿了两杯封口的豆浆，"还有两杯豆浆。"

"好嘞。"老板接过钱，利索地从最上面挑出两笼热腾腾的，装进塑料袋递给他，“帅哥给。”

张知陈正在拿吸管，实在腾不出手，偏头看向呆愣的姜絮言，十分自然地吩咐她：“接着。”

姜絮言回过神，下意识听话地接过老板悬在空中的小笼包。

老板朝她憨实一笑，姜絮言手上沉甸甸的。

十六个小笼包，他早上吃这么多吗？

“老板，我要……”

“走吧。”

没等姜絮言说完，张知陈就把其中一杯插好吸管的豆浆塞进她的怀里。他走到她旁边，空出的那只手虚虚地按在她的包带上，像领着小孩子一样。

“哎，我还没买……”

姜絮言被他半推着朝前走，她抓着豆浆和包子抬头看他，还向后勾头示意自己还没买早餐。

张知陈吸了一大口豆浆，软塑料的杯子里瞬间少了一大半。喝了热的东西空荡荡的胃总算好受了些，他这才垂眸瞧她，眼神淡淡的，却不容忽视：“这不有现成的嘛，你吃呗。”

姜絮言低头看着手上的东西，有些呆：“啊？”

这人刚刚一套动作行云流水，连给她反应的时间都没有，现在手还搁在她书包上。

这算什么？

这些不会是特意给她买的吧？

光天化日之下，他想干吗？

姜絮言越想脑洞越大，连忙耸了耸肩，把张知陈的手从自己的包带上甩掉。她往旁边岔了一步，和他保持一步的距离：“这是你买的。”

“嗯，买给你的。”他脸不红心不跳。

听到这么直白的话，姜絮言面色一怔，不由得结巴：“买……买给我的？”

张知陈懒散地把手插进兜里，嘴上叼着空掉的塑封杯，漫不经心地“啊”了一声，口齿不清道：“谢谢你昨天借我衣服。”

这声谢谢倒让女生蒙了，浅色温润的眸子一眨不眨地盯着他看。

少年微仰着脖子，喉结凸起明显，下颌线条硬朗，困倦地半睁着眼看路。注意到她的视线，他斜睨着看过来，那眼神落在她脸上，烧得她别开了眼。

姜絮言能清晰地感受到自己的耳朵在慢慢变热。

阳光从身后照过来，女生耳尖发红。

“豆浆快喝，待会儿就凉了。”

路过垃圾桶，张知陈将空豆浆杯抛进去，空杯撞上筒壁的瞬间，沉闷的声响伴随着男生极其自然地催促，落在姜絮言耳朵里，跟电流窜过去似的。

"哦。"

两人中间隔着半米的距离，步调一致地朝前走，场面陷入诡异的沉默，梧桐树影随风摇摆，映在男生宽阔的背脊上。

姜絮言乖巧地喝着豆浆，塑料袋口源源不断冒出来的热气扑在她细嫩的手背上。

好温暖。

"谢谢。"她垂着脑袋，突然瓮声瓮气地冒了一句。

倔强的女生领他这个情。

张知陈胸口一酸，吊儿郎当地扯唇轻笑："姜絮言。"

不知道为什么，听到他叫自己的全名，姜絮言总是莫名紧张。

她咽下豆浆，等着下文。

"其实我……"

"张知陈！"

费扬中气十足的招呼声从身后传过来，生生打断了某个正要把小兔子忽悠进洞的老狐狸施法。

张知陈眉骨下压，没什么好气地看过去。费扬这个缺心眼的正吃着煎饼果子，眼神时不时在两人身上飘忽，最后定在姜絮言身上。

"你班上同学？"

费扬笑得开朗，熟稔地凑到张知陈身边，跟他俩一直是好哥们似的，要不是手上煎饼果子绊着，他都能搂上去。

张知陈莫名其妙地瞥了眼笑得异常开心的费扬，没有理他，而是对着姜絮言抬了抬下巴："不用理他，你先走吧。"

"哎，怎么我一来就让人家走啊。"费扬故意酸溜溜道。

姜絮言没遇到过这种被调侃的阵仗，脖子连着脸开始发烫，也下意识地跟着忽视费扬，踩着张知陈给的台阶就下："哦，好。"

离开的背影有点落荒而逃的意味。

张知陈注视着女生的背影，直到消失在拐角才收回视线，扭头就撞上费扬试探的眼神。

他拧了拧眉，"看屁"这两个字写在脸上。

"不是，你什么时候喜欢这种类型了？"费扬一副八卦的表情，配上煎饼果子，活像个老大爷。

"哪种类型？"张知陈声音冷了几分，以为费扬是在鄙视姜絮言。

费扬接茬："清纯型啊。"

张知陈翻了个白眼，继续往学校走。

费扬跟上，嘴上继续："你之前不是喜欢苏雨吗？还为了人家跟职高的打架，向铭都把你当假想敌了，怎么又和刚刚那个妹妹走得这么近了？"

苏雨是职高出了名的浓颜美女，气质很凌厉，姜絮言看起来柔柔弱弱的，两人完全是两个极端。

张知陈忽地停下脚步，轻笑道："我什么时候说喜欢苏雨了？"

"你不喜欢？"费扬明显不相信，"不喜欢还带着人家飙车？"

张知陈头疼，他是记得有苏雨这个人，但记忆里是对方一直缠着他，怎么传着传着，就成他喜欢苏雨了？

"真不喜欢？"费扬观察着他的表情，联想到这小子平日对待女生的态度和招桃花的程度，也猜出了七七八八，"不喜欢你现在也说不清了，向铭放狠话说要弄你，你晚上打算怎么办？"

张知陈觉得好笑，一群毛都没长齐的小屁孩，怎么江湖气这么冲。

他当年也这么蠢吗，怪不得姜絮言那会儿不敢跟他说话。

"能怎么办，人家要弄我，我当然要赴约啊。"

这种事情是躲不过去的，这次不去解决还会有下次，那就闹不完了，他现在可没心思去当什么不良少年。

姜絮言一路走一路吃。小笼包个头不大，但两笼对她来说实在是太多了。为了不浪费，她硬逼着自己吃了大半，剩下的只能揣进包里。

扔掉空的豆浆杯时，她盯着吸管，忍不住翘起唇角，露出一个不太明显的笑。

慌慌张张地踩着上课铃进了教室，没想到却在后门撞上正要出去打水的徐珈曼，对方装着半杯隔夜水的漂亮水杯瞬间应声落地，水洒了一地，沾湿了姜絮言的裤脚。

徐珈曼愣了愣，但很快回过神，抬起愠怒的眸子瞪向罪魁祸首，没想到竟然是让她失了面子的姜絮言，一时没控制住，吼出一句和她形象不符的质问："你没长眼睛啊！"

教室里这会儿安静不下来，徐珈曼这声也不算大，也就后排的几个男生注意到了这边的情况。

封远的余光注意到姜絮言突然间慌乱的模样，疑惑地挑了挑眉，视线在两个女生之间来回移动。

"对不起，对不起。"姜絮言脸色苍白，连忙把水杯捡起来递给徐珈曼，"是我没看清路。"

见对方这么低声下气的样子，徐珈曼很受用。她盯着面前的水杯，粉色的杯壁上沾上了一点灰尘，她没有动，就这么让姜絮言举着水杯难堪。

"你知道这个杯子多贵吗？"她突然语带讥讽地说，用指尖捏着杯口，仿佛姜絮言的手比地板还脏，"幸亏没摔坏，不然你赔得起吗？"

姜絮言倏地皱起眉，抬起头直勾勾地看着徐珈曼，眼眸沉静如水。她沉默两秒，把手背到身后，像是没有任何精力去和徐珈曼多说什么。

心头那股无法掌控的无力感越发沉重。

"姜絮言，别以为昨天有张知陈替你撑腰那事就过去了。"徐珈曼见她不说话，以为自己的精准打击起到了效果，也不装了，往前靠近她，眼神挑衅又嘲讽，新仇旧账一起算，"你惹到我了，昨天的事我不会忘的，你给我等着……"

"等什么？"

没等徐珈曼说完，一道冷硬的声线从头顶响起。姜絮言忽地回头，撞上张知陈黑沉沉的目光。

男生淡淡凝视着一脸惊愕的徐珈曼，无声的威压让对方脊背一紧。

徐珈曼还在气昨天张知陈让她向姜絮言道歉的事，但从小被宠溺下培养出来的骄纵让她即使害怕也梗着脖子驳斥道："关你什么事？"

明知道对方不打女生，但徐珈曼还是没什么底气地往后退了一步。

姜絮言注意着张知陈的表情，她不清楚为什么男生一直帮她，但莫名地，她就是觉得他对她的所有举动，没有恶意。

张知陈没说话，氛围一时陷入沉默，姜絮言想开口缓和下气氛，却见男生突然在她面前蹲了下来，捏住她湿透的裤脚往上卷。

这个举动也将整个教室按下了暂停键。

四周陷入了诡异的安静，所有人的视线都看了过来。

封远惊得直接把含在嘴里的一口牛奶喷在前面同学的头发上。

坐在座位上的舒则表情平静，他没有波澜的目光落在蹲在地上的张知陈身上，顿了两秒，随后看向姜絮言，眼睫微动。

当事人神情自若，似乎完全没有在意四周氛围的变化，张知陈一脸认真地将她裤脚湿掉的部分卷好。

姜絮言回过神，从耳后开始烧起来，她想往后退，可是男生猜到了她的想法，伸手轻轻握住她的脚踝固定住，另一只手拂去她鞋面上的水珠，一点也不嫌弃。

教室里还是没人敢说话，都在看戏。张知陈脾气阴晴不定，平时不说话的时候就一安静大帅哥，但一开口就是可以气死人的程度，跟他关系好也不知道是好事还是坏事。

张知陈站起身，也不看徐珈曼。他看着还在瞪着他愣神的姜絮言，不禁被她的傻样逗笑，原本黑沉的眉眼顿时鲜活起来："发什么呆呢，要上课了，快回座位。"

还等着看戏的众人俱是一愣。

就这？

明显失望的大家丧失了再去关注的乐趣，教室里渐渐又开始嘈杂起来。

姜絮言对上那双温润的笑眼，她低下头，看到自己被好好卷起来的裤脚，心口泛起涟漪，刚刚因为徐珈曼而泛起的无力感因为张知陈而驱散。

"嗯。"她抿了抿唇，闷闷地哼出一句，越过两人走到课桌前坐下。

等姜絮言离开，张知陈才重新将视线放在徐珈曼身上，本就低沉的嗓音因为刻意下压显得愈加严肃："你还没回答我，等什么？"

徐珈曼到底年纪还小，面对张知陈当了多年老师练出来的气势，心里莫名发怵，她回避着眼神："你管得真宽，我和姜絮言说话关你什么事，你跟她什么关系啊……"

张知陈打断她："以后我罩她。"

徐珈曼没反应过来："啊？"

张知陈挑了挑眉，似乎觉得这话不太准确，接着补充道："应该说，老郑担心有人欺负新同学，特意叫我关照人家。

"现在你觉得我和她是什么关系，我能管了吗？"

徐珈曼一瞬间觉得自己听错了，郑荣会让张知陈去关照新同学？

"以后你离她远点。"张知陈手插进兜，转过身撂下这句话。

回到座位上刚坐好，封远凑到他旁边，撞了撞他的肩膀，小声道："说说，怎么回事？"

张知陈慢条斯理地翻出黑框眼镜戴上，桀骜的眉眼被衬出几分书卷气。他翻开语文必背古诗文打算从头开始背起，高中的科目他唯一需要花点功夫去补的就是语文了。

封远等了会儿没听到应答，伸手把语文书抽了过来，却被张知陈回了个淡淡的眼神杀。

"……说说嘛，人家好奇。"封远戾了，把书重新摆好。

张知陈拿着笔在几乎崭新的书上写下自己的名字："就这么回事。"

封远眯起眼睛，捕捉到张知陈逗他玩似的笑，还挺温暖，和平时低迷丧气的状态完全不一样，不由得问道："哥，怎么感觉你像变了一个人。"

张知陈滑动的笔尖一顿，抬起头看他："哪里不一样？"

封远自己也说不具体："就是感觉跟平时比，开朗了点，笑容也多了。"

张知陈把笔一搁，动作娴熟地扶了扶眼镜："你觉得以前的我是个怎么样的人？"

被封远这么一提，他突然很好奇，年少时的自己在旁人眼中是怎么样的。

"怎么样的……这个有点难说啊。"封远看着他的眼睛，犹豫道，"不爱笑，也不爱和哥几个开玩笑，很仗义，不怕事，兄弟有事一定上，但就是感觉……很有距离感，好像一切对你来说都很没意思。"

听到封远的这些话，张知陈视线低垂，忽地想起了一些画面。

那个时候，姜絮言也和他说过差不多的话。

"张知陈，你很不开心吗？"

夜晚的梧桐大道上两人一前一后地走着，男生像个无言的护卫，一直跟在她身后。

姜絮言停下脚步，突然转过身看他，眼眸比天上的繁星还要亮，张知陈避开交错的视线："为什么这么说？"

"就是看你平时不太爱笑，经常盯着窗外发呆。"姜絮言说，"好像不是很开心的样子。"

张知陈摸了摸鼻子："我没有。"

张知陈明显嘴硬的模样让姜絮言心头一软，她不由得向他靠近了几步，脸上扬起一个温和的笑："那你笑一下。"

张知陈看向她，被这抹笑搞得浑身不自在，不由得也跟着松了松嘴角："你很想看吗？想看我就勉为其难给你笑一个。"

姜絮言突然不好意思起来，这话说得就跟她非要人家笑似的。

她游移着视线，脸颊热起来："也不是那么想……"

"那算了。"

他说罢就要走，袖子却被一双手攥住了。

他低头，看见姜絮言瞧着他，透着可怜劲。

"我想看。"

那一刻，周遭的一切都失去了色彩，梧桐树叶依旧随风摇摆，繁星依旧闪烁，却都走不进他的眼里。

这边姜絮言翻开书，却一个字都背不进去，满脑子都是刚刚的画面。

"昨晚的数学试卷的最后一道大题你做出来了吗？"

舒则的声音将她从失神里唤醒，姜絮言摇摇头："没有，最后一小问太难了，我打算等老师讲。"

"我也是。"

舒则轻笑道，盯着她看了会儿，突然换了个话题："我还是第一次见张知陈对一个女生这么好。"

姜絮言拿笔的手一抖，笔帽顺着课桌滑落到地上，她连忙捡起来，笑得勉强："有吗？"

"他这个人最爱玩了，谁知道是因为什么呢。"舒则声音透着冷意，"你要小心点哦。”

　　姜絮言没有搭话，扣好笔帽，因为舒则这句话有些郁闷。

　　是啊，张知陈为什么要莫名其妙对她这么好呢？

　　她想不清楚。

　　自从父母走后，和奶奶一起经历了那么多的苦，姜絮言早早便明白了一个道理——

　　一个人对另一个人，才不会有突如其来、没有原因的好。

　　任何事情都是有代价的。

　　更何况，她一无所有。

　　封远本以为张知陈为了和姜絮言做同桌要好好学习的话是在开玩笑，毕竟以张知陈平时看一行字都能睡着的德行，这种口号基本上属于放屁。

　　但他没想到这次张知陈居然来真的。

　　一整天除了去洗手间，张知陈几乎都老实地坐在教室里看书刷题，从数学到物理，他复习着从高一到高三的所有公式和知识点，熟悉高中的难度和解题方式，不让自己用高阶的数学思维去向下兼容，不然考试就会露馅。

　　姜絮言的理科很厉害，这也是他后来专攻天体物理学方向的原因。

　　想到这个，张知陈停下笔，抬头看着背对着他认真学习的姜絮言，想起当年高考前，他问过她想读什么专业。

　　“要是考上梧大的话，你想报什么专业？”

　　两人坐在湖边，晚风夹杂着水汽扑到身上，耳边还有接连不断的蝉鸣声，张知陈低头扒拉着脚边的杂草，状似不经意地问出口。

　　姜絮言没有立刻回答，她抬头一眨不眨地看着清澈的星空，檀山是梧城最高的地方，山脚的檀心湖上方有片城市里最美的星空。

　　但却比不上她家乡滨宁的那片。

　　张知陈抬眸盯着女生在波光和月光映衬下柔和异常的侧脸，喉结滚动，笑得很温柔：“还没想好？”

　　“张知陈，你见过漫天繁星的夜空吗？”她突然开口。

　　“这不算吗？”

　　张知陈下意识地抬起头望着星空，浓黑的背景上点缀着如同尘埃的细小星辰，其中夹杂着几颗无比闪烁的星星，抢走了周围所有的光亮。

　　身处城市这么久，他还是第一次注意到头顶的星空，对他来说这已经是很震撼了。

　　姜絮言将下巴搁在膝盖上，摇了摇头：“不算。”

　　“在我的家乡滨宁，那里有一大片海，每到晚上，大海把整个世界都染成了深蓝色，那个时候只要抬起头，就像看见了银河。"她用力眨了眨眼，眼里闪烁着细碎的光芒，说出的话带着鼻音，"我好想再看一看。"

张知陈眉骨微抬："那就回去啊。"

姜絮言深吸一口气："回不去了。"

"为什么？"

他记得当时姜絮言极轻地笑了一下，仿佛自嘲一般："因为那里已经没有我的家了。"

她的家早就随着烟花厂的爆炸而变成了灰烬。

不知道为什么，眼前的女生此刻脆弱得像是随时会消失一样，张知陈心一紧，脱口而出："那我陪你回去。"

姜絮言原本怅然的表情一顿，偏头深深地望进他的眼睛里，泛着水光的眸子一动不动，哑声说："谢谢。"

张知陈心跳如擂，局促地移开视线，往草地上一倒，借着黑暗掩盖住自己的窘迫。

氛围陷入暧昧的宁静，少年们心照不宣地感受着这份美好。

"我想报考天体物理学。"过了一会儿，姜絮言柔和的嗓音裹着风传来，"可是以我现在的情况，报考一些更好就业的专业才现实点。"

张知陈皱了皱眉，胸口酸胀。

其实他想过，要是他真的有幸和姜絮言一起考上梧大，他就有资格说出将来要一辈子护着她的承诺。

可那个时候的他什么都没有，不能说大话，空头的承诺比喜欢更不能轻易说出口。

"张知陈，"她轻声叫着他的名字，"我也好想变成一颗星星，混在其中，就算没那么亮也没关系。"

张知陈扯唇懒声说："既然能做星星为什么不做最亮的那颗？"这很像他会说出来的话，自大却不令人讨厌。

女生垂眸笑了笑，耳边的碎发滑落到她的脸庞："你要接受有的星星就是没有那么亮，因为有了它们的衬托，所以星空才会这么美。"

"做最亮会很累的。"

光是活着就已经精疲力竭了。

张知陈一整天几乎每堂课都在认真听讲，这是之前从来没有过的，连郑荣都趁着大家写题的空当，装作巡查的模样悄声走到张知陈旁边，想看看这小子到底是不是在学习。

本以为肯定会像往常那样画满涂鸦的试卷，竟然出乎意料地写着满满当当的解题步骤。

就是不太正确，解题思路是对的，可写到最后总会出现简单的运算错误。

他从高二开始带的张知陈，这小子每次考试能记得写名字都是难得的，更别提写出该有的公式和思路了，这简直是质的飞跃。

郑荣惊疑地打量他，诧异的同时不免生出一丝担心。

张知陈早就察觉到了郑荣，但他没有说话。这会儿他像是终于装不下去了一般忽地甩掉了笔，长腿往前一伸，吊儿郎当地靠在墙上，然后不经意地朝后一瞥，和郑荣对上视线，懒散笑道："哟，老郑，巡查呢。"

郑荣听到这个称呼脸色一沉，手背在身后，浑圆的肚子朝前挺着，低声说："跟我来一下。"说罢先一步走出教室。

张知陈眼尾一挑，撑着桌子站起来跟上去。

姜絮言听到动静看过去，却和张知陈散漫的视线隔空撞上，她呼吸一滞，连忙回过头坐正。

他不会一直在看着她吧……

突然想起早上舒则说的话。

姜絮言盯着琢磨了半天的填空题，脸颊开始泛热。

她抿了抿唇，感觉自己有点太过注意他了。

"最近没给我惹什么事吧？"郑荣抬头看着男生，他一米七五的个子站在张知陈的面前属实有些累脖子。

不同于以往的吊儿郎当，张知陈站姿挺拔，戴上眼镜后有点学霸那味了。

"没有，我最近可乖了。"

郑荣半信半疑："家里没出事吧？"

"没有。"

郑荣显然不相信他是因为开窍了所以开始认真学习，觉得这其中肯定有什么事。

"得了吧，我还不知道你，突然这么老实肯定是憋着什么坏呢。张知陈我警告你，别给我惹事，你知道之前因为你班级扣了多少分吗，你最好快点告诉我，是不是又打架了？"

面对老郑的不信任，张知陈无奈一笑："不是老郑，怎么我变老实就是犯事了啊？这两件事能画等号吗？我就不能学好了？"

郑荣嘘他，满脸嫌弃："去去去，你学好？那我就把头给你当球踢。"

"这都高三了，就算我再浑也清楚时间不多了。"张知陈轻笑，清楚人心中的成见比山还高，更何况之前他的所作所为确实不能让人信服，"老郑，我也想考大学，这次没开玩笑。"

闻言，郑荣斜睨他："你？"他嗤笑了一声，"刚刚你写那题我可看见了，最简单的运算都能出错，基础这么差，不到一年的时间，能考上我头给你。"

老郑还是那么爱用自己的头发誓。

张知陈屈指抵唇轻咳，正色道："但解题思路是对的吧？"

"……"郑荣手插口袋，没否认。

张知陈继续道："这样吧，跟你打个赌，这次月考我能考进班级前三十名。"

"呵！"郑荣仿佛听到了天大的笑话，在走廊上中气十足地哼笑一声，"大帅哥，你知道能进一班的前三十名，就相当于进了全年级的前一百名吗？你开学考连年级一千都没进。"

郑荣拍了拍张知陈的肩膀，觉得这次张知陈是有点不一样，竟然能说出这种天方夜谭，不由得想给他个机会："别说大话了，这样吧，要是这次月考总分能破一百我就信你是真心想学好。"

总分一百……这得是多瞧不起他。

张知陈顺势提出条件："行，要是总分破一百，您答应我个事吧。"

郑荣皱眉，果然这小子憋着坏呢。

"说说。"

"换座位的时候让我第一个挑。"

"可以，那你也得答应我，这段时间不准给我惹事，也不准再逃课，给我老老实实地上学。"

郑荣撂下这句话就让张知陈回了教室。

既然得到了郑荣的承诺，张知陈也不能违约，所以放学后和向铭的"战争"他必须在不惹事的基础上解决好。

♡ 第三章
最温柔的人

　　放学铃一响，费扬鬼鬼祟祟的身影就出现在了一班附近，封远瞧见后用胳膊肘碰了碰张知陈："唉，费扬在门口。"

　　张知陈收拾着书包，头也没抬："嗯，你先回去吧。"

　　"怎么了？他不会是在等你吧？"封远自己说出来都想笑。

　　"是。"张知陈背上包，抬眸看了眼姜絮言已经空荡荡的座位，走出教室。

　　"啊？"封远一脸呆滞，回过神后也跟了上去，"他不是和你很不对付吗？来找你干吗？"

　　张知陈面无表情："向铭说要收拾我，让他来叫我过去。"

　　"什么时候的事？你等着，我去叫哥几个跟你一起过去！"封远说罢就要去找支援，被张知陈一把拉住袖子。

　　"不用，我一个人能解决，你回去吧。"张知陈嗓音沉静，似乎一点也不在乎待会儿的"开战"。

　　"张哥，向铭是个疯子，你一个人不行的……"

　　"封子，"张知陈打断他，肩颈笔直，嘴角挂着一抹笑，整个人沐浴在夕阳的光晕里，莫名给人一种强大可靠的沉稳感，"你以后是想成为一名和你爸一样的警察吧。"

　　封远一怔，他从没有正面承认过这个念头，下意识地嗤笑反驳："我才不要跟他一样呢。"

　　张知陈挑眉，没有戳破小孩的别扭，拍了拍他的肩膀，笑容温暖："我觉得你将来会是一名好警察，比你爸还要厉害。

　　"好警察的学生时代可不能是个爱打架的小混混。"

　　这句话像束光刺破封远的心，他定在原地，眼睁睁看着张知陈离开。

　　张知陈没有乱说，封远将来的确成了一名优秀的警察，甚至比他爸还要拼。

　　见张知陈单枪匹马地过来，费扬眉头一皱："就你一个？"

　　张知陈半掀着眼皮，声音懒散："不是说要弄我吗，带上别人干吗？"

　　费扬语气着急："你知道向铭带了多少人吗？就等着挫你威风，你一个人去不怕被打死啊？"

张知陈斜睨他，似笑非笑："不是还有你嘛。"

费扬："……"我谢谢你，想死别拉上我。

"不用担心，我一个人就可以。"

费扬表情凶狠道："谁，谁担心你，你自己想死就去！"

对付傲娇还得不要脸。

张知陈扯唇轻笑一声，不再逗他。

费扬噤了声，盯着张知陈的背影，忽然觉得他变了许多。

之前跟个炸药桶一样，要是听到谁挑衅，能立马捡起棍子就挥过去，做事也不考虑后果。

可现在……

不慌不忙的，连个武器都没有，却莫名让人放心，觉得他肯定有办法解决。

到了向铭约的地点，看清这里是哪后，张知陈皱了皱眉。

这是姜絮言住的巷子。

张知陈眼底一暗，看了眼手表。

已经六点半了。

这个时间点，姜絮言应该去小吃店了，不会出现在这里。

但他还是不放心，路过姜絮言家门口时余光朝里看了看，并没有人影。

瞧出他表情不对的费扬立刻问："后悔了？要不要我去叫点人？"

张知陈没搭话，目光懒懒地落在即将西沉的天边，转而嘱咐道："待会儿到那你别乱说话，全程附和我就行。"

费扬没反应过来："啊？我凭什么要听你的？"

张知陈轻嗤："啊什么啊，扬哥连人话都听不懂。"

激将法，不要脸。

在拐进巷子最里面时，两人看见了以向铭为首的一帮不良少年。

目测有七八个，头发都染成了五颜六色的杂毛，长得良莠不齐，向铭算是里面最像人的一个，肩上披着职高黑白配色的校服外套，浅棕色的头发，打着在这个年代别具一格的唇钉，一脸桀骜和戾气。

张知陈忍住地铁老人看手机的表情，死去的黑历史突然苏醒。

他记得当年他带着封远几个弟兄赶来赴约，没聊两句双方就打成了一团，他和向铭不相上下，直到周围的居民听到叫喊声报了警才分开。

在场参与打架的都进了局子，家长和老师来认领才离开。

后续是每个人都背了个留校察看的处分。

他和向铭属于主犯，罚得也最重。

回忆结束，张知陈挑了挑眉，想起关于向铭的一些事，玩味勾唇。

这边向铭看见穿得整整齐齐、气质清爽、神情却很欠揍的张知陈时，眉心一跳。

这就是苏雨经常提起的人，确实长了张好皮。

向铭心头的不爽愈加浓重，他扫了眼张知陈身后，竟然一个人也没有，不禁握紧双拳："就你叫张知陈是吧，有胆子，敢一个人来。"

他身后的小弟瞅见对方这么瞧不起人的阵势，大怒："向哥，这也太狂了！完全没把我们放在眼里。"

小弟们身上的社会江湖气极重，闻言都有点蠢蠢欲动了。

张知陈双手插兜，还背着包，眼镜也没摘，在一众乌合之众面前看起来就是个三好学生。

他笑了笑，声音低沉好听，在黑暗降临前的黄昏时刻，整个人像温润却带锋芒的玉器，这是多年在学术浸染下滋养出来的气质。

"我就是张知陈，你……"

"没错！今阳的扛把子！"

没等张知陈说完，一道极为嘹亮的叫喊声从身后传来，众人看过去，却见封远领着一群男生出现，满脸骄傲。

我想给你个嘴巴子。

张知陈暗自扶额，心道这小子捣什么乱。

封远快步走到张知陈身边，语气坚定："哥，我们来帮你了。"

张知陈张了张嘴，一口气堵在那儿。

弟，真不用。

对面的向铭看到这场景，不禁拍手笑了："今阳扛把子是吧，今天我倒要看看是你的拳头硬还是我的拳头硬！"

话音刚落，他挥起拳头就要冲过来。

封远和费扬如临大敌，却见某扛把子稳如泰山，嗓音懒懒地叫了声："费扬。"

费扬愣怔："啊？"

"视频录好了吗？"

向铭脚步一顿，疑惑地扫视着两人。

"什么视频？"

"什么视频？"

费扬和向铭几乎同时问出这句话。

张知陈闭了闭眼，心道遇到猪队友是真的带不动。

费扬很快便反应过来，想起刚刚张知陈的嘱咐，他装作得意地笑了笑，手伸进口袋，将自己的手机露出一角："一直录着，还没关呢。"

向铭眼里戾气满溢，死盯着张知陈："你到底在搞什么鬼？"

他算是看出来了，这小子今天单枪匹马来赴约就不是单纯要和他打架的。

张知陈面不改色，抬手摸着眉尾，漫不经心地轻笑一声："你爸叫向成功，对吧？"

听到对方叫出父亲的名字，向铭微怔，一时忘了动作，没有应答。

张知陈也不需要他的回应，继续说："向成功，兴华建设的老板，最近在投标冉星企业的工程项目。你爸对这个项目很重视吧，这些天应该都在酒桌上应酬周旋，每晚都喝得烂醉才回家。"

眼前身材高挑的男生样貌张扬，气质却有种儒雅的冷漠疏离感，他明明是笑着的，说出的话却比寒冬刺骨。

向铭后背一紧，脸上因忌惮而冒出几分紧张："你怎么知道的？"

张知陈抚了把后颈，微微抬起头，视线向下睨着他，在落日余晖的映照下，显得无比阴沉："哦，自我介绍一下，家父就是冉星的张总张大明，他正好和我聊过向叔叔，说向叔叔很有本事。"

"没想到——"张知陈眼尾稍挑，扫视着向铭，眼神带着审视，"他儿子也很有本事。"

张知陈刻意在"本事"二字上加重了咬字，让在场的众人都感受到了其中的嘲弄。

"很明显，只要你今天敢动我一下，这个视频就会送到你爸手里。"

这赤裸裸的威胁，让向铭带来的小弟犹疑地面面相觑，没了刚才的底气。

向铭闻言双手猛地攥紧，心头燃起怒火。他恶狠狠地瞪着张知陈，感觉下一秒就要挥出拳头，脚步却像被钉住了一样。

张知陈不动声色，双手插兜站在原地，玩味一笑。

到底是小孩子，而且向铭很怕他爸。

上一世，张知陈和向铭闹到局子后，向成功和张大明前后脚赶过来，搞清楚状况之后，向成功脸色一白，想都没想，一巴掌扇在自己儿子的脸上。

职高人口中如疯狗一般的向哥屁都不敢放一个，乖乖跟张知陈道了歉，最后项目还是黄了。

巷子口吹过呼呼的风声，将场面卷入愈加诡异的死寂中。

费扬、封远等人俱是满脸惊诧地看向面前的人。

这还是那个一言不合就开干，不服就打到服，从不讲道理的张知陈吗？！

三言两语就吓得向铭跟孙子似的，甚至连动都没动。

费扬突然觉得自己的心口开始猛烈地跳动，全身所有的血开始往头顶蹿。以前看过的古惑仔电影犹如幻灯片似的从他眼前划过，那些激烈热血的打斗场面逐渐被类似于《教父》里压迫威胁感十足的画面代替，眼前恍惚浮现出一个场景，张知陈身着一身黑色西装，梳着大背头，指尖夹着雪茄，漫不经心地盯着对面的敌人，嘴角扬起的弧度玩味又嘲弄。

不费一兵一卒就能攻破对方的心理防线，让敌人俯首称臣。

费扬想着想着，原本对张知陈的讨厌逐渐变成了欣赏。

张知陈可没闲情注意费扬这个"中二"少年的变化，他见向铭迟迟没有动作，朝前走了几步，在离对方只有半米的位置停下，将近一米九的身高自带强烈的压迫感，迫使向铭只能抬头瞪他，气势弱了一大半。

"向铭，我再说最后一次，我和苏雨一点关系都没有，以后不准再找今阳任何人的麻烦。"他压低嗓音，低垂着眉骨，双眼皮浅淡，显得眉眼愈加凉薄，"不然，下一次就不会给你机会了。"

"你！"向铭额角青筋暴起，被这狂妄的话气得转过身朝着空气猛挥了好几下。

明明是拿他爸的工程威胁他，却被张知陈说成了给他机会，真憋屈。

向铭喘着粗气，他还是第一次被人气成这样还不能动手，脸都涨成了猪肝色。之前叫嚣的那个小弟没眼色地上前小声问："向哥，咱们还打吗？"

"打个屁！"向铭对小弟怒吼，随后走到张知陈面前，指着他的鼻子，咬牙道，"你小子给我等着。

"走！"

说罢，向铭就领着小弟们越过张知陈等人走出了巷子。

张知陈面无表情，目送着一帮人垂头丧气地离开。

他威胁小朋友这招其实算不上多光明磊落，却是避免争端最好的办法了。

现在的他是三十岁的张知陈，不是曾经那个自甘堕落的不良少年了，他不能再用拳头解决问题，伤敌一千自损八百的方式不是成年人会选择的。

说到底，三十岁的他，有了很多顾虑，看待事情多了更多考量，少年孤注一掷的勇气，被逐渐磨平殆尽。

封远凑过来，眨了眨眼："他们这就走了？"

不知是谁恍惚地说了句："张哥牛啊……"

"太牛了！我还以为今天会是一场恶仗，我都想好进医院了。"

"原来不用打架也能摆平事儿。"

费扬听着大家的感叹，不由自主地走到张知陈面前，挠了挠头："向铭让我带你过来，我当时也想看你吃瘪，就没考虑那么多。"

张知陈瞧着他这副别别扭扭的样子，忍着笑："哦，你是在跟我道歉？"

费扬耳根一红，语气夸张："鬼才跟你道歉！"

话音刚落，向铭一拨人消失的拐角后突然传来一声暴喝。

"你没长眼啊！"

在场的人都停下了交谈。

"啊！"

一个属于女生的短促惊呼声在下一秒响起。

听到熟悉的音色，张知陈心头一紧，身体快于思想，撂下大家跑了过去。

今天奶奶出门的时候扭到了腰，姜絮言帮她按摩了一会儿才走，她背上书包看了眼时间，就快要迟到了，脚步不由得加快，走到巷子里的岔口时，一帮人突然从拐角另一边出来，她没及时刹住脚步，撞到了最边上一个黄毛的男生。

黄毛被吓了一跳，用力推了姜絮言一把，姜絮言不受控制地后倒，手下意识地撑住地面，结结实实地摔倒在地。

与水泥地面重重摩擦的手掌顿时传来火辣辣的痛感。

她扭过头，看向自己的右手掌，那里已经磨出了血痕。

黄毛嘴上骂骂咧咧，但等他看清姜絮言的脸时，神情一变，立马跟着蹲下来："你没事吧？没撞疼吧？"

他边说边伸手去碰她，还一动不动地盯着她的脸，眼中浮现出惊艳："怎么这么不小心啊，我扶你……"

"起来"两个字还没蹦出口，一双手背青筋浮现的手攥住了他的手腕，力气很大，黄毛疼得龇牙咧嘴："啊啊啊！谁啊？！"

他抬头去看到底是哪个不要命的，没想到竟然撞上张知陈阴沉到吓人的眼神，那些即将脱口而出的辱骂被他活生生地咽了回去。

这就是传闻中的今阳扛把子，冷飕飕瞥人一眼都能让人心头一紧。

"你敢碰她一下试试。"

张知陈声音里没什么情绪，直勾勾地盯着黄毛，手上越来越用力，黄毛哀号着，觉得自己的手腕就要被他捏断了。

走在前面的向铭听到身后的动静，停下了脚步，回过头表情冷然。

他的视线慢慢地落在地上的姜絮言身上。

"张知陈……"姜絮言摔得不算轻，疼得脸色苍白，看见突然出现的男生，她怔了怔，强烈的安全感袭来，不禁低低地叫了声他的名字。

这声落在张知陈耳朵里，让他立刻回过神。他放开黄毛，虚扶着她细弱的肩膀，语气担心："没事吧？"

姜絮言双手轻微颤抖，掌心向上摊着，摇了摇头："没事。"

张知陈后怕地上下打量她，确认了她除了手没有其他受伤的地方才松了一口气。

他架着她的胳膊把人扶起来站稳。

"手疼不疼？"

姜絮言老实地"嗯"了声："疼。"

"破皮了，能不疼吗？"张知陈眉头紧皱，语气带着心疼的责怪，让姜絮言目光一怔。

张知陈抓着姜絮言的双手，仿佛周围的一切都消失了，眼里只有她手上的伤。

向铭瞧着两人亲密的样子，忽然冷笑了一声："梁子，走了。"

听到老大叫他，黄毛最后不舍地看着姜絮言一眼，跟队伍出了巷子。

封远和费扬他们过来的时候向铭的身影已经不见了，只瞧见张知陈抓着人家女生的手不放，跟捧着什么金子似的，满脸担心。

姜絮言见有旁人过来，后知后觉地不好意思，她想抽回手，可张知陈力气很大，根本挣脱不开。

张知陈感受到她细微的挣扎，不满地抬眸扫了她一眼："别动。"

姜絮言瞬间不挣扎了。

伤口并不是太严重，但必须尽快处理，不然细菌跑进去就会感染。

张知陈声线紧绷："这附近哪儿有药店？"

这话是对着封远说的。

封远莫名被提到，不由得脱口而出："出了巷子往左走有一家。"

药店不远，走几步就到了，张知陈安顿好姜絮言，跟哄小孩一样："你在这儿别动，等我一会儿。"

临走时还顺势带走了姜絮言的书包，生怕她会跑似的。

"嗯……"姜絮言乖巧地坐在那儿，看着他的背影，心头莫名空落落的。

不一会儿，身后脚步声传来，张知陈拎着袋子坐到她身边，姜絮言身体一僵，没敢看他。

张知陈一股脑将买来的东西倒到地上，有酒精碘伏药膏还有纱布棉签创可贴，姜絮言看着齐全的药品，不禁出神。

男生熟练地拆开碘伏，用棉签蘸取之后，偏头看她："手伸给我。"

姜絮言犹豫了会儿才乖乖摊开手。

血痕已经凝结，看起来有些可怕，张知陈眉头轻皱，下颌紧绷，手上的动作却轻得不像话，生怕听到她一句痛呼。

姜絮言很倔，以前每次受伤的时候，不管再疼，她都不会叫喊一句，只默默掉眼泪，也不和奶奶说，因为奶奶每次看见都会心疼地抱着她哭，嘴里叫着"我可怜的乖乖"。

姜絮言一点也不觉得自己可怜，皮肉的伤总会好的，哪里就可怜到需要人疼呢。

可不知道为什么，在看着张知陈满脸认真地帮她处理时，明明一点也不疼，可她就是鼻子泛酸，眼眶发热，眼前浮现出雾气。

她低头吸了吸鼻子，不想让他看见。

被擦个药就哭鼻子，也太丢脸了。

张知陈捕捉到细若蚊蚋的抽泣声，他眉骨稍抬，借着街边的路灯，看见了女生低垂的发红的眼睛。

忽地，他心口一涩。

张知陈眉头一簇，涂完碘伏将药膏挤在自己的指尖，轻柔地抹在破皮的地方，忽然轻声说："今晚还去上晚自习吗？"

他没有戳穿她去兼职的事。

姜絮言抿了下唇："嗯。"

她不想让眼前这个人知道自己其实在打工，不由得撒了个小谎。

这谎也不牢固，只要张知陈有心问问住校生就能识破。

但她还是撒了。

莫名地，她不愿意让他瞧不起她。

张知陈清楚姜絮言的脾气，又倔，自尊心又强，要是知道自己兼职被同班同学发现的话，绝对再也不理他。

他现阶段还没有办法彻底解决她的问题，她肯定也不会贸然接受他给的钱。

得想个法子让她待在自己身边。

"记住别沾到水，药膏每天都要涂。"男生不紧不慢地嘱咐道，将纱布一圈一圈缠在她的手上，"这两天先用纱布包着，等结痂了再换创可贴，听到没有？"

柔和的晚风轻拂而过，空气中有梧桐的香气，张知陈的声音比以往任何时候都要轻柔。姜絮言盯着男生骨节分明的手，看着这双手时不时触碰到自己的手掌，不禁沉浸在这温柔的氛围里，一时没有回答。

直到额头上被人没怎么用力地弹了一下，她才恍然抬头。

"发什么呆呢？"

男生有点不爽她的走神："如果你不会换，就来找我。我不嫌麻烦。"

"为什么？"姜絮言怔怔地盯着他，眼眶微红，脱口而出。

张知陈正将药品塞进姜絮言的包里，闻言笑了笑："什么为什么？"

"为什么不嫌麻烦？"姜絮言双手握紧，指腹触到纱布，跟着自己的心，想要追问到底，"为什么……帮我？"

为什么对我这么好？

张知陈动作一顿，抬眼与她四目相对。

两人又一次陷入了某种说不清道不明的氛围。

男生的眼神她还是看不懂，里面好像盛了太多的东西，像汹涌过后归于大海的激流，深邃又广阔。

张知陈注视着她的脸，这么近，近到她眉毛里的小痣都能看得清楚。

十二年的想念快要将他的理智倾覆，可他不能这么快就让姜絮言知道他的感情。

会吓到她的。

世界在这短促的沉默里像被按下了暂停键，在张知陈的沉默里，姜絮言从没有觉得几秒钟如此漫长，长到她渐渐没了勇气。

她怕对方说出的答案，和她期待的不一样。

不知过了多久，也许才短短几秒钟。

男生忽地扬眉轻笑，一派顽劣不羁："听说你学习很好。"

姜絮言猛地皱起眉头，盯着他没有说话。

张知陈站起来，居高临下地看着她，又恢复到了以前吊儿郎当的样子："我和老郑打了个赌，月考要是能进班级前三十名，他就答应我一个条件。"

他往下走了几级台阶，视线与姜絮言持平："你能帮我补习吗？"

"……"

一股无名的怒火和失望从心底冒出来。

像有人将一盆冰水兜头倒在她身上，姜絮言忽地握紧手，也不管手掌有没有伤。

这就是今阳最浑的小子吗？之前求女生帮忙应该都用的这一招吧，让人心揪在一起，对他产生好感之后再提出请求，确实很有一套呢。

姜絮言垂下视线，自嘲地扯动唇角，表情恢复到以往的疏离淡漠："不好意思，我没空。"

说罢，她将地上的包赌气似的抓起来，但她忘了还有伤，瞬间的疼痛让她下意识地"嘶"了一声。

"小心点，刚上的药……"张知陈抓起她的手就要查看。

姜絮言却立刻将手抽了回去背到身后，再次张开身上的刺："谢谢你的药，我会把钱还你的，之后就不用你管了。"

张知陈还没意识到自己把人惹伤心了，听到这话失笑道："说什么呢，谁要你还了，我怎么能不管，你的手……"

"我的手我自己负责。"姜絮言冷声打断，背上包也不看他，"你找别人补习吧，我教不了你。"说完就转身走了。

"为什么教不了？"张知陈扬声叫住她，"你不试试怎么知道教不了，我不笨的。"

姜絮言背挺得很直，用力咬着下唇，加快了步伐，心里咆哮道：大笨蛋！

张知陈傻站在那儿，跟只傻狗一样，抬手揉了揉头发，不知道她这是怎么了。

等姜絮言走远了点，张知陈无奈摇头，慢慢跟上，继续每晚的"护卫"工作。

姜絮言一路小跑到小吃店，杨琳正担心地站在门口等她，瞧见她的身影才松了口气："怎么现在才来，没出什么事吧？"

这周围每到晚上就会很乱，各式各样的人在这附近出没，杨琳很担心姜絮言上下班路上的安危。

她注意到姜絮言手上绑着纱布，心一紧："手怎么受伤了？"

姜絮言笑着摆了摆手："没事，就摔了一跤，破了点皮。"

杨茉听到两人对话，皱眉道："破了点皮裹成这样？谁帮你处理的？看起来超严重。"她握住姜絮言的手腕将人往店里带，"这两天你就别碰水了，老实给客人点单，后厨也别进。"

姜絮言看着自己被裹成粽子的右手，不禁笑了笑，但一想到刚刚张知陈的话心又落了下去。

真是个坏男生。

她就不应该有一些妄想。

街对面，张知陈找了家奶茶店坐下，从窗口看出去，正好可以看清小吃店的全貌。

姜絮言已经换上棕色的工作服，满脸笑容地和另一名服务生聊天，手上的动作小心翼翼。

看着她，心瞬间安定下来，张知陈摘下眼镜，从包里掏出学习资料，屈指按了按额角。

太阳穴上方的位置已经渐渐被按出了红痕，这个不算好的小习惯是他当上教授后形成的。

那段时间他既要完成学校的课程，又要兼顾学术研究，还时不时出差去各地参加天文研习会，身体每天都处于高压状态。

按压那里可以让他放松点。

十八岁的张知陈没有这个习惯。

服务生这时端来他点的咖啡，打断了他的思绪。张知陈翻开习题册，开始今晚的复习。

当年决定考大学的开始，他受了不少罪。

一个荒废了五年学业的人，就算底子和天赋再好，仅靠不到一年的时间考进梧大在别人的眼里就是痴心妄想。

连张知陈自己都这么觉得。

只有姜絮言相信他。

他永远记得那个时候，每天只睡四个小时，到后期脑子都是木的，眼里只有背诵和刷题，可第一次的检验却不尽如人意，他还是班级倒数。

而姜絮言是正数第一。

看着成绩表上，两人之间的差距，比银河还要远。

张知陈自我厌弃，情绪焦躁，他凶狠地踹翻角落里的垃圾桶，全班吓得不敢说话。

姜絮言回过头静静地看着他，少年漆黑的眼眸撞上女生的视线，咬牙挪开。

那一刻的感觉，比打架输了还要丢脸，明明没人嘲笑他，可姜絮言轻飘飘的一眼，比凌迟更让他难受。

晚上回家的路上，下起了迷蒙的小雨，车道上车辆飞驰而过，车灯扫过来，能看见空气中飘浮的尘埃和下坠的雨丝。

他没有打伞，冒雨闷头走在前面，黑色上衣被淋湿，贴在他宽阔紧实的背上，背影看起来落寞又低迷。

他在跟自己怄气。

姜絮言撑着陈旧的红伞，紧紧跟在他后面。

他走得快，步子又大，姜絮言几乎是小跑着才能跟上。

听到身后的动静，他眉骨下压，停下步子，不算友好地回头看过去。

突然的暂停让姜絮言愣在那儿，杏眼下意识地瞪大，像只跟踪被发现的兔子。

她后知后觉地用伞遮住自己的脸，双手握着伞柄，结巴道："我，我……"

女生嗫嚅了半天没说出个所以然，张知陈被雨打湿的长睫轻动，他转身朝她走过去，捉住伞面边沿，往上一抬。

他凌厉湿润的眉眼在这灰蒙的天地间是最浓墨重彩的一笔。

四目相撞，整个世界都静止了。

姜絮言耳根泛热，垂下了眼，低声说："要不要一起打伞？"

"嗯……"张知陈喉结滚动，良久才低声道。

因为身高悬殊，伞又不大，他强硬地接过伞柄高高举起，伞面轻轻向女生的方向倾斜，自己的肩膀露出大半在外面。

姜絮言直视前方，手攥着书包带，良久才鼓起勇气出声："我看了你的试卷。"

张知陈盯着女生头顶的目光忽地一闪。

那几张月考试卷被他揉成团扔进了教室后的垃圾桶，难道她去捡回来了？

他的心跳急促了起来。

姜絮言开始替他分析试卷上的错误："其实跟之前比起来，你真的进步了很多。数学填空前十题必拿的分数你都拿到了，剩下每道大题的前两个小问你也都做出来了，虽然答案有错误，但思路是正确的，再多刷点类似的题型就能避免。英语这块阅读理解是失分最多的地方，单词要继续背，每天保证能刷不少于五篇阅读，作文多背些套话。物理和化学的话，公式还是要加强，我发现你其实不是不会，而是比较粗心，单位写着写着就变了，这是……"

她清澈好听的嗓音伴随着雨打伞面的嗒嗒声，张知陈鼻尖酸涩，喉结上下滚动，目光温柔，一动不动地盯着她柔软的侧脸，无声地勾起唇角。

烦闷厌弃的情绪被她的三言两语抚平了。

"你不用太着急，不是你不好，而是一班的人太优秀了，其实你已经排进年级一百了……"

"姜絮言。"

他低哑温柔的嗓音打断她。姜絮言闻声抬头看他，只是因为被他轻轻叫了一声全名，脸上更热了。

两人下意识地一齐停下了脚步，在伞下面面相觑。

张知陈微低着头，漆黑的发丝在向下滴着水，水珠落到姜絮言的手背上，很烫。

他盯着她柔软的脸，轻扯起唇角，气音浓重："你相信我吗？"

"嗯？"姜絮言眨了眨眼，显然没懂张知陈说的相信是指哪方面，但她还是立刻就扬眉笑道，"相信啊。"

张知陈感觉自己的心口又被猛地一撞。

女生那双要命的眼睛一动不动地看着他，对着他笑。

被她无条件地相信……

他慌乱地移开视线，觉得自己话都不会说了。

"我相信你，一定可以的。"姜絮言反应过来他的意思，连忙给他打气，"还有时间呢，不到高考的那一刻，一切都是未知数。"

张知陈低低地"嗯"了声，抬手摸了摸鼻子，看向在风雨中摇曳的梧桐，忽然说："你能……帮我补习吗？"

"补习？"

"嗯，我已经不知道该怎么复习了，有你帮助的话……"张知陈掩饰性地轻咳一声，"我会放心。"

姜絮言思索片刻，经过上次小吃店那么一闹，郑荣和奶奶都已经知道她兼职的事了，奶奶哭着让她不要担心钱的问题，现在每天晚上还看着她回学校上晚自习。

确实空出一段时间可以帮他补习。

女生短暂的沉默让张知陈喉头一紧，他收了收握着伞柄的力道，还以为她在为难，刚要开口解围，却见她点了点头："好啊。

　　"那你以后就要来上晚自习了。"她开玩笑道，"我喜欢勤奋的学生。"

　　回忆结束，咖啡里的冰块无声化成水，溶于深棕色之中。

　　张知陈看着面前的试题，眼睛有些发酸。

　　他闭了闭眼，疲惫地看向店里正给客人上菜的女生，那股患得患失的情绪慢慢退散。

　　重生后的这两天，他总会想起从前和姜絮言的点点滴滴，那些时而美好，时而酸涩的回忆，像张密不透风的网将他困在里面。

　　其实十八岁的张知陈直到姜絮言死去那一刻，他都不明白为什么她会突然喜欢上他。

　　他自己都觉得自己不算是什么好人。

　　起码和同样喜欢姜絮言的舒则相比，他就是一个家里有点钱，长得还行，其他方面一无是处的小混混。

　　直到看见那本写满少女心事的日记。

　　张知陈这个人，打架逃课，成绩垫底……

　　但家境好，长得更好，走到哪儿都有朋友簇拥，身边不缺异性示好。

　　在别人嘴里，张知陈的名字总是和不学好、坏男生挂钩。

　　但我知道，他会弹钢琴、擅长运动，写得一手好字，撞到人会说对不起，睡觉被吵醒时会下意识地抿唇蹙眉，会在下雨天把伞留给猫咪，自己淋雨回家，也会在徐珈曼嘲笑我时不耐烦地让她闭嘴。

　　他也很孤独，时常盯着窗外发呆，眼睛里流露出的落寞让人很想抱抱他。

　　这样的人，才不是坏男生。

　　他是我见过最温柔最温柔的人。

　　在姜絮言眼里，他是世上最温柔的人。

　　这么多年，他没有让她失望。

　　温柔地对待这个世界。

　　所以上天才又给了他一次机会。

　　时间在静谧中缓缓流逝，张知陈做完了一张数学真题，脖子因为一直保持低垂的状态而微微发酸，他捏着后颈向后扬起了脖子，忽然，一阵短促的疼痛从后脑那块泛起。

　　那疼痛仿佛触及灵魂，疼得他闷哼出声，眼前开始模糊不清。

　　他胳膊肘抵着桌子，双手抱住头，紧闭双眼，满脸痛苦。

周围的世界整个开始扭曲，耳边断断续续响起费扬焦急的呼喊，那声音仿佛是隔着水幕传来的，一点也不真切。

"张知陈！快醒醒！千万要醒过来！"

那声音很急促，努力在唤醒他。

2022年奥克兰医院重症病房内。

费扬穿着防护服一脸担心地看着刚做完手术，还昏迷不醒的张知陈。

那辆大卡车直直撞向了张知陈和舒则的那一侧，两人被从车底营救出来时已然生命垂危，都伤到了大脑，抢救过来后俱陷入了半植物人的状态，目前在重症病房还不知道什么时候能出来。

费扬在驾驶座位子，也受了伤，看着好兄弟现在这副样子，他十分愧疚，恨自己为什么要和舒则起争执。

他叹了口气，从病房里出来，头发花白的医生对他说："他们的大脑因为撞击而受到了损伤，奇怪的是神经功能并没有事，但是意识始终无法回笼。"

费扬语气焦急："那他们到底什么时候能醒？"

医生抱歉地摇了摇头："很抱歉，这我也不能保证，简单来说他们就像陷入了最深的梦境之中。梦有美梦也有噩梦，有的人沉溺于美梦中不愿醒来，有的则被噩梦缠绕，只想赶快苏醒，这些都是未知数。要靠他们自己了，我们能做的只有等。"

费扬闻言走到玻璃窗前，看着面容沉静，陷入"梦境"的张知陈，无声地叹了口气。

头疼耳鸣的症状维持了一段时间，张知陈用力按揉太阳穴，脑袋逐渐平静，他眨了眨眼，那种模糊到雾蒙蒙的感觉也随之消失。

他保持着弓腰的姿势，脸色苍白如纸，表情慢慢沉下来。

刚刚那种仿佛灵魂抽离身体的突兀感，让他呼吸一滞。

张知陈不由得想起在医务室的那个梦。

冰冷的医用器械和手术室刺眼的白灯，心脏起搏器作用在身体上那真实的触感……

张知陈眉头紧锁，摸了把后颈疼出来的冷汗，心里不禁泛起疑虑。

这到底是不是重生？

怎么还会看见前世他被急救的画面？

明明他的生命已经在那个时间点结束了，并且在十二年前这个时间点重新开始……

身为天体物理学的教授，张知陈其实从没有相信过那些什么重生穿越的说法，但此刻他脑中突然闪过一个概念。

难道是……平行宇宙？

这个想法让他瞬间握紧了拳头。

这是天体物理学上的一个术语，多元宇宙是一个理论上无限个或有限个可能的宇宙的集合，多元宇宙所包含的各个宇宙被称为平行宇宙。

在量子力学中，科学家发现所有的粒子都具备"波粒二象性"，如果没有观察这个量子，就只能认为这个量子同时具备两种状态。最经典的就是薛定谔的猫的实验。

电影中时常运用这个概念去展开故事。

一次不同的选择就会产生一个截然不同的人生和平行时空。

但到现在人们对平行宇宙的研究也只是存在在理论层面，并没有找到可以证明平行宇宙存在的证据。

这不可能……

张知陈靠进沙发里，他无声地苦笑，偏过脑袋，眼睛疲惫地半睁着，望向坐在店里正在辅导小孩写作业的姜絮言。

但他都活生生回到十二年前了，还有什么是不能相信的呢。

如果真是多元宇宙，那他原本存在的那个时空，姜絮言还是死了。

那这个时空的小张知陈，哪里去了？

这个问题让他心头一顿，皱眉思索起来。

如果在原本的时空他因为剧烈撞击陷入了迷离状态，阴错阳差间导致灵魂来到这个时空的话，那这个身体里原本的灵魂去哪儿了呢？

张知陈越想越困惑，物质是守恒的，小张知陈的灵魂不可能凭空被他替代。

后脑的疼痛再一次开始，仿佛为了阻止他继续思考一般，张知陈弯下腰烦躁地揉了揉头发，伸手拿过已经恢复常温的冰咖啡，一口饮尽，才又缓过来。

口袋里的手机突然振动，这个年代的手机还是翻盖按键的，他一时用不习惯，振了好一会儿才接通。

"喂？"

鼓点极重的音乐声伴随着封远扯着嗓子的呼喊传来："喂！张哥你在哪儿呢？费扬请我们来 KTV 嗨了，你要不要过来一起玩！"

张知陈将手机拿远了点，感觉辐射都能透过手机刺过来。

他冷冷道："不去。"

封远嘿嘿一笑："你还和小姜美女在一起呢？"

视线再次看向姜絮言，张知陈模棱两可地"嗯"了声。

封远想到了什么，大声说："过两天你生日请小姜美女过来玩啊！费扬说就在这家 KTV 最大的包厢里给你办！他出钱！"

张知陈轻嗤，漫不经心地将桌上的书塞进书包："那种场合你觉得我会让她去吗，你们肯定使坏……"

"什么叫我们会使坏啊，帮你制造机会懂不懂，等你考过舒则选小姜美女做同桌？估计那会儿我孩子都两岁了。

"喂？张哥？怎么不说话了？"

这边张知陈刚单手背上包，拿着手机抬起头，却注意到了对面杨姐小吃店门口鬼鬼祟祟徘徊着一个人。

那人一头黄毛，身材干瘪，背影佝偻猥琐，手里举着手机正对着小吃店里面偷拍。

只一眼，张知陈就认出了对方是刚刚向铭身后那群狗腿子里的一员。

他偷拍的就是姜絮言。

意识到了向铭的想法，张知陈感到一股暴戾的血气上涌，他挂掉电话，眼底黑云翻滚。他狠狠盯着黄毛，朝对方走过去。

向铭一帮人铩羽而归，他们从来就没这么憋屈过，还没动手就被张知陈这个臭小子唬走了，大家心里都不舒服。

向铭如今冷静下来，他回想着刚刚张知陈着急心疼的模样，认定了那个漂亮的女生和张知陈关系匪浅。

想到这点，他鼻底微抽，一丝狠戾在那张刻薄阴狠的脸上出现。

张知陈，你可真行，有胆子招惹我喜欢的人。

既然你不要脸，那我也不介意让你也恶心恶心。

不同于张知陈故意和父亲作对而犯浑，向铭是真的浑。从初中打到职高，还和社会人士一起混，对像张知陈这种靠着家世和长相唬人的不同，他是靠狠和疯冒出头的。

既然张知陈惹到他了，他一点也不介意陪张知陈好好玩玩。

向铭将黄毛叫了过来："梁子，你跟上姓张的，看他和那个女生去哪儿了，记得拍几张那女的的照片给我。"

梁子一愣，眼前浮现出姜絮言小白花一样的长相，瞬间明白了向铭的意思："向哥，你要找她麻烦？"

向铭没吭声，他笑得漫不经心，却透着寒意。

梁子心一抖，得了令，连忙原路返回小心跟在张知陈两人身后。

这边梁子跟了好一阵，亲眼见着两人跟陌生人一样，一路上一前一后地走着，也不说话，他还以为两人吵架了。

等到了地方，张知陈却走进了对面的奶茶店。

他又耐心地等了半个小时才敢走过去拍照。

今天店里客人不算多，姜絮言手受了伤，帮忙点完菜后就没什么事了，于是她坐到小斌旁边，辅导他做作业。

梁子探头小心看了眼店里的情况，确认了姜絮言的位置，他悄悄拿出手机，点开照相功能，抬手挡住自己对准的动作，朝着姜絮言的方向拍了好几张。

但都是她微低着头的侧脸照，他想要拍张正脸清晰的，于是状似不经意地路过门口，走到另一边，藏好身子正要举起手机继续拍，衣领却突然被人重重提了起来。

"呃！"

那力道极重，衣领瞬间就将梁子的脖子勒紧了，他下意识地抓挠脖子，可张知陈不给他发出声音的机会，单手拖着他走入了一旁的胡同。

昏暗阴冷的胡同里，他被张知陈重重扔在肮脏泥泞的地上。新鲜的空气挤进身体，梁子夸张地咳嗽了好几下，才回过神来。

他抬眸惊恐地看向面无表情的少年，心跳都滞涩了一下。

此时背着月光，满脸阴鸷的张知陈宛如从地底爬出来的恶鬼，眼神如同实质一般，割着他身上的血肉。

"张，张哥，我什么也没干，真的，我就是，就是路过……啊！"

梁子还没狡辩完，只见张知陈手插着兜，毫不留情地踩在他抓着手机的手上。

梁子压抑着嗓音闷哼出声。

张知陈唇角轻轻翘了一下，他收回脚，将鞋底在地上磨了下，似乎觉得对方的手比地面还要脏。

张知陈漫不经心地蹲下来和梁子平视，伸手捡起手机，歪着头，看到相册里姜絮言被偷拍的照片，一张一张地删掉，压低嗓子说出的话无比寒冷："你知道为什么向铭不敢和我动手吗？"

梁子算是见识到了传说中今阳扛把子的凶狠，他咽了咽口水，没有说话。

张知陈眼眉微挑，嘴角扯起一抹笑，神情懒散又高贵，这张脸就算是在脏污的胡同里，也比天上的月亮还要夺目。

"因为他忌惮我。知道为什么忌惮我吗？

"因为他爸要靠我爸生存。"

梁子听到这话心里不免一嗤，靠爹算什么本事。

"靠爹是不算什么，但小朋友，你要记住。"张知陈似乎看穿了他的想法，抬起长睫，冰冷幽暗的眼神比毒蛇还让人生畏，"这个社会，弱肉强食，仅靠拳头的人只会是莽夫。

"要是今天向铭打了我，我会生气，我爸会生气，学校、警局会知道，你们会受罚，要是闹得更大，你们一生都会背上污点，你们会一辈子像烂泥一样，活在这种阴暗无边的角落无法见光。"

张知陈忽地低低笑出声，将手机远远扔到街道上，一辆车刚好碾过，手机粉身碎骨。

梁子心跳到了嗓子眼，忽然觉得自己就像那部手机。

"过去这种事做得多了，觉得无所谓是吧。"

"想尝尝权力的滋味吗？"张知陈这会儿很想给他上上课，让这帮整天叫嚣欺负弱者的小子见识一下，什么是规则，"想尝尝有钱能使鬼推磨的感受吗？"

张知陈往前凑近了点，声音带着笑，眼里却毫无笑意："只要你们敢动她一下，我可以让你们尝尝。"

这个她是谁，显而易见。

梁子和向铭混得久了，时间一长，耳濡目染之下，理所当然地认为只要够狠够恶，靠武力和恐吓就能服人。

但今晚，只是因为张知陈居高临下笑眯眯的几句威胁，他忽然感受到从心底冒出来的寒意。

其实他们一帮人家世都很一般，也就向铭家里有点小钱。

以往揍的人都是些怂货，恐吓两句后续也就没事了，他们得以越发肆无忌惮。但要是今天他们真的和张知陈起了冲突……

能让向铭都忌惮的人，他们更惹不起。

梁子人生中第一次担忧起自己向来视作狗屁的未来。

胡同里冷飕飕的空气贯穿而过，发出呜呜的哀号。

梁子的身子莫名地抖了一下。

张知陈收敛笑意，见小黄毛已经吓得说不出话了，他忽然伸手揪住对方的衣领，慢条斯理地将上面的褶子抚平。

梁子抖得更厉害了，一动不敢动，手背上火辣辣的疼痛提醒着他，这位大哥并不是表面上看起来那么和善。

张知陈微抬下颌，垂着长睫，眼皮浅淡，有种散漫的优雅，他声线温和，可说出来的话和外表不符。

"回去告诉向铭，别使花招。"张知陈忽地抬起眼直视梁子，微凉的指尖最后落在对方搏动的颈侧，指腹下可以明显感受到那过速的跳动，"我不介意提前去和他爸打个招呼。"

不过这个招呼，他会怎么添油加醋地说，那就不一定了。

对上这双眼睛的刹那，梁子呼吸一滞。

明明对方没有动一刀一枪，只是手指轻轻搭在他的脖子上，他却觉得下一秒自己会被对方弄死。

　　说完，张知陈眯起眼睛，站起身手插兜，脸上又恢复了那懒懒散散的微笑，他朝着手机"尸体"的方向抬了抬下巴，不太真诚地抱歉道："不好意思啊，把你的手机弄坏了，需要我赔给你吗？"

　　梁子背靠着墙，慢慢挪着站起来，闻言咽了咽唾沫。

　　他哪敢啊！

　　"不，不用。"他用力摇了摇头，跟见着鬼似的，捂着冒血的手背，站在原地不敢走。

　　张知陈扫了眼他的手，忽然觉得自己作为一个大人这么"欺负"小孩，有点过分，不禁多提了句："手……"

　　"哥您放心！手是我自己不小心撵的，跟您没关系！"梁子心头一抖，识趣地立马打断张知陈的话，上半身往前猛地一弯，标标准准地对着张知陈鞠了个九十度的躬，"您接着忙，我先走了。"

　　他边鞠躬边往胡同口退，不一会儿就一溜烟跑了。

　　看着黄毛飞奔的背影，张知陈几不可见地皱了皱眉。

　　前世，向铭也找过姜絮言的麻烦，不过不是因为张知陈的缘故，而是单纯看姜絮言长得好，喝了酒就开始在店里犯浑找碴。

　　时间就在两天后张知陈生日那晚。

　　然而此时此刻，在这个时空里，他阻止了和向铭的冲突，但也导致对方记恨上他，从而盯上了姜絮言。

　　为什么不管在哪个时空，姜絮言都逃不掉这些……暴力、纠缠与偏见。

　　张知陈独自站在静谧到有些骇人的胡同里，头顶散发出唯一微弱光源的街灯吸引了无数趋光的飞虫盘旋萦绕，他默默看了一眼，随后垂眸盯着脚边的泥泞。

　　心口突然钝钝地发疼，酸胀感弥漫到四肢百骸。

　　拳头慢慢收紧，因为用力骨节泛起白色，指甲也陷进肉里。

　　他真的能改变结局吗？

　　瞬间，一股巨大的茫然和恐慌感扑面而来，将他淹没在无边无际的自我怀疑里。

　　他的重生真的能改变什么吗？

　　当年在警方出具的案情报告里，姜絮言被认定为点火自杀，火源就是床单，也就是说，她自己躺在床上，亲手用打火机点燃了床单，将一切烧成灰烬。

　　那么决绝，连一封遗书都没留下。

　　张知陈走出胡同，一步一步来到小吃店门口，停在视线盲区。

　　姜絮言正在认真批改小斌的作业，时不时因为一些低级的错误而无奈轻笑。

　　长发被她随意扎成马尾，鬓角的碎发垂落在脸侧，笑起来时低垂的眼尾让她整个人看起来柔和得不像话，一点也不真切，和周围繁乱嘈杂的环境格格不入。

张知陈注视着她，眼前慢慢升腾起雾蒙的水汽。

自杀……

她该多疼啊。

他到底要怎么做，才能让一个要自杀的人，重新活下去呢？

要是姜絮言这时抬起头，就会看见将近一米九的男生，短发漆黑柔顺，站在温暖的灯光下，微红着眼，神情认真地盯着她看。

像只和主人走失的大狗狗。

可怜又无助。

♡ 第四章
不要丢下我

　　梁子滚回去将张知陈让他带给向铭的话一字一句说了出来。向铭单手扶着台球桌，低头盯着眼前的白球，没有出声，但额角暴起的青筋和咬紧的后槽牙都让周围的小弟感受到了他的愤怒。

　　梁子缩着身子站在那儿，台球室陷入死寂，直到向铭怒吼着将球杆摔在地上，瞬间断成两半。

　　小弟们都不由得哆嗦了一下。

　　向铭烦躁地挠了挠头发，边骂着脏话边踹翻地上的垃圾桶。

　　张知陈这个臭小子，威胁他很上瘾是吧？

　　向铭看着对面的梁子，望向他手背上的痕迹，挑眉问："他干的？"

　　听到向铭提起张知陈，梁子心一抖，骂了句脏话。

　　算是肯定了。

　　向铭冷哼，眼底晦暗如墨，他忽然状似不经意道："你这两天看到赵成了吗？"

　　听到这话，梁子愣了愣，回道："我昨天还看见他在网吧晃悠。"

　　听到向铭提赵成，在场的人心里都有数了。

　　赵成是东街那一带有名的混混，是一个小团体的头头，前两天因为聚众赌博进去了，昨天刚放出来。

　　两年前，向铭和赵成在网吧相识。结识了赵成，向铭在职高的地位越发稳固，也越发目中无人，直到在张知陈这里吃瘪。

　　"向哥，你是想让赵哥帮忙收拾那个姓张的？"梁子摸不准向铭的心思，张知陈不但有背景，家里还有钱，他们这些学生惹不起，但要是赵成这个社会人出手，就算最后闹出事，也跟他们关系不大。

　　想到这儿，梁子心里痛快了点，张知陈就算再狂，在赵成面前也就是个欠揍的小屁孩。

　　"不是。"向铭眯着眼睛，站在台球室昏暗暧昧的灯光里，周身散发着阴狠的戾气，"我记得赵成很喜欢那种细胳膊细腿的女人，那我们就做回好事，给赵哥介绍个女朋友。"

这话说得极为轻松，仿佛在说笑一样，却听得梁子后背一凉。

谁不知道赵成是个变态啊，被他看上的都没啥好下场。

梁子眼前浮现出姜絮言弱不禁风的小白花模样，确实是赵成最喜欢的类型，他不由得在心里叹了口气。

这姑娘真惨，怎么就被张知陈看上了。

第二天上学的路上，姜絮言照常捏着钱打算买点早餐边走边吃，可刚出巷子口，抬眼就撞上了某位正倚墙摆 pose 的大帅哥。

是真的撞上了。

"啊！"

姜絮言回过神猛地刹住脚让自己不至于扑到对方怀里，可鼻子还是磕到了张知陈的锁骨上，她下意识地抬手捂住鼻子，心里忍不住暗骂，这人怎么连锁骨都这么讨厌。

张知陈也吓了一跳，他本想来个帅气逼人的登场，结果不仅没装成，反倒误伤了姜絮言。

他连忙握住姜絮言清瘦的肩膀，将人扶正了，低下头，满脸担忧道："没事吧？啊？"

磕的这下不算轻，姜絮言突然感觉有股温热从鼻子里往外冒，她身子一僵，微微抬起头，愣怔地用手指碰了碰鼻孔，鲜红刺眼的液体粘在了指腹上。

突然四目相对，场面一时有些安静。

姜絮言眼眶发红，直直地盯着他，无声地指责。

张知陈先一步反应过来，有些心虚地轻咳一声，抬手扣住女生的下颌，迫使她保持着平视，边说边掏出纸巾："流鼻血千万不要仰头，不然鼻血会倒流的，要是流到咽喉部还会呼吸困难。"

这话让姜絮言瞬间不敢动了，老老实实被他扣着脸，只不过还在气鼓鼓地瞪他。

张知陈看着她这副样子，像只河豚，忍不住低声轻笑，撕下一小块纸巾揉成团状塞进姜絮言小巧的鼻孔里，柔声说："以后走路少发点呆，我这么一大帅哥站前面都能撞上，不知道的还以为你是看上我了，故意扑上来了。"

听到这么不要脸的话，姜絮言怒了，轻声反驳："张知陈你讲不讲理？明明是你突然出现挡在我前面……"

姜絮言生气地就要打掉他的手，却被他攥住了手腕，顿时，那明显高于她的体温从腕上传过来。

姜絮言抬眼，怔怔地看着他。

"别动。"张知陈长睫低垂，视线落在女生的唇上，拇指用力一蹭。

男生的眼神极为认真，他每个细微的表情变化，此时此刻落在姜絮言眼里都仿佛自带慢动作，一帧一帧地播放，让她紧张不已。

姜絮言抿了抿唇，喉咙发紧："你在……干吗？"

张知陈清晰地感受到她脸颊越来越高的温度，以为她不舒服，不由得皱了皱眉："血渍，帮你擦了。"

"哦。"姜絮言避开视线，舔了舔被擦过的地方，果然尝到了一点血腥味。

她指了指自己还被他攥着的手腕："能放开了吗？"

张知陈挑眉，松开后手指还捻了捻："幸好流得不多，堵一会儿就好了。"

姜絮言没搭话，轻飘飘瞪了他一眼就不再理他转身继续朝前走。

鼻梁那块还在隐隐作痛，她抬手碰了碰，忍不住轻"嘶"了声。

张知陈绝对克她。

每次遇到他都没什么好事。

不是手受伤就是鼻子撞出血。

想到这儿，她又看了眼被奶奶重新包扎过的手，又忍不住扭头瞪了他一眼。

张知陈手插着兜，懒洋洋地跟在她身后。捕捉到她的视线，他耷拉着的眼忽然抬起，跟逗路过的小孩一样。

姜絮言这会儿说不上是真被逗笑了还是怎么的，心情莫名好了起来。

张知陈借着赔罪的由头，又给她买了早餐，还是豆浆和小笼包。姜絮言本来想推辞，可对方根本不给她说话的机会，店老板似乎已经默认他俩是一起的了，十分自然地接过张知陈的钱，然后把东西给她。

姜絮言盯着一旁兀自喝着豆浆的男生，突然冷冷道："你死心吧。"

张知陈一口豆浆没来得及咽下，听到这话吓得都喷了出来。

还没等他说点什么，姜絮言继续道："我是不会帮你补习的。不管你再怎么讨好，我也还是这个态度。"

张知陈神色微沉："为什么？"

姜絮言没看他，也没吭声。

说真的，她觉得自己现在是在生气。

这莫名其妙的气好像就是昨晚在药店门口开始生的，一直持续到现在。

她气自己自作多情，也气自己恼羞成怒。

又是一阵沉默。

张知陈也不急，跟在她旁边，光明正大地盯着她看。

看得姜絮言有点扛不住了。

"你可以去找补习班，那里的老师比我厉害。"她停下脚步，放弃似的抬起头，撒气一般，"我没时间陪你玩，也不想和你有任何瓜葛，你别再搞这一套了。"

张知陈原本温和的眉眼瞬间冷了下来，嗓音低沉："哪一套？"

姜絮言眼睫轻颤，扬了扬手里的豆浆，强撑着说："别给我买早餐，别在同学面前对我做些奇怪的事，别管我有没有摔倒，摔倒后有没有受伤，也别靠我太近……"

说着说着，她呼吸稍停，侧过身子躲开张知陈的目光："如果只是想让我帮你补习的话，那你死心吧，我头脑没你想的那么好，笨得要死还不长记性……"

她显然陷入了自己的情绪，她不相信有人会没有目的地对她好。

也不相信那个人会出现在自己身边。

"姜絮言。"

张知陈忽然叫了她一声。

姜絮言被打断，下意识地看过去，男生瞳色漆黑，眉头轻皱，似乎很不爽。

"你是挺笨的。"

姜絮言瞪他，表情还有点不服。

张知陈扯起唇角，弯下腰，视线与她平视，向来傲慢懒散的脸此时因为这个弧度不大的微笑变得无比柔和温暖。

男生背对着初升的朝阳，阳光隔着参天的梧桐洋洋洒洒地落在他的眉眼上，漆黑的额发在脸上打出一小片阴影，光影交错间，他慢慢伸出手，将她鼻子里塞着的纸团轻轻拿出来，见止了血，他才松了口气。

姜絮言愣怔在那儿，刚刚要他离自己远点的豪言壮语忘到了九霄云外。

张知陈还不放心，见彻底不流了，才低低笑道："笨蛋。"

姜絮言不爽地吸了吸鼻子。

"别吸了，鼻子里面肯定破了。"张知陈注意到她吸鼻子，皱眉制止她，将手心一直攥着的纸巾慢慢揉进她的鼻子里，擦掉里面残留的血。

姜絮言听到他温柔到有些亲昵的责怪，脑袋也跟着不灵光起来，抬起头任由他动作。

她盯着他看，两人距离近到她连他有多少根睫毛都能数清楚，她能闻到柠檬洗衣液的味道。

张知陈不敢看她，耳朵的红色逐渐蔓延到了脖子和脸上。他收回手直起身摸了摸后颈，为了掩饰尴尬轻咳了两声，视线看向别处："快迟到了，咱们走吧。"

姜絮言皱了皱眉，垂在裤缝边的手收紧又松开，胸口像被塞了团棉花，难受得她眼眶发胀，站定在原地没有动。

张知陈等了一会儿没听到姜絮言的动静，他心里没底，回头悄悄看过去，呼吸一滞。

姜絮言眼眶泛红，无措地站在那儿，身旁时不时有机动车和电动车飞驰而过，她像只被扔在那儿的小动物，皱眉盯着他看，委屈巴巴的。

被这双眼睛看着，张知陈哪还有心思在乎什么尴尬，他重新走到姜絮言面前，抬手自然地抓住她的书包带，想要领着她走，嘴上哄道："鼻子是不是很疼？都怪我，我不应该挡着你走路……"

他还没说完，就被姜絮言打断，她挣开了他的手，低头闷声说："别碰我。"说罢，把他扔在那儿，加快步子独自走了。

张知陈愣在那儿，手还悬在半空中。

为什么他感觉姜絮言更讨厌他了。

张知陈气笑了，他仰头看了眼太阳，又看向姜絮言明显在生气的背影。

他这是走错路线了？

应该继续当个高冷拽哥？

看来她不喜欢主动的。

回到教室，姜絮言刚坐下就看见自己桌上放着一盒草莓牛奶，是她常喝的牌子。

姜絮言放下温热的豆浆，拿起牛奶看向四周，问了问前桌的女生这是谁放的，对方摇了摇头表示不知道。

她茫然地眨眨眼，直到舒则从外面进来，看到她手上拿的牛奶，扯唇轻笑道："我给你的，上次见你买过，想着你应该很喜欢。"

姜絮言心头一顿，语气迟疑："为什么给我？"

"昨天问你那道数学题。"舒则提醒道，"耽误了你下课的时间，心里不太过意得去。"

男生皮肤呈不太健康的冷白色，眼窝深邃，眸色很黑，认真注视别人的时候总给人一种阴沉的冷涩感。

姜絮言回避开他的视线，客气地笑了下："没关系的，解个题而已。"她边说边将牛奶推过去，"我有喝的了，这个你拿回去吧。"

她扬了扬手里还冒着热气的豆浆，和刚从冰箱里拿出来的草莓牛奶形成鲜明的对比。

就像张知陈和舒则，一个热一个冷。

舒则低垂着眼，一动不动地盯着被重新推到他面前的牛奶，没人能看见他眼底一闪而过的晦暗。

为什么再来一次，她对他还是一副不冷不淡的样子。

明明他比张知陈还要早穿回来一周，明明他一直在护着她。

连徐珈曼都能看出他的心思，怎么姜絮言就是看不出来。

为什么她还要和张知陈纠缠不清。

　　为什么她就是不喜欢他……

　　一时间，汹涌的负面情绪将舒则淹没。

　　不解、怨恨、愤怒，这些情绪像滔天的巨浪将他刻意压制的本性释放出来。

　　重来一世，他本来想好好和她在一起的，弥补之前的遗憾，可上天不光是只给了他一个人机会，张知陈也来了。

　　张知陈才是那个真正被姜絮言彻彻底底喜欢过的人。

　　想到这儿，舒则面无表情地回头看了眼刚落座的男生，张知陈手里捏着和姜絮言同款的豆浆，表情很郁闷，视线一直黏在女生的身上。

　　舒则看了眼豆浆，重生后筑起的希望土崩瓦解。

　　他还是输给了张知陈。

　　舒则淡淡地收回视线，颇感趣味地挑了挑眉，脸上笑容如常，只是那双眼比之前更加冷漠，他将牛奶重新递给女生："拿着吧，不喝就扔了。"

　　姜絮言眼睫一颤，她第一次从舒则嘴里听到这种有点令人不舒适的话，一时不知道该回什么，只能道声谢。

　　上课铃响，舒则依旧认真地扮演着好班长的角色。

　　严格来说，他从记事开始就一直在扮演一个"正常人"。

　　还在念幼儿园的时候，他就开始意识到了自己的与众不同。

　　他似乎没有常人该有的情感表达。

　　普通人面对疾苦会悲伤，面对弱小会怜悯，面对美好会感动，可他不会。

　　他的情感反馈系统似乎失灵了。

　　甚至随着年龄的增长，那为数不多的感情也消磨殆尽。

　　他就像一条披着人皮的蛇，藏在人类当中，面对他们，像在打量猎物，冷血到他自己都有些害怕。

　　不对，他连害怕的情绪都很少。

　　要不然他也不会心安理得地活到三十岁。

　　姜絮言的出现让他了无生趣的人生第一次感受到心脏产生不同于机械跳动的触动。

　　那是他从未感受过的，无比珍贵的心动。

　　他遇到了一个让他心动的女生。

　　可是她不喜欢他。

　　不可以，他不允许。

　　宛如魔怔了一般，舒则盯着黑板上密密麻麻的解题过程，握着笔在纸上机械地抄写滑动，手上的力道越来越重，直到自动铅笔的笔芯断裂开来，纸张被戳破他才停下。一抹残忍的冷笑爬上他的嘴角，让这张阴沉的脸显出几分可怖。

假如这一切都是一场梦的话，那他不介意让这场梦做得再精彩一点。

张知陈，你想拯救她是吗？可这场梦的主人，不一定是你。

"对了，考完试之后的国庆假期，学校放三天假给你们休息，后面几天开运动会，现在就可以自行上报要参加的比赛了。"临下课时，郑荣突然说道。

众人听到国庆被砍到只有三天，顿时哀号不止。

郑荣抬手制止他们："行了行了，有三天就不错了，都高三了，还想着玩呢？"说罢，他看向舒则，"体育委员这几天请假了，班长，待会儿我办公室一趟，把运动会的报名表拿过去。"

舒则应了声。

"再提醒一句，这次月考学校很重视，采用的是高考的形式，一个个给我上点心，保持一班的荣誉，别给我犯低级错误，要是让我知道或者发现有耍小聪明的……"他故意看向最后一排角落里的张知陈，冷哼一声，"我就让他吃不了兜着走。"

张知陈没工夫搭理郑荣的"良苦用心"，他正因为自己被姜絮言讨厌了而郁闷，支着下巴盯着人家发呆。

那眼神太过灼热，姜絮言似有所感，扭头看过去。

张知陈单手支着下巴，左腮被挤得微微鼓起，微敛的眼睑半闭着，眼神慵懒又认真，被逮到偷看一点也不慌，甚至还光明正大地挑了下眉。

上午明媚的阳光透过窗子落到他身上，他懒懒地靠着桌子，修长干净的手指白到反光。明明是很疏离淡薄的长相，看着她笑的时候却比骄阳还要夺目。

姜絮言说不上来是什么感觉，只是在视线交汇的一瞬间，她心口一顿，密密麻麻地泛起涟漪。

仿佛这一幕，曾几何时她见过。

她眸光微闪，捏了捏手指，想起早上的事情，不由得垂下长睫，收回视线端坐好。

这明显忽略他的样子让张知陈眉头一皱，他用力按了下原子笔，郁闷地轻轻"喷"一声，惹得封远看了过来。

姜絮言好像在故意疏远他。

"哎，费扬让我来问你，明晚你生日到底什么安排，要是去 KTV 包厢，就多叫点人过来玩。"封远问，看了眼前面的姜絮言，笑道，"张哥你要是不好意思，我去帮你邀请她。"

张知陈翻开书本，避开了这个话题："不用给我办了，你们几个去玩吧。"

"啊？"封远没反应过来，"不办了？那你怎么过？"

封远心里诧异，张知陈最喜欢热闹了，每年生日他巴不得请所有认识的人来玩，就算只是一个人坐在角落里喝饮料，也一定要听见人声。

感觉张知陈最近有点不一样了。

但到底哪里不一样，封远又说不上来，就是感觉他整个人都放松了下来，像个自如成熟的大人。

"我有安排了，不用管我，你们好好玩。"

舒则接过厚厚一沓的报名表，郑荣清了清喉咙，边喝了口枸杞水边指着报名表说："这是你们最后一届运动会了，学校蛮重视的，要求每个项目每个班至少有一人参加。"

他放下杯子拿起最上面的一张，指着其中一项："别的项目我不担心，就是这个女子 3000 米长跑，估计没人愿意报名。"

舒则："那您的意思是？"

郑荣叹了口气："这样吧，你先发下去让大家尽量报，到时候实在没人我就指派。"

舒则点点头，拿着报名表走出办公室，抬眼时看到特意在门口等他的徐珈曼。

徐珈曼注意到他的视线，顿时绽开了笑颜："舒则，运动会你要报什么项目啊？"

舒则表情淡淡地轻瞥了她一眼，本来不想和她废话，可思绪一转，想到了什么。

他轻轻叹了口气，状似无意地吐露出自己的难处："我报什么无所谓，就是郑老师让我找能参加女子 3000 米的人，感觉没人会想报，不太好交差。"

舒则为难又无奈的表情落在徐珈曼的眼里，她瞬间就领悟了他的意思，连忙就要为他分担："交给我吧，我帮你去问问。"

舒则皱起眉头，一脸不赞同："这太麻烦你了。"

"有什么麻烦不麻烦的，我可是副班长，帮班长的忙也是应该的。"徐珈曼还是第一次见舒则这么温和地跟她说话，红着脸摆摆手，"报名表给我一张，我肯定给你找人。"

舒则听到这话，眼底幽暗．他勾起唇角，扬起一个非常标准的微笑，但在旁人看来有些冷硬。

"谢谢你，珈曼。"

徐珈曼回到教室对着报名表发呆，刚刚因为太想在舒则面前表现就把这个任务揽了下来，现在才后知后觉地感到棘手。

女子 3000 米，一圈跑道才 400 米，3000 米将近八圈。

她环顾了一圈教室，这帮女生 800 米跑完都累得够呛，还指望她们跑 3000 米。

都不追求名次了，能跑完都是奇迹。

正巧这时周瑶从小卖部回来，将一瓶饮料放到徐珈曼桌上，徐珈曼没看她，注意力还在报名表上。

"周瑶，你运动会想不想参加女子 3000 米长跑？"徐珈曼突然问。

周瑶正喝着可乐，闻言差点呛鼻子里去："算了吧，我还想活着。"

徐珈曼烦躁地将报名表反扣在课桌上："那找谁啊，是个人都不想跑啊。"

周瑶拿起表看了看："这是谁让你找的啊，这么吃力不讨好的事。"

"舒则。"提到喜欢之人的名字，徐珈曼一副小女生的娇俏模样。

周瑶了然，一脸揶揄地撞了撞徐珈曼的胳膊："可以啊珈曼，看来班长对你也不是完全没意思，至少还让你帮他分担。"

徐珈曼听到这话，嘴角的弧度落了下去。她的父母和舒则的父母是生意上的伙伴，她喜欢跟在他屁股后面，父母之间也经常开玩笑说要结亲家。

可是舒则对她一直很冷淡，甚至是漠然。

他从不主动和她说话，更不用说拜托她帮忙了，渐渐地，她也不敢在他面前放肆。

像今天这样跟她好好说话是第一次。

她不能让舒则失望。

"我主动要帮他的。"徐珈曼收敛情绪，眼神坚定，"我一定要找到人。"

周瑶瞧徐珈曼一副奋不顾身的模样，丝毫不怀疑到时要是没人参加她会自己去跑。

周瑶叹了口气，目光在教室里转了一圈，随后一顿，落在姜絮言的身上。周瑶眨了眨眼，忽地笑了："珈曼，有个人能跑。"

徐珈曼茫然抬头，顺着周瑶的视线看过去，眼尾微挑，懂了周瑶的意思。

傍晚临放学，张知陈和几个男生被郑荣叫去搬学校发的材料。少了老师的看管，教室里顿时躁动起来，大家都在收拾书包准备等铃一响就跑。

过了会儿，下课铃响起，教室里跟炸了锅一样，瞬间跑了一大半人，姜絮言不着急，等楼梯没那么挤了才起身要走。

徐珈曼却先她一步走过来将报名表放在她面前。

姜絮言抬眼看徐珈曼，没说话。

徐珈曼对上这双润泽的杏眼，冷声说："学校要求每个班都要出一个人参加女子 3000 米，你去吧。"

　　姜絮言觉得好笑："凭什么？"

　　听到这三个字，本就心虚的徐珈曼眼睛躲闪，用强硬的语气掩饰道："你刚转来也没为班级得过什么荣誉，正好有这个机会，别给脸不要。"

　　自从前两次在姜絮言这里吃瘪之后，徐珈曼在姜絮言面前彻底不装了，将自己骄纵的大小姐做派展现出来，恨不得所有人都听她指挥。

　　姜絮言垂下长睫，语气平淡："是没人参加了，所以才想到我吧，我可以拒绝吗？"

　　对方明显不想答应的样子让徐珈曼眼神一冷，她双手撑在桌子两侧，居高临下地睥睨，嘴角扬起一抹嘲讽的笑："恐怕不可以。忘记告诉你了，这个项目要是拿到第一名的话，会有奖品哦。"

　　姜絮言眉头轻皱，没有吭声。

　　徐珈曼继续说："一双名牌运动跑鞋。这是今阳特色，只要是跑步比赛获得冠军就有奖励，3000 米的奖品就是一双新鞋。"

　　她顿了顿，上下打量着姜絮言，最后刻意停在姜絮言陈旧磨损的运动鞋上，高傲的语气里含有贬低的意味，十分刺耳："你应该很需要吧。"

　　徐珈曼说得没错，姜絮言很需要。

　　姜絮言眼前浮现出奶奶那两双破旧不堪的布鞋，连开胶了都不舍得扔，一直缝缝补补地坚持穿下去，脚上磨出了好多老茧。

　　每次她看见都会让奶奶换双舒服的新鞋，可奶奶总说还能继续穿，没必要花那个钱。可当奶奶看见姜絮言的鞋子坏了时总是默不作声地给她买新的。

　　姜絮言搁在膝盖上的手倏地握紧，那股令人窒息的无力感又一次萦绕在心头，将她那些反驳的话语堵在了嘴边。

　　一双名牌新鞋抵得上好多双老式布鞋，可以让奶奶走路舒服。

　　她没钱没有能力去支付这笔不小的花费。

　　瞧着姜絮言低着头不说话的模样，徐珈曼有些焦躁，催促道："你到底参不参加？"

　　姜絮言眼睫轻颤，沉默了几秒，在徐珈曼得意嘲弄的眼神里，她抿了抿唇，努力将那股酸涩咽了回去，眼眶却不争气地泛起温热。

　　恍惚间，她好像听见自己一直维持的可笑的自尊被一寸寸撕碎的声音。

　　其实很多时候，她想要的只是一份理直气壮，没有顾虑，可以拒绝的权利。

　　拒绝这身不由己到让人无力的人生。

　　姜絮言慢慢拔掉笔帽，接过那张报名表，在女子 3000 米项目后面签上了自己的名字。

3000 米，她还从没试过呢。

张知陈回来的时候，教室里安安静静，他本以为人都走光了，没想到却看见姜絮言还坐在那儿没动。

窗外的夕阳红得似血，教室宛如进入了另一个空间，静到让人下意识地放轻脚步，不忍打破这份宁静。

张知陈眉头微蹙，好奇她怎么还没走。他停在后门那儿，高大的身影挡住了天边的晚霞，阴影投射在她瘦削的背上，将她笼罩在影子里。

仿佛是听到了声响，姜絮言终于动了，她偏过头，看向站在那儿的张知陈。

两人四目相对。

莫名地，她忍了半天的眼泪，在对上男生视线的刹那，就这么滚了下来，速度很快，顺着脸庞滑到下巴，最后砸在她的虎口上，很凉。

眼泪像断了线的珠子，一直往下掉。

此刻的她就像在外面受了委屈的孩子，明明自己忍了很久，但回家看到父母的一瞬间，就卸下所有的坚强，只想依靠。

看到她无声地对着他哭，张知陈呼吸一滞，立刻大步走过去，在她面前蹲了下来，抬眼心疼地注视着她，想要伸手替她擦掉眼泪，可一想到他刚刚搬完沾满灰尘的书，就缩了回去，着急道："怎么哭了？是不是鼻子还疼啊？我看看。"

说罢他就低头要去看姜絮言的鼻孔，却被她扭头躲了过去。

姜絮言吸了吸鼻子，抬手擦掉眼泪，不去看他，鼻音浓重道："我没事，不用你管。"

张知陈听到这话气得眉头紧锁，凌厉的眉眼紧盯着她红肿的眼，语气不受控制地强势起来："你哭成这样，存心想急死我？"

姜絮言心口一窒，抬眼看向他。

第一次有人对她说这种话。

她经常说"我没事，不用管我"，别人真就以为她很坚强，可以应付一切。

张知陈稳了稳呼吸，高大的身子憋屈地蹲在那儿，向上抬起眉眼，就这么直直地盯着她，视线炙热，像只生闷气的大狗狗。

两人就这么在被晚霞铺满的红色空间里对视着，风都安静了下来。

"姜絮言，你可以讨厌我骂我，但是能不能别把我当空气，别不跟我说话。你不理我，我很伤心。"他揉了揉自己的心口，夸张地咳了两声，眼巴巴地盯着她，"心都碎了。"

男生故作委屈的嗓音在耳边回荡，配上这张脸，让人不自觉地弯起嘴角。

空气有一瞬间的凝滞，姜絮言表情微怔，极缓地眨了下眼，刚刚还憋闷的情绪顿时烟消云散，她抿唇憋笑。

姜絮言没说话，他尴尬地抬手摸了摸后颈，结巴地给自己找补："心碎这只是一种……比喻。"

"呵……"

倏地，一道很轻很细的哼笑声在头顶响起，张知陈动作猛地一顿，抬头看过去。

只见红着眼的女生破涕为笑，眼尾下垂，眸子在晚霞的映照下晶亮润泽，她唇角微微上扬，颊边浮现出可爱的红晕，笑得非常漂亮。

张知陈的心头霎时软了下去，落在姜絮言身上的眼神温柔又无奈，那双深长的眼眸里藏了很多无法宣之于口的话，但只要她开心，一切都无所谓了。

这个笑容只持续了几秒，姜絮言注意到他的视线，立刻抿唇收敛了回去，脸上红红的，不知道是晚霞的缘故还是其他。

两人还维持着一上一下的姿势，张知陈蹲在那儿也感觉不到累，就这么仰着脖子盯着她，动作看起来吊儿郎当的，表情却极为认真。他低声问："可以和我说说为什么哭吗？"

许是对方的声音太过温柔，姜絮言鼻子泛酸，眼眶又温热起来。

在这个人面前，她好像哭了好几次鼻子。

明明她不是爱哭爱矫情的人。

自从父母走后，奶奶成了那个爱哭的人，还是小孩子的她早早明白，自己不能哭，至少不能在奶奶面前哭，那样奶奶会更难受。

可不知道为什么，现在面对张知陈关心的眼神和温柔的声音，她就控制不住地想要示弱，想要承认自己并没有那么坚强。

她不喜欢这种感觉。

察觉到自己过于敏感的情绪，姜絮言强忍眼泪，淡声说："没什么，就是鼻子还有点疼。"

姜絮言回避着他的视线。

张知陈知道她在撒谎，也不戳穿，勾唇笑了笑："都怪我，是我错了。"

自从他回来后，那些按照时间进程原本会发生的事都在悄然改变，他弄不准姜絮言现在的心思，只能一步一步慢慢来。

听到男生今天第二次跟她道歉，姜絮言拿着报名表的手攥紧，皱眉看向他："张知陈，你到底要干吗？"

张知陈无辜地眨了眨眼："我怎么了？"

姜絮言肩膀一塌，仿佛泄了全身的力气，声音疲惫："张知陈。"

"在。"

"你能放过我吗？"

张知陈眼皮一跳，沉沉地看着她，没吭声。

姜絮言垂眸盯着自己的手，掌心那块还缠着纱布，她扯着冒出来的线头，声音哑涩，回荡在静悄悄的空间里："我和你们不是一路人，也不是那种你随便说几句哄人的话就会死心塌地顺着你的人，我对你们的生活没兴趣，也没时间去想那些事情。"

她吞咽了一口，没敢看他："所以能不能别再对我说些莫名其妙让人误会的话，我听不懂，也不想懂。"说到这儿，她自嘲轻笑，"也不要摆出一副很关心我的样子。

"我很累，没空陪你玩。"

这句话说完，空气忽地凝滞下来。

姜絮言将自己想说的话一股脑说了出来，可却并没有多轻松，反而心口愈加憋闷。

张知陈眉头拢在一起，双目泛红，搁在膝盖上的手倏地握成拳，手背青筋清晰浮现。

【我很累，没空陪你玩下去了。】

当年姜絮言最后留给他的，就是这句话。

瞬间，一种窒息和惶恐的感觉爬上他的心头，那种会再次失去她的恐惧将他吞噬。

坐着的姜絮言没等到他的回答，眼底失落一闪而过，她拎上书包站起身就要走。

刚走没两步，一个极为重的力道抓住了她的手腕。

她回头怔然地对上男生深沉的目光，一时忘了动弹。

"我不是爱哄人玩的性格。"

张知陈嗓音沙哑，黑眸在夕阳的映照下泛起细碎的光，她挣了挣手，没有甩开他。

"对不起。"他喉结滚动，嘴角轻扯。

对不起，但起码别再丢下他一个人走掉，把他一个人丢在这个世上。

姜絮言还没从这两句明显示弱的话中回过神，温热的液体落在她的手背上，令她呼吸一窒。

张知陈哭了？

原本愣怔的姜絮言手足无措起来，她垂着眼，从脖子开始窜上来的热度让她神思不清，只能低头闷闷地"嗯"了声。

张知陈，似乎和传闻中说的并不一样。

他好像没有在逗她玩。

他似乎是，认真的。

这个认知让她心跳加速，直到对方松开她都没有缓解。

两人后知后觉地不好意思，尴尬地面对面站着。

姜絮言手上还捏着皱皱巴巴的报名表，她吸了吸鼻子没看他，轻声说："我，我先回去……"

"等一下。"张知陈轻轻扯住她的衣袖，他才注意到那张报名表，眉头轻皱，"这是什么？"

他拎着她的衣袖，迫使女生的胳膊抬起来，他偏头看清了上面的内容，视线在女子3000米项目后面签的名字上停住。

"你要参加女子3000米？"

姜絮言抽回手，边折报名表边往外走："嗯。"

张知陈跟上去："认真的？3000米你知道是什么概念吗？男生跑完都够呛，你吃得消吗？"

他回忆着日记上的内容和当年的记忆，并没有姜絮言参加3000米这一段，为什么姜絮言突然要参加这个。

姜絮言背对着他，下了楼梯："吃不吃得消得试试才知道，我没有那么娇气。"

张知陈气极，快走几步来到她面前，语气严肃："这不是娇不娇气的事，姜絮言，这不是能开玩笑的事。"

女生被挡住去路，抬眼认真地看着他："你是在担心我吗？"

"废话，当然担心，3000米跑完你会累死的。"张知陈眉头紧皱，"什么破运动会要让你这么拼命，报名表给我，我帮你撕了。"说罢就要伸手来抢。

姜絮言将表往身后一藏，另一只手捉住他的胳膊，温软的触感让张知陈一怔，抬眸对上她清凌凌的黑眸。

姜絮言抿了抿唇，露出一个乖到不行的笑，她柔声说："放心吧，我才没有那么弱呢。"

拗不过姜絮言的坚持，张知陈没有再劝说下去，只是分别后给封远打了个电话，了解今阳运动会的事情。

"女子3000米的冠军会有奖品来着，去年隔壁二班的体育委员就拿了，我记得她得了双跑鞋。"封远不确定道，"今年就不一定了，每年学校的奖品都不一样。哥，你怎么突然问女子项目啊？"

张知陈没有回答，搪塞了两句便挂掉了电话。

他坐在奶茶店里，不由得想起日记里记着的，关于鞋的一段过往。

也明白了姜絮言报名的目的。

张知陈盯着对面小吃店里忙活的女生，陷入沉思，连服务员端来咖啡都没注意。

"您请慢用。"

这句话让张知陈回过神，他偏头看向杯中冒着热气的深棕色液体，若有所思地挑了挑眉。

这几天张知陈每晚都准时回家睡，时不时会撞见应酬回来一身酒气醉倒在玄关处的张大明，他熟练地将人抬进卧室，父子俩都没怎么正常说过话。

好像从母亲去世后，两人之间沟通的纽带就断了。随着年龄的增长，张知陈渐渐理解了父亲，但父子俩依旧不温不火地相处着，仿佛两个最熟悉的陌生人，逢年过节他回到家才偶尔和父亲闲聊两句。

也不能说理解，只能说是算了。

纠结过往的对错是走向未来最大的阻碍。

看着姜絮言安全回到家，张知陈照常打车回别墅，其实在市区还有套离学校更近的房子可以住，但最近张大明因为公司里的事几乎每晚都醉醺醺地回来，他属实有点放心不下这个让人不省心的爹。

开门进去，屋里静悄悄的，玄关的灯没有亮，但客厅的灯不知被谁打开了，张知陈抬眼看向沙发的位置，张大明正撑着膝盖坐在那儿喝茶。听到关门声，张大明下意识地偏过头，眼尾一挑："回来啦。"

张知陈将书包靠在墙边放下，隔着眼镜片笑道："今晚竟然没喝醉。"

话语里自然大方的调笑让张大明微愣，他身子坐直了些，借着灯光认认真真地看着儿子。

老老实实地穿着整套校服，原本微颓的脊背挺得笔直，戴着他没见过几次的眼镜，他竟然能从张知陈身上感受到一种儒雅清俊的气质。

要不是知道儿子之前的浑样，他还以为此刻站在他眼前的少年是什么三好学生。

张大明不懂这小子在搞什么鬼："听刘妈说你这几天都回来睡，早上还自己乘公交车去学校。"他放下茶杯，思忖片刻，"你班主任也打电话给我说，你最近很老实，不逃课不打架，还说要在月考证明自己。"

张知陈闻言勾唇，心道老郑这是担心他作妖，提前跟张大明通气试探呢。

他窝进舒适的单人沙发里，随手拿过桌上摆着的苹果把玩："是，想通了，不玩了，想认真学习考大学。"

听到这个回答，张大明更觉得稀奇了。

一开始接到郑荣的电话他还以为自己听错了，要不就是张知陈又在搞什么恶作剧。

自从陈冉走后，这个家也跟着失去了生气，他沉溺于妻子早逝的痛苦，用工作来麻痹自己，疏忽了对儿子的管教，导致他从升入初中后就走偏了道路，现在想要弥补纠正也力不从心，不知从何下手。没想到这小子竟然自己想通了？

"真的假的？"张大明明显不信，他抬手松了松领带，父子俩的眉眼长得一模一样，不笑的时候，在顶光的映照下，显得越发凌厉，"我记得高三刚开学那会还要死要活地不想去，怎么才过了一周就洗心革面了，你是不是又憋着什么坏呢？"

这也不怪张大明不相信他，之前张知陈的行为太过顽劣，张大明不确定一个人能从多年的散漫里挣脱出来，在不到一年的时间里拼进大学。

张知陈无奈，扶了扶眼镜："不管您信不信，我这次是真的，我会证明给您看。"

先不提别的，光是一口一个"您"就让张大明表情一顿。

臭小子以前别说"您"了，喊他"喂"都嫌麻烦。

偌大的空间里安静下来。

瞧见对方一副被他吓到的模样，张知陈从鼻子里哼笑出声，握住被他抛到半空中又落下来的苹果，嗓音低沉："爸，有个人我想和她上同一所大学。"

张大明重新拿起茶杯，抬眉看他，没有说话。

张知陈盯着手心里红彤彤的苹果："她想考梧大。"话头顿了顿，少年笑着看向张大明，眉眼温柔，"我也想，陪她考梧大。"

这个笑容很浅很随意，但落在张大明的眼里让他无比震动。

他从没有在儿子脸上看到过这种神情。

心头萦绕的顾虑瞬间消失不见，这个理由抵得过所有冠冕堂皇的借口。

张大明懂这种感觉，当年他为了靠近优秀的陈冉，也是像这样不顾一切，拼尽全力。

倏地，中年男人疲惫的脸上扬起一抹释怀的笑，他上前拍了拍张知陈的肩膀，声音疲倦："你决定就好，我支持你。"

张知陈放下苹果："谢谢，爸。"

这声"爸"让张大明失了神，他惭愧地叹了口气，微微一笑。

"对了，明晚你生日打算怎么办？"沉默片刻，他忽然想起这事，"要不要我在酒店给你们订个包厢？"

张知陈摇摇头，拿起书包，准备回卧室："不用，我不办了。"

"不办了？你今年不过啊？"张大明皱眉。

"嗯。"张知陈脚步停下，正色道，"有约了。"

张大明意味深长地注视着儿子的背影，无奈摇头。

第二天天刚亮张知陈就早早地乘着公交车堵到了姜絮言。

女生还是匆匆忙忙的样子，跑到汤包店门口，刚要开口就被张知陈打断："老板，老样子。"

"好嘞！"

姜絮言听到这声音叹了口气，心道自己今天起得挺早的啊，怎么还是碰上他了。

她攥紧书包带，往后退了退，站到他旁边，悄悄偏头打量他。

"两笼肉包，两杯豆浆，同学拿好。"

老板接过张知陈的钱，将东西递给她。

姜絮言回过神，脸上一烧，没敢看老板，接过东西先一步走到前面。

"走这么快干吗，今天我们很早，还有半小时才打铃。"

张知陈跟上去看了眼腕表，见姜絮言目不转睛地盯着前面，细嫩的脸颊白里透红。

他伸手去钩装汤包的塑料袋，手指无意间碰到姜絮言弯曲的指骨。

姜絮言喉头一紧，瞬间握紧拳头，把塑料袋攥得紧紧的，乌溜溜的眼睛瞪着他："你干吗？"

张知陈表情无辜，指着汤包："那里还有我的一份呢，我也饿。"

姜絮言避开接触的视线，把汤包全递给他："你吃吧。"

张知陈也不客气，接连塞了好几个进嘴里，然后就被烫得没了主意，男生丝毫不顾形象的模样令姜絮言嘴角翘起，想笑又不敢笑。

姜絮言拿出温热的豆浆，将吸管插好，憋着笑给他递过去："慢点吃。"

张知陈接过豆浆一口喝完，这才感觉嘴里好点，那爆出来的汤汁烫得他想飙脏话。

捕捉到姜絮言轻松愉悦的神情，张知陈翘起唇角。

他能感觉得到，昨天在教室里的那番话让姜絮言产生了负担。

她在他旁边很不自在。

张知陈正了正神色，垂眸盯着她看，眼神无比认真："姜絮言。"

对方突然的正经让姜絮言眨了眨眼，下意识地挺直后背，没吭声。

"如果我这样接近你会让你产生负担，你要告诉我。"

阳光刺眼，梧桐依旧随风摇摆不定，斑驳的树影摇摇晃晃，宛如女生躁动的心。

"但我不会改的。"男生突然话锋一转，眉骨上扬，笑得臭屁又傲气。

四目相对，姜絮言红了脸，率先移开目光。

她没接话，也不知道该怎么接，她僵着身子转过身朝校门口走，后背挺得笔直，手臂一动不动，宛如木偶娃娃在走路。

张知陈扯唇轻笑，将空掉的豆浆杯叼在嘴边，手插兜慢悠悠地跟在后面。

♡ 第五章
生日快乐啊

　　随着入秋的脚步渐近，傍晚放学时天色已然陷入昏暗，地平线吞没最后一抹霞光，街边路灯依次亮起。

　　张知陈没有像往常那样跟着姜絮言，而是掉转脚步走向了学校附近的一家甜品店，将中午订的生日蛋糕取出来。

　　本以为不会花太多的工夫，没想到因为甜品店店员配送失误导致张知陈原本订的巧克力蛋糕被送到别的客人手里，等反应过来去取的时候蛋糕已经被客人家的孩子吃了大半。

　　"实在不好意思，是我们工作失误。"店员连忙道歉，"已经在重新给您做了，很快就好，抱歉需要您稍等一会儿。"

　　张知陈笑了笑，安抚年轻的店员："没事儿，不用放在心上。"

　　他看了眼墙上的钟，才晚上七点，距离今天结束还有五个小时，足够他制造巧遇"骗"姜絮言陪他过生日了。

　　前一世，在他生日这天，向铭和他那帮小弟借着酒劲去小吃店闹事，最后不得不报警处理，害得姜絮言被郑荣盯上，学校里也开始出现关于她作风问题的风言风语。

　　自从上次被张知陈警告过后，这些天向铭那边没有丝毫动静，安稳了不少，但张知陈心头总有种隐隐的不安。

　　他安慰自己只是太过担心姜絮言的缘故，但还是下意识地朝店员加了一句："尽量快一点吧。"

　　这边，姜絮言刚换上工作服，背靠在衣柜前将手上的纱布小心解开，磨破的伤口已经结痂了，看起来略微狰狞。姜絮言盯着掌心想起张知陈帮她包扎的画面，男生低头轻轻吹过伤口的感觉她还记得。

　　忽地，姜絮言慌乱地眨眨眼回过神，从包里拿出张知陈帮买的创可贴，她撕开外包装，将有药的一面盖在伤口上，微微的刺痛感传来，她不适地皱了皱眉，杨琳的呼唤声随之响起："小姜！给客人点菜！"

　　"来啦！"姜絮言连忙应了声，随意甩了甩手，边出去边将头发利落地扎起来开始今晚的工作。

赵成一帮人是在近八点的时候来的，那会儿正是店里生意最好的时候，每张桌上都有客人，姜絮言和杨茉一个服务上菜一个装盘打下手，忙得脚不沾地，都没有第一时间注意到门口模样鬼祟的几个人。

前天赵成正在网吧通宵打装备的时候，好久没露面的职高小鬼向铭突然来找他，说有个不知好歹的臭小子最近惹了他，因为一些原因没办法正面刚，正好臭小子的对象在东街的小吃店里兼职，听说是个漂亮的女生，想让赵成去警告警告。

赵成闻言嗤笑，东街这块是他经常混的地方，从没听说过哪家小吃店有什么美女兼职生。

看出他不相信，向铭凑近他，笑容暧昧："成哥我真没骗你，那姐长得，啧啧，皮肤嫩得跟豆腐似的，绝对是哥你喜欢的那种。她最近才来的，成哥你不知道很正常。"

"你小子想什么我知道。"赵成手指夹着烟，在泛着油光的键盘上飞舞不停，"别拿老子当枪使。"

向铭眸光微闪，忽地掉转话头轻笑道："这样吧成哥，你亲自去看一眼，就知道我是不是在唬你了。"

虽然清楚向铭的用意，但赵成确实被说得有点心动，被勾起好奇心。他很喜欢那种瘦弱又白嫩的姑娘，能激起他心底变态的破坏欲。

于是，他便带着两个小弟趁店里忙的时候来看看。

赵成不高，身材粗壮，一脸横肉，梳着那个年代流行的非主流发型，脖子上挂着条金链子，手臂上有各式各样花花绿绿的文身，气质吊儿郎当，一看就是混社会的人。

他领着两个小弟，左顾右盼地晃进店里，眯缝眼扫视着不大的店铺。

视线里并没有什么白嫩嫩的美女，赵成面露不悦，他就知道向铭没什么好屁，正要转身离开的时候，后厨的布帘却突然被人从里面掀开，姜絮言双手端着菜，胳膊细长，无瑕如玉，在灯光的照耀下白得反光，因为忙碌小脸泛红，温润微挑的杏眼灵动可爱，整个人俏生生的，在人群中宛如自带滤镜，让赵成眼睛一亮，脑袋都蒙了一下。

他立刻掉转脚步朝着只坐了一个客人的位子走去，贪婪的目光落在姜絮言的身上，看得口干舌燥。

果然是个美女。

还在对着菜单苦恼吃什么的客人感觉有一道阴影落了下来，他下意识地抬起头，却对上了赵成威胁的眼神："滚开。"

对方的打扮一看就是个不好惹的混混，身后还跟着两个流里流气的跟班，年轻客人不想给自己招惹不必要的麻烦，不满地嘟囔了几句就站起身离开了。

赵成刚坐下便立即抬手朝姜絮言招呼道："这里点菜！"

姜絮言刚收拾完一桌，听到招呼声条件反射地回道："来啦。"

她把脏碗放到水槽那儿，湿掉的手在围裙上随意擦了擦，拿起菜单走到赵成那桌，拿出原子笔，将碎发别到耳后，露出精致小巧的下颌线条，头也没抬："您要吃什么？"

没有人应答，气氛安静到诡异。

姜絮言等了一会儿，没听到声音，眼睫动了动，这才抬起眼疑惑地看向这位客人。

赵成黏腻恶心的视线黏在姜絮言的身上，上下打量搜刮，贪婪又放纵。

姜絮言不动声色地皱了皱眉，她不是没见过这种眼神，可这个人格外让她不适。

她悄悄往后撤了一小步，把菜单向上举高了点，试图阻隔对方的视线。

"请问您想吃什么？"

赵成听到这个清脆悦耳的声音，不由得眯了眯眼，嘴角露出一个自认为很有魅力的弧度，伸手捏住姜絮言手里的菜单往自己的方向扯，笑道："小妹妹你帮哥哥推荐推荐。"

姜絮言在他碰到菜单的一瞬间就松开了手，低垂着眉眼往旁边挪开，手背到身后，声线发紧："菜单上都写着呢，您先看，决定好了再叫我。"说罢就要转身离开。

下一秒，一个很重的力道擒住了她的手腕，她吃痛地倒吸一口凉气，秀气的眉眼瞬间拧起，还没反应过来，她就被赵成扯到了面前，后腰撞上桌子边沿，发出不小的声响，钝钝的痛感从那块蔓延开来。

这边的动静让店里仿佛被按了暂停键，各种异样的目光投射过来。注意到赵成三人凶神恶煞的模样，大家都只是无动于衷地观望，没人敢贸然上前。

赵成调笑道："走什么？你们店里就这么对待客人的？小妹妹多大了？还在上学吧，怎么出来工作了？哥哥看得好心疼啊，哈哈哈。"

话音未落，那两个小弟也跟着笑了起来。

"小妹妹跟哥哥走吧，哥哥带你去玩，长这么漂亮在这儿端盘子可惜了。"

姜絮言第一次遇到这种阵仗，虽然害怕但还是在猛烈地反抗挣扎："你放开我！"

可对方力气太大，根本甩不开，赵成被女生厌恶抗拒的样子弄出了火气，表情一狠，拽着她用力往地上一摔。

"别给脸不要脸！"

哐当几声桌椅倒地的声音响起，这一切发生得太快，店里的所有人俱是一惊，紧接着嘈杂起来。

姜絮言脸色苍白地倒在那儿，后背和腰腿都不同程度地撞到了坚硬的桌椅，身上冒出无法忽视的痛感，她强撑着半坐起来，疼得不自觉眼眶发热，眼前泛起水雾，她无力地捂着自己的胳膊，杨琳和杨茉的呼喊都听得不太真切。

她甩了甩头，想把那恼人的耳鸣赶跑，眼前有摇晃的人影出现，杨琳他们似乎和赵成三人推搡争执了起来，还有上前帮忙劝阻的客人，断断续续有不堪入耳的叫骂声殴打声响起，店里顿时乱成了一锅粥。

还没等姜絮言从疼痛里缓过神，一道高瘦带着劲风的身影从店门口冲进来，一把推开人群，挡在她面前，紧接着拳头重重落在肉上的闷响混合着赵成的尖叫响起。

场面静了下来，在场的所有人都蒙了，愣怔地看着突然冲进来打人的少年。

张知陈表情阴沉，他握紧拳头冷冷地望着赵成，舌尖扫过后槽牙，冷戾的眼神看得人莫名心颤。

姜絮言本来不想哭，冒出来的眼泪只是生理性的条件反射，可当她看到张知陈突然出现在她面前，抬眼触碰到他的背影时，鼻子猛地一酸，眼泪又滚了下来。

就好像，终于有人给她撑腰了一样。

"张知陈……"
姜絮言盯着男生的背影，声音颤抖，恍若自言自语般低语出声。
他怎么会在这里？
他知道她在这里打工了……
比起被欺负，被张知陈发现她没有在上晚自习而是在这里打工让姜絮言呼吸困难。
那是她微不足道但又在努力维系的自尊被活生生撕碎的佐证。
姜絮言脸色苍白如纸，她低头看着自己身上沾着油渍的围裙，耳边碎发垂落在脸庞。她抿紧唇，深深吸了口气，眼前被水汽折射出杂乱分割的光影。
她现在这个样子真的又狼狈又可笑。

这边混乱还没结束，被打得太突然，赵成甚至现在还没缓过神，这一拳的力道非常重，要不是有两个小弟扶着他，估计他也要像姜絮言那样跌倒在地。

张知陈面色沉静，他严严实实地挡在姜絮言面前。

赵成捂着被打歪的左脸，晃晃悠悠地站直身子，难以置信地死死盯着眼前这个不知道从哪儿窜出来的臭小子，口腔里蔓延出血腥气，好像是牙松了。

他吐了口血沫，咬牙道："你谁啊！"

张知陈微耷拉着脑袋十分嫌恶地甩了甩右手，闻言抬起眼皮睨着赵成，语气桀骜："你爹。"

赵成从没有被人这么嘲讽过，不由得心头涌起暴怒，脸上横肉气得直跳，挥起拳头就冲了过去。

身后的两个小弟也回过神，叫骂着一起迎了上去。

张知陈嘴角勾起一抹轻哂，顺势侧过身子，轻而易举地躲过赵成的攻击，然后扯着他的衣服像刚刚他对待姜絮言那样把他往两个小弟的方向一扔，顿时宛如肉山的身体砸过来，两个瘦猴小弟立刻被压倒在地，骨头好像散架了一般，疼得吱哇乱叫。

三个人表情痛苦地在地上蛄蛹，嘴里叫骂不断。店里的动静也吸引了不少街上路过的行人，门口已经聚集了不少看热闹的围观群众，其中已经有打电话报警的了。

张知陈没管周围的情况，他冷着一张脸，锋利的眉眼仿佛带着寒霜。

他慢条斯理地走到赵成面前蹲下，没有说话，但就是自带骇人的威慑力。

张知陈伸出修长白净的手，赵成警惕地盯着他的动作，下意识缩了下脖子。

他捡起散落在赵成耳边的一根竹筷子，目光落在筷子上，手指随意地玩了两下，然后用尖端的部分轻轻搭在赵成细微颤抖的右手上，明明没用什么力气，但赵成就是不敢再乱动。

"这只手，碰的她？"声音带着不容置喙的寒意。

赵成心头一跳，没吭声，撞上男生撩起眼皮看过来的视线。

他发虚地咽了咽口水，奇怪自己为什么会被一个半大的毛头小子吓成这样，瞬间，脑子里闪过一个念头，他想起了向铭在网吧说的话。

看来眼前这个臭小鬼就是惹到向铭的那个，还真是块硬铁板。

赵成越想越气不过，今天被这小鬼打了一顿，传出去他在东街真没脸混了。想到这儿，他眯了眯眼，一只手悄悄伸到裤子后口袋里，将平常习惯性带在身上以备紧急时刻防身用的小弹簧刀攥在手里，眼里划过阴狠。

张知陈没注意到对方的小动作，他手上使了点力气，筷子尖端霎时戳进赵成的肉里，疼得赵成龇牙咧嘴。

随后他用只有两个人听得到的音量哑声问："是向铭叫你来的。"

这句是肯定语气。

赵成鼻底一抽，忽然嗤笑道："怪不得向铭拿你没办法。

"是有胆量，不过……"

男人拖着腔，背在身后的手打开弹簧刀，锋芒在灯光下一闪，姜絮言一直注意着两人的动作，那道闪光没逃过她的眼睛。意识到那是什么后，姜絮言呼吸一滞，几乎是条件反射地喊道："小心刀！"

话音刚响起，赵成就朝着张知陈的方向猛地挥过去。

只见张知陈躲都没躲，直接徒手握住了他举着小刀的手指，半截刀身也被张知陈生生攥住了，他想抽出来，可是丝毫没有办法，两人根本不是一个力量级，他感觉自己的手骨都要被捏碎了。

这小子比他想象的还要狠。

周遭陷入了诡异的沉默，一切都变成了慢动作。

几乎在握住刀身的瞬间，温热的血便顺着指缝冒了出来，零星滑落，染脏了张知陈的袖口。

张知陈微微松开力道，没给对方再动作的机会，他站起来抬脚踩在赵成的手腕上，赵成握着刀的手疼得松开，刀掉落在地的声响非常清脆。

这清脆的一声让时空再次恢复正常，见到血杨琳吓得尖叫，人群中身强力壮的路人也回过神来上前帮忙控制住倒地的三人。

姜絮言心跳一滞，唇上的血色都褪去了，她颤着腿挣扎着站起来跑到张知陈身边，手足无措地想要触碰他的手，可是又不敢，怕自己弄疼他，急得眼泪一直掉，"你……"她想骂他，想责怪他为什么不躲，可话到嘴边抬头撞上他担忧的视线，又什么都说不出来了，红着眼睛，愣怔地盯着他看。

张知陈似乎一点也不在乎自己的伤，用完好无损的另一只手扯住姜絮言的胳膊，满脸担忧地上下打量她，语气焦急："没事吧？撞没撞到哪儿？受没受伤？"

见她不说话，还以为姜絮言是被刚刚的场景吓到了，他叹了口气，弯下腰和女生直视，笑了笑，放柔声音："别怕，没事了，我不是来了嘛，不怕了……"

姜絮言用力抿紧唇，眼泪止不住地滑落，张知陈身体僵硬，懒散的笑容凝滞在嘴角，大脑空白了几秒。

眼前的女生还在细声细气地抽搭，落到他耳朵里，只觉得心口都被她的哭声给整软了。

"你，是不是有毛病，拿手去，挡刀，不疼吗……"女生抽泣得一句完整的话都说不利索。

张知陈无奈地轻笑，拍了拍姜絮言的头顶，注意不让自己还在冒血的手碰到她，无奈道："别哭了。"

姜絮言心口一窒，一时忘了哭，抬头对上张知陈顺势低下来的目光。

四目相对。

张知陈的眼睛一瞬不瞬地望着她，凸起的喉结缓缓滚动，嗓音低哑："不疼，看见你担心我，就一点都不疼了。"

姜絮言深吸一口气，胸口又酸又胀，像有一双手重重捻了心脏一把，不痛，就是很酸，酸到她眼前又蒙上了雾气。

第一次有一个人，让她的心产生如此陌生的触动。

张知陈，真的很会讨她的喜欢。

或许是现在气氛太好，好到姜絮言一直目不转睛地盯着他看，沾湿的睫毛无措地颤抖，后怕、担心、陌生的心动，各种复杂的情绪交织在一起，让她此刻一句话都说不出来。

姜絮言从小就是个很要强的人，父母走了之后，这种要强变成了逞强。

逞强到她觉得自己可以不依赖任何人，一辈子无畏地活下去。

她早早就明白了一个道理，没有人会永远陪着另一个人，基于任何感情上的陪伴都是有时效的，也是要付出代价的。

姜絮言很怕麻烦，也很怕自己变成一个麻烦。

她已经是奶奶的麻烦了。

所以她一开始很抗拒，也很害怕。

抗拒张知陈的示好，害怕自己沦陷进男生对她的好里，然后习惯性地依赖他，变成一个自怨自艾的弱者。

也害怕张知陈有一天腻了，会视她为麻烦。

在她的认知里，任何亲密关系总有尽头。

她不相信自己会那么幸运，能被宝藏砸中。

可是……

姜絮言垂下长睫，躲开张知陈那双宛如深海的眼睛，一瞬间被汹涌的难过包裹。

可是每次张知陈在她最无助的时候，突然地出现，她就克制不住地想要靠近他。

明明不应该这样的，她不应该和张知陈有任何瓜葛。

为什么要让她在最无力最无奈的时光里遇到他。

姜絮言侧过身低下头不再吭声。

她突然间好讨厌自己矫情又别扭的性格，好讨厌自己总会患得患失、胡思乱想的毛病。

有那么一瞬，她想，如果自己是徐珈曼那样的女生就好了。

有好的家庭环境，父母健在，自信骄纵，从不会自我否定，遇到优秀的异性也可以大方地吐露表达，面对的是灯光、鲜花和掌声，未来一片光明。

而不是像她现在这样……

她恍惚抬头，扫视着眼前因她而起的混乱和嘈杂。

耳边充斥的是肮脏的谩骂和由远及近的警笛声，脚底是张知陈因她而受伤流出的血，她定定地站在原地，目光呆滞，周身仿佛出现了一道无形的结界，眼前的所有都变成了慢动作的默片电影。

除了她自己，没有一点色彩。

这才是她的生活，面对的只有躲藏和生活的腌臜。

能活下去已经很累了，她无法再承担张知陈闯进来的后果。

他一定搅得天翻地覆，最后还是只有她一个人收拾残局。

张知陈被姜絮言看得不太好意思，以为对方还在担心他，不由得动了动唇瓣，想再说些哄她的话让她放心，可还没等他开口，姜絮言偏过身子，淡淡地注视着门口，表情说不出的落寞。

姜絮言这副疏离又失神无措的模样刺痛了他的眼睛，连带着呼吸都凝滞了一瞬。

前世在雨巷的场景从眼前闪过，张知陈眉头紧皱，他朝她走近一步，不顾手上的伤，悄悄握住女生垂在身侧的手腕。

他想靠这样让自己疼痛的方式抓住她，起码能证明这一切都不是梦。

手腕上传来鲜血的温热触感让姜絮言回过神，她低头看向男生已经失去血色的手紧紧攥着她，极有安全感。

白净修长的手指被染上刺眼的红色。

那血顺着两人碰触的地方流下来，接着从她的指尖滴落。

愣怔间，她听见张知陈用极低哑的声音说："不要怕，你才是受害者，这都不是你的错，没人会怪你的，我更不会。"

他看出了她的惊慌和害怕。

姜絮言紧紧抿唇。

她确实害怕，怕老师和同学知道她兼职的事情，怕奶奶知道她每天都在撒谎，怕他们用另类嘲讽的眼光看她。

一个徐珈曼已经让她透不过气了，她只想做个这个年纪里"正常"的女生，不想被贴上任何关于身世凄惨这类的标签。

张知陈盯着女生平静的侧脸，他忽地抬起另一只手，轻轻勾住她落到脸侧的碎发别到耳后。

姜絮言再次抬眼看张知陈，眼泪顺着脸颊掉下来，被张知陈用手指蹭掉了，除了他谁都没有发现。

"待会儿可能会进警局，不要害怕，警察叔叔问你什么，你就老实回答什么，他要是凶你，你就哭，哭没什么丢脸的，你哭别人就会觉得你是弱势的一方，语气就会不自觉地变好。"张知陈似哄似逗，像嘱托即将上学的小朋友，说着一些不着边际的话，"可能会打电话叫老师和家长，不用担心，有我兜着呢。"

他自嘲轻笑："老郑看见我估计会直接气晕过去。"

她直勾勾地看着张知陈，抿紧唇，心里有很多话想说，想推开他，警告他不要靠近，可想起那天傍晚在教室里的画面，突然便不能动了。

她不想看见这双眼睛再次流露出哀伤的情绪。

"你为什么会来这里？"姜絮言沉默片刻，忽然问到。

张知陈视线转向门口的位置，清了清嗓子："就……偶然路过。"

姜絮言没放过他的每一个表情，有个念头在心头浮现。

张知陈是不是早就知道她在这里兼职？

姜絮言深吸一口气，她看了眼身上的围裙，单手伸到腰后将系带解开。扯掉了围裙，她感觉自己在张知陈面前像是透明的。

她疲惫地闭了闭眼，把围裙扔到桌上。警车闪烁着警示灯稳稳地停在店门口，车门打开，下来几名警察，几声呵斥之后他们控制住了赵成三人。不知是谁还拨打了120，救护车也随之赶来，张知陈的手还在流血，他松开姜絮言后就一直半拢着掌心，不让女生看见他的伤口，然后随着医护人员上了救护车。

姜絮言看着自己手腕上半干的血，脸色越发苍白。

流了这么多血，他伤得肯定很重，该多疼啊。

身为这场闹剧的当事人之一，她要跟着去所里做笔录，在被领着走出店门的时候，她无意间看到门口地上有一个包装精致的蛋糕。

看样子是被人扔到地上的，外包装已经摔得变了形，奶油漏出来和尘土混在一起，巧克力酱还挂在丝带上。

姜絮言莫名回头多看了两眼。

在她即将坐进警车的时候，张知陈的声音从身后响起："姜絮言！"

姜絮言脚步一顿，在杂乱的灯光里回过头，带着湿意的眸子一眨不眨，看见男生撑着车门露出的脸，眉眼张扬，嘴角挂着安抚性的微笑。

"我处理完就立刻赶过去，等我。"随后又朝着姜絮言旁边的警察笑道，"警察叔叔，我同学有点胆小，你们说话温柔点，别吓着她。"

警察叔叔乐呵一笑："别废话。"随后对旁边另一位更年轻点的警察说，"小许，你跟着他一块去医院，处理好了带回来。"

小许点点头："好。"说罢跟着一起上了救护车。

车门关上的刹那，姜絮言立刻凑到车窗边，从缝里看着救护车渐渐驶离。

她摸着手腕上干了的血迹，不安的心竟然平静下来，连对人生中第一次去警局的恐惧也减少了许多。

因为张知陈说了，他很快就会赶过来。

杨琳早早就为店里装上了监控，摄像头将发生的一切完完整整地记录下来。

是赵成骚扰姜絮言在先，又率先动手打了上前劝阻的客人，随后张知陈冲进来打了他，赵成还携带刀具恶意伤人。

种种行为加起来，他又要进去待一段时间了。

所里特意派了位女警来询问姜絮言，在听到她还在上学时，不由得皱起眉头："妹妹，家长知道你晚上在打工吗？"

姜絮言低头扣着手指，脸色苍白如纸，眼眶通红，纤细的脖颈微垂，显得楚楚可怜。她弱弱地摇头："不知道。"

年轻的女警闻声语气带上点责备："你是想赚钱买什么吗？高三是最关键的时刻，你父母怎么照顾你的？怎么连你去打工都察觉不到？"

空气安静下来。

姜絮言手上的动作一顿，眼睛暗淡无光，沉默两秒后，她淡声说："我……没有父母。"

女警表情一怔，没反应过来："什么？"

姜絮言喉咙艰难地吞咽了几下，抬起眼直视女警，语气平静："他们已经死了，只有奶奶带我。

"我打工不是为了买什么，是想攒上大学的钱，让奶奶轻松一点。"

姜絮言压抑着呼出口气，脸上难掩疲惫："他们想照顾我都没机会了，姐姐你不要怪他们。"

女警喉头一顿，说不出话来，落在姜絮言身上的目光顿时染上同情和怜惜。

姜絮言垂下眼，避开那熟悉的眼神。

每次都是这样，只要一提到父母，别人就会这么看她。

让她觉得自己真的很可怜。

问询的氛围因为刚刚的对话而变得有些微妙，女警摆正了坐姿，朝姜絮言坐得更近了点，语气和软带着小心翼翼："妹妹，不好意思啊，我不清楚你家的情况，你不要放在心上。"

姜絮言抠着指尖的动作更重了点，她勉强扯了扯唇角，习惯性地开始安慰对方，照顾他们的感受："没关系，我没事，姐姐你也是因为不知道才这么说的。"

看到小孩这么听话乖巧，女警更心疼她了。女生瘦弱的身子缩在椅子里微微颤抖，在这更深露重的秋夜，她只着单薄的短袖，露在空气中的细白胳膊上遍布着深浅不一的青紫痕迹，手腕那里还有被沾到的血，柔软凌乱的长发披散在肩头，几缕不听话的绒发粘在她苍白的颊边，配上那双红肿的眼眶，整个人看起来脆弱又易碎。

女警连忙走到休息室打开柜子，将自己那件格子外套拿出来披在姜絮言身上，语气温柔道："奶奶的电话记得吗？姐姐帮你打给她，让她过来接你。"

姜絮言闻言抿紧唇，眼神染上哀求："我可以自己走，姐姐能不能不要告诉我奶奶，她过来看到我这副样子一定会抱着我哭的，她心脏不好，受不了刺激。"

不仅会抱着她哭，还会从此不让她再去兼职打工。家里的情况她清楚，能维持两个人日常最低开销就已经很艰难了，况且王卉来梧城后到现在还没有找到工作，她再不偷偷赚点钱，估计都不用秦劲找来，他们就会活不下去。

说着说着，姜絮言心头的那股无力感又一次席卷，连带着空荡荡的胃都痉挛难受起来。

她一直以来胃就不太好，这么瘦也是因为这个。

每次情绪激动或者紧张害怕，胃就会抽痛，稍微吃得多点也会消化不良从而呕吐。

她这种情况需要好好调养，可王卉就是有心也无力，只能在力所能及的范围内用最好的东西给姜絮言补补。

姜絮言不自觉地捂着胃部，再次祈求道："警察姐姐，求求你，不要告诉我奶奶，我不想让她担心。"

女警满脸为难，她倒了杯热水给姜絮言："你还是未成年人，按照规定的流程，我们必须通知你的监护人过来，你才能离开。"

姜絮言捧着纸杯子，掌心源源不断接收热度，可身上还是很冷。

她不再说话，肩膀塌了下来。

心里清楚不管怎么求都无法改变这个结果后，倒也认了，她不想给这位好心的女警姐姐惹麻烦，低哑着嗓子说出了王卉的电话号码。

女警记下号码，嘱咐她坐在屋里等一会儿，然后就走了出去，和之前出警的老警察汇报情况。

姜絮言透过接待室的透明玻璃看向大门口，时不时有忙碌的人进进出出，她默默地看了好一会儿，直到眼睛都酸了，都没看到那里出现张知陈的身影。

莫名地，她就是相信张知陈会很快赶过来，因为他答应她了。

姜絮言看了眼墙上的时钟，已经夜里十点了。

他是不是伤得很重？所以才处理这么长时间？

姜絮言再一次抚摸着手腕上干了的血迹，心开始急速跳动，胃部抽痛得更加厉害。

她承认她害怕了。

害怕张知陈会出事，会留疤，会有后遗症，会埋怨她。

姜絮言想到这儿，蹙眉闭上眼，抬手捂住脸，回过头颓然地坐在那儿。

在她即将被负能量所吞噬，快要撑不下去的时候，一个明朗好听的声音在耳边响起。

"我来啦。"张知陈完好的手搭在门把上，半个身子依靠在门框边，歪头对着她挑眉扯唇，眉眼在这昏暗的小房间里依旧潋滟耀眼。

"怎么又哭了？"

他逆着光站在那儿，比任何一部电影的名场面都要来得及时。

姜絮言抬起湿润的眼，愣愣地看着他，那双带笑的眼睛总能抚平她不安无力的情绪，给予她内心的平静。

张知陈本以为能给对方一个惊喜，没想到对方像失了魂一样，红着眼直勾勾地盯着他看，长发凌乱，眼角挂着泪，小脸在白炽灯下比纸还要白，脆弱得仿佛随时会消失一样。

张知陈连忙走过去蹲到她面前，扬起下巴满脸无奈地笑道："是不是他们凶你了？"

他没提今晚的事也没提自己的伤，蹲下的时候偷偷把受伤的左手藏在背后不让姜絮言看见，另一只手从外套口袋里摸出一块巧克力，在她眼前晃了晃："饿了吧。"

将巧克力塞给还在愣怔的女生，却瞧见了她手腕上自己留下的血迹，实在有些触目惊心。

张知陈皱了皱眉，沉声说："坐着别动，我去拿纸巾给你擦擦。"

她忽地捉住男生的衣袖，没使什么力气，却轻而易举地将他停在那儿，一动不动。

姜絮言长睫低垂轻颤，攥紧手心里的巧克力，声音带着浓重的鼻音："张知陈。"

张知陈闻言柔声轻笑，顺着她的力道重新蹲在她面前："嗯？"

四目相对的视线，一高一低，张知陈漆黑的眼眸比月夜还要幽深霸道，却自甘在她面前处于仰视的一方。

姜絮言望着他，牙尖磨着唇肉，心里说不上来的冲动，只想叫他的名字："张知陈。"

"在呢。"

姜絮言喉咙哑涩，嗓音带着微弱的哭腔："谢谢你。"

张知陈挑眉摸了摸后脖颈，想逗她开心，故意装傻反问："谢什么？"

"……"姜絮言张了张嘴，避开视线细声说，"巧克力。

"谢谢你的巧克力。"

这次换张知陈无奈失笑，他直直地盯着她，满脸写着"就这？"。

"不客气，爱吃我以后天天送。"张知陈半耷拉着眼，像只蔫了的金毛，恶狠狠地道。

姜絮言不禁弯了弯唇角，原本苍白灰败的脸色重新鲜活生动起来。

张知陈松了口气。

只要她笑了就好。

姜絮言目光落在张知陈被白色纱布包扎好的左手上，心头涌起愧疚："疼不疼？"

说的是他的手。

张知陈随意地举起来看了看："担心我？"

本以为姜絮言会不好意思地嘴硬，没想到却听见她说："嗯，担心你。"

抬眼，视线又一次相撞。

"非常担心。"姜絮言生疏地补充道。

她不太会说这些坦然的话，但面对张知陈，她想尽力让他听到。

张知陈目光一怔，随后懒懒扯唇："没事，打麻药了，一点也不疼，帮我缝针的医生还夸我来着，说只差一点点就割到骨头了，说我幸运呢。"

这叫什么幸运？

姜絮言伸手捏着他的手腕，轻轻拉到眼前，纱布上隐隐渗出了一点血迹，让她呼吸都停了一瞬："幸运的话就不会受伤了。

"对不起。"

姜絮言低声说："都是我害得你……"

"姜絮言。"张知陈突然正色，打断她，"我觉得很幸运。"

"幸运自己路过那条街，看到你被欺负，幸运自己能帮你，幸运这刀不是落在你身上。

"我不喜欢你跟我道歉，这样显得很生分，你就凶巴巴地瞪我，骂我笨蛋，跟我说话，我就觉得超级超级超级幸运。"

张知陈在"超级"这两个字上着重语调，仿佛她能和他说话真的是什么天大的幸事。

姜絮言蒙了，半晌回不过神，直愣愣地看着他，从脖子红到了脸颊。

桌上有盒纸巾，张知陈抽了好几张，坐在姜絮言身边，扯过她的手腕，用纸巾沾着杯子里温热的水，仔细帮她擦拭着腕上干掉的血迹。

他眉眼低垂，眉头轻皱，动作小心翼翼，仿佛她才是受伤的那个人。

屋里安静下来，屋外嘈杂混乱一片。

姜絮言看过去，只见一个染着黄毛的少年被身材魁梧的中年男子扯着衣服粗鲁地拉进所里，站定在另一个身着西装的男人面前，被强按着头道歉赔罪。

西装男人背对着她，姜絮言看不到长相，却觉得身形有些眼熟。

很像……

"那是我爸。"

似乎是察觉到了她的疑惑，张知陈没抬头，一边擦一边道："黄毛叫向铭，就是他怂恿那个混混来找你麻烦的，拽他的是他爸。"他冷嗤一声，眼底一片冰冷，"他爸想竞标我爸的工程项目，现在因为这个好儿子，算是没戏了。"

姜絮言皱眉："他为什么要找我麻烦？"

张知陈这才抬眼，懒散地歪了歪脑袋："因为我。"

空气凝滞下来，连带着屋外的嘈杂也一并消失了。

张知陈垂下长睫，继续专注地替她擦拭起血迹，声音低哑带着安抚："对不起，他们是想和我作对，所以拿你做靶子。"

面对他突如其来的道歉，姜絮言愣了愣，说不出一句能接的话。

好像每次在他面前，她都会变得不善言辞，只能被他带着走。

但这种感觉并不讨厌。

男生的视线顺着手移到姜絮言从披着的外套里露出来的手臂，上面磕碰出来的青紫色触目惊心，张知陈眸光微闪，想伸出手碰一碰，可还是在半路缩了回去："是不是很疼？所以才哭的？"

不是。

姜絮言在心里摇了摇头。

可嘴上却不说。

张知陈默认了她沉默的意思，越发心疼："哭是对的，起码能让人家知道你很疼很难受。"

姜絮言乖顺地眨了眨眼："为什么要人家知道？"

哭对她来说是示弱的表现，她不喜欢。

张知陈擦完最后一道暗沉的血迹，掌心按着她的手背，源源不断的热度传来。

"这样别人才会意识到你也还只是个半大的孩子，你也会受伤，也会手足无措，需要别人的帮助。"

张知陈的声音是前所未有的温柔，气质有种成熟的稳重，和他桀骜却尚显稚嫩的外表形成巨大的反差。

像是两个人。

姜絮言鼻子突然就酸了。

张知陈松开她的手站起来，高大的男生瞬间遮住所有光源，将她笼罩在他投下的阴影里。

他居高临下地看着她，随意扯起唇角，又恢复成那个拽天拽地的张知陈："姜絮言，给我记住，你以后只能在我面前哭。"

姜絮言没跟上他的脑回路，抬眼看着他，鼻音浓重："为什么？"

"……"没想到姜絮言能不解风情到这种程度，还坦然直白地问他为什么。

还能为什么。

张知陈对上她那双清澈无辜的眼，摸了摸后颈，后知后觉地感到窘迫，他不由得恶狠狠道："你哭的样子太难看了，我怕我吓着别人，我不嫌弃你。"

姜絮言瞬间撇了撇嘴，她抬手抹掉眼角残存的泪，心里暗自嘀咕，自己哭得哪里难看了。

身上忽然一凉，原本女警姐姐给她披着的外套被张知陈拿走，没等她回过神，一件更大更温暖的外套兜头罩在了她身上。

姜絮言抓着外套，低头看见张知陈原本穿着的夹克外套到了她的身上，他此时上身只着黑色 T 恤。

姜絮言紧张地抿了抿唇，裹紧外套，任凭张知陈残留在外套上的温度和味道一点一点将她浸染同化。

他慢条斯理地叠好女警的外套放在一边。

注意到她在盯着他发呆，脸颊泛红，以为她还是不舒服，他撑着膝盖弯下腰，凑近她的脸。

姜絮言盯着他越靠越近的脸，紧张地垂下眼睫，脖子瑟缩了一下，攥着外套袖子的手慢慢收紧。

姜絮言呼吸一顿，抬起眼，撞进他带笑的眼里。

"你在这休息会儿，等奶奶来接你回家，我出去处理一下。"声音低沉，给人安定的感觉。

话音落地，她心头瞬间空落落的。

张知陈推开门走了出去，屋里安静下来，姜絮言脸上没什么表情，静静地看着顶上的白炽灯，夏天的小飞虫正绕着灯罩飞行撞击，奋不顾身。

姜絮言看着看着鼻子又酸了。

原来被人照顾，有人撑腰，有人帮你收拾残局，你什么都不用管，只需要等着回家的感觉，这么好。

姜絮言缓缓扭头看向窗外张知陈挺阔的背脊，冷肃坚毅的侧脸轮廓，他正冷冷地看着向铭，嘴里在说些什么，只见对面向家父子俩听完脸色瞬间惨白。

男生仿佛天生带着一种让人臣服的领导力，他就这么往那儿一站，就让姜絮言移不开眼睛，只想看着他。

因为光是看着他，她心里就好安定。

姜絮言眉头微蹙，从上次张知陈帮她挡住徐珈曼泼过来的脏水时，这种陌生又奇异的感觉就悄然出现了。

仿佛他们两个本就应该彼此靠近、吸引。

姜絮言深吸口气，那股不适感才渐渐消失。

她想，她是喜欢他的。

仿佛命中注定一般，从见到他的第一眼开始。

想到这儿，姜絮言眼里的光却黯淡了下来。

可她不能让他知道，她要藏好一点。

她是生活在沼泽里的人，必须步步小心，不然就会越陷越深，直至被吞噬。

她不想张知陈也跟着进来，她不想成为他的麻烦，不想他看见她的黑暗，更不想这份喜欢被现实消磨殆尽。

她希望在张知陈眼里，姜絮言是个正常普通的女生。

有的人是不能在一起的，张知陈对于姜絮言，理应是个可望而不可即的梦，是黑暗生活里的一点糖，光是想想就能坚持好久。

眼前的少年应是恣意活在光里的，未来站在他身边的人也不会是像她这样的女孩。

应当是自信、开朗、明媚，家世相近的女生，没有复杂恶心的负累，生气时会表示不满，开心时会尽情撒娇，委屈时也不必忍着，不用太过坚强，也不用太过懂事……

虽然说这种话很可笑。

但姜絮言自己都不太喜欢自己。

张大明接到民警的电话听到张知陈受伤的消息时，第一个念头就是臭小子肯定又犯浑了，昨天晚上说的改头换面果然是屁话。

等他气势汹汹从公司赶到医院，国骂还没放出来，就被自家儿子给抬手制止了。

"我可是英雄救美受的伤，把你的污言秽语收回去。"

张大明一口气堵了回去，疑惑地看向一旁的民警小哥，一直到听完事情的经过，他眉头都没松开过。

他上下打量了眼张知陈，忽然憋不住笑了："合着你是想偷偷去找人家过生日，结果蛋糕没吃到，反而吃了刀子。"

张知陈说不出反驳的话，因为事实确实如此。

"女生没事吧？"包扎完回警局的车上，张大明瞟了眼儿子被包上的左手，眼带揶揄。

因为失血过多，张知陈唇色泛白，他没什么精神地靠着座椅，掀起眼皮懒声说："没事，但估计吓到了。"

张知陈："待会儿到那儿你别乱说话。"

张大明挑了挑眉，忽然觉得这小子好像长大了不少，气质比他还稳。

"对了爸。"张知陈忽然叫他。

张大明被这一声爸叫得晃了神，片刻才"嗯"了声。

"你认识一个叫向成功的吧？"他问。

张大明皱眉："认识，最近公司在北边的项目招标，向成功是其中一个竞标的小老板。你突然问他干吗？"

张知陈眼底深沉，面无表情："今晚的事情跟他儿子向铭有关。"

时间回到此刻，张大明强忍着怒火，还算体面地告知了向成功冉星的项目高层已经决定给了另一家，另外还有追责向铭伙同小混混去小吃店欺负姜絮言的事。

得知儿子干的"好事"，让自己失去这个项目的承包权，向成功气得两眼通红，他一脚将向铭踹翻在地，边骂边抽出皮带就要抽上去，还是周围的民警呵斥拦着才没有造成什么实质伤害。

向来在同龄人面前充当老大的向铭，面对比他还狠的亲爹，怕得连个屁都不敢放。

混乱间，向铭倒在地上，哪还有平时威风的模样，比曾经那些被他欺负过的人还要狼狈。

他恍惚间抬起头，透过人群看到了张知陈。

张知陈手插兜站在人群最后，冷冷清清的目光落在他身上，居高临下地看着这可笑的画面，眼尾仿佛还带着嘲讽的意味。

向铭恨得怒目圆睁，一瞬间，他突然懂了梁子当时跑回来带给他的那些话。

——"想尝尝权力的滋味吗？"

——"想尝尝有钱能使鬼推磨的感受吗？"

——"只要你们敢动她一下，我可以让你们尝尝。"

向铭心头莫名升腾起一股彻骨的寒意，他突然明白了，不管自己平时在职高如何上天入地，都只能唬住那些毛都没长齐的小鬼。

但进入真正的社会，触及权力和利益的层面，他就是一个给他爸惹祸，叫人看不起的小喽啰。

想到这儿，向铭神色收敛，看着向成功觍着张老脸跟张大明求情。

张大明没有心软和稀泥，这事的前因后果他都已经了解清楚了，张知陈为了避免冲突造成更严重的后果所以没和向铭打起来，向铭却心怀怨气仍然不放过张知陈，居然还挑唆社会上的混混去欺负无辜的女生，这件事太恶劣了，要是今晚那刀子张知陈没有躲开，或者割得更深点……后果不堪设想。

同样身为父亲的张大明可受不了这口气，他冷冷地瞟了眼这些天为了项目不断跑到公司讨好逢迎的向成功，叹了一口气，拍了拍向成功的肩膀："工作是重要，但对孩子的教育也不能忽视。"

这话说完张大明不禁愣了愣，看向站在一旁没有吭声的张知陈。

他这几年又何尝不是为了逃避而忽视了儿子呢。

印象里还是半大孩子的儿子，没想到已经不知不觉，在他的疏忽下长得这么大了。

张大明心口瞬间被愧疚填满，陈冉要是还在的话，一定会骂他的吧。

简单做完笔录，姜絮言从屋里出来坐在安静下来的大厅里等王卉过来，她身上披着张知陈的外套，瘦削的身子被整个罩在里面，只露出一颗小小的头，从后面看像个小卤蛋，非常可爱。

她低下头，扣着巧克力的包装袋，有点舍不得吃。

张知陈从调解室出来看到的就是这么一番场景，他停在距离她两米的位置，看着姜絮言惴惴不安的模样，无声地叹了口气。

"在想什么呢？"

一道存在感极强的身影坐到她旁边，姜絮言抬头看他："没什么。"

张知陈当然不信，他的视线落在她手上，顿了顿，随后从她的手心将半化了的巧克力"解救"出来。

指尖突然的触碰让女生喉头发紧，神情紧张起来，询问似的瞧他。

张知陈深深看了她一眼，没有说话，慢慢将巧克力包装撕开，里面已经融化了不少，包装纸内壁上沾染着深褐色的巧克力。

他拿出里面还剩下的，一点也不嫌弃会弄脏手指，伸到姜絮言嘴边，抬起半掀的眼皮，眸色深沉："吃吧。"

姜絮言看着凑到她嘴边的巧克力和对方净白修长的手，眼睫迟疑地轻颤。

这是要喂她吗？

见她不动，张知陈唇角微扬："折腾到现在，不饿吗？"

饿了我自己会吃。姜絮言在心里悄悄反驳。

"等你自己想吃就化完了。"

仿佛是看穿了她的想法，张知陈勾了勾唇，把巧克力往前送了送，声音高了点："快点，手举着好累。"

她拿这人似乎一点办法都没有。

姜絮言泄了气，眉眼一松，盯着那只手看了好几秒，才慢慢张开嘴，咬住巧克力，登时，浓郁香甜的气息充斥整个口腔。

张知陈手指往前一送，将整块巧克力不算温柔地塞进她的嘴里。

安静下来，谁都没再开口，气氛静谧到有些尴尬。

"张知陈。"姜絮言喃喃地叫着他的名字。

张知陈坐直了身子："嗯。"

"我在校外兼职这事，你可不可以不要说出去？"思忖片刻，姜絮言低声说，"我不希望被大家议论。"

张知陈轻笑："我才不说呢。"他微微上挑的眼直直锁住她，"这是只有我知道的，关于你的秘密。"

姜絮言心跳一顿："说得好像你会拿这个要挟我一样。"

"可以吗？"

姜絮言一副"你认真的？"的表情，让张知陈没忍住抵唇憋笑，气息不稳道："拿这个威胁你，让你帮我补习，管用吗？"

姜絮言听到这句话，整个人都愣住了，表情却淡了下来："就只有这个要求吗？"

张知陈摸着手上缠着的纱布，精致张扬的眉眼极具侵略性："当然还想要其他的，可是我怕你不答应。"

"例如呢？"姜絮言紧盯着他，跟随心意接着问。

张知陈笑意猛地一收，沉默良久又泄气道："没什么。"

他看着女生柔软的侧脸，眼底的光渐渐黯淡。

自从重生之后，他其实在这段感情里一点自信都没有。

十八岁的张知陈可以毫不犹豫地说，他喜欢姜絮言，为了靠近她可以拼尽全力。

十八岁的少年虽然没有亲耳听到女生的回答，但他从不怀疑姜絮言对他的心意，两人心照不宣地维持隐晦的美好。

可三十岁的张知陈不确定了。

他不确定换了一个灵魂之后，姜絮言还会不会喜欢上这个张知陈。

他怕她喜欢的只是那青涩的混不吝，而不是无趣的三十岁。

沉默间，张知陈嘶哑的嗓音响起："我只是想告诉你，我会永远站在你身边。"

姜絮言偏头看他，四目相对。

张知陈喉结滚动，眼里映出她的模样。

王卉和郑荣一前一后来到所里。

因为涉及今阳的学生，所以自然也得通知他们的班主任过来了解情况。

两人一进来就瞧见了坐在一起的张知陈和姜絮言。

王卉心中充斥着焦急和担忧，在看到安然无事的孙女后担忧瞬间化成痛哭和后怕，她上前把姜絮言紧紧地抱在怀里，抽噎道："言言，你要把奶奶吓死了！有没有事啊？受没受受伤？"

意识到自己又惹奶奶哭了之后，姜絮言也忍不住掉了泪，缩在老人怀里摇了摇头，轻声说道："没有，我没事，我没有受伤，对不起奶奶，让您担心了。"

郑荣听到消息后急忙从家里往所里赶，在门口遇上王卉，这才一起进来。

他走到张知陈面前，满头大汗："你俩都没事吧？你爸呢？"

张知陈指了指后面，还没说话，张大明和民警就从屋里走了出来，两人看到郑荣之后连忙上前和他解释说明。

一时间大厅里又热闹起来。

姜絮言扶着王卉坐下，老人家在电话里听到孙女背着她偷偷兼职，还被骚扰欺负的时候，差点两眼一黑晕过去，现在缓过来心脏还是隐隐不舒服。

"言言，你怎么能骗奶奶呢？"王卉疲惫地看着她，"说了钱的事不用你操心，你就只管安心学习，一切等考上大学再说，你怎么能跑去打工呢？"

不用操心？她怎么能不操心。

姜絮言脸色苍白，她吸了吸鼻子，将满肚子的话咽了回去，不想让王卉再受刺激，只能一直认错："对不起奶奶，是我错了，我以后再也不会了。"

王卉生气又后怕，想再说些什么，却被张大明拦了下来："老人家，别再怪孩子了，她也是舍不得您天天奔波吃苦，想替您分担，就别怪她了。"

王卉这才反应过来，救了姜絮言的小恩人还在场呢。

她连忙握住张大明的手，不停地道谢："哎呀，我要好好谢谢你们，要不是您孩子出手，我家言言估计今晚有罪受了。"她边说边掉下泪，模样让人不忍心，"还害得孩子受了伤，我真的，哎……"

张大明连忙说没事，张知陈也上前表示自己伤得并不重，让她不要放在心上。

姜絮言裹紧外套，小脸哭得没了血色，她站在王卉身后，默默看着张知陈和张叔叔哄着王卉，心头涌上一股暖流。

张知陈和他爸爸，都是非常非常好的人。

好到让她更加自惭形秽。

将近夜里十二点，一行人才完事走出警局，郑荣临走时沉声宽慰了姜絮言几句，还叮嘱她兼职这事以后不许再去，高三要以学业为重，今阳也不允许学生这样。

还让她放心，这事他不会让学校知道的。

姜絮言重重地点了点头。

瞧着眼前这个瘦弱又可怜的孩子，郑荣叹了一口气："以后有什么难处，跟老师说，不要自己扛着，你也还是个孩子，有些事情要让大人来承担，知道了吗？"

姜絮言垂着眼睫，半晌才"嗯"了声："谢谢老师。"

夏末初秋的夜晚，更深露重，晚风吹拂间已然有了凉意。

姜絮言缩在张知陈的外套里，整个人暖烘烘的，她想把衣服还给张知陈，可他手插兜，没有说话，朝她摇了摇头。街边暖黄色的路灯打在他身上，柔软的发丝轻轻飞扬，宽阔精瘦的肩背将那件极普通的黑色上衣都衬得十分高级好看。

张大明瞧见两个小孩之间默契的互动，不由得多看了两眼这个让张知陈改头换面的女生。

他越看越满意，主动开口说要开车送两人回去。

王卉说什么也不答应，她们已经给人家造成这么大的麻烦了，她不能再得寸进尺不知礼数。

拗不过老人家，张大明无奈松了口，嘱咐了几句注意安全。

简单告别后，姜絮言被王卉牵着离开，她木然地跟在奶奶身后，还没从晚上的事里彻底回神。

走出一段距离，在即将拐弯的时候，姜絮言似有所感，她扭过头，不出所料地撞上张知陈望过来的视线。

他一直站在原地，目送她离开。

晚风中的参天梧桐发出沙沙声响，空气里弥漫着青草的涩味和泥土的腥气，那是风雨欲来的征兆。

梧城连绵不断的秋雨就要来了。

姜絮言被这道视线烫了一下，她连忙回头，热气从脖子蔓延到脸颊，另一只手无措地伸进外套口袋。

指尖这时碰到了一张略硬的小卡片。

姜絮言迟疑片刻，还是拿了出来。

这是张手掌大小的贺卡，上面印着卡通的蛋糕图案，看样子像是甜品店装饰生日蛋糕会送的卡片。

借着昏黄的灯光，她看清了上面的字。

【祝张知陈先生，生日快乐！】

是手写的，卡通字体，金色的笔，末尾还有店员画的红色小蜡烛。

姜絮言突然想起了在小吃店门口看到的那个摔在地上的巧克力蛋糕。

心脏忽地一顿。

今天……是他的生日啊。

所以，他是想带着蛋糕来找她的吗？

张知陈想和她过生日……

一瞬间，不知道是什么样的情感占领了大脑，姜絮言顿时心头一阵酥麻的震颤，她看了眼腕表，还有十分钟今天就结束了。

姜絮言停下脚步。

王卉疑惑地回头看姜絮言，却见小孙女眸光闪烁，胸膛上下起伏，她不由得担心道："怎么了言言？"

姜絮言深深吸了口气，眼眶随着呼吸起伏，渐渐红了。

她皱眉摇了摇头，抬眼看着王卉，声音低哑："奶奶，等我一下。"

"哎！"

话音刚落，姜絮言挣脱开王卉的手，转过身往回跑去，手心紧紧攥着那张卡片，耳边是轻拂而过的晚风，她听见了自己的心跳。

姜絮言忽然意识到。

她好像无法抗拒张知陈。

即便是藏，也是自欺欺人。

她更不想伤害他，哪怕她只是少年青春里短暂划过的流星，她也希望自己是最明亮美好的那颗。

直到姜絮言的身影消失在拐角，张知陈还站在那儿，像尊不悲不喜的雕塑，周身弥漫着一种低迷颓然的气息，他面无表情，长睫逆着光在眼下投射出一片小小的阴影，遮住了眼里的情绪。

张大明开着车在街对面的位置停下，冲他按了按喇叭，将还在出神的少年叫醒。

张知陈收回视线，转过身正要走，身后却突然响起一道由远及近的仓促脚步声，没等他回头看，他的手臂被一只温凉小巧的手抓住。

女生沉重的呼吸声在寂静的空气中响起，还有那声他这么多年午夜梦回间都渴望再次听到的……

"张知陈。"

张知陈身子一僵，肩颈线条都紧绷起来，他低头看着抓住他的手，视线顺着移到了姜絮言的脸上。

那张鲜活灵动的脸。

四目相对间，少年忘了言语，直直地看着又跑回来的人，眼眶在震惊和恍惚里泛起雾气。

姜絮言没有察觉到他的不对劲，她平复好呼吸，鼓足了勇气，在零点即将到来之前，轻声说出了那四个字："生日快乐。"

张知陈长睫一颤，喉结滞涩地滚动。

女生琥珀色的浅色瞳仁里只映出他的样子，在灯光的照射下，亮晶晶的。

姜絮言见他不说话，紧张地眨了眨眼，视线落在少年微张的唇上，迟疑道："你还需要我帮你……补习吗？"

张知陈的手握紧又放开，目光沉沉，嗓音带着沙哑："可以吗？"

姜絮言唇角重新勾起弧度，笑得很可爱："可以。"

　　九月中旬的那天，在张知陈十八岁生日即将结束的时刻，他的小玫瑰，对他剔除了软刺。

♡ 第六章
又一记直球

因为兼职的事被郑荣和王卉知道了，姜絮言现在每天上晚自习前都要到办公室给郑荣露个脸，证明自己没有偷偷跑走。

王卉为了让她放心，告诉她自己已经找到了一份家政的工作，就在景雅苑里的一户人家里。

景雅苑姜絮言听说过，是梧城有名的富人小区，住在里面的人资产过千万，最小的户型也有四百多平方米。

"您一个人忙得过来吗？"姜絮言担心王卉的身体吃不消，每天打扫那么大一个家，工作量光是想想就很大。

王卉摸了摸她的脸，安抚道："忙得过来，就是每天在固定时间段去做做饭，扫扫地，洗洗衣服什么的，一个月工资不少呢。"

姜絮言闻言表情黯淡，点了点头，没再吭声。

奶奶不想让她担心，只挑好的说。

可她不是什么都不懂的小孩。

她望着王卉已经年迈佝偻的瘦削背影，心口一阵阵地发酸。

姜絮言还是第一次帮人补习，说起来容易但是真正实施起来却有些手足无措没有方向。

她不清楚张知陈现在到底是什么水平，所以只能自己先出一份检测卷让他做，了解一下他知识掌握的程度，便于后面进行针对性的补习。

距离月考只剩不到半个月，想要从倒数第一提升到班级前三十，还是一班的前三十名，简直是痴人说梦。

姜絮言光是想想就有压力了。

随后又觉得好笑。

她还真是给自己招了个不大不小的麻烦。

说干就干，姜絮言翻出初中到高中的数学书，从最简单的公式运用题到稍难的变型题，光是数学一门就手抄了两大张试卷。

她还记得开学的摸底考成绩，因为张知陈的分数低得太离谱，她下意识地多看了几眼，发现他的理科是最差的。

一班可是理科物化班，他们高考数学有附加题，小高考必须四门都拿到B以上等级才能报考名校，物化两门更是重中之重。

姜絮言趴在暂时充当书桌的小饭桌上，苦恼地闭上眼。

一年时间，张知陈能考上梧大吗？

这个念头一起，姜絮言就忽地睁开了眼，眼睫在空中细细颤抖。

为什么她会觉得张知陈想考梧大？

这不是她的梦想吗？

难道自己在潜意识里，就想和他上同一所大学？

想到这儿，女生耳后一热，猛地坐直身子，捡起笔想要继续出题赶走脑海里的胡思乱想。

可越想集中精神，思绪却越发散。

他要是不想考梧大呢？

毕竟梧大就在梧城，像他那样的本地孩子，又是无拘无束的性格，应该很想考到外地吧。

而且梧大的分数线很高，以她的成绩报考都不是十拿九稳的。

张知陈只会更难。

姜絮言叹了口气，握紧了笔身，不由得加大了试题的难度和数量。

周末休息了一天，周一一大早，姜絮言怀里抱着张知陈的夹克外套，慢吞吞地走出巷子，不出所料，抬眼看见了早就等在那儿的男生。

张知陈挑了挑眉，走到她面前，将手里的豆浆和小笼包塞到她手里，自然地接过她递来的外套。

两人并排走着，默契地没有说话。

姜絮言垂下眼，视线落在张知陈受伤的左手上，已经换了层新的纱布，她不禁想起那晚鲜血淋漓的画面。

呼吸一滞。

张知陈注意到女生的视线，将手插进校服口袋，不让她继续看，扯唇道："小姜老师，补习什么时候开始？"

姜絮言被这声小姜老师叫得有些蒙，声音讷讷："今晚吧。"

她补充道："你今晚要上晚自习吗？"

张知陈反问："你上吗？"

姜絮言点点头："郑老师不许我乱跑。"

"那我也上。"

空气又安静下来。

姜絮言盯着手里的豆浆，微垂的白皙后颈带着隐隐的羞赧和局促。

张知陈轻咳一声，望向别处："今晚要一起去食堂吃饭吗？"

姜絮言心跳顿了顿，闷闷地"嗯"了声。

"好。"

梧桐叶已然被黄色浸染，风里有了秋的意味，街边的小吃摊不断传来叫卖的吆喝声，烟火气息浓郁。

两人之间默契地隔着不近不远的距离。

张知陈在姜絮言看不到的角落，悄悄勾起唇角。他从兜里摸出一块巧克力伸到姜絮言面前，声音懒散道："答应你的，每天一块巧克力。"

姜絮言现在一看到巧克力就想起那晚男生喂她的场面，慌乱地眨了眨眼，抬手接过。

"谢谢。"

"要记得吃。"他突然扭过头，不算温柔地说。

傍晚下课铃响起，姜絮言填完最后一个完形填空，再抬眼，教室里已经走空了。

她慌张地收起笔，回过头看向张知陈的位子，那里空空如也。

心口顿时空落落的，姜絮言垂下眼，不再着急，慢吞吞地合上习题册，开始收拾书桌，从包里翻出家门钥匙，从后门走出去。

她全程木着一张脸，眼睛盯着脚下的路，走得很慢，直到视线里出现一双蓝白相间的运动鞋，才让她眼底泛起涟漪。

她抬头，对上张知陈低垂的目光。

比她高一个头的男生额角冒出细密的汗珠，呼吸不稳，胸膛起伏着，校服外套大敞，她都能闻到对方身上飘散出的柠檬洗衣液的味道。

"你没走啊？"姜絮言回过神，手指忍不住攥住衣角，迫使自己直视他。

不知道为什么，每次被张知陈这么不发一言地看着，她都会非常紧张。

张知陈沉沉地看了她一眼，手伸进口袋，转身走下楼梯时扔给她一样东西。

姜絮言下意识地接住，是食堂的饭卡。

很新很新，没有一丝划痕，一看就是新办的。

"我的饭卡，新办的，你帮我收着。"

张知陈脚步不停，姜絮言抓着饭卡神情一怔，连忙跟上去："你的饭卡为什么放我这儿？"

他脚步很大，每次都两级台阶地下，姜絮言为了赶上他只能加快步子。

张知陈听着身后的脚步声，翘了翘唇角："这已经是我办的第六张饭卡了。"

"平均一个学期丢一张，每次都要花工夫再去补，食堂负责补卡的阿姨都嫌我烦了。"张知陈哼笑出声，突然停在二楼的平台上，转过身看她。

姜絮言没刹住车，幸亏张知陈眼疾手快抓住了她的手臂，她才不至于撞他身上去。

张知陈显而易见的小心思姜絮言没看出来，她站稳后低低地道了声谢，问道："你是要我帮你保管的意思？"

张知陈没有否认，无比坦荡道："你比我细心，以后我的卡就交给你了。"

姜絮言有一双漂亮而纯净的眼睛，此时微微抬起，安静乖顺地盯着他看，没有说话。

"我这段时间都会在食堂吃，你也跟着我去。"张知陈捏了捏姜絮言没什么肉的小胳膊，眉头轻蹙，"帮我刷卡。"

姜絮言看着男生握住她胳膊的手，上面突显着青筋，指节分明细长，非常好看。

心跳不禁悄然加快。

她紧紧握着卡，气息不稳地"嗯"了声："知道了。"

瞧着姜絮言这么乖，张知陈抿紧唇，不太乐意地松开她，抬了抬下巴，示意这次她先走。

姜絮言似乎在慢慢接受他对她的好。

这个认知让他欣喜，但伴随着的是隐隐的不安。

前世那会儿两人也是心照不宣地互相暗恋，但她很少麻烦他，几乎不和他提及她面对的困境。

就连秦劲找到她，骚扰了她和奶奶那么久，还有奶奶被秦劲失手打死这些事，张知陈也是在她死后才知晓的。

想到这儿，跟在后面的张知陈下颌紧绷。

他必须让姜絮言信任他，起码遇到事能第一时间找他帮忙。

今阳只有一个大食堂，总共三层，一二层是学生餐厅，三层是教职工餐厅。

学校在吃住方面下了大功夫，不管是学生宿舍楼还是食堂都按照最高的规格来，所以价格自然也高昂些。

姜絮言还没去食堂吃过饭，她宁愿多走几步路回家应付两口，吃对她来说只是活下去的一个行为。

在这么多年东躲西藏的日子里，姜絮言早就学会了节俭过日子，一分钱掰成两半花，所以当她看到琳琅满目的菜品下面，那贵死人的价格时，顿时就不饿了。

正好办饭卡需要学生证，她的学生证郑荣还没给她，这个无懈可击的理由可以让她面对张知陈没有负担地说自己不想吃。

他们去的是二楼，区别于一楼实惠的大锅饭，二楼都是些精致的小窗口，卖着各式各样的小吃美食，价格翻了一番儿。

食堂很大很漂亮，姜絮言有些局促地跟在张知陈身后，张知陈熟练地走到最里面卖小馄饨的窗口，歪头朝里面的阿姨说道："阿姨，来两碗小份的馄饨，一碗加香菜，一碗不加。"

"好嘞！"阿姨应了声，在刷卡器上操作一番，上面显示出金额，"两碗小馄饨二十块。"

阿姨说罢笑嘻嘻地看着张知陈，等着他刷卡，可他却没动，侧过身看向跟着他的姑娘，轻笑道："发什么呆呢，刷卡啊。"

姜絮言还没从他点两碗的举动里回过神，听到这话连忙从口袋里掏出张知陈的饭卡，按在了机器上，嘀嘀两声响起，代表付款成功。

阿姨递出来一个号码牌，张知陈接过，走到临近的桌旁坐下。

姜絮言跟着坐到他对面，背挺得很直，身子倾向他，小声说："两碗你吃得完吗？"

张知陈学着她的动作，手撑着下巴，靠近她的脸，眼尾带笑："那碗加香菜的是你的。"

姜絮言浓长的睫毛轻颤，几乎是脱口而出："我不饿。"

"可我想要你吃。"张知陈说出的话没有任何拐弯抹角，"给我补习是很耗费精力的，你要是中途饿晕了我还得负责送你回去。"

四目相对间，一记直球猛地砸过来，威力巨大，让姜絮言原本就七上八下的心更加没着没落地极速跳动。

张知陈说得根本没什么逻辑性，但姜絮言就是听得整个人像烧起来了一样。她不自在地移开视线，往后坐了坐，离那张脸远些。

"钱我会给你的。"

这句话，上次张知陈帮她买药包扎时她也说过。

欠他的债又多了一项。

姜絮言懊恼地皱了皱眉。

"不用你还，就当你帮我补习的酬劳了。"

那张饭卡就是给她办的，但姜絮言气性高，脾气又倔，直接给她肯定不要，只能用这种迂回的方式告诉她。

帮我补习，你接下来的饭我都包了。

"你要是不嫌弃我笨，就一直帮我补习吧，直到高考结束。"

姜絮言不傻，也后知后觉回味过来张知陈的意思，心底渐渐冒出难以抑制的酸涩，从胸口蔓延到鼻腔。

被人照顾、被请吃饭，是姜絮言孤独无趣的生活经历里从没有体会过的，而且还是以照顾她自尊的方式。

张知陈这人好烦。

她觉得自己更在意他了。

　　吃完饭，夕阳暖橙色的光晕彻底消失在地平线上，校园里亮起路灯，时不时有刚洗完澡还湿着头发的住校生奔向教室，两人一前一后地走着，微凉的晚风吹在人身上，舒服又惬意。

　　路过昏暗的操场，姜絮言停下脚步，深深地看了跑道一眼。

　　郑荣白天在课堂上公布了运动会的参赛名单，在念到她参加 3000 米时，向来不苟言笑的脸都抽了抽。

　　任谁看到她这副瘦弱的身子骨都不相信她能跑完，更不用说拿名次了。

　　可旁人不知道的是，姜絮言从小就是跑步的好手，虽然她看着瘦，双腿纤细，但其实耐力很好。

　　她以前只要一不开心就会跑步，不开心的时刻越多，她就跑得越多，时间一长，她就养成长跑的习惯了。

　　3000 米，她有把握在十四分钟内跑完全程。

　　张知陈顺着她的视线看过去，以为她在苦恼运动会的事，走到她身边，轻声说："不要逞强，到时候跑不了就认输，没人会怪你。"

　　"我跑得了。"她扭过头，在路灯下眼眸明亮，眼角弯弯，"真的。"

　　张知陈挑了挑眉，上一世姜絮言可没参加什么运动会，在他的记忆里，姜絮言哪都娇娇软软的，像朵弱不禁风的小白花，每次遇到打扫和提水的重活，费劲到他看不下去上手帮忙。

　　张知陈显然不信，但他看得出来姜絮言很想试试，他狠不下心泼冷水或是说重话，只能无奈哼了声，看着她的眼睛，柔声说："我跑完 50 米就去找你。"

　　他也报名了比赛，在女子 3000 米之前比完的 50 米。

　　"找我干吗？"姜絮言破坏气氛的能力一流，"你跑完不累吗？"

　　张知陈闭了闭眼，果然有的人对浪漫是过敏的。

　　一班住宿的学生并不多，加上自主留下上晚自习的，班级里只有八个人。

　　晚自习没有老师看班，只有各年级的值班老师会在走廊巡查，所以基本上大家都很自由，聊天说话和离开位子都很寻常。

　　但今晚一班的教室里却异常安静。

　　几个住宿的女生全都挤在前排，脑袋凑在一起打量教室后面，压低嗓音说悄悄话。

　　"这两人怎么走得这么近了？"短发女生低声问。

　　"不知道啊，张知陈都陪她留下来上晚自习了。"她旁边的女生悄声说。

短发女生闻言嗤笑一声："不得不说，姜絮言真的很无趣，刚开学时我主动和她说话想交个朋友，人家跟听不懂似的，就盯着我笑，尴尬死我了。"

"你这么一说我也发觉了。她好装啊，但在男生面前就柔柔弱弱的，体育课班长帮她挡篮球那次，就差让班长抱她起来了，当时我看徐珈曼脸都气白了。"

听到这话，凑在一起的三个女生都低低笑了起来："徐珈曼装都不装了，下课的时候把冰水都砸了。"

"笑死，天天装好人的大小姐都要靠边站……"

"砰"的一声，板凳被用力踢倒在地的轰响声陡然在后面炸开。

三人脊背俱是一僵，慌张地回过头。

"你们三个作业写完了吗？"

在三人还没有注意到自己的音量已经超出范围时，张知陈冷清没什么波澜的声线在教室里高高响起。

三个女生快速看了眼低头做题的姜絮言，随后面面相觑，没有说话，尴尬地回过头继续写作业。

张知陈面色沉了沉，看向一旁没有动静的姜絮言，认真的样子让人以为她根本没有听见刚才伤人的话，可她紧抿的唇瓣和轻颤的眼睫还是暴露了。

张知陈心里叹了口气，他重新捡起笔做着姜絮言给他出的试卷，突然低声说："你不是她们说的那样。"

姜絮言拿笔的手一顿，盯着卡住的难题，没有说话。

张知陈在试卷空白的地方习惯性地写下需要用到的公式，继续说："你挺有趣的。"

姜絮言眨了眨眼，微微偏头瞧他。

张知陈身高腿长，课桌对于他来说过于窄小，他的胳膊超过了界限，轻轻抵着她露出来的皮肤。

他身上的温度比她高，热度从碰到的地方源源不断地传过来，姜絮言不自在地把手往里收了收。

仿佛是感受到了她的视线，张知陈偏过脸，斜睨着她："不爱说话没有错。"

姜絮言刚刚郁闷的心情不知不觉间消失殆尽。

她避开张知陈道不明的目光，低头继续啃题，奇怪的是，卡了她快半小时的题目竟然突然有了头绪。

姜絮言勾了勾唇，露出一个笑，不知是因为解决了难题还是因为其他的什么。

之后教室里便没了其他声响，只有笔尖在纸上唰唰的声音。

张知陈写得很认真，脸上并没有出现什么被难到的苦恼表情，更没有烦躁和不耐烦，比姜絮言还沉浸其中，这倒让姜絮言吃了一惊。

以试卷后半部分的难度来说，足够张知陈数学考二十分的水平头疼的了，怎么他看起来这么游刃有余的样子。

他不会在乱写吧。

这么想着，姜絮言悄悄伸长脖子，往她手抄的试卷上看过去。

他已经做到最后一面大题的部分了，本以为会是没有条理和章法的解答，没想到入眼的是工工整整的公式和步骤，连辅助线都是画得对的。

这一瞥让姜絮言有些恍惚，二十分的水平是这样的吗……

等她回过神想再继续看下去时，试卷却被张知陈的手给挡住了，她恍然抬眼，撞上对方带笑的眼睛。

"急什么，等写好给你看。"张知陈弯了弯唇，似在调笑她。

姜絮言不好意思地缩了回去："我去趟洗手间，你慢慢做吧。"

"去吧。"张知陈摆了摆手。

姜絮言莫名有种自己被他拿捏了的感觉。

有点不爽。

但一想起自己吃了人家的饭，就没底气高声说话了，一想到这种"雇佣"关系要持续一整个高三，姜絮言好似霜打了的茄子，上完厕所洗手的时候都提不起劲。

她最讨厌欠别人的。

不行，她得在学习上好好帮助他，得付出和饭钱对等的努力。

思及此，姜絮言顿时轻松了一些……

直到她看到了张知陈做完的试卷。

字迹工整，公式运用正确，就是很粗心，明明开头思路是正确的，但做到最后就是会出错，要么是运算错误，要么是直接生搬硬套，每道大题的最后一个小问直接不做。

但水平绝对不止二十分……

姜絮言拿着红笔，闷声不语地改到最后，神色渐渐沉了下来。

张知陈的问题看起来，并不是很大。

帮他补习似乎并没有想象中那么艰难。

这个发现在此时不知道算好的还是算坏的。

好的是张知陈似乎真的有那么点可能冲击一下梧大，坏的是，她的作用好像小了。

见姜絮言盯着他的试卷表情短时间内变了又变，张知陈撑着脑袋挑了挑眉，低声说："我没救了吗？"

姜絮言出的这张数学试卷很有水平，既有检测他基础掌握程度的题目，也有稍难但是可以结合运用公式的题目。

对现在的张知陈来说这张卷子拿满分小菜一碟，但为了装一装，他还是故意写错了很多。

这也给姜絮言减轻了点压力。

还记得前一世，姜絮言帮他补习的时候，几乎是一道题一道题掰开了跟他讲，从最基础的开始，每道题都揉碎到他彻底掌握才过去，那段时间她既要保证自己的成绩，又要担心他的成绩，整个人都憔悴了很多。

这一次他为了让姜絮言少费点心神，特意没有错得太离谱。

可是，她怎么看着更苦恼了？

"不是。"姜絮言皱眉摇摇头，夹着红笔转了一圈，措辞道，"你基础比我，嗯，想象中要好。"

张知陈失笑："这不好吗？皱着个眉干吗？"

对我来说不是太好……

姜絮言暗道。

她咬了咬唇，松开皱起的眉头，没有吭声，视线却注意到了试卷正面第一页的空白处，写满了题目中会考到的公式。

这是张知陈在做题前就默写好的。

姜絮言忽地一笑："你也有这个习惯啊。"

张知陈正喝着罐装可乐，喉结轻滚，一时间没反应过来："什么？"

姜絮言将试卷展开放在他面前，笔尖点了点纸张眉头："我还以为只有我一个人习惯在开考前把常考的公式默写下来呢。没想到你也有啊。"

说这话的时候，姜絮言颊边泛起一个不太明显的酒窝，眼睛很亮，笑得很明媚。

听到这话，张知陈神情微敛，垂眸一动不动地注视着她。

因为就是你教的。

没听到张知陈的回答，姜絮言迟疑地抬头看他，男生却在她看过来的一瞬移开了目光，密长的睫毛遮挡住眼里哀伤的情绪。

每次回忆以前，对张知陈来说都是一次折磨。

有时候他甚至会想，只有他独留那些消逝的美好回忆，还有失去她的痛苦，真的好不公平。

十二年的时光，他已经习惯了用那些过往来刺激自己不要忘了她。

可现在面对重新回到他身边的姜絮言，他宁愿自己也失去记忆。

可是不可以，忘记过往意味着重蹈覆辙。

在这个时空，他的小玫瑰要一直盛开。

他要看着她慢慢变成小老太太，儿孙绕膝，幸福美满，寿终正寝。

"从这张卷子上能看出来，你的基础不错，但对题目的把握欠缺，最后一个小问直接不做，其实有的大题最后一问并没有想象中那么难，掌握了思路方法也是可以拿点分的……"

姜絮言做好心理建设，开始根据这张卷子和他分析，张知陈闻言把头凑过去，鼻息间都是对方身上飘来的玫瑰洗发水的味道。

说了一大堆，姜絮言嗓子开始涩了，她顿了顿，想问他清不清楚。一抬眼四目相对，对方漆黑的眸中映着她的脸，呼吸撞在一起。

空气忽地凝滞下来。

张知陈的脸真的很好看，特别是眉眼，认真瞧着她的时候仿佛自带一种欲言又止的深情。

姜絮言心头一颤，从脖子处冒出热气，她慌乱地眨了眨眼，别过头伸手拿起水杯打开掩饰性地开始喝水。

张知陈慢条斯理地支着下巴，看女生咕咚咕咚地大口喝水，直到她将满满的水喝了一大半，才语气懒散道："月考后换座位，你选我做同桌吧。"

姜絮言正往下咽最后一口呢，闻言差点呛着，瞠目看他。

你知道你在说什么吗？

"我选你做同桌？"姜絮言温吞地抱着水杯，否决了这个提议，"郑老师不会同意的。"

"我之前和你说，我跟老郑打了个赌。"张知陈歪了歪脑袋，神情慵懒，眼神却很直白，"我赌的就是想和你做同桌。"

又一记毫不掩饰的直球。

姜絮言被打得又一次不知所措了。

原来之前在药店门口的台阶上，张知陈说的赌指的是这个。

那他找她补习提高成绩也是为了她。

她那会儿还生气来着。

姜絮言反应过来张知陈的"用心良苦"，低眉抿唇抱紧水杯，这一刻坐在他身边，感觉浑身都不舒服。

她不抬头都知道，张知陈在看她。

张知陈瞧着她局促不说话的模样，视线移开，自嘲般轻笑一声，恰巧下课铃声响起，他手撑着桌面站了起来。

"下课了。"撂下这两个字，张知陈手插兜从后门走了出去。

姜絮言坐在位子上没动，直到教室里变得空空荡荡，她才呼出一口气，趴在桌面上，望着窗外被乌云铺满的灰蓝色天空。

她真的好没劲。

面对张知陈，她就像个幼儿园选手，脑子根本转不过弯来，根本不是他的对手。

思及此，姜絮言收紧胳膊，挡住了大半张脸，只余一只眼睛露在外面，盯着没有一颗星星闪烁的夜空。

好想回滨宁，好想海边的夜空。

独自一个人躺在沙滩上，整片星空都是她的，大海和星星会包容她的所有，不管是好的她，还是坏的她。

也不用面对所有让她沮丧的事情。

想着想着，困意席卷，姜絮言纵容自己闭上了眼睛。

半梦半醒间，她好像闻到了一股奶甜香味，勾得她忍不住吸了吸鼻子，慢慢睁开眼。

被教室明亮的灯光猛地刺了一下，姜絮言低头眨了好几下眼睛才彻底清醒，她困倦地皱了皱眉，余光扫到了她水杯旁边的东西。

是学校小卖部的巧克力面包，梧城当地的食品加工厂每天给学校限量供应的，非常受女生们的欢迎，每天都是刚上架转眼就被一扫而光。

五块钱一个，拳头大小，姜絮言没舍得买过。

她盯着面包温吞地眨了眨眼，又看向身边低头默默刷题的张知陈，还有什么不懂的。

还以为他生气了，没想到是去给她买这个了。

姜絮言沉沉叹了口气，伸手拿过面包，轻轻放在张知陈的文具袋旁。

她不能总是心安理得地接受他的好，那会形成习惯的，习惯一个人无条件的好是最可怕的。

张知陈注意到她的动作，偏头看她。

两人就这么对峙着，窗外灰暗的天边闪过一道光亮。

随后就是沉闷的雷鸣。

要下雨了。

姜絮言率先收回目光，重新挺直脊背开始做英语阅读，洁白纤细的脖颈纤弱又倔强。

"你已经请我吃过很多次饭了。"她淡声说，笔尖画出陌生的单词，有点自虐似的说，"别再花钱买这些不必要的东西了，我会还不完的。"

张知陈眉头蹙了一下，原本就郁结的心情在听到姜絮言的话后彻底被点燃，他把手中的水笔"啪"的一声拍在桌面上，发出的声响让风雨欲来的氛围愈加烦闷。

姜絮言心底一颤，背挺得更直了。

张知陈应该从没有碰到过她这么矫情别扭的女生吧，一点也不大方，面对别人的示好都计较着怎么去偿还，任何亲密的关系都会被她搞得一团糟。

本以为他会受不了她的莫名其妙，吼她一句扬长而去，没想到等了一会儿，却没听到张知陈任何的言语和动静。

她紧张地抿了抿唇，停下笔，呼吸都小心翼翼起来。

又沉默片刻，张知陈终于动了，他抬手把面包拿起来，慢条斯理地撕开包装纸，将整个面包塞进嘴里。

姜絮言愣了愣，抬睫看过去。

张知陈两腮鼓着，正慢慢咀嚼，他漆黑的瞳仁懒懒地看来，里面还带着几不可察的笑意。

他在笑她。

姜絮言就像小猫被踩了尾巴，瞪圆了眼睛看他。

笑什么笑？

似乎看懂了她的潜台词，张知陈咽下面包，故意长叹了一口气，侧过身子，支着脑袋好整以暇地看着她："笑你可爱。"

姜絮言眼中闪过不解，听到他继续说："给不给你花钱是我的事，如果你有负担就告诉我，那我自己吃了。

"姜同学，别总想着怎么还回去，真正关心你、想对你好的人不需要你还，放轻松点，会开心很多。"

张知陈自己说完都忍不住挑了下眉，他当了导师之后都没说过这么有教育意义的话。

本以为女生会稍稍放下负担，没想到姜絮言却忽地扯唇轻笑，扭过头继续看阅读，声音很轻："谁不想轻松一点，一个正常的人之所以可以轻松开心，是因为他处于一个正常的环境之中。

"过得好的人看待任何事情自然都是正面的。"

谁不想活得开心点呢，过得糊里糊涂的当然好。

可是自小的经历和成长环境造就出来的姜絮言无法做到。她心底渴望很多很多的爱，可又害怕那些爱她经受不住，偿不起。

姜絮言的话像把钝刀割着张知陈的心，不见血，却很钝痛，他的目光落在姜絮言的头顶。

重来一次，他好像才慢慢接触到真实的她。

以前两个人心照不宣，他不说，姜絮言也不说，他们就像在人群里悄悄靠近的孤独灵魂，在即将触及之时就没有了后来。

现在，他朝着她走了九十九步，只需她迈出一步就行，可这一步很艰难。

不管是对她自己，还是对他。

张知陈喉结滚动，哑声说："如果过得不开心，那就对自己好点儿。"

姜絮言低垂的长睫颤动了一下。

他伏在课桌上捡起笔继续写题："本来想去小卖部买笔的，看到几个女生围在卖面包的货架那儿，她们都说这款面包最好吃，我想着你应该也会喜欢，所以就买了。

"本来想讨你开心的，结果好像惹得你更不开心了。"他嗤笑道，"我能想到对你好的方式就是带你吃吃喝喝了，这个都要剥夺的话……姜絮言，你真的很难搞。

"但我觉得蛮可爱的。"

鼻尖忽然涌上来一股酸涩感，姜絮言眉头紧蹙，纸上的英语单词逐渐模糊，她用力咬着嘴唇，才不至于脆弱到哭出来。

空气凝滞下来，天空在这时终于降下这个月的第一场雨，豆大的雨滴密集急促地砸在玻璃窗上，啪嗒啪嗒，很快便凝成如注的水流。

借着大雨的掩盖，姜絮言动了动唇，闷声说出三个字。

"对不起。"

直到晚自习结束，这场雨都没有停下来意思，姜絮言没有带伞，她跟在张知陈身后顺着楼梯下楼，站在走廊里看着雨幕，心道得冒雨跑回去了。

在她攥紧包带就要跑出去的时候，一只手扯住了她。

张知陈看了她一眼，从包里拿出一把崭新的藏蓝色折叠伞。

他走到她身边打开伞撑在两人头顶，然后一言不发地扯着她的袖子走进雨里。

这伞不算大，他又高，所以为了不让姜絮言淋到，只能将大半都偏向她。

狭窄的伞下空间里，张知陈陡然靠近，姜絮言缩了缩肩膀，直视着前方，直到走出校门口才注意到张知陈那边的肩膀都被淋湿了。

姜絮言连忙握住伞柄往他那边推，但整把伞都被男生掌控着，他力气又大，她这点小挣扎根本起不到效果。

反倒是一阵夹着雨的风吹过来，伞一时失了平衡往左边倾斜。

张知陈为了稳住雨伞，另一只手抬起握住了伞柄上方，正好覆盖住了姜絮言的手。

明显高于她的热度从手背上传过来，姜絮言抬起头，四目相撞，连雨声都变得隐隐约约了。

张知陈居高临下地瞧她，深长的眼睛微弯："别动。"

简单的两个字落在姜絮言耳朵里，烫得她心跳顿了顿。她收回手，不再跟他较劲，老老实实地被他护着朝家走。

她家离学校很近，拐个弯就到了，张知陈将她送到了门口的屋檐底下才离开。

"回去吧，我走了。"张知陈举着伞，笑得并不明显，昏黄的街灯落在他脸上。

"嗯……"姜絮言嗫嚅一声，又不太擅长地补充道，"注意安全。"

此时雨已经小了点，街道上的水坑被砸出浅浅的波纹，姜絮言除了裤脚有点湿，其他地方没沾染到一滴雨水。

张知陈散漫地摆了摆手，重新走进雨里，他半边身子已经湿了，却丝毫没在意。

姜絮言皱了皱眉，心里担心他明天感冒，刚刚应该再嘱咐一句叫他记得吃药的。

她就这么看着他高挑修长的背影越来越远，直到张知陈突然停下，撑着伞蹲到了路边的草丛旁。

姜絮言不知道他在干什么，只看见他不知道说了些什么，然后就把伞从自己身上移开，支到了那片草丛上。

他自己空着手，走在雨里，消失在了拐角。

姜絮言心头一顿，好奇占了上风，她也不顾淋不淋雨了，手挡在眼上就跑到了草丛前。

没等她拿起伞，一道细弱的猫叫声从伞下响起。

姜絮言呼吸一滞，轻轻拨开伞面，果不其然，一只浑身脏兮兮的小三花正躲在草丛里，身上已经被淋湿了，猫身蜷缩在一起。察觉到动静，它抬起乌溜溜的眼看向姜絮言，朝着她又细细叫了声。

那一刻，姜絮言看向张知陈消失的方向，无声地柔柔一笑。

张知陈比她想象的，还要温柔。

那天晚上，姜絮言抱起脏兮兮的猫咪，另一只手打着张知陈的伞，在昏黄温暖的灯光里慢慢朝家走去。

少女纤直的双腿脚步坚定，迷蒙细雨打湿了她的背影，独留美好和安宁。

她觉得自己就像这只孤苦蜷缩的猫咪，在躲不开的风雨里，张知陈突然出现，给她打了伞。

伞虽然不大，但足够遮风挡雨。

自从两人开始一起上晚自习后，学校里就逐渐传起了两人的风言风语。

真真假假的猜测流言里，大家一致默认的就是，两人绝对没可能。

张知陈顽劣，而姜絮言看起来温温吞吞的，两人完全是两个世界的人。

但……观察下来，大家发现这两人，关系是真不错。

张知陈每天都会给姜絮言带一瓶牛奶，众人也经常在食堂偶遇两人同桌吃饭，虽然很少交流，但氛围和谐，两人仿佛自带结界，让人不敢上前打扰。

封远已经习惯了被张知陈冷落的滋味，一个人满脸哀怨地坐在他们后面那一桌和费扬大眼瞪小眼。

"你说要是装的吧，这都两个多星期了，他竟然能忍这么久，要不是装的，那他真的改邪归正啦？"

费扬听说了张知陈回头是岸的事迹，头一次放学后没有立刻离校，而是跟着封远到食堂二楼一探真伪。

封远伤心，不停往自己那碗鸭血粉丝里倒醋："张哥的心思你别猜，你猜来猜去还是要……"

"别唱了。"费扬苦着一张脸，"不是，别倒了，我看着牙都酸了。"

封远冷哼一声，重重把醋瓶放下，瞪着费扬："要你管。"

费扬知道封远的意思，他"喊"了声："关我屁事，我就是好奇，这周五月考张知陈到底能不能考进年级前一百。"

"我相信张哥，有小姜美女帮他补习，肯定可以。"封远瞪着大半碗的醋，自己也有点难以下口，他放下筷子，语气发虚，"总分一百还是可以突破的。"

"噢！"费扬故意发出怪腔。

这边安静吃饭的两人没有被周围异样的视线打扰，姜絮言边盯着手旁自己抄录的单词卡默背着，边慢条斯理地往嘴里送饭。

在她背完一张想要翻开第二张时，一只骨节泛着粉色的手伸过来夺走了卡册。

姜絮言愣怔地抬眼看过去，张知陈面无表情，将单词卡反扣在桌面上，看着她："吃饭就好好吃，还想胃疼吗？"

他怎么知道她经常胃疼……

这个念头还没等她细想，张知陈接着说："周五考试你有没有信心？"

姜絮言下意识地勾唇，她当然有信心，她最拿得出手的就是学习成绩。

在她开口前的一瞬，张知陈挑眉打断她："我是说对我。你对我有没有信心？"

姜絮言心口一顿，捏紧了手里的筷子。

张知陈的眼神太过直白，她被看得心烦意乱，垂下眼睫玩笑道："我对你有信心，就能让你考好了？"

"嗯。"张知陈抬了抬眉骨，手指轻敲着桌面，懒懒地出声。

姜絮言眼睫一动。

张知陈倾着上半身，故意凑到她面前，笑了笑："所以小姜老师要不要试试，跟我说一句，我相信你，成绩出来后可能会有惊喜哦。"

经过半个月的相处，姜絮言慢慢习惯了张知陈偶尔的调笑和不正经，从开始的手足无措到现在脸上几乎看不出慌乱，她费了点功夫。

姜絮言呼吸放轻，板正了脸，用只有两人能听到的音量，非常正经地说了句："我相信你。"

她的表情配上这句话，活像张知陈即将奔赴战场，英勇就义。

张知陈盯着她怔了两秒，随后服气地顶了顶腮，看向别处。

不愧是你。

周四傍晚放学前，为了布置考场，大家陆续开始清空课桌的书本，有的不嫌费事就搬回家里，有的和住校生关系好，就把书放在他们的宿舍里。

姜絮言盯着摞起来半人高的书，眉头皱了皱。

张知陈从后门进来，手里拿着冒着冷气的可乐，漫不经心地看了眼姜絮言的方向，视线落在那摞书上，他不动声色地回到座位坐下。

舒则也在收拾课桌，见她桌上的盛况不禁轻笑道："你是不是从来没有把书带回去过？"

姜絮言无奈点头："没想到布置考场这一点。"

"现在每个月都要考试，把一些用不着的书带回去吧，以后搬书轻松点。"舒则整理着试卷，朝她柔声笑道，身上那股子冷漠都减轻了几分。

"这样吧，待会儿放学我帮你分担一点，我书不多，包里就能装下。"他漆黑如夜的瞳孔深深地看着她。

姜絮言闻言下意识地扭头看了眼张知陈的方向，张知陈正对着窗户眯起眼望着夕阳，头顶的发丝调皮地翘起，看起来很舒服的样子。

"不用了班长，我自己可以的。"迟疑片刻，姜絮言回过头笑着摇了摇头，"我书包装一半，自己再抱一半。"

舒则没有错过她看张知陈的那一眼，眼角浮动的笑意顿时消散。他静静地瞧着她，阴郁晦暗的气息重新将他占领。

被他这么看着，姜絮言感觉有种从心底蔓延而出的寒意将她吞噬。

"姜同学，你是在和张知陈谈恋爱吗？"沉默片刻，舒则突然问道。

姜絮言皱眉，沉声说："没有。"

听到这两个字，舒则垂眸极轻地冷哼一声，他拿起桌上的钢笔，点了点桌面，忽然笑道："是吗？"

口气显然是不相信。

经过将近一个月的相处，姜絮言还是摸不透舒则这个人。

但她也观察到一点，那就是他很会伪装。

平时伪装成热情善解人意的班长，从不会红脸或者说出令人不舒服的话，仿佛带着无懈可击的面具。

可是唯独碰到她，舒则总是会装不下去。

姜絮言不想和他继续这个无聊的话题，干脆闭上了嘴，低头继续整理书本。

"放学后我等你，郑老师说了，要我多照顾你，我得尽到班长的职责。"

舒则重新扬起微笑，语气强硬，眼里的浓暗连温暖的夕阳都照不进去。

舒则这副温柔微笑的模样自然没逃过一直在关注他的徐珈曼的眼睛。

女生娇俏的脸瞬间阴沉下来，她死死地瞪着姜絮言，修剪整齐的指甲陷进掌心。

徐珈曼认为姜絮言就是故意的，故意和舒则亲近，报上次她泼水的仇。

有时候人一旦陷入了某种偏执里，她就无法再冷静了，更何况徐珈曼从小到大骄纵蛮横，除了舒则，班上基本上人人都顺着她，更没人敢挑战她。

她瞧不上姜絮言，这样的女生她是该给点教训。

这一边，舒则撩起眼皮，遥遥扫了眼愤懑的徐珈曼，嘴角扬起一抹玩味的弧度。

放学铃一响，姜絮言极快地看了眼教室后排的张知陈，眼神犹豫，似乎有什么话想说。

张知陈还在低头刷题，听到铃声也没有动，沉着得仿佛僧人入定一般。

在姜絮言纠结要不要无视舒则刚刚提出的帮忙，直接抱书走人的时候，舒则比她快了一步，率先抱起她桌上那摞书，眼角带着嘲讽的笑："别等了，他看样子并没有注意到你的求助呢。"

姜絮言神情复杂地看向舒则，顿了两秒，随后面无表情道："既然班长这么热心，那我们走吧。"

姜絮言坦然的反应倒令舒则眼底一沉，他冷冷道："好。"

两人一前一后走出教室，徐珈曼看在眼里，气得将手中的笔用力砸在桌上，正巧周瑶过来找她，裂开的笔盖蹦到了周瑶的脚边。

周瑶弯腰把它捡起来："怎么了珈曼？"

徐珈曼深深吸了两口气，眼里闪过阴狠："舒则帮姜絮言搬书了。他从来没主动帮过我。"

说完这句话，徐珈曼渐渐红了眼眶，泄气地跌坐在板凳上，甜腻的嗓音染上哭腔："那个装模作样的姜絮言有什么好的，怎么谁都喜欢她！"

班级里闹闹哄哄的，徐珈曼的音量不大，但周围的人也依稀听见了，脸上闪过惊诧的神色。

平时徐珈曼一直表面上维持着善良小公主的形象，这又酸又恨的话语从她嘴里说出来属实非常毁人设。

周瑶注意到周围的视线，尴尬地上前拽了拽她的胳膊，小声制止："先走吧，出去再说。"

徐珈曼这才反应过来，她朝前排盯着她看的女生瞪了一眼，拿上自己的包和周瑶走了出去。

两人加快了脚步，不一会儿就看见了前面慢吞吞走着的舒则和姜絮言。

夕阳西下，样貌出众的男生女生并排走着，看起来十分和谐。

徐珈曼呼吸一滞，气得现在就想上前揪住姜絮言的头发然后一巴掌扇到她那张脸上。

周瑶清楚徐珈曼的性子，连忙扯住她："你要是过去了，舒则怎么想？"

这话叫醒了气头上的徐珈曼，她不甘心地瞪着两人的背影，沉默半晌，攥紧了周瑶的手："不行，这次月考后分座位，他俩不可以再坐一起。"

徐珈曼："周瑶，每次舒则用那种我从没有见过的眼神看着姜絮言，我就好害怕，他本来就不爱理我，现在又突然蹦出一个姜絮言，他更看不到我了。"

徐珈曼说这话的时候，眼里的恐惧非常真实，仿佛姜絮言是什么洪水猛兽，正蚕食着她的所有物。

周瑶神色复杂。

她和徐珈曼认识很多年了，印象里这位骄纵的大小姐从没有如此失态过，只是因为一个穷酸的女生和她男神走得近了点，犯得着这样吗？

但仔细想想也说得通。

从小到大一帆风顺，要风得风要雨得雨的徐珈曼，只有舒则是得不到的，所以她视若珍宝，但有一天，她求之不得的宝物突然被另一个哪儿哪儿都不如她的人轻易拿走。

这滋味确实够她疯的。

周瑶想了想："班主任按照成绩调座位，要是这次她还考第一，舒则第二，两人同桌几乎是板上钉钉。"

"那怎么办啊？"

"还是有办法的。"周瑶翘了翘嘴角，笑得不怀好意，"只要她这次考砸就行了。"

徐珈曼冷哼："不可能，像她这种穷人也就拼命学习了，怎么会考砸呢。"

"那就让她不得不考砸呗。"周瑶挑眉。

徐珈曼拧眉瞧她，脑海里忽然闪过一个念头。

她眨了眨眼，随后无声地笑了一下，脸上又恢复了以往骄纵的表情。

"姜絮言好像在帮张知陈补习吧，既然这样，那我就帮他俩一把。"

这一边，站在身旁的舒则像尊散发着寒意的雕塑，自带阴沉的压迫感。

姜絮言目不斜视，不知道为什么，她面对舒则总有种恐慌感，仿佛是来自灵魂的抗拒。

她强压着心头的不适感，在出校门口不久后就停了下来，微微启唇道："我家就在前面，班长你送到这里就行了，剩下的我自己走。"

说罢就要伸手接书，舒则却轻轻侧过身子躲了过去。

姜絮言手停在半空中，抬眼疑惑地看向舒则。

舒则掀起半睁的眼皮，漆黑如墨的眼里毫无波澜，宛若一汪死水，盯着人看，莫名让人背后生寒。

"你很不乐意和我待在一起吗？"他忽然淡声问。

姜絮言不动声色地摇了摇头："班长，你想多了。"

舒则直勾勾的视线紧紧锁住她，慢吞吞地说："是我想太多了，还是姜同学你，在撒谎啊？

"我到底和张知陈那种人比差在哪里呢？

"为什么再来一次，你还是选择他？"

最后这句话舒则说得极轻，仿佛自言自语，随着凉爽的晚风飘散在空中。

姜絮言没有听清，但她在听到舒则说"张知陈那种人"这六个带着贬低色彩的字后，心口莫名升腾起一股火气。

她转过身正视舒则，极为克制地沉声说："张知陈算哪种人？"

瞧着姜絮言护着张知陈的样子，舒则连嘴角的那一抹调笑都收敛了，他哑着嗓子，周身的温度又低迷几分："怎么，生气了？"

"喂。"

没等舒则嘲讽完，一个散漫到傲气的声音从后方传来，生生打断了他。

听到这个声音，姜絮言并不惊讶，她看过去，只见张知陈背对着晚霞，手插兜吊儿郎当地站在那儿，眉眼微扬，周身被镀上了一层橙黄色的光芒。

舒则挑了挑眉，看着张知陈朝他们走过来，挡在了他和姜絮言中间。

张知陈比他高几厘米，少年阳光健康的身体衬得舒则的模样越发病态。

"班长，对我有意见就当着我的面直说，拐走我的人算怎么回事？"

张知陈在"我的人"这三个字上加重了语气，姜絮言抬睫盯着张知陈笔直的后颈。

舒则没吭声，凤眼微抬，阴冷到宛如毒蛇的眼神让张知陈一瞬间感到非常熟悉。

舒则扫了张知陈一眼，仿佛他是空气一般，抬脚越过他看向姜絮言，笑了笑："姜同学，书给你。"

姜絮言回过神点点头，正要伸手去接，张知陈却抢先一步："给我就行，你走吧。"

空气凝滞了两秒，舒则垂眸轻笑一声，没有再看两人一眼，转身离开。

张知陈盯着舒则的背影，眼前闪过刚刚对方阴冷的眼神，不由得若有所思地挑了挑眉。

"张知陈。"

在他思索间，姜絮言轻声叫他。

张知陈怀里抱着一大摞书，耷拉着眼皮斜睨她："干吗？"

这语气，还不高兴了。

姜絮言清楚他在生什么闷气，虽然解释这种事情很傻，但对方是张知陈，她还是想多说几句。

"我知道你肯定会追上来，这不在这等你了嘛。"

张知陈喉结轻动。

下课铃响后，他一直在等姜絮言叫他帮忙搬书，可矜持了半天也不见姜絮言过来，再一抬头，人已经走了。

追出来才看见她正和舒则这小子在一起。

姜絮言第一次哄人，说完自己也有些不好意思，她抱紧怀里的书率先朝前走："快点。"

张知陈站在原地，无声笑了笑。

姜絮言真的很可爱。

周五考试那天，梧城又开始断断续续下起了小雨。

姜絮言出门的时候看着门后的两把伞，一把灰败的红色，还有一把崭新昂贵的藏蓝。

她出神片刻，还是选择了自己的那把。

张知陈打着哈欠站在巷口。他今天没穿校服，宽松的灰色连帽衫将他身形衬得精瘦又懒散。

他正盯着雨滴发呆，听到脚步声侧脸瞧见她，少年沉静内敛的眉眼顿时染上鲜活："走吧。"

姜絮言今天起得比平时早很多，本以为这次轮到她等他了，没想到还是比他晚。

张知陈每天到底几点起的床？

她垂眸收回视线，沉默地跟在张知陈身后。

两人不聊天也不说笑，就这么一前一后地走着，氛围沉默又安宁，没有一丝尴尬。

姜絮言不爱说话，也不擅长挑起话题，整个人周身萦绕着生人勿近的气息，她觉得张知陈应该忍受不了多久就会厌烦。

可奇怪的是，对方似乎很了解她的习惯。

知道她不爱在走路学习时说话，所以就算在只有两人的空间里也尽量保持沉默，静静地陪着她。

姜絮言第一次发现自己可以在除奶奶之外的人面前，如此自如。

思及此，她抬起眼看着张知陈的后背，下意识地加快了步伐和他并肩。

少年眸中微诧，随后被隐隐的笑意掩盖，他放慢了步子，让姜絮言能跟上他。

迷蒙的细雨里，红伞和黑伞，一低一高，时不时触碰在一起，就像彼此的心。

"考试加油。"

过了一会儿，女生细若蚊蚋的声音夹杂着雨滴打在伞面的声响，落入张知陈的耳朵里。

他微怔，刚想开口调侃两句，就又听见对方说。

"我相信你。"

这句我相信，没有之前在食堂的僵硬和正经，轻柔得仿佛一根羽毛，划过他的心头。

张知陈弯了弯唇，捉住红色伞面的边缘，往上抬起。

姜絮言被迫站定，慌乱的目光跳进他的眸子里，她瞪圆了眼睛盯着他看，无声地质问。

张知陈弯下腰与她平视，散漫不羁的眉眼让人不敢直视："谢谢。"

姜絮言抽出自己的伞，遮住脸，闷声回道："不客气。"

一班的学生被分到了两个考场，一部分就在本班考，一部分在隔壁班。

张知陈就在本班考，他坐在中间靠后的位置，姜絮言在他的斜后方。

舒则和徐珈曼也在，不过座位隔得比较远。

一个在靠前门的第一排，一个在后门的角落。

周瑶就坐在徐珈曼旁边，正巧就是姜絮言后排。

第一场考的就是数学，监考的是高三年级部主任杨承，他是出了名的严格和暴脾气，每周国旗下讲话都能从他激昂的语调中感受到他的热情和中气十足。

杨承胳肢窝里夹着密封好的试卷走进考场，下面瞬间响起一阵低低的哀鸣。

大家都不爱被老杨监考，稍微出点动静，他的眼睛就像鹰一样死盯着，看得人心里直发毛。他还特爱在过道里来回巡视，皮鞋踢踏，惹人心烦。

"吵什么吵，没听见广播响了？"杨承微凸的金鱼眼扫视着下方，厉声说，"给我老实点，试卷发下去之后把名字和考号写好，之后就不准动笔，等正式铃声响起再答题。"

底下鸦雀无声。

杨承满意地扶了下眼镜框，慢条斯理地用小刀划开信封，从里面拿出试卷和草稿纸，他将草稿纸分成四份，从第一排往后传。

拿到草稿纸之后，姜絮言下意识地提笔将会考到的公式默写在上面，写完再抬眼，却和杨承的视线隔空撞上。

杨承沉沉地看着她，突然说："写个名字和考号需要那么长时间吗，都给我把笔放下！"

众人茫然地面面相觑，然后顺着杨承的目光看向姜絮言。

姜絮言眉头微蹙，轻轻把笔放下，没有吭声。

在她刚转来的第一天，她就在教师办公室里见过这位年级主任。

他似乎很不待见她，和郑荣说话里暗里嘲讽她肯定是靠关系进的一班，直言这样相貌的小丫头成绩绝对不好。

结果那次摸底考重重打了他的脸。

之后每次在学校撞见杨承，姜絮言朝他打招呼，他总是会假装没听见，径直走过。

张知陈淡淡扫了眼台上的杨承，忽然将水笔重重拍在桌面上，发出的声响吸引了所有人的注意力。

杨承不满地看过去，张知陈腿伸到过道上轻抖着，一副吊儿郎当的样子，手里把玩着笔，时不时用笔尖点着桌面。

杨承懒得管他，清点好试卷，在广播响起时依次发了下去。

姜絮言看着张知陈的后脑，抿了抿唇，直到前桌将试卷传过来她才回神。

"写完名字、涂完答题卡就给我放下笔，等广播通知再开始写！"杨承又一次警告，"谁再给我不遵守规定，就别考了。"

说罢，那冷冷的目光射向姜絮言。

姜絮言没工夫管他，一笔一画在答题卡和试卷上写好名字和考号，接着从笔袋里拿出涂卡笔，小心将格子涂黑涂满。

结果涂到最后一个格的时候，因为太用力，铅笔芯断了，在纸上划下了一道极轻的痕迹。

姜絮言呼吸一顿，暗道幸好纸没有破，不然上去重拿一张绝对会被杨承"教育"一顿。

她将手伸进笔袋，想用橡皮擦掉痕迹，可寻摸了一番，并没有摸到类似橡皮的物体。

她皱了皱眉，将笔袋拿到面前仔细看了看里面。

橡皮没了。

那还是她上周新买的，上面有柴犬的图案，她很喜欢，平时舍不得用，看起来还很新。

是不小心丢哪儿了吗？

姜絮言有点心疼，她低头小幅度地寻摸了一会儿，地面干干净净，没有橡皮的踪影。

她叹了口气，沮丧地盯着答题卡被弄脏的地方，只能用涂卡笔上头那小块已经被磨平的橡皮来勉强擦掉了。

杨承注意到她低头寻找的小动作，满脸不高兴，声音拔高道："笔都放下！"

众人齐刷刷地放下笔，安静等待开考广播。

又过了五分钟，时针指向九点的位置，电子女声从广播中响起，教室里顿时发出试卷翻面的声响，众人默契地低下头，沉浸在考题中。

杨承也开始了巡视活动，他特意从张知陈伸出腿的那条走道过去，路过张知陈旁边时故意抬脚用力碰了下张知陈的脚，压着嗓音说："收回去！"

张知陈不情不愿地把脚收了回去。

杨承满意勾唇，手背在身后，踱着步子继续朝后走，到了姜絮言身边。

他对这位从小地方转来的漂亮女生带有偏见。

摸底考那次超出他预料的成绩绝对是凑巧。

他沉着脸站在姜絮言的斜后方，看了眼已经做好的几个填空题。

全部正确。

杨承眼眉微蹙，填空前十题都是基础题，全做对只能说明她基础不错，后面的难题就不一定了。

这么想着，他离开了那里，打算过一会儿再来看看。

时针在唰唰的做题声中渐渐指向了九点半的位置，一班的学生成绩普遍比较好，十四道填空题已经结束了，大多都开始做反面的应用题了。

在杨承又巡视完一圈之后，他稍感疲累地走回讲台，拿起保温杯开始喝水。

张知陈为了不让自己的成绩和之前相比进步得过于神速，惹人怀疑，故意写错了几个填空题，最后两个难的直接空着。

反正郑荣说了，只要总分考到一百就答应他的请求。

思及此，他微微挑眉，垂眸瞧着三角函数那题，只扫了一眼题目就在图形上画出了正确的辅助线。

在他刚写出一个解字的时候，垂下的视线扫到课桌下有个小小的东西被扔到了他的脚边。

他目光稍顿，低头从胳膊与课桌之间的缝隙里看过去，丢过来的是一个通体米色，包装上印着黄色卡通柴犬图案的橡皮。

张知陈眸光微闪，这不是姜絮言的橡皮吗？

姜絮言宝贝得紧，每次都舍不得用力擦，擦完还要磨掉上面被铅笔染黑的部分。

现在这块橡皮因为在地面上滚过的缘故，露在包装外面雪白的部分已经染脏了。

他小幅度地侧过头，抬眼看向斜后方姜絮言的位置。

女生正聚精会神地做着题，满脸认真，完全没有要搭理他的意思。

张知陈眉头微蹙，心头划过一丝不太舒服的感觉，但只是一瞬，随后他弯腰伸手要把橡皮拿起来。

可杨承那双尖头黑皮鞋却突然出现在视线里。

张知陈抬头，看到杨承那张平日里严厉到骇人的脸，触碰到橡皮的指尖稍顿。

"干什么呢！"

杨承没有克制音量，他盯着眼前这个经常被通报批评的顽劣分子，在对方愣怔的时刻，弯腰先一步捡起了橡皮。

姜絮言被这一嗓子吓得抬起头，当她看到杨承手里捏着的东西时，眉间猛地皱起。

张知陈喉结滚动，神色却未变，他懒懒地往后桌一靠："我橡皮掉了。"

杨承没有应答。

他来回翻看脏掉的橡皮，仿佛想要找到什么印证他的猜想。

张知陈见他这副样子，扯唇轻嗤一声："老师，能还我了吗……"

还没说完，却见杨承突然将外包装粗鲁地撕开，将整个白色的橡皮暴露在外。

寂静无声的教室里，众人听见向来古板严厉的年级主任突然冷笑一声："张知陈，你给我们解释解释，为什么你的橡皮上写满了试卷填空题的答案？"

这句话仿佛一滴水砸进了滚烫的热油里。

原本寂静无声的考场瞬间响起窸窸窣窣的动静，大家面面相觑，交换着八卦的眼神，最后齐齐将目光落在张知陈和姜絮言的身上。

这俩最近可是天天凑在一起，能传答案给张知陈的还能有谁。

想到这一层，众人看着张知陈的目光带上了嘲讽和不屑。

合着接近人家学霸是为了这个嘛。

"我看谁在说话！"杨承抬眼瞪着全班，怒声说。

等全班又恢复安静，杨承才继续低头处理这起他发现的疑似"作弊"事件。

他摊开手掌将写满答案的那一面向上，几乎是伸在张知陈眼前，眯缝眼都气得瞪大了不少。

"你小子真行啊，在我眼皮子底下作弊！说吧，这答案谁传给你的！"

杨承是真的气，他监考以来，还是头一次在一班抓到作弊的，对象还是向来都不服管教的张知陈。

这小子不学习、打架、逃课，学校给个通报，记个处分，以后没前途自食恶果的是他自己。

但竟然敢在他眼皮子底下搞这种旁门左道，自己不学习不上进就算了，现在还扯着一班的好学生一起堕落。

一想到张知陈平时的做派，估计这个帮他作弊的学生大概率是被他恐吓的。

好家伙，杨承更气了。

气氛陷入一种极紧张的死寂里，大家都在偷偷打量着姜絮言的反应，见她神情紧绷，背挺得僵直，一副"心虚"的样子。

看来没错了。

见张知陈不说话，杨承又指着他的鼻子说："我告诉你，别以为不说话硬挺着不招就没事了，你不说清楚就别想继续考试。"

杨承喷洒的唾沫星子在晨光里尤为明显，张知陈眉梢微动，垂眸看着那只橡皮，忽然从鼻子里轻哼一声，眼里的嘲讽怎么也遮不住。

在看到姜絮言的橡皮上写满的答案时，他就猜到是谁干的了。

徐珈曼这丫头还真是不死心啊。

就非要逼死姜絮言是吗？

听到张知陈轻蔑的哼笑，杨承气得脸上肉一抖："走，去办公室，打电话叫你家长过来，今天不把这事解决好，你以后就别来了，我们是不敢要你了，你爱去哪儿就去哪儿，今阳教不了您这尊大佛。"

说罢，杨承飞快地收了张知陈的卷子，打了个电话给郑荣，也没细说发生了什么，只是声音压着火，让他现在立刻回高三组办公室。

张知陈脸上没什么表情，不慌不忙地将笔放进笔袋，拉上拉链，垂眸思索着该怎么处理这件事。

他一开始没想到这一层，为了打发杨承随口承认了橡皮是他的，现在再改口已经不可能了。

徐珈曼肯定会在"无意间"说出这块橡皮是姜絮言的，然后再结合这段时间他俩走得很近，姜絮言帮他作弊也是有可能的。这番言论一出，就算他俩极力否认，看起来也仿佛是在狡辩，老师和家长肯定更偏向徐珈曼。

这个年代，教室里还没有装摄像头，没法用监控自证清白。

橡皮上的字迹故意写得极其工整，想要用笔迹来证明也没什么说服力。

不管哪条路，都是死胡同。

张知陈心头涌上一丝阴鸷。

小小年纪就这么狠。

姜絮言此时脸色苍白，焦急地盯着张知陈的后脑，在听到杨承叫他以后别来学校的时候，她的心揪在了一起。

她很害怕，怕张知陈真的被退学再也不来了。

她知道张知陈没有做，那块橡皮她什么时候丢的都不知道，怎么就莫名其妙被写上了考试答案，还扔到了他的脚边。

这就是明晃晃的陷害……

想到这一点，姜絮言眼睫猛地一颤，扭头看向她斜后方的女生。

徐珈曼嘴角含着一抹意味不明的微笑，不偏不倚地对上了她的视线，轻轻抬了下眉梢。

看到对方这个挑衅嘲弄的表情，姜絮言的眼神顿时就冷了下来。

徐珈曼……

姜絮言咬着嘴唇，胸口起伏着，已经分不清自己现在到底是气愤还是什么情绪。

这边杨承打完电话，顺便叫了另一个老师过来帮他继续监考，他走到门口，看向一直沉默不语的张知陈："走吧，你爸待会儿就过来，当着他的面说说你干的'好事'。"

张知陈低着头，几不可察地勾起唇角，懒懒散散地站起来，没有看姜絮言一眼。

杨承说罢还不忘警告隐藏在班级里的帮手："那个传答案给他的人，不要以为你就没事了，最好现在自己主动站起来，不然等我查到你，那会儿就不好收场了。"

坐着的众人闻言目光不自觉地瞟向姜絮言的位置。

周瑶和徐珈曼此时对视一眼，在张知陈和杨承即将走出教室时，周瑶正要站起来开口指认，没想到有人比她快一步。

"等一下。"

姜絮言清脆的嗓音突兀地响起，音量不大，却足够怔住在场的人。

张知陈听到这个声音，脚步一顿，猛地回过头，原本毫无波澜的神色，在撞上姜絮言无畏的目光时，总算有了裂缝。

他眉头紧锁，死死盯着她，试图用眼神制止她接下来要说的话。

姜絮言紧握着手，避开他的视线，深吸了一口气，对着杨承继续说道："老师，那块橡皮是我的。"

坐在第一排，一直在低头做题，仿佛发生的事情都与他无关的舒则在听到姜絮言的声音时，笔尖忽地在草稿纸上画出一道痕迹。

冷漠平静的眼里闪过一瞬连他自己都没察觉到的涟漪。

不管是从前还是此刻，姜絮言一点都没变过，她还是这么义无反顾地向着张知陈，就算即将面对的可能是暴风骤雨，她都会没有丝毫犹豫地跑向他。

舒则放下笔，面无表情地盯着桌子边缘，整个人宛如被抽离了灵魂的傀儡，要不是心还在机械性地跳着，他都觉得自己已经死了。

舒则闭上眼，一片黑暗里，他不由得想起多年前的那个雨夜。

他站在姜絮言面前。

后来发生什么事来着？

舒则呼吸一滞，慢慢睁开眼，视线逐渐清晰，他还身处熟悉的教室里。

原来已经十二年了，时间过得好快啊。

快到那场大火，还在他心底燃烧着，没有熄灭。

高三组的办公室里，气氛压抑，张知陈和姜絮言并排站在那儿，谁都没有说话。

郑荣头疼地看了眼两人，他心里下意识地觉得两人不会干这种事。

这半个月里张知陈表现得很好，真的做到了不给他惹一个麻烦，上课认真听讲，再没逃过课，打电话给张大明，得到的反馈也都是张知陈的好话。

就算是没有改变，还是之前混不吝的张知陈，他也不相信张知陈会作弊。

这小子根本不在乎成绩。

姜絮言更不用说了，十足的好学生，因为父母去世得早，她小小年纪心理就很成熟，说话做事谨小慎微，肯定不会答应这种风险极大的事情。

是个人，但凡有点脑子的，想要威逼利诱套答案，也不会选姜絮言。

但现在的情况非常棘手，因为发现的人是杨主任，他可是出了名的严苛，这事要想收场，两孩子得脱层皮。

等了一会儿，气喘吁吁的张大明出现在办公室门口，他身上还穿着整套的西装，看起来是刚从公司赶过来的。

在车上他听到张知陈作弊的消息时，第一个反应就是不可能。

这小子以前再浑，都没有为了考试成绩"绞尽脑汁"过。

何况，这个帮他作弊的，是姜同学。

更不可能了。

杨承见人齐了，清了清嗓子，手指点了点摆在桌上的"罪证"，正色道："这是我在你家孩子脚边发现的橡皮，上面写着这次数学填空题的答案。"

他的视线又落在姜絮言的身上，冷声继续道："这位同学说这块橡皮是她的，现在我们怀疑他们两个共同作弊。"

张大明是学校的常客，自然认识杨承，他平复好呼吸，看了眼面无表情的张知陈，沉声说："杨主任，他俩承认了吗？"

杨承不高兴地皱了皱眉："还有什么好承不承认的，作弊的东西都摆在这儿了，他们不承认就不是他们干的了？"

他对这两个学生带着偏见，下意识地只会往坏的那方面去想，根本无法做到客观。

郑荣抬手抵唇，朝着杨承轻咳了一声，好歹是在家长面前，这话说得不太合适。

张大明笑着点点头，脸上摆出他作为生意人的假笑："您这话说得，那不管他俩作没作弊，您都已经认定肯定是他们干的了，那我们还讨论什么，您直接给他们处罚不就行了。"

"你……"杨承听到这阴阳怪气的话，表情一怔，一时间说不出话来。

垂着脑袋的张知陈挑了下眉。

张大明可以啊。

气氛一时有些尴尬。

郑荣连忙上前找补："张先生，杨主任不是那个意思。您先坐下，我们慢慢讨论，如果这俩孩子没作弊，我们当然不会冤枉他们。"

张大明笑了笑，没客气，往椅子里一坐："我相信学校一定会公平地处理这件事的，当然了，要是真是我们家孩子做的，我肯定支持学校的任何处罚决定。"

在张大明来之后，原本压抑到窒息的氛围顿时缓解，姜絮言抬眼看向上次在警局匆匆见过一面的叔叔，原本惶然的心渐渐平复下来。

张叔叔和张知陈，除长相之外，某些方面也很像。

都能给她一种心理层面上的安全感。

姜絮言出神的时候，手背被人轻轻碰了一下。

她指尖缩了缩，没有动，她知道是张知陈在故意引起她的注意。

她莫名地不太想在此刻抬头看他。

因为张知陈这会儿肯定在盯着她，在老师和家长面前。

毫无顾忌地看她。

或许也是因为刚刚在教室里她突然站起来承认橡皮是她的这件事超出了她以往的行为准则。

这一点也不像姜絮言。

一点也不冷静、不理智，在看到张知陈一副自暴自弃，毫不辩解的"可怜"模样，她就慌了，动作比意识先行，反应过来的时候，人已经站起来了。

现在想想，当时的画面……真挺让人难为情的。

姜絮言顿时窘迫地闭上了眼，一副被自己尬到的模样。

张知陈不清楚女生的内心活动，还以为她是在害怕，就又碰了她一下，非要让对方搭理他的架势。

姜絮言紧了紧拳头，深吸一口气，抬头自以为很凶狠地瞪了张知陈一眼。

言外之意：别扒拉我！

见张知陈被自己怔住了，姜絮言心头的羞赧才消散了点，她吸了吸鼻子，飞快地眨了下眼，直视前方。

姜絮言眼里被她怔住的张知陈此刻哭笑不得。

看起来她好像并不是很害怕的样子。

想到这儿，张知陈唇角一松，脸上有了点笑意。

没吓着就好。

张大明将杨承撑得有些下不来台，他递给了郑荣一个眼神，意思让郑荣继续。

郑荣在心里叹了口气，将话题重新引到橡皮和试卷上去，他点了点桌上的东西，看向姜絮言："你说这个橡皮是你的，那上面的答案是你写上去扔到张知陈脚边的吗？"

这话问得给足了姜絮言解释的空间。

"不是。"

几乎是郑荣刚说完，女生没有一丝犹豫的声音响起："不是我写的，我也没有扔给张知陈。"

杨承冷笑一声："橡皮在你手里，然后不是你写的，那它自己蹦出的字，自己滚到人家脚边的，听着不可笑吗？"

杨主任的气势很足，瞪着眼看人的时候很有威慑力，但姜絮言丝毫不躲闪，直视他的目光，语气温和低缓，让人下意识地就想静下来认真听她说话："橡皮是我的没错，但是在考试前就不见了。您可以看我的答题卡，填涂考号的地方有一道铅笔印没有擦干净，那是我涂卡的时候不小心涂出来的，我本来想用这块橡皮擦掉，可是笔袋里怎么也找不到。"

郑荣闻言翻出底下姜絮言的答题卡，填涂考号的地方确实有一块没有擦干净的印记。

他把印记指给杨承看，对方皱眉瞥了一眼，没有吭声。

杨承这才想起发答题卡的时候，他的确看见姜絮言有低头寻找东西的小动作，他还为此还高声提醒了全班。

难道真不是她写的？

杨承心头犯起嘀咕，但拉不下脸来。他忽地掉转火力朝着一旁站姿散漫的张知陈："那怎么在我发现的时候，你说橡皮是你的？"

被晾了半天的主人公这才有戏份，他耸了耸肩："看错了。"

办公室里寂静了两秒。

张大明若有所思的视线在两人身上来回。

刚刚小姜同学条理清晰的发言让他原本还想着怎么和杨承据理力争保人的心瞬间安定下来。

小学霸果然靠谱。

"看错了？"杨承嗤笑，"你蒙谁呢？你自己说的捡橡皮，不是你的橡皮你捡什么？"

张知陈一脸认真："真的，不骗你，我有块跟这个差不多配色的橡皮，考试的时候它突然砸到了我的脚边，我早上没吃饭，低头看过去的时候低血糖犯了，眼前晃了一下，就把橡皮认错了。

"您这年纪和体形肯定有过类似的感觉吧，每次上完厕所站起来提裤子的时候，脑袋就开始晕，眼也跟着花……"

"停停停！"杨承一脸嫌弃地抬手打断张知陈，他现在只觉得头疼，烦得头疼。

他记得这小子以前犯错误之后不太爱说话来着，怎么现在叽叽地还不停了。

张大明手握成拳抵在唇边，深呼吸半天才憋住笑。

郑荣闻言瞄了眼杨主任的肚子，鼻孔微张，连忙移开视线。

办公室里原本紧张的气氛顿时被张知陈给带跑偏了。

姜絮言看着张知陈上扬的眉眼，不禁有些出神，结果下一秒，就被张知陈抓住了视线。

四目相对，姜絮言眨了眨眼，用只有两个人能听到的音量说道："你真的低血糖啦？"

张知陈理直气壮："当然。"

事情一时陷入了僵局，如果姜絮言说的是真的，那这块写满答案的橡皮就是有人事先从她笔袋里拿走然后再扔到张知陈那儿的。

目的是什么呢？

栽赃陷害？还是丢错人了，想丢给另一个人，结果阴错阳差扔到了张知陈脚边？

郑荣头疼地摸了摸下巴，实在想不到其中的关键。

倒是姜絮言又开口道："老师，我能看看橡皮上的答案吗？"

郑荣眼睛一亮："可以，看看上面写的和你试卷上的一不一样？"

其实这个步骤在刚进办公室时就应该查证的，但杨承那会儿认定了两人合谋作弊，所以下意识地觉得答案肯定一致。

"郑老师你看。"杨承突然说道。

姜絮言上前的脚步被迫停下。

填空题还没来得及誊写到答题卡上，郑荣将姜絮言的试卷展开，另一只手拿过橡皮，一道题一道题对起来。

前十一道题因为难度不大，所以都是一样的，可从第十二题开始，橡皮上和试卷上的答案就出现了分歧。

郑荣瞧着题目，忽地冷笑一声，杨承听见问了句："都一样吗？"

"不是。"郑荣将两样东西摆到了杨承面前，"第十二题、十三题都不一样，姜絮言写的是正确的，橡皮上是错的，第十四题橡皮上就没写，可姜絮言是写了的。"

可见传答案的人水平并没有姜絮言高，而且还自作聪明。

"杨主任，对方照不照抄是一回事，但作弊也不可能故意把错误答案传过去吧。"张大明看着杨承，笑得温和。

杨承没吭声，气氛诡异地安静下来。

现在事态很明了了，并没有直接的证据指向是两人作弊，极有可能是有人借着姜絮言的橡皮不知道给谁传答案。

郑荣看向脸色难看的主任，给他台阶下："主任，姜絮言是个好学生，我是她班主任很清楚她的为人，她是绝对不会干这种事的，张知陈前段时间也跟我保证了，高三会好好学习不再惹事，这一个月里他一次课都没逃过，打架斗殴什么的您也没再听到过吧。"

杨承抬眼："郑老师你的意思是？"

"这事就交给我了，等考试结束我一个一个找考场上的同学谈话，看有没有人注意到是谁扔的橡皮。"郑荣扫了眼站在那儿的两人，"先让两个孩子回去考试吧。"

听到这话，杨承沉沉地从鼻子里哼出口气，看着垂着眼乖乖站成一排的两人，良久才点点头："回去吧。"

姜絮言悬得高高的心总算落了回去，她长长地松了口气，慢慢跟在张知陈身后走出办公室，后背在不知不觉间已然冒出了一层薄汗。

她其实是有点害怕的。

人生第一次和作弊挂上勾，虽然没被叫家长，但还是有种天然的恐惧萦绕在心头。

她怕学校给她记过，怕档案上留下污点，更怕……

姜絮言恍然抬起头，张知陈正抬手有一下没一下地揉着他冷白纤直的后脖颈。

他看着一点也不在意的样子。

姜絮言抿了抿唇，咽下要说的话。

她怕再多一次处分，张知陈真会像杨承说的那样，被学校开除，再也不来了。

"姜絮言。"

出神间，张知陈懒懒地叫了她一声，声音低沉沙哑，在空无一人的走廊上尤为清晰。

女生听到自己的名字，下意识地"嗯"了声，小尾巴似的紧紧跟在他身后。

张知陈漫不经心地"啧"了一声，停下脚步，姜絮言被迫也跟着停下。

他转过身，垂下眼睫，居高临下地看着她，眉骨下压，看起来不太高兴。

"这事我忍不了。"张知陈轻声说。

姜絮言微怔："你知道是谁？"

"徐珈曼吧，这事也就她干得出来。"张知陈没有拐弯抹角，直接说出了自己的猜想，"那次我帮你挡脏水之后，她估计心里一直不痛快。"

"你想干吗？"姜絮言淡声问，晨光透过玻璃落在她比常人颜色较浅的瞳仁上，衬得她越发清澈温和，"你要找人收拾她？"

张知陈失笑，正要否认，没想到姜絮言神色一凛，声线硬了几分："不可以，她针对的是我，我要自己去解决。"

张知陈好笑地眨了眨眼，她脑子里想什么呢，他又不是黑社会。

姜絮言往前走几步，凑到他面前，活像只炸毛的猫咪："不准再打架，也不准再被处分。"

说罢，她慌忙地垂下轻颤的长睫，越过男生快步走回考场。

张知陈摸了摸后脑勺，茫然地盯着女生落荒而逃的背影。

女生的心思真是一天一个样。

♡ 第七章
我会陪你的

两人回到教室的时候，数学考试只剩半个小时就要交卷了，可两人的大题都还没动。

半个小时连简单过一遍都不够。

姜絮言沉沉看了眼墙上的时钟，心跳因为急躁渐渐加快，她迫使自己冷静下来。

她扫着后面几道大题，决定还是根据自己的节奏，把能拿的分都拿到。

两人进来的瞬间，徐珈曼和周瑶便惴惴不安地对视了一眼。

那块橡皮是周瑶扔的。

昨天晚上徐珈曼说自己想到一个办法可以让姜絮言这次考砸，周瑶本来还以为徐大小姐又在异想天开跟她开玩笑，没想到竟然是让她诬陷姜絮言和张知陈串通作弊。

周瑶第一反应就是拒绝，她可不敢得罪张知陈，要是被人发现了她以后在学校里就惨了。

可是对方是徐珈曼，她要是拒绝徐珈曼，会直接在女生圈子里被排挤欺负，成为下一个姜絮言。

这比被张知陈针对更可怕。

周瑶没有拒绝的权利。

看着姜絮言低头奋笔疾书的背影，徐珈曼姣好的面容有片刻的扭曲。

她为什么每次都能安然无恙？

徐珈曼转移视线，遥遥看向坐在第一排的舒则。

两人从小一起长大，从徐珈曼记事起，舒则就是这副清冷温柔的模样，对谁都不咸不淡的，面对她的讨好和接近更是毫无波动，莫名让从小对任何东西都唾手可得的她生出一股可怕的占有欲。

就算她得不到，也不能让别人得到。

这个扭曲的想法一直驱使着她赶走出现在舒则身边的任何对他抱有幻想的异性。

没想到，现在出现了一个怎么也赶不走的硬骨头。

为期两天半的月考结束，这次整体的难度并不低，从考场回来的众人脸上俱写着"完蛋"二字。

考完试接下来就是三天的国庆假期。

作弊事件并没有像大家预料的那样掀起波澜，郑荣在放假前的班会上甚至连提都没提。

他照例嘱咐了几句假期注意事项，并将四号开办运动会的通知重点又说了一遍。

徐珈曼和周瑶几个女生报名了运动会开幕式的表演节目，所以她们三号就得来学校进行彩排。

参赛的选手可以不用彩排，但必须每个人写一段自我介绍，以便到时给广播站的小主持准备加油稿。

姜絮言听到这个要求不禁有点头疼。

自我介绍，她除了写个名字和身高体重，其他什么都憋不出来。

她自己都不太了解自己有什么长处优点。

郑荣开完班会，放学的铃声适时响起，教室里顿时闹闹哄哄起来，搬弄桌椅的摩擦声响得人头皮发麻。

姜絮言小心地搬着沉重的课桌放到原位，抬眸却撞上舒则轻飘飘的视线。

她下意识地皱了皱眉头，心头警铃响起。

果不其然，对方带着嘲弄的声音从头顶响起："我以为你不是那种拎不清的女生呢，没想到……"他忽地压低嗓音，只让两人听见，"也不过如此。"

他指的是作弊那件事。

听到这话，姜絮言莫名好笑，舒则在她面前倒是一点也不装了。

"班长，你想不到的事情多着呢。"姜絮言冷冷回道，连解释都不想多说一句。

舒则闻言扯唇轻笑，一点也不生气的样子。

两人之间仿佛有股看不见的暗涌，暗自较着劲，但落在旁人眼里又是另一番景象。

徐珈曼冷冷地看了眼姜絮言，将收拾好的书包放了回去，让周瑶先走不用等她。

不一会儿工夫，教室里就空了，姜絮言作为这周的值日生，得留下来打扫卫生。

张知陈和封远他们约好考试结束去后街旧篮球场上比球，却一直陪着姜絮言磨到封远回教室催他才走。

姜絮言手里拿着扫把，从楼上瞧着少年在夕阳下跑远的背影，耳边传来一道由远及近的脚步声。

"你们作弊竟然没事。"徐珈曼尾音上扬的嗓音在空荡荡的走廊上响起。

姜絮言收回视线，侧眸静静瞧着对方，她正好也有话要跟徐珈曼说。

被这双眼睛看着，徐珈曼心口莫名窝火，她好讨厌姜絮言这副仿佛什么都不在乎的模样。

"杨主任放过你们了？"说到这里，徐珈曼双手抱臂，眼底的轻蔑十分刺眼。

姜絮言握着扫把的手收紧，抬眸直视她："徐珈曼，是你干的吧，诬陷我和张知陈作弊。"

肯定的语气。

空气随之凝滞，姜絮言感觉有股让人透不过气的压力从周围挤压过来。

她从没经历过这种和别人撕破脸的事情，虽然徐珈曼对她的讨厌已经溢于言表，但她还是紧张到想逃避，不愿面对冲突。

可是有的事情只能她自己去解决。

她不能什么事情都让别人站在她面前。

别人没有义务一直帮她处理烂摊子。

徐珈曼听到自己的小手段被戳破，没有丝毫慌张，挑眉笑道："你有证据吗？"

"胡说八道泼脏水，装可怜，你就是这么哄得他们可怜你的？"徐珈曼眸中闪过她自己都没察觉到的嫉妒，"姜絮言，这里不是你家那个小县城，别总装得有多委屈一样。"

徐珈曼突如其来的恶意和针对，在此刻不再掩饰，一股脑地说了出来。

姜絮言脸色顿时苍白如纸，她强忍着怒气，冷静地看着徐珈曼："徐珈曼，你到底因为什么这么讨厌我？"

徐珈曼夸张地冷笑一声："你难道不知道自己有多令人讨厌吗？你很碍眼，穷酸又清高，还非常没有自知之明。"

徐珈曼当然不会承认自己是妒忌她，只能用羞辱来打击对方。

气氛陡然冷了下来。

教室里其他正在打扫的值日生下意识地放轻了动作，竖起耳朵听着走廊上的动静。

姜絮言沉默不言，可猛然皱起的眉头却展现出她此刻的愤怒和不解。

徐珈曼扬起虚假的笑容："姜同学，运动会加油，3000米记得跑完全程哦。"

说完风凉话，徐珈曼踏着痛快的步伐转身要走。

"徐珈曼。"

姜絮言淡然到让人心头一怔的嗓音在走廊上突然响起。

她又恢复了往日的疏离清冷，只不过其中暗藏着说不清道不明的愤怒。

徐珈曼停下脚步，呼吸莫名一顿。

四周安静了两秒，姜絮言再次轻声说："你针对我可以，别扯上张知陈。"

"徐珈曼，你就只会这样了，拿小手段来恶心我，用这些狗屁不通的话贬低我。"姜絮言不屑地扯唇轻嗤，"我瞧不起你。"

徐珈曼面色一怔，愣在原地。

运动会那天一大早，整个今阳的学生都齐聚在操场上，顶着强烈的阳光，受折磨一般熬完校领导的宣讲誓词，表演的队伍才正式上场。

以徐珈曼为首的表演队早早地便在国旗台侧候场，此时终于轮到她们登场，徐珈曼微抬下巴，漂亮高贵得宛如一只骄矜的孔雀，吸引了在场所有人的目光。

她得意地噙着微笑，看着台下高三（1）班的方向，却发现站在前排的舒则并没有看她。

他正在微微俯身和姜絮言说话，不管台上有多热闹，音乐有多震耳，他都没有递过来一个眼神。

徐珈曼脸色沉了下去。

运动会期间众人心照不宣地拿出手机开始拍摄，老师们对此睁一只眼闭一只眼，由着大家趁着这个机会放开了玩。

张知陈个子高，站在队伍末尾，他被晒得有些发蔫，手臂搭在封远肩膀上，听着震耳欲聋的音乐声，神情懒散。

封远举着手机在最后头艰难地拍摄视频，眼睛死死地盯着翻盖手机，生怕漏拍一秒画面。

张知陈瞧着他这副模样，轻笑："你喜欢这种表演？"

封远慌乱地否认："我才没有……是二班的杜薇让我帮她拍的。"

杜薇，二班的体育委员，也是去年女子3000米的冠军，此刻正在上面表演。

听到这话，张知陈才想起封远好像喜欢杜薇来着。

看他踮着脚努力将手机高举过前方众人脑袋的滑稽样，张知陈无奈地叹了一口气，伸手夺过封远的手机："我帮你吧，一米七八的你，努力的样子好让人心酸。"

封远突然被讽刺身高，立刻炸毛："我，我穿鞋一米八！"

张知陈不再逗小孩，一手举着手机一手插进兜，视线似有若无地从手机上瞟向队伍前排。

姜絮言正偏头和舒则低语什么，侧颜在晨光的映照下柔软又乖巧。

张知陈挑眉，边举着手机边径直穿过人群走到前面。

被他挤到的同学抬头见是他连忙往旁边避让。

不一会儿工夫，他就毫不费力地走着众人自动让出的小道站定在姜絮言身后。

姜絮言手里捏着她憋了三天才写出来的自我介绍，短短四行却已经是她能编出来的极限，在她趁着表演时间反复默读修改的时候，却被舒则"不小心"看见，男生主动提出要帮她修改。

"内向沉稳可以改成安静沉稳，内向听起来总给人一种不太积极阳光的印象。"舒则嗓音低缓，指着纸条逐字逐句地帮她分析，"虽然你确实内向，可是自己写的话可以美化一点……"

"谢谢，我自己改就行了……"

姜絮言本就因为被旁人看到纸条上的内容而不自在，又听到舒则不知是有意还是无意的贬低，她皱着皱眉，想要伸手把纸条拿回来，可对方像是看穿了她的心思，指尖一转，躲了过去。

舒则嘴角含笑："我可以帮你改得更好，你不相信我？"

"对，她就是不相信你。"

突然，张知陈的声音自头顶响起，姜絮言呼吸一滞，扭过头，对上张知陈垂下来的目光。

张知陈沉沉地看着她，面无表情，举着手机的那只手轻轻搁在她的头顶，脸不红心不跳地给自己找了个"支架"。

他另一只手越过她的肩膀，毫不客气地夺过舒则捏着的纸片塞进外套口袋，懒声说："这是我帮她写的，不需要班长帮忙。"

姜絮言的后背能感受到对方说话时胸腔的震动，她紧张得忘了甩掉搁在她头上的手。

舒则没回头，眼神暗了下去，他盯着台上的表演者，喃喃道了句："哪儿都有你。"

这句话只有姜絮言听见，她飞快地扫了眼舒则，小声舒了口气。

原本不安的心绪因为张知陈的出现渐渐缓解。

她没再回头，目不转睛地看着表演，默默地感受着头顶的重量和背后男生身上源源不断散发的热气，明明两个人一句话都没说，可就是有种无形的安全感包裹着她。

张知陈看出了她的不自在，所以才从队尾过来的吗？

姜絮言眨了眨眼，直到表演结束，头顶的重量消失，她才敢动。

广播里male小主持人用高亢的嗓音宣布运动会正式开始，各班回到指定的帐篷下休息等待，参赛的运动员根据赛程和广播提前半小时去检录处检录。

挤在一起的人群顿时散开，高三（1）班的帐篷在操场最西边的阴凉地，离国旗台这里有一段距离。张知陈不紧不慢地跟在姜絮言身后，封远凑过来笑嘻嘻地接过手机："谢啦张哥，待会儿买冰水给你喝。"

张知陈笑着骂了句"臭小子"，封远点开视频简单看了看，发现后半段画面非常稳，下意识地笑问："哥你手太稳了吧，简直像架在三脚架上拍的一样。"

张知陈扬眉瞧着前面的姜絮言，漫不经心道："算是吧，'三脚架'蛮乖的。"

周围的空气有片刻安静。

人形三脚架姜絮言忽地停了下来，张知陈也跟着站定，耷拉着笑眼看她。

她抿了抿唇，随后加快步伐走向帐篷。

郑荣正在帐篷那儿收参赛人员的自我介绍，姜絮言这才反应过来纸条还在张知陈兜里，愣怔的工夫，张知陈走进帐篷里，抬眼间，两人视线相撞。

没等她开口，张知陈直接走到郑荣旁边，将外套里的纸条递了过去。

广播台催得急，郑荣也没细看，只要有人交他就一律收起来，不一会儿收齐后就急急忙忙走了出去。

老师一走，帐篷里的氛围顿时轻松起来，同学们开始享用起用班费买的零食和饮料，一时间嬉笑声和玩闹声成了背景音。

第一个项目就是男子50米跑，广播站开始通知参赛的选手前往检录处检录。

张知陈闻声脱掉校服外套，露出里面的黑色短袖，小臂上浮起的青筋犹如山脉，脖颈修长喉结线条流畅，神情桀骜。

真的担得起俊美两个字。

体育委员将属于他的号码牌递过去嘱咐他现在就戴上，然后抓紧时间去检录。

姜絮言嘴巴动了动，想要过去说声加油，可一想到张知陈调笑的目光脸颊就热了起来。

张知陈背对着她，似乎感受到了她的目光，拿着号码牌转身走到她面前。

他比她高出一个头，张知陈垂着长睫，漆黑的眸子里印出她的杏眼。

姜絮言仰头对上他的视线，长睫不明显地轻颤了一下，她放缓呼吸，垂在两侧的手捏紧衣角。

他看过来，目光落在她身上。

"帮我把号码牌戴上，我够不着。"张知陈说着将号码牌塞进她手里。

手腕与他的指腹擦过，留下点点烫人的触感，姜絮言垂下眼闷闷地"嗯"了声，避开交汇的目光，张知陈乖乖转过身，手叉腰，背脊挺得笔直，后颈棘突明显，蓬勃的少年气扑面而来。

姜絮言的嘴角几不可见地翘起，露出一个不明显的笑容。

她细白的手在张知陈宽阔后背的映衬下显得非常小，她小心地将别针穿过衣服。

在张知陈即将离开帐篷的时候，他忽然掉转脚步重新走到她面前，微微俯下身看着她柔软的脸，用只有两人能听到的气音说："等我结束过来找你。我会陪你一起跑完3000米。"

他没有让她不要跑，而是要陪着她一起。

姜絮言深吸口气，抬睫迎上张知陈的目光，笑得很乖："比赛加油，我相信你。"

张知陈似乎很喜欢听她说，她相信他。

果然，他眸子一颤，顿时扬起一个无比阳光温暖的笑。姜絮言看得入了迷，甚至发现他颊边还有一道可爱的褶皱。

"好。"

趁着上午还不是太热，学校几乎把所有的跑步项目都放在了上午进行。

男子50米结束后就是女子3000米，因为下半年即将在梧城举行青少年马拉松比赛，所以学校对长跑项目非常重视，想着挖掘一些长跑小能手，未来代表学校参赛。

张知陈走后不久，郑荣还特意回了趟帐篷嘱咐姜絮言要加油，但他瞅着对方瘦弱的小骨架，心里也没抱什么希望，临走时添了一句："要是难受就停下，不用勉强。"

姜絮言乖乖点头。

她其实想去看张知陈比赛，可是她必须提前去检录，中间时间安排得很紧，等通知的广播一响她就得过去。

姜絮言艰难地给自己戴上号码牌，简单整理了一下碎发，正要走出帐篷，抬眼瞧见一个女生突然从操场的方向朝她摆了摆手，然后小跑到了她的面前。

女生是一班的语文课代表，姜絮言只在交作业的时候和她说过话。

"体育老师叫你，说是要和你讲一下关于3000米的注意事项。"女生顺了顺呼吸，眼神飘忽，看起来有些心虚，"就在器材室那边，她让我来叫你赶紧过去。"

"3000米的注意事项？"姜絮言皱了皱眉，"她上课的时候不是提过了吗？"

女生表情僵了一瞬，但很快便恢复正常，她再开口时声音放大，看起来不太耐烦的模样："我怎么知道？我刚要去广播站找朋友，她就突然拦住我让我来叫你，你爱去不去，反正话我带到了。"

说罢，女生转过身重新朝操场跑去。

姜絮言看着她的背影，迟疑地张了张嘴，想叫住她，可女生跑得极快，仿佛身后有洪水猛兽似的，很快就没影了。

器材室在操场的最北边，靠近观众席的位置，是个独立修筑的小平房，堆放着所有体育课会用到的球类和器材。

那个地方蛮偏的，但因为处在阴凉梧桐树下，所以每次上体育课大家都爱聚在那块纳凉，时间一长，体育老师也习惯在器材室前整队。

姜絮言犹疑地看向器材室的方向，因为距离远，她也分辨不清那里到底有没有人。

其实上课的时候体育老师只简单提了一下关于长跑的注意事项，并没有细讲其中的要领，在得知一班是她参赛的时候，还无奈地叹了口气。

如果真是老师临时要嘱咐她呢……

姜絮言抿了抿唇，看了眼腕表，离检录的时间还有十分钟，来回一趟也足够了。

她平时和语文课代表没什么交集，对方应该不至于绕半个操场来耍她。

就算是假的……还是去验证一下吧。

这么想着，姜絮言迈开步子向器材室小跑过去。

离那里越近周围越冷清，运动会需要的器材已经在前一天就搬到指定地点了，器材室的门虚掩着，破旧的窗户被封死，平房附近一个人都没有。

姜絮言小喘着停下来，她打量了眼四周，没瞧见一个人影。

她平复着呼吸，迟疑地走到门口附近，脆生喊道："李老师！你在吗？"

回答她的是树叶被风吹动的沙沙声，以及连绵不断的蝉鸣，除此之外就是诡异的安静。

姜絮言眉头一皱，感觉有些不太对，她盯着黝黑生锈的铁门，下意识地往后退了一步，耳朵在此时敏锐地捕捉到一个窸窣的鞋底摩擦声。

等她反应过来要跑开的时候，后背突然被人猛推了一把。那人的力道极重，姜絮言身体失衡不由自主地向前扑倒，狠狠砸在虚掩的铁门上，护在身前的手臂顿时传来酸麻的刺痛。

"啊！"

门因为这一下被整个撞开，姜絮言也摔进了器材室里，膝盖和手肘狠狠砸到不平整的水泥地上，小腿疼得阵阵发麻。

姜絮言挣扎着撑着地面想要站起来，可是眼前的光亮开始消失，她意识到了什么，惊诧地扭头看向门口。

徐珈曼正站在那儿，居高临下地盯着她。

徐珈曼握着门把手，慢慢把门合上，眼睛却一眨不眨地看着惊慌的姜絮言。

"不要！"姜絮言凭着求生的意志连忙从地上爬起来，伸出手想要扒开越来越窄的门缝。

可徐珈曼没有给她这个机会，在她扑过去的前一秒，重重关上了门，器材室里顿时被黑暗笼罩，只有头顶的窗户照进来一道阳光，灰尘在光中浮动，死寂又阴冷。

姜絮言抓着门把用力往里拉，随即落锁的声响昭示了她这个行为的可笑。

"徐珈曼！放我出去！"她的心猛地跳了跳，然后她开始急促地拍打陈旧的铁门，"你要干什么！我警告你，赶紧放我出去，下一项比赛就是我上场，老师他们找不到我肯定会起疑的！"

　　她试图让徐珈曼知晓这个行为的严重性，可只听见对方冷冷一笑："那又怎么样，大家只会以为你不想跑所以躲起来了。"

　　姜絮言喉头一紧，心里彻底慌了。

　　徐珈曼将钥匙扔进口袋："姜絮言，提醒你一下，别想着翻窗，这里的窗户都是被封死的，唯一开着的还在头顶，你要是想从那翻出来，到时候摔伤了别怪我。"

　　徐珈曼以手做遮挡，抬眸看了眼热烈的阳光，心情颇好："我今天不太想看见你，所以委屈你一下，老实在里面待着吧，等天黑我就放你出来。

　　"晚上见。"

　　撂下这三个字，徐珈曼轻蔑一笑，踏着轻快的步伐朝广播站走去。

　　今天舒则是广播站的播报员，她得去找他玩。

　　姜絮言隔着门板听着越来越远的脚步声，心也渐渐落到了谷底，她深吸了口气，器材室里发霉的味道窜进鼻腔，她不适地皱了皱鼻子。

　　不行，不能就这么被关着，她得去参赛。

　　思及此，她开始不停地拍打着门板，边制造响动边高声喊着救命，试图吸引有可能路过附近的人。

　　可持续了几分钟，一个回应都没有。

　　这里太偏了，而且现在整个学校的人都集中在西南边，没有人会无聊到来这里。

　　姜絮言背靠着门板滑坐在地上，昏暗的空间里静悄悄的，只有她略显粗重的呼吸声和急促的心跳声。

　　她双眼没有焦点地盯着对面墙上位置偏高的窗户，阳光从那漏进来，是整个空间唯一的光亮。

　　手肘和膝盖上的疼痛此刻明显起来，她轻轻"嘶"了声，借着亮光发现手肘和左膝盖已经破皮流血了，动作间脚踝也有细微的不适。

　　她看着膝盖上冒出的血珠，眼前升腾起一层薄雾。

　　姜絮言用力闭了闭眼，想要把这股没用的情绪抛掉，她不能就这么算了，先不说到了晚上徐珈曼会不会真的守约来放她，张知陈在赛道上没有看见她，以他的性子肯定会把学校闹得翻天覆地。

　　想到这儿，姜絮言咬着唇瓣，忍着身上的疼痛，踉跄地走到天窗底下，看清了屋子里的情况。

　　那些完好的器材都被搬走了，只剩下了一些破损淘汰的。

　　角落堆放着垒成半人高的防摔跳高垫，一个垫子很重，姜絮言吃力地搬起最上面的一张，拖到窗户底下倚墙摆好。

接连搬了三张，以防自己真的摔下来受伤。

她试探性地踩着垫子够了够窗户，发现还有将近半米的距离。

姜絮言泄了力气，她站在垫子上扫视着屋内，目光随后落在那个被淘汰的助跳板上。

这边，张知陈不出所料以第一名的成绩结束了 50 米短跑，围观的女生爆发出热烈的尖叫，封远立刻狗腿子似的送上冰水，张知陈接过拧开喝了一大口，视线在女生堆里搜寻。

没看到姜絮言，这会儿她该来跑道边候场了吧。

他开跑前就听到广播提醒 3000 米检录的通知，这会儿他都跑完了，检录再慢也该结束了。

张知陈撩起衣角擦了擦额角的汗，精瘦的腹肌露了出来，带着运动过后还未平息的爆发力。

"封子，看见姜絮言了吗？"

封远看了看场周，摇摇头："没有，她好像还在帐篷那儿。"

张知陈跟着看向帐篷的位置，眉头微蹙，把水扔给封远，也不管接下来的流程，朝着一班的方向跑去。

"姜絮言呢？"

体委闻言愣了愣："她早走了。不是去检录了吗？你在跑道那儿没看见她？"

张知陈眉骨下压，汗顺着肩颈滑落，在胸前印出一小片湿痕，他语气不善："她什么时候走的？有没有人陪她？"

体委被他看得心里发虚，磕巴道："我也没注意，但我记得她好像和周菲菲说了两句话，之后就急急忙忙地走了……"

"周菲菲？"张知陈眉头瞬间收紧，追问，"她俩说话的内容你听见了吗？"

体委连忙摇头："没有。"

张知陈脸色一沉，将外套扔到椅子上，气势很吓人。他冷眼望着帐篷里零星的学生，声音低哑着压迫："周菲菲人呢？"

大家缩了缩脖子，面面相觑，有知道的弱弱提了句："她好像去广播站了。"

张知陈手叉腰，舌尖顶了顶左腮，虽然面无表情，但他额角鼓动的青筋还是暴露了他此刻的怒气。

舒则不就是广播站小主持吗！

广播站是临时搭的小棚子，几张桌子一拼，摆上两个话筒，舒则和另一名女生负责播报，还有两名学生负责稿子内容。

这会儿棚子底下热闹非凡，高三部的几名风云人物都聚在了那儿，徐珈曼和周菲菲围在舒则旁边，状似不经意地高声聊着天，时不时发出娇俏的谈笑声，想引起男生的注意。

舒则面无表情，仿佛入了定，视线落在面前的一份稿件上。

是姜絮言的自我介绍。

但上面的内容和他早上看见的完全不一样。

舒则出神地盯着那张纸，直到一道阴影落在他眼前，他才恍然抬头。

张知陈双手撑在桌前，俯下身冷冷地看着他。

舒则有一瞬间的恍惚，他觉得自己好像回到了从前。

他一厢情愿地缠着姜絮言，结果被张知陈警告，让他离姜絮言远点。

那个时候，对方就是这副仿佛要把他吃了一般的表情。

思及此，舒则毫无波澜的双眼泛起涟漪。

真讽刺，再来一次，好像什么都没变。

他还是局外人。

因为张知陈的突然来到，广播站的空气都凝滞了下来，徐珈曼微微皱眉，手下意识地摸了摸口袋，里面的钥匙还在。

她深吸口气，稳了稳心神，脸上并不显慌张。

可周菲菲的心理素质明显比徐珈曼差很多，她瞧见张知陈过来的瞬间脸色就变了，眼眸转动，眼神飘忽，一副心虚害怕的模样。

"有事吗？"舒则拿起桌上的稿件，并不看他。

张知陈审视的目光越过舒则落在斜后方的周菲菲身上："班长，能跟你借个人吗？"

周菲菲垂着脑袋，闻言身子抖了一下。

舒则抬起眼睑，顺着张知陈的视线看过去，见对方是周菲菲，他极轻地挑了下眉："随便。"

这句"随便"让周菲菲抖得更厉害了。

她本来就不擅长说谎，都是徐珈曼缠着她说只要带个话给姜絮言就行了。

愣神的工夫，张知陈已然站到了她和徐珈曼面前。

她抓紧了徐珈曼的手，可没想到对方却突然甩开了她。周菲菲惊愕地盯着空荡荡的手，抬头却撞上徐珈曼轻飘飘又带着威胁意味的眼神。

"周菲菲是吧。"张知陈轻晒一声，眼里却没有一丝笑意。

周菲菲瞬间后背一僵，苍白着脸不敢看他。

没想到张知陈却话锋一转："徐珈曼叫你把姜絮言带哪儿去了？"

四周安静下来，徐珈曼眼皮一跳。

周菲菲满脸诧异，却见张知陈正冷冷地盯着徐珈曼，众人的视线也随之落在徐珈曼身上，一时间徐珈曼成了焦点。

其实一班的人都清楚徐大小姐不待见姜絮言，暗戳戳带领着女生小团体排挤她，很多不想掺和的女生也因为不想和徐珈曼作对从而默认对姜絮言冷暴力。

待会儿 3000 米就要开始了，跑道上到现在还没有出现姜絮言的身影，结合张知陈的话，不难猜测肯定是徐珈曼又做了什么"好事"。

徐珈曼顿时眉头紧蹙："张知陈，你什么意思？我干什么了？"

"你干什么你心里清楚。"张知陈撩起眼皮盯着她，语气降到了冰点，"说，姜絮言在哪儿？"

徐珈曼气笑了："我怎么知道？她去哪儿了你不应该比我更清楚吗？"

"徐、珈、曼。"张知陈冷冷蹦出这三个字。

气压又低了几分，徐珈曼心头一顿，但还逞强地梗着脖子："我说了我不知道。"

张知陈冷哼："不知道是吧。"

他抬手摸了摸眉尾，熟悉他的人清楚，这是他压着火时惯常的动作。

"那我带你去老郑面前回忆回忆。"

说罢，张知陈修长的指节收紧，他装作要伸手去扯徐珈曼卫衣的帽子。

徐珈曼吓得大叫起来，不断向后退，直到一双温度极低的手横在了她面前。

舒则微蹙的眉眼落进她的眼里，徐珈曼像抓住了救命稻草，连忙扯住他的衣袖："舒则。"

张知陈嘴角轻扯，手插进兜站定在舒则面前，等他开口。

舒则淡漠的目光落在徐珈曼的身上，那张从小就不悲不喜的脸此刻带着严肃的神情："姜絮言在哪儿？"

姜絮言艰难地将助跳板抬到垫子上，因为常年不用，板上已然积了一层灰，灰尘随着晃动漂浮在空气中，她难免被呛到，接连打了两个喷嚏。

细弱的喷嚏声在空旷的房间里回荡，姜絮言吸了吸鼻子，看了眼昏暗阴冷的四周，冰凉的手倏地握紧，随后又看向头顶唯一能逃生的窗户。

她抿紧唇，压下心头的不安，小心地爬上垫子，手扶着墙壁，轻轻踩在助跳板上。

因为垫子太过柔软，她落脚的瞬间助跳板便往旁边歪过去，姜絮言差点失去平衡跟着倒下，心脏急速跳动起来，害怕的情绪突然涌上心头。

她就算真的踩稳了翻出去了又怎么样呢，窗户距离地面有将近三米高，没有保护措施她贸然跳下去肯定会受伤。

还不如等到晚上徐珈曼给她开门，那还能留个"全尸"，起码奶奶不会担心她。

姜絮言爬了下来，慢慢蹲在地上抱住膝盖，无力地闭了闭眼。

张知陈现在是不是在到处找她？

她都能想象得出男生焦急的表情，也不知道他会不会发现她在这里。

这么想着，姜絮言叹了口气。

她又给张知陈添麻烦了。

耳边隐隐传来操场上热闹的声响，伴随着众人此起彼伏的欢呼声。

姜絮言眼睫轻颤。

"姜絮言！"

在女生陷入自己情绪的时刻，一道由远及近的呼喊钻进耳朵里，直至心脏。

这个声音她太熟悉了。

"……张知陈？"姜絮言不确定地低喃道，跟着摇摇晃晃地站起来，走到门边提高了音量，"张知陈，我在这儿！"

"姜絮言！"

张知陈终于得到了回应，脑海里紧绷着的弦霎时松开，胸口急速起伏，他跑到器材室门口，拍打着门板："姜絮言，你在里面吗？"

姜絮言抽噎着隔着门板回应他："我在，我在里面！"

从门被徐珈曼合上开始，她就怕得要死。

可她强迫自己压下那股没用的情绪，强迫自己冷静，忽略四周那压得人喘不过气的黑暗。

她其实非常怕黑。

"别怕，我在呢。"张知陈不停地用言语安抚她，"你往后躲着点，我试着把门撞开。"

姜絮言哑声说道："好，你小心点。"

张知陈拽了拽门上的大锁，又打量了眼生锈的铁门，后退两步，用尽全身力气撞了上去。

"砰"的一声，铁门发出巨响，可却纹丝不动，只有木质门框的碎屑掉落在地。

张知陈感觉自己左半边身子都撞麻了，他压着嗓子闷哼一声，不想让姜絮言听见。

"怎么样？"姜絮言担心道。

"还行，我再试试。"张知陈沉着脸，声线平直。

"这门很重的，你别试了，到时候没撞开，你再受伤了。"姜絮言阻止他，语气着急，"张知陈，你听见了吗？"

张知陈没回答她，随之又是一下接着一下的猛烈撞击。

姜絮言呼吸一滞，走到封死的窗户前从细缝里往外看，却只能看见张知陈不断撞向门板的身体，男生露在空气中的胳膊已经红了一大片。

"不准撞了！"她急得红了眼眶。

可张知陈仿佛入了魔一般，还是不停下。

他不敢停，他不能让她继续待在里面。

姜絮言看向垒好的跳高垫，之前被她抛掉的念头又燃了起来："上面有个天窗，我正打算从那儿翻出去，你在下面接我一下。"

听到这话，张知陈总算停了下来。

"你放心往下跳，我会接住你的。"

张知陈站在窗户底下昂头看向已经将一条腿伸出窗外的姜絮言，大声指挥。

姜絮言额前已经冒出一层细密的汗，她轻喘着朝底下看，将近三米的距离虽然不算高，但要是直接往张知陈身上扑对方肯定会摔倒。

"我自己跳下去就好，你不要接我！"

她冲底下喊道，另一条腿也伸了出来，姜絮言整个人坐在窗台上，盯着地面，心跳得极快。

"比赛要开始了，你还想不想跑了！"张知陈根本不听她的，定定地站在她下落的位置，双手打开，"想跑就别犹豫，往我身上跳！"

姜絮言紧抓着木框，脸色苍白得不像话，倔劲上来了："你让开！"

张知陈沉着脸叹了口气，眉骨抬起，深深地凝视着她。

两人无声对峙着，最终是张知陈先败下阵来。

他手叉腰轻轻往后退了两步，直到远离降落范围，姜絮言才松开眉头。

她调整着呼吸，摆正双腿的位置，心存侥幸地觉得这样可以让自己不至于崴脚，风裹挟着梧桐独有的味道，带走了她身上的热气，冷汗从背后冒上来。

姜絮言闭上眼睛，往前慢慢挪动着，随后跳了下去。

风擦过耳旁，撩起她散落在鬓角的碎发，预想中的疼痛没有产生，反倒是有一双强壮有力的手臂抱住了她，惯性给打断，她慌乱地抓住那只手臂，猛地睁开眼，撞上张知陈深邃漆黑的眼睛，心脏一顿。

"啊……"

坠落的瞬间，不知是谁吃痛地闷哼了一声，姜絮言整个人倒在张知陈的怀里，身上完好无损，甚至都没沾到一点尘土，反倒是身下的男生后背砸在地上，发出肉体撞击的闷响，姜絮言侧脸贴在他胸前，发圈松开，黑色的发丝荡漾在他胸口。

张知陈长长地舒了一口气，整个人泄了力气般躺在地上，看着白云浮动的蓝天。绿意盎然随风摇摆，周围的一切都静止了，他紧了紧抓在姜絮言肩膀上的力度，感受着发丝拂过脖颈的痒，鼻息间都是洗发水香气。

他喉结动了动，喃喃道："到底谁倔呢。"

说话时胸腔的震颤让姜絮言回过神，她转过小脸，双手撑在男生两侧，抬起身子居高临下地瞪着他。

两张脸此刻只有一尺的距离，张知陈顿时感觉整个人都僵了："没受伤吧？"

姜絮言眼神专注，想骂他。

算了。

"你以后再不听我的，我就不理你了。"姜絮言垂下眼，圆润的杏眼呈弯月形，"张知陈。"

"在。"他立刻哑声接道。

姜絮言抬睫，终于四目相对："你疼不疼？"

张知陈目光微顿，随后挑了挑眉："蛮疼的。"

姜絮言松了口气。

姜絮言扶着张知陈从地上起来，不放心想搀着他去医务室，可3000米即将开始的广播在这时响起，姜絮言见他走路跟跄的样子心里已经决定放弃比赛了，可没等她开口，张知陈就轻轻挣开了她的手："比赛去吧，不是说有信心吗？"

"可是……"姜絮言迟疑地看着他，显然现在对她来说张知陈更重要。

"我没事儿。"张知陈站直身子，扶着她的肩膀往操场的方向轻轻一送，嘴角扬起懒散的弧度，"你先去，我就在终点等你。"

姜絮言摇了摇头，还想说些什么，张知陈却抬手打断了她："乖，我待会儿就过去。"

这声乖彻底让她不再反驳，她最后担忧地看了他一眼，转身小跑去了操场。

在姜絮言的身影远到变成一个虚影时，张知陈的肩膀终于塌了下来，他苍白着脸抬手按在后脑勺的位置，一阵刺痛从那里席卷到全身。

高挑的男生支撑不住瘫倒在地上，他死死咬紧牙根，疼得视线都模糊起来，宛如有人拿着凿子一直不停地敲打后脑，疼得几乎到了难以忍耐的程度。

意识迷茫间，他感到周遭的温度陡然下降，落在紧闭眼皮上的阳光也消失了，就像突然堕入了黑暗的虚空之中，他下意识慌乱地抓着周遭的一切，可什么也够不到。

这种状态只持续了几秒，随即他又感觉自己正躺在一张柔软的床上，鼻间传来医院独有的消毒水味道，耳边响起渐渐清晰的滴滴声。

他想要睁开眼睛，可眼皮仿佛千斤重，根本醒不过来。

心跳得越来越快，意识也越来越模糊，就像飘浮在空中的云，没有落点，在虚空中飘荡，心头的惶恐也越发浓重。

他是不是要死了？

这是张知陈脑海里蹦出来的第一个念头。

可下一秒，场景转换，身上的疼痛陡然消失，脚底也落了地，眼皮上的重量消失，他立刻睁开眼睛，可入眼便是黑暗。

黑到像是世界都熄灭了。

张知陈呼吸急促，他慌张地四处张望，终于在身后不远处看见一道不太明显的光亮。

本能让他立刻朝着那道光奔去，可当他终于跑到光圈前，看见的，竟然是他自己。

不对，应该是十八岁的他。

身着蓝白校服的张知陈背对着他，肩颈笔直，听到动静慢慢转过身，目光冷冷地望向他。

三十岁的他和十八岁的他，正面对面，彼此直视着。

张知陈呼吸沉重，他伸出手想要碰一碰对面的人，可刚抬起手，面容稚嫩神情桀骜的少年却猛地眉头紧蹙，满脸的戾气和厌恶。

"滚出去！"

这一声叫醒了他。

再次睁开眼，张知陈发现自己还躺在器材室附近，身上完好无损，除了后脑轻微刺痛，再无其他。

他坐起来目光凝视着前方，唇色苍白没有血色，出了一身的冷汗。

刚刚看见的张知陈……难道原本是这个时空的吗？

这个猜测让张知陈浑身的血液都凝固了。

如果是真的，那小张知陈的灵魂是被他挤到了刚刚那个黑暗无边的空间了吗？

张知陈忍不住心跳失衡，他抬手摸了把脸，没有发现自己微微颤抖的双手。

按道理他一个唯物主义者，实在不应该如此没有科学依据地去猜测那个毫无逻辑的噩梦。

可一闭上眼，微弱光圈里小张知陈那狠戾的眼神就会出现在脑海，其中的怨怼挥之不去。

张知陈眉头轻蹙，喉结上下滚动，脸色苍白如纸，他偏头注意到不远处地面上静静躺着的黑色发圈。

心口钝钝地发疼。

这是姜絮言刚刚落下的。

他盯着发圈，表情怔然地拿起，轻轻套在手腕上，动作轻柔小心，像是对待什么十分珍贵的宝物。

抬头望向操场跑道的位置，他突然冒出点名为自私的情绪。

而且这股情绪愈演愈烈，犹如燎原之火，灼烧着他的神经。

就算猜测是真的，就算不符合他所有认知的科学逻辑，就算……

张知陈鼻间酸涩，嘴角自嘲轻扯，他知道自己这样霸占着别人的人生很无耻，但只要一想到可以陪在姜絮言身边，即使是身处错误的时空，即使要舍弃掉原本时空里获得的所有，不管是荣光还是任何虚名，他都不在乎了。

在宇宙面前他太渺小，渺小得宛如游荡在银河中的星屑，没有依托，可以任意被其他行星吸引，成为随波逐流的漂浮物。

从失去姜絮言的那一天开始，张知陈就已经是被放逐的星星了。

就让他自私一次吧。

在这个他偷来的时空里，他想陪着姜絮言，看着她健康幸福地活下去，哪怕没有他在身边，也可以无所顾忌地走向未来。

离操场越近，广播催促选手进场准备的声音越清晰，姜絮言不自觉地加快步伐，但刚起步的瞬间右脚踝就传来隐隐的不适感。

她皱了皱眉，想起被徐珈曼推进屋里摔倒时脚踝往里别了一下，疼痛并不明显，是可以忍耐的程度，但跑完 3000 米肯定够呛，绝对会肿好几天。

广播这会儿开始播报参赛运动员之前上交的自我介绍，姜絮言心一提，将忧虑甩掉，加速跑起来。

"一号杜薇，身为高三（2）班的体育委员，她性格开朗活泼，团结友爱，擅长各种球类运动，也是去年女子 3000 米的冠军……"

"二号文田田，高三（6）班的学习骨干，做事严谨认真，是老师的好帮手，同学们的好学委……"

…………

舒则和另一名女生轮流念着修改过的稿子，读到三号的时候她终于跑到了赛道起点，李老师正站在旁边手里拿着发令枪，踮着脚不停在人群里搜寻着什么，直到姜絮言挤进围观的学生里，她才表情一松，立马走过去。

"去哪儿了你？比赛要开始了知不知道？"李老师见她披散着头发，额头冒着汗，语气焦急，"快点到你的跑道上准备。"

姜絮言咽了咽唾沫，也没空回答李老师，连忙走到属于她的第四跑道上，刚喘口气打算俯身重新系鞋带，舒则那陡然冷淡下来的声音就响彻在操场上空。

"四号姜絮言，身为高三（1）班的颜值担当，虽然不善言辞，但待人却非常温柔，学习认真刻苦，乐于助人，时常帮助班级成绩靠后的同学……"

听到第二句开始，姜絮言平静的眼眸便起了波澜，搭在鞋带上的手指不自觉地收紧，微喘的呼吸都下意识放缓，认真听着每一个字。

这并不是她绞尽脑汁想了三天憋出来的干干巴巴的自我介绍。

有人将她的那份给换了。

那个人是谁，不言而喻。

姜絮言蹙着眉微低下头，系着鞋带的手指轻颤，用力眨了眨眼。

"虽然不善言辞，但待人却非常温柔。乐于助人，时常帮助班级成绩靠后的同学。"

姜絮言红着眼翘起唇角。

原来在张知陈眼里她优点这么多啊。

舒则面无表情地读完稿子，另一名小主持立即接上开始念下一个。

他眼睫低垂，在眼下打出一小片阴影，显得整张脸越发死气沉沉。

在看到这份稿子的时候，他承认他的心有片刻波动。

舒则抬起视线，看向跑道上长发披散背脊笔直的少女，眼底划过一丝他自己都没有察觉到的温柔。

他不禁想起曾经，在运动会这天姜絮言对他说过的话。

"班长，你是不是也觉得很无聊？"

那会儿姜絮言没有报名任何比赛，又没有相熟的朋友，只能乖巧地坐在帐篷里，浅眸好奇地四处打量，在某个方向撞上了他偷看她的目光。

四目相对，舒则第一次显出慌乱的神色。

她以为他也是被热闹抛下的人，搬着凳子坐到了他旁边。

舒则没有看她，迟钝地点点头。

"那我们做《五三》吧。"她浅笑着，从包里掏出数学资料，"你昨天问我的那道题，我昨晚做出来了，《五三》上就有相似的题型。"

舒则讶异的情绪只维持了两秒，随即便被她异常认真的语气可爱到，垂头轻笑了一声。

"班长，你刚刚笑了。"

舒则抿了抿唇，恢复了面无表情。

"这还是我们做同桌以来，我第一次看见你笑。"姜絮言边翻开《五三》，边随口说，"就应该多笑笑，气质都温暖了。"

这是自他出生到现在，第一次有人将他和温暖这两个字挂上钩。

那一刻的悸动对舒则来说，犹如排山倒海，他觉得新奇，更无法招架。

也不想招架。

舒则收回视线，捏着稿纸的手倏地收紧，稿纸被揉成一团，藏在了他的手心。

好可惜啊，有的东西他穷极一生都得不到，可张知陈只需动动嘴皮子，说点好听的话，就能轻易抢走。

发令枪嘣地炸响，在起点线前的六名选手宛如离弦的箭，奋力奔跑起来。

秋老虎让在场的每个人心头都惹上躁意，但加油打气的热情依旧不减，这是上午最重头的一个项目，几乎所有闲着的人都来观战了。

封远举着手机将摄像头对准暂时第一的杜薇，不敢漏掉一帧画面，连张知陈走到他身后都没察觉。

"现在什么情况了？"男生沉沉的嗓音自脑后响起。

封远抖了下，扭头见是张知陈，立刻汇报战况："现在已经是第三圈了，杜薇遥遥领先，甩第二名好远。"

提到喜欢的人臭小子没出息得眼睛发亮。

张知陈不自觉地紧张起来，挤到了前面，终于在最后看见了姜絮言的身影。

她现在是最后一个，但长跑前几圈的情况并不能决定输赢，最后冲刺才是关键。

姜絮言这样慢慢跑保持体力是可行的办法。

张知陈目光紧跟着她，从苍白的脸到微微跟跄的右脚，眉头皱起。

她的脚，不对劲。

是不是往下跳的时候崴到了？

思及此，在姜絮言即将路过他时，张知陈在边界线外沿着跑道跟她一起慢慢跑起来，声线发紧："慢慢跑，记得调整呼吸。"

听到张知陈的声音，姜絮言抬眸看过去，见他没什么事悬着的心总算落了下来。

她抿唇点了点头，稍稍提了点速度。

"要是难受就停下。"他继续说，"别硬撑。"

本是宽慰她的话，可落到姜絮言耳朵里莫名让她提起一口气，原本因为脚踝而犹疑的步伐坚定起来，速度又加快了不少。

眼见着刚刚还"岁月静好"的姜絮言突然铆上了劲开始加速，张知陈微微一愣，还没反应过来，他已经被她甩开一大截。

张知陈停下脚步，双手叉腰，注视着姜絮言瘦弱的背影，朝过来的封远说："我是哪句话让她生气了？"

封远茫然地眨眨眼："你是不是嘲讽人家了？"

嘲讽？

别硬撑原来是嘲讽吗？

张知陈头疼地挠了挠后脖颈。

时间越接近晌午，阳光越热烈，橡胶跑道在曝晒中散发出难闻的味道，让本就因为缺氧而呼吸急促的选手愈加难受。

第五圈的时候大家的体力和耐力都明显跟不上了，连杜薇的脚步都开始滞涩起来，连拖带甩地凭着意志往前跑，表情已经无法控制，变得狰狞痛苦起来，但她还是保持着第一的名次，身后原本紧跟的脚步声已经越来越远，杜薇情不自禁地勾了勾唇，心里已经在为接下来的夺冠预演了。

观赛的众人以班级为单位聚在一起，一班位置上聚集的人却寥寥无几，他们都不相信姜絮言能拿名次，能不能跑完全程都是问题，但随着第五圈的结束，围观的众人都渐渐噤了声，一班的人也慢慢从帐篷里走到赛道边，面面相觑，视线落在那个瘦小的身影上。

从第六圈刚开始，一直处在最后的姜絮言突然开始发力，只见她紧抿着唇，胸膛上下起伏，眼角泛红，明明是难受极了的状态，却在转弯处生生超过了原本跑在她前面的人，随后紧紧跟在杜薇身后。

杜薇注意到突然窜过来的人，心下一惊，呼吸和脚步也跟着乱了，姜絮言逮住她这个失误，在第二个转弯处越过了她。

整个操场像被按下了暂停键，诡异地安静起来。

谁都想不到这个看起来白白瘦瘦到能用弱不禁风来形容的女生竟然会在3000米上跑过杜薇，简直是开玩笑！

站在人群中的郑荣惊得下巴都快掉了，反应过来后急忙掏出手机开始拍视频，心道市里的青少年马拉松比赛人选看来一班有希望争取一下了。主席台上眯着眼犯困的杨承也不自觉地睁大了眼，看清那个领先的女生真是姜絮言时，脸色一沉。

操场上的安静只维持了两秒，随后便爆发出更为激烈的声响。

二班的人看着自家班委被超，一整个被虐到，开始扯着嗓子帮杜薇加油打气，一班装死不说话，只有封远两头都要顾，一会儿帮杜薇加油，一会儿看张哥脸色替小姜美女摇旗呐喊。

此刻的姜絮言已经听不到任何声音了，只能感受到耳旁呼啸的风和随风飘扬的长发，其实这会儿她已经快到极限了，右脚踝的不适在第三圈时就已加重，她紧咬着牙才硬撑到现在，这会儿反而麻木了，还不如开始加速拼一把。

张知陈在线外一直紧跟着她，视线寸步不离，眉头也越来越皱。

他盯着姜絮言苍白如纸的脸，还有一浅一深的脚步，心疼得发颤，想劝她停下，可又清楚女生的臭脾气，绝对是他一开口她就会加速，到时候摔倒更严重。

姜絮言和杜薇呈一前一后的位置，中间隔了半米的差距，只要其中一人稍有变化局势就会改变。

很快来到第七圈，还有不到三百米，终点已经拉起了红线，李老师紧张地看着朝她奔来的两人，在心里给姜絮言打气。

看到终点线的刹那杜薇眼睛一红，这是她保持了两年的荣誉，她要代表学校参加马拉松比赛，绝对不能输在这里。瞧着前面姜絮言的背脊，杜薇狠狠咬了咬牙，提着全身的力气加速，可对方就是比她快一步，不管怎样都无法逾越这半米。

在最后五十米冲刺的阶段，姜絮言开始耳鸣，眼睫被汗水打湿，她眨了眨眼，肺部发疼，鼻子突然泛酸。

她好想哭，莫名地委屈。

为了一样别人瞧不上的奖品，她几乎豁出了命，徐珈曼这会儿见她这副样子心里一定笑死了。

就在走神的瞬间，不堪重负的右脚踝猛然一阵刺痛，姜絮言下意识地低呼一声，步伐踉跄，整个人朝前扑了过去。

四周的空气陡然凝滞，一切宛如升格镜头拍摄的画面，漫长到让人屏住呼吸。

姜絮言在距离终点线不到五米的位置摔倒了，杜薇乘胜追击在下一刻仰头冲过了红线。

狂欢声在人群中爆发，众人朝着杜薇围了上去，她慢慢停下来，扶着膝盖大口大口地喘气，脸上都是胜利的喜悦。

姜絮言似乎摔蒙了，趴在那儿，不知过了多久，可能只有几秒钟，但对她来说好漫长。

那些狂欢仿佛是透过玻璃罩传来的，她听不真切，脚踝发胀的痛感也恍若消失了，她抬起头，眼角湿润，碎发黏在颊边，茫然地看着终点前抱成一团的众人。

脑海里仿佛有一根线断了似的。

她输了……吗？

鞋子没了。

那她这么拼命干吗？

一瞬间，可笑和无力的情绪将她席卷，直到张知陈仿佛怒吼的叫喊响起，她才恍然惊醒。

"姜絮言！"

熟悉的声线刺破了阻隔她的罩子，清清楚楚地落进耳朵里，连带着周围的一切都恢复如常。

姜絮言扭头看向身后，第三名还有小半圈才能追上，只要她现在立刻起来就能获得第二名。

李老师也同样焦急道："姜絮言！还差一点！站起来继续！"

在这个紧张急迫的时刻，姜絮言没空再去想其他，本能地挣扎着站起来，拖着右脚踉跄走过终点红线。

李老师立马吹响震耳的口哨，宣布着亚军的产生。

踏过红线后，艰难跑完3000米的姜絮言终于撑不住了，由于在长跑中突然摔倒，运动中的身体还没有缓过劲就被迫打断，外加脚踝的疼痛，她这会儿只觉得整个人像被狠狠挤压过一般，呼吸都困难。

眼前发黑晕倒前，后背被一双温暖有力的手臂接住，张知陈身上清淡的皂香钻进鼻子，减缓了头晕带来的恶心感。

张知陈搂着人往怀里带，另一只手穿过膝窝，将晕倒的女生稳稳打横抱起，朝着校门口走去。

郑荣担心地跟上来："人怎么样了？"

张知陈后牙紧了紧，喉结滚动："晕了。"

听到晕了郑荣心脏猛跳："快，快送医务室！"

"都这样了还去什么医务室？"

眉眼锋利的男生紧了紧手臂，嗓音沙哑，说出的话带着不易察觉的颤抖。

"打120。"

郑荣："啊？"

张知陈眉骨下压，脸色十分难看："叫救护车送医院！"

"哦，哦好。"

等待期间，张知陈一直不敢低头看姜絮言的脸。

他赤红着眼死盯着路口，怕瞧见小丫头毫无血色的模样，自己会哭出来。

没错，他就是这么没出息。

在姜絮言的问题上，怕得要死。

张知陈抿紧唇，紧紧抱着她，胸口深处传来连绵不断的钝痛，跟有把没开刃的刀在心头磨着一样，但不见血。

♡ 第八章
我给你兜底

再睁眼，姜絮言发现自己躺在病床上，手背输着药水，浑身酸痛。

她茫然地皱了皱眉，想要动一动，可刚抬起手，就被人捉住了。

姜絮言眼睫一颤，流转的视线和张知陈相撞。

呼吸稍顿，她指尖一僵。

张知陈脸色好差，眉头紧蹙着，深邃漆黑的眼睛里是她看不懂的情绪。

他好像在生气。

这个认知让姜絮言鼻子一酸。

张知陈看着避开他视线的女生，两人无声对峙着，直到他哑着嗓子，说出打破沉默的话："渴不渴？"

姜絮言更加往被子里缩，眼眶泛起阻挡不住的热意，她垂着长睫沉默两秒，随后闷闷地"嗯"了声。

张知陈走到饮水机边接了杯温水，脖颈线条流畅修长，浑身透着生人勿近的疏离清冷。

姜絮言一眨不眨地盯着他看，直到男生转身才垂下眼。

"小口喝，别着急。"张知陈扶着她坐起来，把水杯送到她嘴边。

"姜絮言。"他忽然叫她。

姜絮言抬眸，四目相对。

空气一时间安静下来。

张知陈深深地看着她，仿佛有千言万语要说，可最终说出口的，却是另一番话。

"脚踝没什么大碍，就是扭到了，休息两周就好了。"他语气平淡，脸上没了姜絮言初醒时的紧绷。

"嗯。"姜絮言不知怎么的有点失落，看着身上带着消毒水气味的被子，点点头。

"还有。"

男生低哑好听的嗓音再次传来，把她那颗莫名委屈失落的心提起。

"恭喜你获得了 3000 米长跑比赛的亚军，真的超级厉害。

"你做得很好，我为你骄傲。"

姜絮言眼睫一颤。

此刻已是傍晚，窗外暖黄色的余晖落在张知陈身上，长睫被光覆上一层雾蒙蒙的滤镜，少年正注视着她。

晚风温柔，一切都慢了下来。

病房里的氛围无人忍心开口打扰。

相对无言却胜过一切。

雾气模糊了视线，姜絮言抿着唇，手指捏紧被角，长发遮挡住张知陈看向自己的目光，一颗接着一颗的眼泪滑落，砸在被子上，连喉咙都控制不住地冒出一声呜咽。

明明是称赞的话，可却让她的委屈越发浓烈。

她所有的忍耐，在张知陈面前顷刻烟消云散。

眼前的这个人看穿了她的逞强和委屈，却半分不提，只用最温柔的嗓音告诉她——

你做得很好，我为你骄傲。

这句话胜过所有，砸在她心上，带着排山倒海的力量，她招架不住。

自从父母去世后，已经有好久好久都没有人对她说过这句话了。

一直以来，姜絮言都在茫然无措中被推着长大，她无师自通地在黑暗里踽踽前行，不知道自己做得是好是坏，那就只能按照她所认为的标准里最好的来。

学习要争第一，不然奶奶会伤心。

必须听话，降低欲望，因为她是父母双亡跟着奶奶四处躲债的孩子，她没有资格去任性，要满足别人对她的期待。

可时间一长，一切都变成了理所应当。

她懂事乖巧，成绩优异是理应的，甚至奶奶也这么认为，老人家只会在看到她熬夜学习时哀叹她不能给孙女更好的。

姜絮言不需要她说的那些更好的。

她要的……只是一句辛苦了，或者一句，你一直以来都做得很好，你是我的骄傲。

明明是最简单不过的一句话，足够安抚她成长中的所有惶恐，可就是没有人对她说。

张知陈安安静静地坐在她床边，不发一言，无声地陪着她。

他抬起手，指腹蹭了蹭姜絮言的眼角。

他感受到女生身子一僵，慢慢止住了抽泣。

她抬眸迎上他的目光，红透的眼睛微微发疼，鼻音浓重，很认真地说了句："谢谢。"

谢谢，谢谢你没有戳破我脆弱的自尊。

谢谢你愿意将我当成你的骄傲。

更谢谢你能出现。

至少让我觉得，人生并不全被不幸充斥。

张知陈闻言轻扯唇角，沉默两秒才暖声说："水要凉了，快喝吧。"

按照他以往的性格，听到姜絮言如此客气的谢谢，他绝对会说出调笑缓和气氛的话。

可他这会儿不能说，那只会让姜絮言觉得他不认真。

他要给她足够的信任和安全感。

手里被塞进了温水杯，暖人的温度从掌心蔓延至心口，姜絮言小口喝着水，悄悄抬睫瞧他。

张知陈正帮她叠衣服，从这个角度看过去，他眉眼低垂，坚毅的五官半明半暗，给人说不出的安全感。

"怕你奶奶担心，我就没让老郑给她打电话。"在她出神间，张知陈扭头看她，正好捕捉到女生偷看他的视线。

姜絮言怔住，忘了移开。

张知陈走到窗边将玻璃窗开了条缝，徐徐的微风顿时挤进来，驱散了些许闷热。

"点滴打完我送你回家。"他背靠在窗边，身形高挑，看着她笑，"有什么想吃的吗？"

姜絮言直直地望着他，下意识地回道："都行。"

"牛肉锅贴还是小馄饨？"他轻声问。

"小馄饨。"

"行，那我们就去吃小馄饨。"张知陈挑眉笑了笑，走到她床边蹲下，状似无意地拿起她的鞋子看了看。

姜絮言没注意到他这个动作，将纸杯放在床头柜上，活动了下脚踝，还是有些痛。

等她再抬头，张知陈已经站了起来，拿起空掉的纸杯又接了杯热水给她："再喝点，你一天没吃东西了，胃会受不了。"说罢从口袋里拿出一块巧克力剥开包装纸放在她手心，"还有这个。"

姜絮言接过听话地塞进嘴里。

又过了半个小时，点滴终于打完，张知陈扶着她下床，紧接着自然地蹲下要帮她穿鞋。

姜絮言红着脸制止他："我自己来。"

张知陈抬头看她，似笑非笑："针眼不流血了？"

"……不流了。"姜絮言心虚地将手背在腰后蹭了蹭,自己慢吞吞地穿鞋。

她避开已经肿起来的脚踝,小心翼翼地将球鞋穿好,只是在看到鞋尖磨损的地方时目光微滞,脚也跟着往后收了收,想要避开张知陈的视线。

张知陈注意到她的小动作,不动声色地越过她装作收拾被褥。

姜絮言明显低估了扭伤的严重性,在她站起来,鞋底触地的瞬间,仿佛有道电流从脚腕处窜至全身,她疼得倒抽了口凉气,连忙扶住床沿,抬起右脚。

她皱了皱眉,苦恼间,张知陈蹲在了她面前。

"我背你。"张知陈目视前方,不容置疑的嗓音响起。

姜絮言下意识地拒绝:"不用……"

"等你挪到门口我已经饿死了。"张知陈偏头睨她,嘴角含笑。

姜絮言张嘴想说些什么,可一对上这双眼,就什么都说不出来了。

姜絮言垂眸叹了口气,松开抓着床沿的手,慢慢弯下腰,手按住张知陈的肩膀让自己上半身小心地靠在男生的背上。

许是嫌弃她动作慢,张知陈向后一捞,猛地把人按在背上,随后手臂穿过她的膝窝毫不费力地站起身,稳稳背着她。

姜絮言被突然失重的感觉吓到,连忙抱住他的脖子防止自己掉下去。

张知陈臂弯挂着她的校服外套,稳稳地背着她走出医院。

彻底黑下来的天幕上缀满了星星,月光真切地洒在两人身上,姜絮言悄悄将下巴搁在张知陈的肩头,半合着眼,鼻息轻缓,垂在耳侧的发丝被风撩起。

太稳了,稳到她渐渐陷入沉睡。

"言言?"

睡意蒙眬间,她听见有人叫她的小名。

"嗯。"她闭着眼从鼻子里哼出一声,软软的,很容易被忽略。

张知陈目视前方,闻声放低了嗓音:"睡着了?"

"嗯……"

被吵到清梦,姜絮言皱了皱眉,蹭着他的肩膀将脸转到他脖侧,轻缓的呼吸顿时扑在张知陈的耳后。

"呵……"张知陈后颈微僵,无奈地轻笑一声,紧了紧力道,继续朝前走,语带宠溺地轻叹道,"看来真是累了。"

本来想让她抬头看看此刻的夜空,顺便带她认认星星,谁知道已经睡了一下午的女生又睡过去了。

算了,等下次吧。

以后多的是机会。

暖色的路灯下,少年脚步坚定,直视着前方,嘴角不太明显地上扬,懒散又温柔。

接下来的几天郑荣准许姜絮言在家休息，等伤好了再上学。

休息的日子里脚踝好了大半，走路已经不疼了，只是走路看起来还有些不自然。

国庆假后上学的第一天，学校便开始颁发运动会的奖品，夺冠最多的班级获得荣誉奖状，每个项目的冠亚季军有不同的奖励。

姜絮言是在下午最后一个课间被叫去的办公室。

采光极好的办公室被霞光铺满，郑荣笑着朝她招招手，等人站在办公桌前他从桌子底下拿出一个盒子。

看清盒子上印着的字时，姜絮言心口被撞了一下。

这是鞋盒，还是班上女生最爱穿的牌子。

姜絮言慌张地抬起眼睫，不太确定地看着郑荣，紧张期待的神情让郑荣都愣了愣。

"3000米长跑亚军的奖励，拿去吧。"郑荣温和地笑了笑，将鞋盒放在她面前，伸手可触的位置。

姜絮言没有碰，她怔怔地望着鞋盒，眼睫轻颤，整个人被失而复得的喜悦包围。

好开心，开心到她甚至都不敢打开。

沉默片刻，姜絮言抿了抿唇，抬起怯怯的手指，捏着盒盖边缘，慢慢打开鞋盒。

一双粉白相间、做工精细的跑鞋映入眼底，品牌的 Logo 十分显眼。

她从没见过这么漂亮的跑鞋，比徐珈曼的那双还要漂亮。

笑意从眼角荡开，蔓延至整张柔软乖巧的脸。

郑荣瞧着突然明亮起来的女生，眼睛不自然地瞥向窗边，只见站在走廊上的张知陈正透过窗户定定地注视着满脸欢喜的女生，紧接着状似无意地离开，走向洗手间。

抱着鞋盒回到教室刚坐下，抬眼就撞上徐珈曼看过来的目光，姜絮言没有一刻停顿，淡淡略过。

自从这几次被徐珈曼整过之后，姜絮言面对她反而没有任何顾虑和忌惮的情绪了。

这个人无药可救，抛开家世和长相，其实就是个被宠坏的公主。

徐珈曼瞧见对方无视她的模样，原本压下去的怒火又被点燃，她注意到姜絮言手上的鞋盒，目光微顿，偏头问周瑶："我记得冠军的奖励是鞋啊？"

周瑶小声道："听说这次 3000 米冠军的奖励是现金，杜薇今早就拿到了，中午请全班喝了奶茶。"

闻言，徐珈曼从鼻子里嗤笑一声："她运气可真好。"

周瑶瞧着她的眼色没敢接话。

姜絮言小心翼翼地将鞋盒塞进桌肚，桌前却在这时投下一道阴影，她下意识地抬头，看清了来人，微微诧异。

周菲菲一脸尴尬，躲闪着目光，不自然道："恭喜啊。"

姜絮言疑惑地眨了眨眼："什么？"

"恭喜你得了亚军，没想到你跑步这么厉害。"周菲菲扯了扯唇角，尽量让自己直视着姜絮言，声线紧绷，"那个……对不起啊。"

姜絮言眼睫一动，看着周菲菲没吭声。

自从运动会那天帮徐珈曼哄骗姜絮言到器材室之后，这几天周菲菲都过得很煎熬，她以为姜絮言或者张知陈肯定会来找她麻烦，再不济也会和老师打小报告。

当时徐珈曼找周菲菲帮忙的时候说的并不是要关姜絮言，而是说她和姜絮言发生了点矛盾，对方一直不理她，想在比赛前双方好好聊聊。

周菲菲听到这个理由的瞬间内心嗤笑，到底是谁不理谁呢？全班都看得出来是你带头冷落人家。

可她不敢拒绝徐珈曼，对方在女生圈子里很有话语权，她不想成为下一个姜絮言。

说到底她和徐珈曼半斤八两，冷眼旁观自保的人有时候比施暴者更可恶。

战战兢兢熬到了上学这天，老师那却什么动静都没有。周菲菲庆幸的同时，愧疚自责的情绪也将她吞没。

道完歉，周菲菲紧张地盯着地面，等着姜絮言的冷眼嘲讽，可过了好一会儿，对面都没有任何反应，她犹疑地抬起头，对上姜絮言慌张的眼睛。

这次轮到周菲菲怔愣起来。

她眼见着姜絮言嘴巴微微开合，局促地扣着手指，似乎是想说些什么，可又不知道该如何应对。

"呵……"周菲菲没忍住，被姜絮言这副着急的模样可爱到，抿唇轻笑出声。

姜絮言满脸窘迫，暗骂自己不善言辞，她从没经历过这种场面，一时间竟什么也说不出来。

"对不起，上次是我的错，我不应该帮着她骗你。"周菲菲止住了笑，语气比刚才更加诚恳抱歉，她顿了顿，鼓起勇气，"其实我觉得你的作文写得特别好，每次收作文我都会悄悄翻出来看，我非常喜欢你的文笔。"

她扶着姜絮言的课桌，身子往前倾，笑意明媚："待会儿放学后要不要一起去逛书店？我想买几本作文参考，你帮我看看。"

姜絮言心头一动，连忙红着脸点点头，眼睛亮晶晶的："好啊！"

张知陈从洗手间回来瞧见姜絮言和周菲菲说笑的场景，挑了挑眉，思索片刻随后嘴角一松，懒懒地笑了一下。

晚自习结束后，姜絮言怀抱着鞋盒慢慢悠悠往家走，虽然脚步还是一浅一深，但看起来明显心情不错，张知陈跟在身后还能听见她断断续续哼歌的声音。

他低声叫住了她："姜絮言。"

姜絮言停下扭头看他，嘴角含着浅浅的笑意。

张知陈手插兜懒散地走到她跟前，从兜里拿出一样东西递到她面前："给你的，拿着。"

她低头看过去，是一部白色的翻盖手机。

姜絮言呼吸稍顿，没有接："给我这个干吗？"

"手机当然是给你打电话用的。"张知陈捉住她的手腕，把手机放在她掌心，"我不希望再出现上次的情况。"

"找你找不到，像只无头苍蝇干着急。"

他轻浅低哑的声音随着风飘到她的耳朵里。

姜絮言没敢看他："我不要，太贵了。"

张知陈知道她会拒绝，已经提前想好了可以让她接受的说辞："这是我之前用过的旧手机，只能打打电话，里面就存我一个人的号码，借给你用的。"

少年刘海低垂，姜絮言即使没抬头，也能感受到他的注视："遇到不会的题目，可以打电话问你吗？"

姜絮言心跳杂乱，指尖微缩着握住了手机，投降一般："知道了。"

见她收下，张知陈松了口气，他倒退了几步，站在路灯下，扬了扬下巴："我走了。"

姜絮言抓着手机，恍惚点点头。

这一天她遇到的好事太多了，多到有点超出她的承受能力，开心之余又有些害怕，担心未来又会有更多的不好出现。

这个世界是守恒的，人无法做到永远幸福。

说要走，可张知陈却纹丝不动，姜絮言迟疑地转过身，在即将踏进巷子里时，她下意识地偏头看向身后。

张知陈背对着昏黄的灯光，看不清楚脸，脖颈笔直，发丝随风在光影里舞动。

姜絮言收回视线，踏进黑暗里，走到门口时她停了下来，低头打开手机，熟悉了一下操作方式，她点开通讯簿，里面只有一个备注着张知陈的号码。

她眼眸微闪，拨了过去。

"嘟……嘟……"

打通后只响了两声，那边就接了，随后便是沉默，似乎都在等着对方先开口。

巷子里安安静静，姜絮言不知道他走没走，她握紧手机贴在耳旁，听见了张知陈的呼吸，低声道："明天出成绩。"

"嗯。"令人耳膜发麻的低沉嗓音透过听筒钻进耳朵里，"你可以验收成果了。"

他低低笑了声，姜絮言摸了摸耳垂。

"我这次应该考得不好，数学卷子没有做完。"她咬了咬嘴唇，"我可能不是第一个选座位的了。"

听到这话，张知陈哑声："嗯……"

"菲菲今天说想和我做同桌。"

张知陈："你怎么回的？"

姜絮言眨了眨眼，抬头看着静谧的夜空："我说我不想坐前面，离黑板太近了，我眼睛受不了。"

张知陈哼笑出声，给她台阶下："那就坐后面，离垃圾桶近，扔垃圾方便……"

"张知陈。"姜絮言轻声打断他，"我尽量选靠后的位子，考得好的不会和我抢。"

"所以呢？"张知陈明知故问，非要她自己说出来。

姜絮言皱眉，声音高了点："所以祈祷你这次成绩能有进步吧。"说完便挂了电话。

突然被挂，张知陈盯着手机勾起唇角。

还不好意思了。

回到家姜絮言刚放下手里的东西，王卉便端了盆热水放在床边，嘱咐道："言言，先过来泡脚，泡完奶奶再帮你揉揉脚踝。"

这些天多亏了奶奶睡前帮她热敷和按摩，她的扭伤才能好得那么快。

姜絮言乖巧地哎了声，走进卫生间洗漱完，刚出来就瞧见王卉已经打开了鞋盒，目光探寻地看过来。

"前几天不是运动会吗，我报名参加了比赛，得了亚军，这是学校奖励的。"姜絮言笑得眼角弯弯，走过去小心拿出崭新的鞋子，献宝一样，"奶奶，给你穿，鞋码37，正正好好，这个鞋底可软了，走多远都不会累。"

"这是你们小孩穿的，奶奶用不着，我那布鞋穿着可舒服了。"王卉立刻推过去，"你赢的东西，自己留着，奶奶不需要。"

听到这话，姜絮言心口泛酸，她吸了吸鼻子，笑得更明媚了："我不用的，您就拿去穿吧，那布鞋都磨破了，您当我没看见啊。"

王卉脸色一板，小声反抗："缝缝照样穿。"

姜絮言笑道："好歹去人家家里打扫的时候穿双好鞋，给人看着也是舒服，心道这还是个爱美的老太太。"

听到孙女这话，王卉失笑："你呀，我这年纪还什么爱美不爱美的。"

姜絮言乘胜追击："您笑了，那我把标签摘了，明早起来您要是不穿那我也不穿，这鞋就供着吧。"

"知道了，你这张小嘴，就光会哄我。"

姜絮言笑了笑，将崭新的跑鞋整齐摆在门口，听到王卉接着说："我现在干的那家的孩子听说也在今阳念高三，今天中午我第一次见，女生还叫我奶奶来着，可有礼貌了。"

"是吗，叫什么呀？"姜絮言没在意，坐到床边开始泡脚，随口问道。

王卉"啧"了声："不知道，她爸妈都喊她'囡囡'，没听到过名字。"

姜絮言不在意地点点头："是吗？"

第二天上午公布成绩，一班是理科重点班级，基本上只要在一班能名列前茅，那在年级总榜上也是佼佼者。

众人下课后围在公告牌前，指着红榜议论纷纷。

这次的年级第一不是一班那个转来的女生，而是一班的班长舒则。

而姜絮言掉到了总排名五十名开外，位处一班第二十名。

众人对此并不惊讶，以往年级第一都是舒则，果然上次摸底考就是意外，正式考试还得看舒学霸。

大家接着往后看，在第二排最末尾的位置却瞧见了一个令人大跌眼镜的名字。

张知陈？第七十九名？

众人面面相觑，脸上都是不可置信。

演的吧？同名同姓吧？

三年考试从没有进过前五百的人，学校里臭名昭著的差生，竟然考进了前一百？

这比姜絮言夺走舒则的第一更让人难以相信。

人群里顿时爆发出压抑克制的讨论声，时不时还有目光投向前方的某个位置。

只见话题的中心人物，正插着兜神情散漫地站在公告牌前，盯着第五十八名，姜絮言的名字看，完全不关心自己的名次，一点开心得意的样子都没有。

姜絮言帮着周菲菲分完改好的语文试卷，两人姗姗来迟，只能在人群后踮着脚看名次。

"看见了看见了！你五十八名！"周菲菲伸长脖子，尽力从人群的缝隙里看排名，"我六十二！比上次还进步了！"

姜絮言听到自己的名次短暂地叹了口气，但很快恢复，笑道："我说你这次肯定进步。"

周菲菲高兴着，随即反应过来，她噘了噘嘴，捏了捏姜絮言的手指："都怪老杨冤枉你们，不然加上数学的分数你肯定能进前五。"

姜絮言笑着摇了摇头："我没事，下次再努力就好。"

周菲菲见对方神情自然，没有逞强的意思，才放下心，挤进人群继续看榜，嘴里突然低声暗骂："我去，张知陈七十九？"

"骗人的吧，他能考到全年级第七十九名？"周菲菲语气染上惊诧，扭头像看奇珍异兽一般盯着姜絮言，"言言，是因为你帮他补习的缘故吗？天哪，你也太神了！"

姜絮言在听到七十九这个数字时整个人就怔住了，似乎比周菲菲还要震惊。

年级七十九名……已经可以进一班前三十名了。

不到一个月的时间，一个人真的可以从倒数进步这么多吗？

姜絮言眼睫颤动，恍惚抬头，和斜前方同时看过来的张知陈视线相撞。

男生冲她眨了一下眼睛，似乎在说："看吧，真的有惊喜。"

随后嘴角上扬，自己都忍不住低眉轻笑。

两人隔着拥挤的人群，无声对视着。

姜絮言感觉心里有根弦在此时被轻轻拨动。

她想不到什么穿越时空或者灵魂变换，她此刻脑海里蹦出的唯一想法就是——张知陈真的很聪明。

其实这一个月里她的作用并不是很大，张知陈属于一点就通的类型，基本上她只要说出题目主要考查的知识点是什么，对方立刻就能反应过来写出解题思路。

他口语很好，从不嘲笑她的口音，反而会一个单词一个单词地帮她纠正。

懂得也很多，看出来她喜欢天文，张知陈经常会和她讲一些她从未听过的天文知识，他总能找到最诙谐易懂的方式，一点也不枯燥，像循循善诱的老师，引领她去接触浩瀚浪漫的宇宙。

聪明温柔细心，满身的优点。

这就是张知陈。

一座被他自己掩埋多年的宝藏。

张知陈突飞猛进的成绩自然也令郑荣大吃一惊，大课间他特意将人叫到办公室。

"老郑，上次的赌算我赢吧。"张知陈没什么正形地背着手站在桌前，眼睛带笑。

郑荣眉头紧锁，上下打量他，仿佛第一次认识，满脸质疑："真是你自己考出来的？"

"不然呢，还怀疑我作弊吗？你要是不相信现在可以随便找套卷子让我做。"张知陈耸了下肩，语气无奈。

郑荣听到他这么信誓旦旦的话不禁迟疑，联想起最近听到的风言风语，还有昨天张知陈拜托他送鞋的事："你和姜絮言什么情况？"

张知陈眼尾微挑，表情淡了下去，直言："她最近在帮我补习，我看她因为没得冠军很失落，就想借您的手送点东西。"

这句话倒是打消了郑荣的疑虑，怪不得张知陈这成绩进步速度堪比火箭。他端起保温杯拧开盖子，想起了什么，用杯盖指了指他，眼神犀利："我警告你不准招惹人家。"

张知陈闻言低眉轻哂，拖腔带调："知道了。"

上课铃响，两人一起走进教室，全班安静下来，郑荣来到讲台前，扫了眼底下，随后道："现在开始换座位，全体到走廊上按成绩排好。"

话音刚落，底下传来窃窃私语，郑荣叫了声安静，众人才闭上嘴移步到走廊。

姜絮言正要起身就被舒则的声音绊住。

"很开心吧。"

姜絮言拧眉，侧头看他。

舒则嘴角挂着笑，黑眸却很冷："终于要摆脱我了。"

又开始了。

姜絮言没精力去应付他，没吭声，站起来就要走。

"就这么不想和我说话啊。"舒则轻轻自语，眼底宛如沉静冰凉的湖底，没有一丝温度。

舒则想起前一世，也是在月考后换座位的时候，姜絮言考得很好，反倒是他发挥失常，降到了第四名。

那会儿她怎么做的来着？

舒则站在队伍前列，迎着阳光眯了眯眼。

"班长，我要不还坐这儿吧。"她小声询问他的意见。

舒则好奇："你考了第一名，为什么不选更前面的位子？"

姜絮言没有直接回答，她苦恼地趴在桌上，轻声说："班上的同学我基本不熟，新的同桌我怕相处不好。"

前五名里她只和舒则熟悉，一时间要面对陌生的同桌，心底莫名地惶恐，在坐习惯了的位子上会好受点。

舒则心口被轻轻撞了下，泛起痒，脱口而出："那你还选这里，等我过来。"

姜絮言抬起头，对上他的视线，眼尾上扬："真的？"

舒则状似不经意地移开视线："嗯。"

那个时候，她看不出他对她的迁就，后来，她故意忽略他对她的特别。

舒则从回忆中回过神，下意识地摸了摸自己的左手背，当意识到这会儿那里光洁完整时，不禁愣怔。

眼底的幽暗更深了。

"等会儿。"郑荣制止了要进教室的舒则，朝队伍后方招了招手，"先让张知陈选。"

大家的目光顿时向后方望去，瞧见某位进步神速的"黑马"大摇大摆地走到前门，越过舒则，直奔原来舒则的位子坐下。

姜絮言盯着他，下一刻，她的目光被张知陈捉住，但对视只持续了短短一秒，对方便若无其事地移开。

张知陈选的位子，还有刚刚映在她眼底的眼神，都太直白了。

这个人不会拐弯抹角，胆子也很大，就算郑荣还在前面，他都敢明晃晃地告诉她。

——赶紧过来坐在我旁边。

张知陈拽着一张脸，自带生人勿近的气场，没人敢坐在他旁边，大家也心照不宣地知道他在等谁。

舒则在他坐下的瞬间就走进教室，在第三排中间的位子落座。

他抬睫扫了眼窗外走廊上的姜絮言，深吸了一口气，很快移开视线。

不管是前世还是现在，他都无法做到像张知陈那样直白热烈，连想和她自然地说说话，出口的也是下意识的讥讽。

片刻，舒则嗤笑一声。

他反思什么，他才没有错。

另一边，徐珈曼心头雀跃，连忙跟上去，注意着舒则的脸色在他身旁落座。

可不管她小声打招呼，抑或有意说笑，对方依旧是那副疏远的模样，连个应付的笑都没有。

徐珈曼识趣地闭上嘴，自嘲地勾了勾唇。

很快便轮到姜絮言，她几乎没有犹豫地走向教室后方，在好事者的视线里坐在张知陈旁边，也就是她之前的座位，连书都不用挪了。

她坐得端正，背脊挺得笔直，从后面看显得有些僵硬。她像平常一样翻开单词本开始认真默背起来，企图忽略旁边某人强烈的存在感。

想让这奇怪的、心照不宣的氛围减淡点。

"姜絮言。"

张知陈似乎看出了她在刻意无视他的视线，主动用笔尖点了点她的桌面。

姜絮言心头一跳，默背的思绪被打乱，抬眸看着他白净修长的手指，几不可闻地"嗯"了声。

"新同桌新气象。"他带着笑的嗓音十分好听，"能不能赏个面子，开心点。"

四目相对间，姜絮言黑眸明亮，嘴角扬起一抹浅淡的笑。

张知陈也跟着笑了笑。

阳光落在两人身上，柔得仿佛自带滤镜，舍不得侵扰。

晚上回到家，刚进门王卉就叫住了她："言言，快过来，奶奶给你带了好东西。"

姜絮言换下鞋子，转身见奶奶一脸笑意，也跟着笑道："什么好东西呀？"

"你过来。"王卉将一个小布袋拿到桌上，献宝似的朝她招了招手。

姜絮言走过去，好奇地朝着袋子里看，发现是三双鞋子。

两双帆布鞋，一双球鞋，看起来都很新，款式亮眼，非常漂亮，很适合她这个年纪的女生。

姜絮言微微一怔，探寻地看向奶奶："这是……"

这几双鞋看起来就很贵，绝不可能是王卉买的。

王卉笑了笑，将鞋子拿出来，整齐地摆在桌上："今天我忙完正要离开，那家的姑娘就叫住了我，从柜子里拿出了好几双她不穿的鞋，说让我带给你穿。"

王卉观察着孙女的脸色，解释道："我看都挺新，她也说就穿过几次，都是名牌，扔了怪可惜的，我就收下了。"

姜絮言拿起一只看了看鞋码，37，正正好好。她低声问："她怎么知道我的？"

王卉坐下给姜絮言倒了杯热茶："中午吃饭的时候她好奇问我怎么年纪这么大了还出来工作，我就简单提了下家里的情况。

"听到你和她差不多大的时候，那姑娘可开心了，还给我塞了零食让我带给你。"说到这儿，王卉又从袋子里拿出几盒昂贵的饼干。

姜絮言眸光微动，心头冒出点不太舒服的感觉。她清楚自己敏感，但一想到对方是家庭和睦、家境优渥的天之骄女，还和她一个学校，有可能两人平日里在学校就见到过。

这种被施舍的感觉就尤为明显。

姜絮言眨了眨眼，忽略心头的不适，扯唇笑了笑："您记得帮我谢谢她。"

王卉瞧着孙女没露出不开心的表情，心里松了口气："哎！"

她了解姜絮言的脾性，又倔又固执。她给不了孙女更好的条件，姜絮言也从来不强求物质上的好坏，基本都是能用就行，但对于别人用过的东西，孙女向来是不要的。

这三双鞋看起来很新，也没有异味，比她那几双鞋尖已经磨损的鞋好太多了。

姜絮言垂下长睫，指尖碰了碰还散发出淡淡香气的鞋子，低头盯着自己的鞋尖，目光顿了顿。

"奶奶，以后我会挣大钱，让您不用再去工作，有很多很多鞋穿。"她转身走到王卉身后，亲亲对方佝偻的背脊，像小时候一样，将脸贴在上面。

王卉心尖一软，握住孙女的小手，鼻头酸涩："好，奶奶等着。"

周一上课，姜絮言踏着其中一双黑白帆布鞋走进教室，鞋面有个大大的星星Logo，非常好看。

周瑶拿着水杯路过，余光不经意间扫到了姜絮言的鞋子，脚步一顿。

她皱眉盯着那双鞋，表情犹疑，回头看向徐珈曼，对方注意到她的视线，抬了抬眉梢。

周瑶原路返回，坐到徐珈曼前面，眼神示意，压着嗓音说："那双鞋……你是不是有双一模一样的？"

徐珈曼懒懒地看过去，在目光触到姜絮言穿的鞋时，面无表情，并没有任何惊讶抑或是疑惑的神色："那双就是我的。"

周瑶惊疑地"啊"了一声："你的鞋怎么会穿在她的脚上？"

徐珈曼勾起唇角，低喃道："原来真的是她啊。"

"什么？"周瑶没听清，"谁啊？"

"她奶奶在我家做保洁，昨天来的时候脚上穿的是她比赛获奖的奖品。"徐珈曼抬眸冷哼，"我就故意把我穿过的鞋送给她奶奶了，没想到她还真好意思穿到学校。"

听完这话，周瑶都傻了，她嫌弃地瞥了眼姜絮言，语带讥笑："她都不知道她奶奶在你家干活的吗？"

徐珈曼闻言轻笑："看来不知道，要不然脸皮也太厚了。"

周瑶瞧着她的脸色，迟疑道："珈曼，你想干什么？"

刚刚舒则被数学老师叫走了，好像是在说什么竞赛的事，一时半会儿没那么快回来。

张知陈和封远几个男生被使唤去扫卫生区了，能镇住她的人现在都不在。

徐珈曼没吭声，而是拿起桌上的杯子，拧开杯盖，热气飘了出来，她看着冲泡好的红糖姜茶，嘴角扬起一抹笑。

下一秒，周瑶看着徐珈曼慢条斯理地站起来，走到姜絮言旁边，举着杯子十分刻意地倾斜，顿时，深棕色的液体就泼到了姜絮言的脚上，其中不少还落到了她还未好透的脚踝处，烫得她短促地惊叫一声。

白色的鞋面被红糖水染上斑驳的颜色，漂亮精致的鞋子瞬间黯淡。

姜絮言立刻站起来，凳子腿和地面摩擦发出巨大的声音，原本嘈杂的班级逐渐安静。

徐珈曼蹙起眉头，做作地掏出纸巾要帮她擦鞋："哎呀！真不好意思，手滑了刚刚，没烫到你吧？"

没给她反应的时间，徐珈曼蹲下身径自开始帮她擦起来。姜絮言心脏一跳，连忙往后退，不想和徐珈曼有接触："我没事，我自己擦就好。"

说罢就要抽纸去擦，可还半蹲着的徐珈曼却突然"咦"了一声，吸引了大家原本移开的目光。

她抬起头，佯装懵懂地看着姜絮言，指着鞋，声音惊奇："你也有这双鞋啊！"

姜絮言呼吸一滞，后颈僵硬，没有吭声。

周瑶配合地凑过来，低头一看，瞪大了眼："哇，这不是××家的限量款吗，当时就出了一百双，超级贵而且很难买，我记得珈曼你就有一双，还是叔叔从国外带回来的。"

徐珈曼眨了眨眼："是啊，超级难买，我爸也是托朋友才买到的，价格翻了一倍。"她冲姜絮言好奇道，"你这双和我那双好像啊，这个款都绝版了，你在哪儿买的？肯定也不便宜吧。"

两人一唱一和，脸上都带着笑，可姜絮言犹如身坠冰窖，浑身的血液都凉透了。

她苍白着脸，鞋尖动了动，哪还有不明白的。

原来，奶奶工作的人家，是徐珈曼家。

姜絮言眼睫轻颤，注视着对面好整以暇等看她笑话的徐珈曼，不禁拳头握紧，手指发麻。

徐珈曼是故意的。

故意把限量版的鞋子送给奶奶，等她穿来学校，逮住机会羞辱她，再次把她的自尊踩在脚底。

姜絮言长久地沉默，四周开始响起小声的讨论，她好想逃出去，不去面对这个场面。

可徐珈曼不同意。

只见她凑过去，仔细看了看那鞋，又夸张道："等等，这双好像就是我的。"

这句话让整个班级再次安静下来。

姜絮言死死抿紧唇，往后退了一步。

"我的鞋带是另配的，你不可能买到一样的。"徐珈曼捂唇低呼了一声，"王姨不会是你奶奶吧，我昨天把鞋送她了，她说给孙女穿。

"原来你是我家保洁的孙女啊。"

徐珈曼这句话一说完，姜絮言就觉得自己像被人猛地扼住了喉咙，从脚底往上泛起一阵僵硬。

氛围被点燃，众人交头接耳，投射过来的视线有震惊也有鄙夷，所有的一切都像一张密不透风的网，将她裹缠其中。

"天哪，她奶奶竟然是自己同班同学家里的保洁？！"

"还穿了徐珈曼的旧鞋来上学，我替人尴尬的毛病又犯了。"

"还被人当面看见了，要是我我都不想来学校了，太丢脸了。"

听着断断续续传来的议论，姜絮言眼眶泛热，面色苍白地盯着眼前露出一副胜利者姿态的徐珈曼。

此刻她好想逃，从这里逃出去。

脚步刚往后退一步，周菲菲的声音就将她从怔然中唤醒。

"行了！吵什么吵？"

嘈杂喧闹陡然暂停。

周菲菲放下语文书从座位上站起来，朝着全班高声道："没听见上课铃已经响了吗？现在是语文早自习时间，都不背书在这聊什么天。"

说罢周菲菲走到姜絮言旁边，低头察看她被热水泼到的脚踝，那里已经被烫红了一大片，触目惊心。

"都烫成这样了，得快点用凉水冲一下。"她扯住姜絮言的胳膊就要往外走，"我带你去医务室。"

姜絮言模糊的视线重新清晰，她动了动僵冷的手指，回握住周菲菲的手，触碰到对方体温的那一刻，她才感觉总算找回了点温度。

周菲菲给了她一个安抚的眼神，两人从徐珈曼身旁走过，无视那些不怀好意的目光。

徐珈曼抱臂冷冷睨了周菲菲一眼，低声冷笑："现在装这副样子给谁看呢？"

周菲菲后背一僵，脸色沉了下去。

她紧了紧握着姜絮言的手，转过身，抬眸直视徐珈曼，虽然心口发颤，但声音平静："我只知道我现在做得没错。"

撂下这句话，她搂着姜絮言走到后门，刚要出去，却迎面撞上打扫完回来的张知陈。

姜絮言看见张知陈的瞬间便低下了头，将烫红的右脚藏在后面，不让他看见。

见两人早读课期间突然出来，张知陈正要出口询问，余光却扫到教室里的情形，徐珈曼站在那儿，手里拿着水杯，姜絮言坐的那块地面上一片水渍。

姜絮言日记里的一段话从脑海里跳出来。

原来那双鞋是徐珈曼故意给奶奶的，她就是想看我穿上它来到学校，想要让全班人都知道，我是她家保洁的孙女，我依靠她家活着，我只是一个低贱到穿她旧鞋的人。

在徐珈曼说出那句话的时候，我觉得我好像个可怜虫，连反驳她都没有底气。

因为她说的都是真的。

这点让我更难受。

还是发生了。

他以为他把那双新球鞋送给她，就能避免这一遭。

可是有的人，比他想象中的还要坏。

张知陈眉头紧锁，眸色幽深，面庞紧绷，生出令人寒战的戾气。

他挡在后门口，看着姜絮言因为躲开他的注视而低垂的眼睑，视线往下，落在女生烫红的脚踝上。

张知陈紧了紧后牙，没有吭声。

全班的注意力聚焦在后门口，所有人大气都不敢出，等着看张知陈发飙。

徐珈曼心虚地往后退了退，下意识地吞咽口水。

她还记得运动会的时候，张知陈差点就上来拉扯她的模样。

跟个煞神似的。

空气凝滞了两秒，张知陈掀起眼睑，目光冷冷落在教室里的徐珈曼身上，他拿着扫把，上臂擦过姜絮言的肩膀，走进教室。

姜絮言心跳一顿，想要拦住他，可张知陈速度比她快，几步便走到了徐珈曼面前。

被气势汹汹的张知陈吓到，刚才还气焰嚣张的徐珈曼倏地躲到周瑶身后，瞪着眼睛一脸防备。

张知陈面无表情，将扫把换了只手，抬睫冷冷扫了眼吓得不敢说话的徐珈曼，抬起手拿过姜絮言的水杯，里面是她早上刚接的热水，他慢条斯理地拧开杯盖。

热气冒出来，消散在空气中。

徐珈曼盯着他的动作，意识到什么，正要逃开，但张知陈没有给她机会，学着她刚才对待姜絮言的方式，将热水尽数泼在她的鞋子上。

热度立刻穿透鞋面和袜子，落在脚面上，徐珈曼尖叫出声："啊！张知陈你干吗？"

所有人都惊呆了，教室里鸦雀无声，只余徐珈曼的质问和叫喊。

姜絮言怔然地看着站在那一脸淡然的张知陈。

张知陈是在帮她出气吗……

"我要告诉老师，你故意拿热水泼我！"徐珈曼指着他，气极的模样，精致昂贵的鞋子滴着水。

张知陈闻言扯唇冷笑出声，漫不经心地拧好杯子，放在桌上，薄凉的眉眼微抬，直视徐珈曼的眼睛，凌厉又带着警告的意味："去吧，只要你敢。"

徐珈曼脸色一白，双腿僵硬。

她颤着眼睫对上张知陈冰冷的目光，心脏一抖。

对方这次是认真的。

徐珈曼双手握拳，扭头狠狠瞪了眼站在门口的姜絮言，然后在众人的小声议论声中快步走出教室。

姜絮言看着她的背影，心头莫名发慌。

徐珈曼不会真去找老师告状了吧。

"哎……"她下意识地想跟上去和老师解释，手腕却被人擒住了。

回头撞上张知陈低下来的视线，想要说的话生生咽了下去。

他凝视着她："自己能走吗？"

姜絮言低睫轻轻"嗯"了声。

周菲菲眨了眨眼，愣怔地松开姜絮言的另一只手，目送两人慢慢走下楼。

去医务室的路上，两人一前一后地走着，谁都没开口。

姜絮言听着身后的脚步声，惴惴不安。

在走到学校西边的梧桐小路时，姜絮言还是停下脚步，侧身瞧他。

树叶沙沙作响，风里有梧桐独有的气息，张知陈站在树荫里，眼里的情绪分辨不明。

"怎么不穿你赢的那双鞋？"

对视良久，张知陈叹了口气，哑声问。

姜絮言闻言看了眼湿透的鞋，没什么力气道："那双鞋给奶奶穿了。"

她的声音和着风落进张知陈的耳朵里，让他面色一怔。

"你参加比赛就是为了给奶奶赢双鞋吗？"他又问，只是心口钝钝地疼起来。

还真是个……傻姑娘。

张知陈有点无奈，又有点心疼地扯了扯唇角。他走到姜絮言面前蹲下，伸出白净的手，仔仔细细用指腹擦掉鞋面上的水渍。

姜絮言惊了一下，想要后退躲开，他却抬头捕捉住她的视线，漆黑的眸子锁住她，令她不敢乱动。

"对不起。"他突然没头没脑地道了个歉。

早知道就送两双了。

是他想得不周全。

忘了姜絮言是世上最懂事孝顺的好孩子。

有什么好的都不会先紧着自己的，好孩子。

想到这儿，张知陈低下头，掩盖住眼里的哀伤，盯着姜絮言被烫得发红的脚踝，喉结艰涩地滚动，哑声说："下次徐珈曼再欺负你，要记得还回去。"

"就算两败俱伤，也别让自己吃亏，知道你性子软，不会处理这些事情。"他伸出手指碰了碰泛红的肌肤，"但是一味忍让不会让这个世界变好。你要叫出来，把心里的气全都撒出来。"

他抬头："就算全世界都认为你错了，还有我站在你身后给你兜底。"

三十岁的张知陈不会说幼稚又霸道的话，但他会坚定地告诉玫瑰——

即使不符合所有人的期待，也要盛开，用你自己的方式。

初秋的风里裹挟着草木的清香，阳光穿透枝繁叶茂的梧桐温柔地落在两人身上。

姜絮言薄瘦的肩膀轻颤，望着仰视她的张知陈，红着眼重重地点头。

当天徐珈曼就请了假没有再来学校，姜絮言看着前面空荡荡的座位，原本应该惴惴不安的心却意外地平静。

因为张知陈告诉她，没有什么好怕的。

忍耐不是最好的方法。

可当下午郑荣面色凝重地叫她出去，姜絮言意识到，有些人和事，是没有道理可言的。

王卉被辞了，还进了医院。

辞退的理由是徐珈曼回家后感觉自己的抽屉被人动过，一检查发现少了条昂贵的项链。

她一口咬定是王卉起了贼心，以为偷拿一条看起来不起眼的项链不会被发现，于是哭闹着，逼着父母辞退王卉。

闹得警察都来了。

老人家活了几十年，第一次被这么冤枉，还被警察盘问搜身，惊吓和气愤交织，外加心脏本来就不好，情绪激动的时候眼前一黑，捂着心口就晕了过去。

场面顿时陷入混乱，急救车匆匆赶来将人送到医院，幸亏只是情绪波动太大，导致血压升高才晕倒的，休息一会儿就醒了。

徐珈曼看到王卉晕倒的瞬间，蛮横的表情一滞，吓得脸色苍白，以为老人家被她气过去了，后退间不小心撞到茶几角，跌坐在地上，上衣的口袋很浅，被她藏在里面的项链也跟着抖落出来。

站在她身后的警察注意到地上亮晶晶的东西，上前弯腰捡了起来，当发现和徐珈曼嘴里描述的项链几乎一致时，表情沉重。

将王卉送上了急救车以后，现场陷入诡异的宁静。

看着徐珈曼口口声声说被偷的项链从她自己的口袋里掉出来，还蠢得让旁人发现；左邻右舍都看见一上午的时间警车和急救车前后脚驶向徐家，徐家的脸都丢光了；老太太没事最好，万一有个好歹不知道还得惹上多少麻烦，徐家的名誉也会受损。

闹成现在这个样子，都是拜这个女儿所赐，徐母气得就要上前教训她，奈何警察还在，不能失态，只能忍下，拿眼狠狠瞪她。

徐珈曼不敢看母亲的眼神，手指搅着袖口，满眼后怕惊恐。

从小到大，爸妈虽然纵容娇惯她，但前提是不能给他们丢脸，更不能丢了徐家的脸。

家里秉承的行事风格就是小心谨慎，不让人抓住把柄。

徐珈曼今天气疯了，回来瞧见王卉在厨房忙活，大脑失控，只想着给姜絮言点颜色看看。

可老太太干活做事确实挑不出一点毛病，她只能出此下策。

警察将项链放在桌上，语气严肃："你知道污蔑旁人，浪费警力，严重点是要被行政拘留的吗？"

听到"拘留"这两个字，徐珈曼身子一颤，强忍着心虚，低头一声不吭。

徐母连忙揪着她起身道歉："实在对不起，警察同志，她年纪还小不懂事，给你们添麻烦了。"

"年纪小不懂事？"其中一名年龄稍长的警察闻言气极反问，"她都高三了，马上就成年了，不能随便冤枉他人，她不知道？"

徐母优雅精致的脸上浮现出尴尬。

"况且对方还是个年事已高的老太太，这要是当场就被气过去了你们怎么和人家里交代？"

他望向从刚刚开始就一直不说话的徐珈曼，瞧见她脸上丝毫没有后悔自责的神情，更多的是害怕和不服，不禁皱了皱眉，心里叹了口气。

训诫教育了一会儿，徐珈曼不情不愿地跟着徐母去了医院，当面和清醒过来的王卉道歉。

姜絮言从郑荣嘴里听到奶奶晕倒的消息时，吓得心口发麻，立刻就跟着郑荣打车到了王卉所在的市第一医院。

路过教室时她下意识地看向里面，对上张知陈投射过来的视线，姜絮言不想让他担心，装作若无其事地直视前方，只是她此时的脸色，实在算不上好。

张知陈眉头轻皱，直到对方的身影消失才收回目光。

总觉得有事。

他轻轻"啧"一声，烦躁地转着指尖的笔。

两人来到急诊病房，王卉正闭眼躺在那儿，花白的头发凌乱地散开，本就枯黄的脸此刻呈现出一种灰败的感觉。

姜絮言心一紧，鼻子霎时就酸了。

她快步走到床前，握住奶奶冰凉干枯的手，呼吸都泛着酸。

"奶奶。"她弱弱地叫了声，似是怕惊扰到眼前的人。

王卉这会儿意识还模糊，听到孙女带着哭腔的声音眼球微动，慢慢睁开眼睛，安抚性地弯了弯唇。

姜絮言更难受了，她看向跟着王卉来到医院的警察，忙问："到底怎么了？"

警察和郑荣对视一眼，轻声说出事情原委。

最后一个字落地，姜絮言脸上的表情逐渐沉了下来。

徐珈曼……

心脏不受控地加速跳动起来，姜絮言握紧拳，死死咬着下唇，用疼痛来克制自己的怒火。

她为了能在今阳安稳地上学，不让奶奶担心，一直以来都在忍受着徐珈曼毫无道理的排挤和恶意，她本以为徐珈曼不理会不接招，对方玩够了也就觉得没意思了。

可现在徐珈曼竟然伤害奶奶。

对方这次真的是触碰到她的底线了。

郑荣听完事情的经过后脸色也很难看。

徐珈曼向来在老师面前呈现出的就是知礼懂事的好学生形象，在学生堆里也很有话语权，大家都很服这个副班长，是仅次于舒则的老师的好帮手。

可……上次月考过后他暗地里查作弊的事情，当时在本班考场的一个学生偷偷在放学后找过他，说自己亲眼看见是周瑶把橡皮扔到了张知陈脚下，周瑶扔完后还和徐珈曼对视笑了一下，她俩关系最好是尽人皆知的。

他听到后的第一反应就是不相信。

可心里还是存了疑虑，他又叫了当时坐在周瑶和徐珈曼附近的考生问话，得到的答案基本都是否认的，但面对他时其中几个眼神飘忽、话语迟疑，很难让人相信他们的回答。

郑荣从思索中回神，上前安慰一直没说话的姜絮言，却发现对方目光越过他，冷冷望向门口的位置。

他跟着看过去，只见徐珈曼跟在徐母身后，一脸无所谓，甚至连抱歉害怕的情绪都没有。

郑荣猛地皱起眉。

徐母向医生询问王卉的病情，得知没有大碍后长长地舒了一口气，转身扯住徐珈曼的胳膊将人拽到病床附近，精致的脸上堆起假模假式的笑："王姨，您没事吧？真是不好意思，都是珈曼这孩子不懂事，我带着她来给您道歉了，您放心，我回去肯定教育她。"

徐母："您有什么要求尽管和我提，我们一定满足。"

王卉没有力气说话，闭着眼，不想看见她们。

徐母扯了扯一直别别扭扭不肯直面王卉的徐珈曼。众目睽睽之下，徐母脸上开始挂不住，压着嗓子威胁："你最好给我老实点，不然让你爸知道，可就不是教育这么简单了。"

闻言，徐珈曼脸色一变。

她爸要是知道她干出这种事，绝对会让她在家面壁思过，到时候她就见不到舒则了。

思及此，徐珈曼转过身，正要看向床上虚弱的王卉，视线却和郑荣身后的姜絮言对上，瞬间，那些道歉的话堵在了喉咙。

徐珈曼死也不要在这个人面前示弱道歉。

在姜絮言冷到让人心虚的眼神里，她甩开了徐母的手，梗着脖子道："凭什么让我道歉？项链是我在房间地上捡到的，本来在抽屉里放得好好的怎么就出现在地板上了，说明就是她想要偷，结果走的时候不小心给掉了！我把贼赶出我们家，我有什么错！"

女生不知悔改的狡辩和更加不可理喻的指责让本就还难受的王卉怒火攻心，只听徐珈曼话音刚落，床上的老人睁开眼颤着手指向她，赤红双眼哀号道："你胡说八道！我今天就没进过你房间，你，你……"一口气没提上来，王卉抬起的手猛地落下，又晕了过去。

"奶奶！"姜絮言扑到床边，察觉到奶奶手心的温度逐渐冰冷。

她恶狠狠地瞪向徐珈曼："徐珈曼！"

徐珈曼显然也没想到，吓得脸色一白，徐母下意地拽着女儿的手远离病床退了出去。

这次显然比刚才还严重些，心电监护仪发出警报，急诊医生和护士连忙赶过来驱散围在床边的众人，拉着帘子开始抢救。

姜絮言红着眼被郑荣拉到走廊上，没等站稳她就甩开桎梏冲到徐珈曼面前，抬手就要打徐珈曼，却被郑荣连忙拦住。

徐母惊叫一声，连忙抱住徐珈曼。

在场的众人都怔住了，郑荣还是第一次瞧见向来安安静静、内向沉稳的姜絮言有这么大的情绪波动，不过也是，自己的奶奶被这么诬陷，是谁都忍不了。

他失望地看着徐珈曼，对之前作弊陷害的事倒有了些想法。

姜絮言胸膛上下剧烈地起伏着，垂在身侧的手细细发抖。

众目睽睽之下徐珈曼受不了这委屈，推开护在自己身前的徐母，趁着大家不注意，冲到姜絮言的面前就要抓她的头发，幸好郑荣反应快，一把将姜絮言揽到身后，怒斥道："徐珈曼！你要干什么？"

徐珈曼这会儿哪还有功夫去营造自己懂事知礼的好学生形象，她表情狰狞，指着姜絮言："老师，你没看见她刚才要打我吗？一个没爸没妈的野孩子，竟然敢打我，你凭什么拦我！"

徐珈曼从没有把姜絮言当成能和她相提并论的人，对方哪点都比不上她，理应被她压制欺负，在学校和旁人一样看着她的眼色生存。

这么一个人，怎么敢，怎么可以，反抗她。

郑荣被徐珈曼这一番鄙夷瞧不起人的言论弄得脸色难看极了，他加重了语气，皱眉看向徐母："你们家长平时就这么教育孩子的吗？犯了错还这么猖狂，简直无法无天了！"

徐母向来清楚自家女儿心高气傲，但对外还是顾及形象的，她也是第一次听到女儿说出这么失礼的话。

身为从小就养尊处优，结婚后也是什么都不操心的阔太太，徐母哪里经受过这么丢脸的事情，她感觉四周的视线像箭一般刺在自己身上，让她无所遁形，脸色泛红。

"徐珈曼！给我闭嘴！"徐母压着嗓子扯过徐珈曼，瞪着眼睛警告她，"你再胡闹我就打电话给你爸，给我老实待着！"

徐珈曼表情一滞，随后眼泪掉了下来："妈，怎么你也不站在我这边，她要打我你没看见吗？你不帮我出头还叫我闭嘴！"

"别说了！"徐母用力掐她的胳膊，企图让她冷静下来，"这里是医院，我今天的脸已经被你丢光了！"

徐珈曼闻言嗤笑一声："我哪里说错了？你不也私下跟我吐槽过王姨身上一股穷酸味吗！怎么现在倒装得通情达理……"

啪！

混乱的场面随着这一道巴掌声陷入寂静。

徐珈曼侧着脸，微弓着腰，目光涣散地落在地面，随后她难以置信地抬眸望向母亲，眼泪顺着红肿的脸庞掉落。

"冷静下来了吗？"徐母呼吸急促，严肃地盯着她，"徐珈曼，是我太宠你了，把你惯坏了。王姨没事最好，要是有事，你等着你爸怎么治你吧。"

徐珈曼本来摇摇欲坠的心，在听到母亲的话后猛地抖了抖，她终于感受到了害怕的感觉。

她捂着脸跟跄了两步，抬头注意到在场众人异样的目光，羞恼气愤难堪，种种情绪涌上来，她忍住眼泪转过身跑了出去。

"珈曼！"徐母担忧地叫她，可脚步却像钉在了原地，怎么也动不了。

她看着自己轻颤的手，无奈地叹了口气。

站在众人身后的姜絮言却跑着跟了上去。

郑荣回过神要拉住姜絮言，姜絮言却比他想象中要快。

徐珈曼刚出急诊大门，有一个力道就抓住了她的手腕，扯着她下意识地转身停下。

"你！"

见抓她的人是姜絮言，徐珈曼气得就要抬手打人，可对方比她快一步，另一只手握住了她抬起的手腕，没想到姜絮言的力气这么大，她一时竟然挣脱不开。

"放开我！"徐珈曼挣扎着看过去，却撞上姜絮言无比冰冷的眼神，她不由得心头一跳。

印象里瘦弱不爱说话的女生，突然展现出这副表情，徐珈曼莫名心里发虚，咽了咽口水，梗着脖子道："你想干吗？"

姜絮言和她差不多高，但低睫看她的时候，总有点居高临下审视她的意味。

"徐珈曼，我忍你那么多次，是不是真让你产生了一种错觉。"姜絮言面无表情，捉着她的手，"觉得我拿你没办法？"

姜絮言一直以来都只想安安稳稳地活着，考上大学让奶奶过上好日子，她不想参与徐珈曼可笑的小团体，也不想在一些莫名其妙的事情上浪费时间。

可有的人就是要来招惹你。

张知陈说得对，不是任何事情靠忍都能过去的。

起码对徐珈曼这种人来说，忍是另一种纵容和服输。

思及此，姜絮言紧了紧手上的力度，徐珈曼脸色划过一丝吃痛的神色。

"我警告你，之前你整我的事都可以不计较，但要是今天我奶奶因为你，而有什么危险……"姜絮言靠近她，脸部轮廓在屋檐的阴影里显出几分凌厉，"我不会放过你。"

徐珈曼喉头一紧，顿了顿，随后鄙夷道："你怎么不放过我？你有什么能和我比的……"

姜絮言突然打断她："你很在意舒则啊。"

徐珈曼后背一僵，意识到了什么。

"徐珈曼，你真的很好猜，什么都写在脸上，也不知道那些女生为什么怕你，明明除了家世，你也就这样了。"

姜絮言从没有说过这种嘲讽激怒别人的话，她只能逼自己直视对方，逼自己去面对。

她不能什么都指望别人。

"是因为舒则才这么针对我吧，因为舒则对我好，你快气死了吧。"

姜絮言松开她，嘲讽似的挑眉："怎么，被我说中了？觉得难堪吗？徐珈曼，你最好找找你自己的原因。"

她清楚徐珈曼最在乎的就是舒则，那她就利用这点让对方心烦意乱："徐珈曼，你和舒则做同桌以来他主动和你说过话吗……"

"够了！"徐珈曼吼着打断她，"你闭嘴！"

姜絮言往后退了一步，淡漠的眼神嘲弄地看着失态的徐珈曼，继续撒盐："你光是围在他身边转，可从来不知道他怎么看你的吧。徐珈曼，你真可怜。"

撂下这句话，姜絮言不再搭理她，转身回急诊室，在门口撞上要出去寻人的徐母。

徐母瞧见她怔愣一瞬，随即有些尴尬地扯唇笑了下："你是王姨的孙女吧，真不好意思，我代我家曼曼给你和王姨道歉，你们还是同班同学，别跟她计较……"

"阿姨，"姜絮言低声打断她，觉得可笑，"我奶奶还在里面急救呢，生死未卜，您让我别跟她计较。抱歉，我做不到。"

姜絮言说罢转身走开。

她不禁想，要是父母还在的话，听到这话肯定会比她更生气吧。

徐母哑然，不再吭声，心里却越发生气，徐珈曼给她捅了这么大的娄子，明明花点钱，道个歉就能过去的事情，非要闹得这么难看。

想到这儿，她连忙出去找人，一出门就看见徐珈曼正坐在门口台阶上，神情黯淡。

她唤了两声名字，徐珈曼才扭头回应。

姜絮言说她可怜，一个什么都没有的人说她可怜。

可徐珈曼仔细想想，某些方面，她确实可怜。

父母爱面子胜过爱她，迫使她只能一直带着假面生活，怕给家族丢脸。

学校里那些围着她的人也只是忌惮她的家世。

还有舒则……

从小到大，那个人从没有正眼看过她。

哪怕笑容都懒得施舍。

她看似拥有一切，可什么都是镜花水月。

徐珈曼突然觉得好挫败，一股怎么也抵挡不住的空虚和难过将她淹没。

她哭着扑进母亲的怀里，用眼泪疏解自己的憋闷。

煎熬地等待了半个小时，医生才从病房里出来："谁是家属？"

"我。"姜絮言脸色很差，她立刻站起来，"我奶奶没事吧？"

医生摘下口罩，面色略显沉重："经过抢救患者暂时没有大碍。"

听到这话，在场的人都长长舒了口气。

"不过，老人家患有冠心病，还有高血压，千万不能再刺激她了，不然会更糟糕。"医生对着姜絮言嘱咐道，"我发现她最近有停药的现象，对于她这样的情况，药千万不能停，这不是开玩笑的事情，你要看住她。"

姜絮言闻言眼睫一颤。

王卉一直以来心脏就不好，每次她捂着心口一脸难受，姜絮言问她，她都摇头说没事，没想到竟然是冠心病。

高血压是去年才查出来的，姜絮言知道后就逼着她去医院开药。

肯定是因为现在经济压力更大了，奶奶才偷偷断药的。

想到这儿，姜絮言呼吸滞涩，握紧了双手："我知道了，我会看着她的。"

"让老人家多休息一会儿，稳定了之后就出院吧。"医生拍了拍姜絮言的肩膀，安抚道。

姜絮言点点头，目送他离开。

警察做完简单的问询后也离开了，徐母一个人回来的时候，病房外只剩郑荣还陪在姜絮言身边。

"郑老师，"徐母打了声招呼，"老太太没事了吧？"

"没事了。"郑荣说，"医生说明天就能出院。"

徐母总算放下了心："那就好。不好意思啊郑老师，是珈曼的错，让您看笑话了。"

郑荣摇摇头，迟疑了一下，随后轻声说："我有话想和您说，能出去一下吗？"

徐母看了眼垂着眼睫的姜絮言，抿唇点点头："好。"

脚步声远去，姜絮言跌坐在冰冷的凳子上，垂眸盯着自己脚上斑驳的鞋子，无力和疲惫顷刻间袭上心头，她抬手捂住脸，强忍着后怕，嗓子里发出呜咽声。

她感觉自己全身的力气都被抽走了。

好累。

嗡嗡嗡的手机振动声音在寂静的走廊尤为明显。

姜絮言眼睫一颤，迟疑了两秒，才将手伸进口袋里，拿出那部张知陈给她的手机。

翻盖上的小显示屏跳出一个名字，在昏暗里尤为显眼，映入姜絮言的眼底。

能给这个手机打电话的，只有张知陈。

姜絮言鼻子猛地一酸。

她颤着指尖翻开手机，按下接听键，看着接通后的界面，微微失神。

直到听筒传来张知陈低沉的声音将她唤醒。

"姜絮言。"他喉结滚动，"说话。"

姜絮言用力抿了抿唇，咽下哽咽，将手机放在耳边，轻声道："张知陈。"

她的声音很不对劲。

张知陈躲在教学楼后的背阴处,周围静悄悄的,西下的橙色暖阳笼罩地平线,蝉鸣都有了片刻宁静。

他握紧了手机,心底有些焦躁。

他滚了滚喉结,轻声问:"你在哪儿?"

姜絮言从椅子里滑坐到地上,抱住膝盖,脸埋进臂弯里,手指颤抖到拿不稳手机,她很想让自己此刻显得不那么脆弱,可病房里躺着的是她在这个世上唯一的亲人,现在还因为她的缘故,被诬陷被指责,气得病倒。

她却什么都做不了,无力地被迫接受所有超过她承受能力的事情。

以往再苦再难的境遇她和奶奶都经历过,可是这一次是她最爱的人出事,是那个唯一可以让她变成小孩子的奶奶出事。

她难以想象奶奶不在的世界会是什么样。

姜絮言原谅不了自己。

"告诉我你在哪儿,我好去找你。"张知陈此刻的声音温柔到极点,他当然听到了女生强忍的呜咽。

他清楚,这会儿必须有人陪在她身边。

姜絮言死死抿着唇,任由眼泪掉下来,握着手机无声地摇了摇头。

你不要来。

就算他不觉得麻烦,姜絮言自己也会觉得。

看到张知陈,她一定会像捉住救命稻草一样紧抓着他不放,她不想要变成那样。

空气安静下来,张知陈闭了闭眼,仰头轻叹:"你什么时候在我面前能不倔就好了。"

姜絮言的睫毛颤了一下。

"我在××医院。"姜絮言看着鞋尖,轻声说。

张知陈眉头紧皱:"哪儿受伤了?"

"没有,奶奶下楼梯的时候不小心摔了一下,磕破了点皮,已经没事了。"

仿佛是怕张知陈不相信，她说得很快，末了还加了句："我们现在要回去了，晚自习你要好好上。"

说完她下意识地放缓呼吸，让自己显得不那么刻意。

对面沉默了两秒，随后轻哼了声："知道了。"

没等姜絮言松口气，就听张知陈又道："吃饭了吗？"

姜絮言下意识地应答："吃了。"

"吃的什么？"

女生扭头看到不远处护士台上摆放的热粥外卖，低声说："喝了粥。"

"好。"张知陈边打电话边走向校门口，此时晚自习的上课铃声响起，吵闹的校园再次归于平静，保安大叔瞧他要出去，抬手便按了遥控关门。

张知陈淡淡地扫了保安大叔一眼，掉转脚步走向实验楼，楼后面有一片桦树林。

"上课了。"他沉声说，"我先回教室了。"

姜絮言"嗯"了声，还没等她说声再见，那边就先挂了电话。

她拿开手机，眨了眨眼。

郑荣不知道和徐母说了什么，等两人回来的时候，徐母脸色非常难看，但她还是好脾气地帮徐珈曼善后。

一通折腾下来，天色彻底陷入黑暗，郑荣临走前给姜絮言批了假，嘱咐她在医院好好照顾奶奶。

姜絮言点点头，把郑荣送到医院大门口，目送他离开。

要转身回去时，余光扫到街对面站着的少年。

踏上台阶的脚步猛地一顿，目光也停滞下来。

好像是张知陈。

他不是在上课吗？

姜絮言害怕自己看错，往前又走了几步，正好此时绿灯亮起，少年踏上斑马线，远处的车灯打在他身上，漆黑的发丝都沾染上了光。

她看不太真切，只觉得像梦里的场景。

"张知陈。"她张了张嘴，三个字从唇齿间吐露出，飘散在夜雾中。

直到张知陈一身寒露地出现在她面前，姜絮言都没彻底回过神，只怔怔地看着他。

少年微喘，胸膛起伏着，他扯唇道："还好赶上了。"

张知陈扬了扬手里的袋子："给你和奶奶买的粥，趁热喝了。"

姜絮言突然有些手足无措，上下打量他，直到撞上张知陈的视线才安定下来，涩着嗓子说："你怎么来了？"

张知陈挑眉，一脸理所当然："给你送粥啊。"

"我说我吃过了。"姜絮言鼻子一酸，"你到底来干吗？"

张知陈收敛了笑，他扯过姜絮言的手腕，将还热着的打包盒塞给她，沉了口气："来陪你。"

他说这话的时候，姜絮言极力想从他的眼睛里找到一丝一毫不那么认真的证据，可不管她怎么找，那里面都只有她自己。

"听到有人在哭，感觉不过来看一眼，晚上会睡不着。"张知陈扯唇一笑，又恢复成没正形的模样，将外套脱下来自然地搭在她身上，"看着你喝完粥我就走。"

"张知陈。"她突然叫他。

少年动作一顿，垂下长睫看着她："嗯。"

姜絮言的眼睛很红，整个人仿佛随时都能消散在风里，她执拗地紧抓着外套衣角，摇头轻声说："没事。"

明明心里有无数的话想和他说，可话到嘴边，只蹦出这两个字。

此时此刻，她似乎说什么都无法准确表达内心的感情。

晚上，姜絮言守在王卉床边，不知道什么时候迷迷糊糊睡着了，再醒来时张知陈已经不见了。

要不是桌上的餐盒还在，她都觉得昨晚男生的突然降临真的是一场梦。

天刚蒙蒙亮，张知陈拦下一辆出租，报了别墅的地址，车子启动后，他才稍稍露出疲倦的神色，抬手按了按额角。

他实在放心不下姜絮言，和家里通过电话报备后便留在了医院，直到天亮才离开。这会儿神经放松下来，困顿排山倒海般朝他袭来。

张知陈打开手机，拨通了一个号码，等了好一阵对面才接听。

张大明声音沙哑，带着不悦，明显是被吵醒的："谁啊？"

"我。"张知陈坐直身子，盯着窗外飞驰而过的街景，"跟您商量个事。"

"什么事要大早上商量？"张大明还没彻底清醒，"有屁快放。"

张知陈顿了顿："我妈在市中心那套房子找个专门的人去打扫吧。"

听到这话，张大明睡意被驱走大半，他撑着坐起来："刘妈每周都去啊。怎么了，你要去住啊？"

"不是，刘妈年纪大了，两头跑太累，就想找个人帮她分担分担。"张知陈收回视线。

"哦，也是，那我让小许联系家政公司。"张大明又躺回去，半合着眼。

"不用了，妈妈的房子我想自己找个信得过的，您给开工资就行。"

张大明轻笑："臭小子。"

"行，知道了，你自己联系小许吧。"

挂了电话，张知陈抬眸再次望向窗外，无声地轻扯起唇角。

王卉出院后在家休养了两天，姜絮言一直陪着她。老太太虽然嘴上没说什么，但姜絮言能察觉到，她的心情不是很好。

徐家主动提出要给予精神赔偿，王卉其实是不稀罕要的。她年轻时候也是个烈性的，丈夫死得早，她扛起养家的职责，一个人把儿子拉扯大，看着他结婚生子，最后意外身亡，然后再一个人把孙女养大。

面对徐珈曼无端的指责和怀疑，要是放在从前她肯定豁出命也要争个说法，可现在……

她瞧着逼仄的出租屋，还有伏在低矮的小桌前埋头学习的孙女，混浊的双眼渐渐被雾气打湿，无声叹了口气。

那点自尊在生存面前，总是不够看的。

王卉最后还是接受了徐家的补偿，说是补偿，也有让她不再追究的意思，毕竟徐家在梧城也是有头有脸的人家，名声比天大，徐珈曼的未来规划里也不允许出现污蔑老人的污点。

家政公司也给她打了电话，表示徐家重新找了保洁，但是会帮她联系新的雇主。

听到这个消息，王卉没什么感觉，反正也不可能继续在徐家做下去了，还不如多休养几天。

只是没想到家政公司效率这么高，只过了两天就给了回复，说是城东有一家空房需要保洁打扫，房主家过几天便要移民国外，房子就这么空了，也没有出租的打算，就想着找个保洁定期打扫一下，保持房子整洁就行。

王卉当天下午就跟着经理去了房子那儿，见到了雇主。

对方是位三十出头的男士，一身正装，通体的精英气质，见到王卉第一面就十分热情地上前打招呼："王姨您好，叫我小许就行。"

王卉连忙回应："许先生您好。"

"您太客气了。"小许笑得温和，"宋经理应该跟您提过这个房子的大概情况了，我再给您详细说说。"

房子位于梧城最繁华的商贸区，是套顶层的复式住宅，将近三百多平方米，打扫起来得花点功夫，但王卉并不担心，徐家五百多平方米的别墅她都应付得来，这个对她来说不算什么。

"这是我嫂子的房产，装修和家具都是她亲自跟进和挑选的，光沙发都是从国外定制空运回来的。"小许领着王卉走到客厅，简约大气的风格足以让人感受到女主人不俗的品位。

王卉闻言看向客厅那张深棕色的皮质沙发，赞叹地点点头。

她打扫过那么多有钱人家，见过不少高级昂贵的家具，也有了些品鉴的眼光。这个房子里大到橱柜小到摆件，看着简约但却透着低调的奢华，和徐家那富丽堂皇的风格相比是另一个极端。

"我嫂子生前是大学老师，教油画的，您抬眼瞧见的壁画就是她的杰作。"小许指着面朝露台的一堵背景墙。高耸的墙壁上绘制着一幅巨型油画，色彩饱满画风华丽，是这间淡雅的房子里唯一的亮色。

王卉看过去，脸上浮现出惊艳的神色，她捕捉到生前这两个字，不禁问道："房子的女主人……"

"嗯，去世了。"小许的视线移到走廊尽头挂着的那张照片上，叹了口气。

王卉闻言面露惋惜，顺着视线看过去，只见昏暗的走廊尽头，一盏暖黄的壁灯照亮了悬挂着的三人合影。

端坐在正中央的女士，容貌清丽，如海藻般的长发披散在胸前，笑容温暖如和煦的春风，气质一如这个房子给人的感觉，出尘又淡雅。

她身后站着一位身姿挺拔的成年男士，应该是她的丈夫，但不知道为什么，男士的脸被一张白纸遮住，显出几分滑稽。

女士的身侧站着个半大的男孩，笑容明朗张扬，五官和母亲有七分相似，只眉眼处生得更凌厉些，应该随了爸爸。

王卉看着小男孩，总觉得眼熟，仿佛之前见过，但一时半会儿想不起来。

"这个房子是我嫂子生前最爱惜的，我大哥还有侄儿也把这里当成怀念我嫂子的地方，里面每一件家具的摆放位置还请您不要改变，务必保持原状。"小许温声嘱咐道，"一周内您只需周末来一次就行，那一个月就是四次，打扫一次两千，月底结钱。"

听到打扫一次就两千块钱，王卉还以为自己听错了，语气惊诧："一次两千？"

小许点头："您没听错，一次两千，一个月也就是八千块。"

王卉入这一行以来从没干过这么高薪资的活，一时愣怔在原地，手脚都不知该怎么放："这也太多了，哪有给这么多的……"

"我大哥很看重这套房子，所以要求也很高，只要您打扫得干净，这钱就给得值。"小许打断她，声音带笑，"您就放心踏实地干，合同在那儿呢，肯定不会诓您的。"

王卉惶恐地摆摆手："哪里的话，这是我的工作，您放心，我肯定打扫得一尘不染。"

小许是个痛快人，见都谈妥了便很快签完了合同。王卉从楼里出来的时候都还在恍惚着，总有种天上掉馅饼的感觉，她掐了把自己的胳膊，痛感袭来，悬着的心才总算落了地。

回到家和孙女说了这事，姜絮言正在喝水，闻言惊得猛呛了两下，随后喷声道："有钱人的脑回路，真搞不懂。"

此时此刻，某个刚洗完澡从浴室出来的有钱人突然打了个喷嚏。

张知陈头发滴着水，抬头盯着镜子里的自己茫然地眨了眨眼。

上次污蔑王卉的闹剧过后，徐珈曼请了很长一段时间的假。对高三生来说，时间就是金钱，她又是这一届最出名的级花，自然引起大家的议论。

众人纷纷猜测她到底出了什么事。有猜生病的，也有猜家里出变故的，问周瑶，对方表示自己也不清楚。

一时间，徐珈曼请假的原因倒成了一个热门话题。

姜絮言看着舒则旁边空荡的座位，神情微顿。

徐珈曼大概是被禁足了吧。

那天听母女俩的对话，徐珈曼的父亲似乎是个很严厉的人，女儿做出这种事肯定要惩戒一番。

一切流言停止在两周后，徐珈曼面无表情地踏进教室，顿时空气像被按下了暂停键，直到她回到座位坐下，才重新流转。

周围响起交头接耳的低声窃语，当事人徐珈曼宛如什么也听不见，低头收拾书桌，只是目光在扫到舒则冷白的下颌轮廓时，霎时一顿。

眼眶在下一秒泛红发热。

徐珈曼停下动作，抬手捂着眼睛，小声呜咽起来。

这两个星期，她被父亲关在家里面壁思过。他不知道从哪儿听说了她在学校里的行径，还有月考时挑唆周瑶作弊陷害别人的事，外加这次污蔑家里的保洁，一桩桩一件件，都在逐渐打破他心中徐珈曼完美温顺的女儿形象。

徐父为人正直还是个臭脾气，难以接受自己的孩子竟然如此跋扈有心机，觉得是自己没有教好她，就主动联系了学校，要给她办转学，转到京州去，在他眼皮子底下他亲自看管。

徐珈曼今早听到这个没有经过她同意的结果时，整个人哭得撕心裂肺。

她可以去道歉去低头，但她不能走，梧城有她从小到大的回忆，还有舒则。

听到哭声，舒则眼尾微挑，停下笔。他半垂着眼，神情淡漠，似施舍般侧目，白到不健康的肤色在阳光下透出几分孱弱的病态感。

"哭什么？"

徐珈曼停下呜咽，心跳一滞，不敢相信地看向他。

这是舒则第一次主动关心她。

这个认知让徐珈曼惊喜之余，又被一股淡淡的哀伤萦绕。

"舒则，"她放下手，湿润的眼睫稍抬，直直地瞧着他，"如果哪天我离开了，你会不会觉得遗憾？"

"离开？"舒则难得认真地重复她的话，微掀起眼皮。

徐珈曼心头涌上一丝希冀，她想，要是这一刻，舒则对她露出一丝不舍的态度，她都会拼尽所有去反抗。

"嗯，我爸要我去京州，我要离开梧城了。"她忍不住壮着胆子用指尖捏住舒则的衣袖，这个动作展露了她的情绪，"舒则，你会挽留我吗？"

舒则看着扯着自己衣袖的那只手，淡淡抬眸，迎上徐珈曼充满希冀和恳求的目光。

沉默两秒之后，只见舒则伸出手柔柔搭上女生的手背，徐珈曼脸上闪过欣喜，可还没等她嘴角扬起，下一秒，那只温凉的手就轻轻拨开了她。

校服布料的触感从指尖消失，徐珈曼仿佛失去了所有的支撑点，明明还坐在凳子上，可就是感觉身子不稳。

"一路平安。"

舒则扯起唇角，露出一个看起来温和到极点的笑，可眼睛却始终淡淡的，整张脸莫名有种违和冷涩的恐怖感。

徐珈曼心头一窒，整个人像被兜头泼了盆冰水，从头凉到脚。

徐珈曼永远记得第一次见到舒则时的场景。

男孩稚嫩的脸上有着不符合他这个年纪的淡漠。

那天是儿童节，学校举办了大型的庆祝表演活动，徐珈曼作为舞蹈队的领舞，早早便在后台候场。

骄傲如孔雀的女生穿着最漂亮的纱裙，心里谨记着母亲的话，优雅乖巧地站在那儿，但乌黑灵动的眼睛却在四处乱瞟。

目光在触及摆在后台的那架钢琴时，倏地停顿。

只见舒则穿着西装，面色沉静，像个小大人一样端坐在比他还高出许多的钢琴前，稚嫩细白的小手轻轻虚搭在琴键上，背挺得笔直，红色领结衬得皮肤更加冷白。

气质沉稳又内敛，和她班上那群只会瞎叫打架的臭男生一点也不一样。

徐珈曼目不转睛地盯着他看，四周被她自动屏蔽，小小的心脏扑通扑通跳得很重，连主持人提醒她领队上场都没听见。

等到表演结束，她奔回后台寻找他，钢琴那已经没人了。

本可以先走的她，硬生生坐在下面等待那个男生的表演，直到只剩最后一个表演节目，她才又见到他。

那天，小小的她呆愣地看着台上的舒则，就像看见划破漫长黑夜的太阳。

可她忘了，太阳是不能直视的。

天知道当母亲领着她去舒家做客的时候她有多开心，就像从天而降的宝藏砸在她眼前，徐珈曼以为这是上天送她的缘分。

她像只蝴蝶遇到了最喜欢的一朵花，可花瓣却始终闭合。

舒则比她想象的还要冷淡。

冷淡到她以为世上没有任何人或事能让他赏一抹笑意。

直到姜絮言出现。

她突然想起姜絮言那天在医院门口对她说的话。

"你真可怜。"

这句话像梦魇，这些天一直萦绕在她的脑海里，连梦都不放过。

回忆骤停，徐珈曼眼睫颤动，抬起朦胧的双眼，一向骄傲的小孔雀彻底被打碎了。

"一路平安……"徐珈曼启唇，轻轻研磨着这四个字，忽地自嘲一笑，"谢谢。"

舒则坐正，不再开口，仿佛刚刚的一切，包括女生从希冀到破碎的内心，对他，都是一场无足轻重的消遣。

他太知道怎么拿捏一个人的情绪了。

也太知道，该如何逗弄别人，看到别人痛苦的表情，才能让自己死寂的心泛起片刻波澜。

多年的律师生涯，从助手一步步升到合伙人的位置，舒则把专业和不近人情发挥到极致，业内都说他舒律最是冷血无情，弱肉强食、适者生存那一套在他身上得到深刻的体现。

他是踩着各种人的尸体上去的。

思及此，舒则用力握了握笔身，眸色渐浓。

是的，踩着，各种人的尸体。

在十月的最后一个周末，徐珈曼转学了。

秋天将校园染上金色，一班也在这萧瑟的风里空出一个座位。

她甚至连声告别都没有，走得悄无声息，一点也不符合她骄纵张扬的个性，就像是落荒而逃，急于离开这里，图书角那她带来的《刀锋》也没拿走。

月假前的大扫除，姜絮言作为值日生留了下来，夕阳洒进空荡宁静的教室，将空间分割成明暗两部分，氛围格外祥和。

路过图书角时，姜絮言莫名驻足，她垂眸看着最底下的那本《刀锋》，莫名伸手将其抽了出来。

淡淡的书香混合着脂粉的甜腻扑进鼻腔，封面很新，基本没人借过这本书。

语句晦涩拗口的外国译文小说，就算再有文学价值，这个年纪的少年也不会把它作为第一选择。

翻开扉页，"徐珈曼"三个字洋洋洒洒，像她这个人一样，活得自信又丰满。

姜絮言心里冒出一股说不上来的感觉。

其实她是羡慕向往徐珈曼的，羡慕徐珈曼家庭美满，向往徐珈曼自信大方。

甚至潜意识里，某些时候，她希望和对方成为朋友。

来到今阳的第一天，她平静面孔下的惶恐不安，只有徐珈曼注意到了。

徐珈曼笑着朝她伸出手，那一刻，不管对方出于什么理由，她都很感谢。

但是后来徐珈曼对她的恶意，又让她陷入了另一个自我怀疑和消极厌世的深渊。

人是矛盾的集合体，既抗拒，又向往。

姜絮言合上书，轻轻放回原位。

"喜欢毛姆？"出神时，张知陈颗粒感的嗓音自耳后响起。

姜絮言下意识地转过身，鼻尖擦过男生的领子，这才惊觉两人此时的距离有些过于近了。

她往后退了一小步，腰后抵上书柜隔板，眨了眨眼："嗯。"

张知陈伸手越过她的颈侧，抽出刚刚她塞进去的书，随意翻了几页，鸦羽似的睫毛低垂："冷静、客观，确实像是你会喜欢的。"

闻言，姜絮言脱口而出："那你喜欢哪个作家？"

"我？"张知陈撩起眼皮，少年懒散的随意感扑面，让她不自觉避开视线接触。

"我对文学不感兴趣，除了必读书目，其他看得很少。"他轻笑，合上书放回去，"但我最近有了感兴趣的。"

"谁啊？"姜絮言问。

张知陈微挑起眼尾，看向她，扯出一抹笑："毛姆。"

姜絮言呼吸一顿，总算与他直视。

空气中的细小尘埃在夕阳下浮动，时钟指针摆动的轻响成了静谧氛围里唯一的背景音。

见女生顶着这双湿润的眼无措地瞧他，张知陈忽地低头轻笑，心头一直以来萦绕着的乌云渐渐散开，重生后第一次感到无比的轻松。

徐珈曼这个在她的日记里，令她无比痛苦的存在已经离开了，是不是就意味着她经历的痛苦就会减少，那最后自杀的结局是不是也会改变？

只要后面他能护着她避开秦劲，保护奶奶，是不是就能让她安全度过那一天，迎来新的人生？

想到这儿，张知陈胸口发烫，口袋里的手也不自觉地握紧。

"张知陈。"姜絮言见他在盯着书脊发呆，不由得轻声唤他。

"在。"张知陈立刻回应。

姜絮言柔柔一笑："你觉得梧大怎么样？"

张知陈一怔，这个问题是当年他问她的。

"姜絮言，你觉得梧大怎么样？"

那是个极其寻常的晚自习，他正写着她给他布置的题目，突然没头没脑地问了一句。

姜絮言闻言停下笔，扭头看他："平江省最好的大学，分数线很高。"

"所以呢？喜欢吗？"他懒懒地用手支着脑袋，将笔架在耳朵上。

姜絮言目光顿了顿，低头继续做题，声音细若蚊蚋："喜欢。"

"我们一起考梧大吧。"

回忆里他带笑的声音和此刻女生清脆的声音重叠，一时间张知陈有点分不清这是现实还是梦境。

见男生又盯着她不吭声，姜絮言轻笑："你听到了吗？"

"听到了。"张知陈眸光闪动，视线温柔地定在姜絮言略带慌乱的脸上，声音又柔又哑，想要让她感受到他的认真，"两只耳朵都听到了。"

"我们一起考梧大吧。"

日子在平静和安宁里缓缓度过，天气也由秋入冬，梧城的冬天十分阴冷，大家换下春夏校服，穿上厚实保暖的冬装。

梧桐叶已落尽，只等新的一年再次茂盛如盖。

其间的三次月考，张知陈进步神速，已经跃到了班级前十名，十二月底的检测成绩甚至超过了舒则，考到了全校第二，他成功让自己的名字排在姜絮言一人之下。

站在公告栏前他满意地看着排名，黑框眼镜让傲气的脸显出几分儒雅自持的书卷气。

封远从楼上越过栏杆朝下看，果然在公告栏前找到了他，扯着嗓子吼道："张哥！"

张知陈闻声抬头，封远傻气地笑了笑，随后飞快跑下楼蹦到张知陈身边，搂住他的脖子，满脸兴奋："这个寒假我们约个时间一起出去玩吧！"

张知陈被封远扯得微弯下身，头往后仰撒开了点距离，睨着他轻笑道："就放二十天，你那狗屎成绩，还想出去玩？"

"哎呀哥，你说这个就没意思了啊。"提到成绩封远撇嘴，嗔了他一眼，"不出省，就在周边玩玩，费扬说他舅舅在榆宿开了家民宿，我们可以去那免费住。"

封远说出他们商量的计划："听说晚上榆山顶特别适合观星，你不是一直想去的吗?

"这可是我们高中时代最后一个寒假了，怎么着也得留点纪念吧。"

见张知陈不表态，他使出杀手锏："小姜美女说她也想去。"

"行。"

说罢，张哥帅气地手插兜，一步跨三台阶上了楼。

公告栏另一侧的红榜上，舒则端正的照片被贴在最显眼的位置，他在全国高中数学联赛上获得了一等奖的好名次，不出意外的话，他将不会参加高考，顺利保送名校。

舒则从回廊上走出来，看着封远消失的背影，他淡淡收回视线，注视着自己的照片，眼里的温度逐渐散去。

一切看似都在往好的方向前进。

舒则扯唇冷笑，他才不会让张知陈如愿呢。

重生后这段时间，他偶尔会莫名其妙地头痛难忍，随后意识模糊不清，感觉自己的灵魂飘出了身体出现在入目皆是雪白的病房里，瞧着三十岁的自己躺在病床上，身上连接着仪器。

还没等他反应过来，下一秒他又出现在一个充斥着黑暗的世界里，唯一的光源下，十八岁的他蹲在那儿，眼神是他自己无比熟悉的淡漠，冲他低声说："让我回去。"

这句"让我回去"让舒则拧起眉头。

难道他只是从未来穿越过来霸占十八岁舒则的躯体的灵魂?

这个认知让他饶有趣味地挑了挑眉。

那既然能穿过来，自然也有办法回去。

他可不想放弃原来时空里获得的一切再重头来过。

名望、地位和旁人的敬畏，这些是除了跟姜絮言在一起，最能证明他活着的东西。

另一方面，他更不想，让张知陈得偿所愿。他要让张知陈再一次眼见着最爱消失。

这次恐怕会比当年更痛苦。

还有什么比黎明即将到来前的那一刻失败，更绝望的呢。

思及此，舒则眉宇间划过讽刺，抬眸望向成绩排名，姜絮言和张知陈的名字紧紧靠在一起。

舒则沉沉斜了一眼，转身离开。

元旦过后不久期末考试结束，学校一直补课到一月中旬才放寒假。

这是三十岁的张知陈在度过漫长孤寂的十二年后，终于等到再次和姜絮言一起迎接新春。

想到这儿，张知陈在晨曦破晓的时刻，于窗帘紧闭的昏暗房间里睁开眼睛。

他偏头看向床头柜上的电子钟，离约定出发前往榆宿的时间还有两个小时。

张知陈一夜未眠。

不知是期待还是其他，总感觉心绪不宁。

越是接近大火燃烧的那天，他就越是惶然。

还有不到五个月的时间，秦劲是在下学期开学后不久找到姜絮言和奶奶的。

日记里对那段黑暗时光的描述很简单，只有寥寥几笔，甚至断断续续并不连贯，似乎写日记的人很抗拒再次阐述。

但短短几句，便能让人感受到当时姜絮言的痛苦。

2011 年 3 月 17 日，天气阴。

今天秦劲找到我了，在东延街的那个商场里。

他在商场做保安，看起来很潦倒，和记忆里凶极恶的混混一点也对不上号。

我和他对视了一眼，他突然对着我笑，笑容倒是没变，和记忆里一样让我害怕。

我装作不认识他立刻离开了商场。我不知道他是不是认出了我，我也不敢想。奶奶身体越来越差，我不敢告诉她，我怕她承受不住，我们已经没有心力再逃走了。

2011 年 3 月 19 日，天气小雨。

秦劲认出我了，他那天偷偷跟了我一路，这个住了半年的出租屋已经不再安全。

今天傍晚回家的时候，他就堵在巷子口，我远远看见便立刻跑了，他没有来追我，我就这么在外面晃了两个小时，直到夜深才敢回去。

他走了，可我知道，从前黑暗的日子又要开始了。

2011 年 3 月 25 日，天气晴。

今天我一回来，就看到房间里的东西被砸得稀烂，奶奶坐在门口一直哭。

秦劲拿出爸爸签的借条，要我们连本带利拿二十万给他。当年出事之后，奶奶立即就把老家的房子卖了，把钱都给了他，秦劲却骗奶奶说已经把借条撕毁；我们斗不过他，这人就算现在落魄了也改不了地痞流氓的本性，只要他想就能一直折磨我们。

我想报警，可奶奶不准，她说秦劲威胁她，只要报警，就算是进去了也要先毁掉我。

那一刻，我竟然没有一丝害怕和恐惧，可能是麻木了吧，甚至还觉得可笑。

我暗暗地想，只要他敢，那就一起死好了。

2011年4月2日，天气阴。

秦劲时不时就会来要钱，从几百到上千，他染上了赌，一输钱就会喝得大醉来这儿闹，经常闹得门口围上一圈来看热闹的邻居。

今天他又来了，奶奶照例让我躲在柜子里，自己一个人去打发他。

屋外断断续续响起酒瓶落地的碎裂声，奶奶哭喊着求他离开，我想出去帮忙，可柜子被奶奶上了锁，她不敢让秦劲看见我。

屋外的吵闹越发激烈，是邻居叔叔来帮忙了，我不想哭，可眼泪就是止不住地往下掉。

我真的好恨他，好想拿着刀不管不顾地冲出去，可是我不能，奶奶只有我了。

2011年4月3日，天气晴。

这段时间我逼着自己忽视张知陈，让他讨厌我，可张知陈好像有话想和我说，这几天放学后总偷偷跟在我后面。

落日余晖把他的影子拉得很长，落到我的脚边，低头就能看见。

我一直装作不知道，脚步慢下来，默默往前走。

可今天我回过头叫住了他。

他吓到了，愣在那儿，耳尖被夕阳染成了绯红色。

我直白地叫他的名字，张知陈。

他那双好看的眼睛一动不动，只看着我。

里面盛满了我无法直视的情绪。

我觉得世界都消失在了他看我的眼神里。

他问我干吗，语气依旧很冲。

那一瞬间我好难过。不是因为他的语气，而是因为，我突然意识到我不能再自私地偷偷感受他的好了。

我不能让他看见可能会在家门口堵我的秦劲。

不能让他看见狼狈不堪的我。我希望他心里的姜絮言起码是个正常的女生。

我要把他推得远远的。

"你能别再跟着我了吗？"

我讨厌自己，讨厌让张知陈远离的自己，讨厌明知身处沼泽，却还肖想爬出来的自己。

冷冰冰的话说完，我感觉自己的呼吸都停了下来。

我不敢去看他，我怕那张脸上出现任何伤心的神色。

就这样吧，张知陈这样的男生，他不会伤心很久，毕竟喜欢这种事，对他来说，只是消遣。

张知陈从床上坐起来，屈指按了按鼓胀的额角，他在昏暗里盯着某处，目光涣散不聚焦，沉浸在他倒背如流的日记里。

那段时间，姜絮言突然冷淡疏离下来的态度，让他既生气又惶恐。

他以为是自己做错了什么，惹对方生气了，姜絮言才不和他说话的。

少年的自尊和傲气让他不敢当面问她，只能偷偷陪她回家，期待姜絮言能发现，只要她回头看他一眼，不管是不是他做错了，他都会上去道歉。

可没想到，女生却满脸厌恶地告诉他。

"你能别再跟着我了吗？"

那一刻，明明是站在光里，可他却感觉自己瞬间被扯进冰凉的湖底，从血液里冒出的冷。

在姜絮言冷淡嫌恶的眼神里，他好像一个小丑。

可又不甘心，想要争辩一番，姜絮言却跑走了。

脚步急促，似乎和他再待一秒都忍不了。

那天过后，两人在学校里没有说过一句话。

封远以为他们只是在冷战，过不了多久就会和好，张知陈也这么认为，甚至已经想好了给姜絮言下台阶的说辞。

可女生好像真的下定决心不理他。

张知陈赌气得也不再主动，两人暗自较着劲，但感觉只有他单方面在难受。

高考那天，他从姜絮言同桌的嘴里得知她考场的位置，一大早便买了杯豆浆在考场楼下等她，可直到进场的广播响起，他都没有看见姜絮言的身影出现。

他去她家找她，可房门紧闭，屋里漆黑一片，奶奶也不在，打电话也联系不到人。

考试三天，姜絮言和奶奶宛如人间蒸发，只有他关心，也只有他心急如焚。

在他即将报警的时候，那个雨夜，他终于堵到了她。

之后发生的一切，张知陈不愿再去回想。

下了床，他走到落地窗边，掀开窗帘，屋外白茫的天光划破昏暗的房间，庭院里光秃秃的枯枝延伸至窗边，张知陈打开窗户，寒冷刺骨带着露水气的风吹在脸上，拂去大半的倦意。

他遥遥望向远处云雾缭绕的青山，兀自看了一会儿，随后转身拿过床上的手机，在时间指向六点半的那一刻，拨通了旧手机的号码。

嘟嘟响了几声，那边才慢吞吞地接起。

"喂？"姜絮言刚醒，声音低哑。

张知陈轻笑："姜絮言小姐，您预订的叫醒服务，我是01号小张，现在是早晨六点三十分，您还有半个小时的时间起床准备。"

话音刚落，那边传来窸窣的起床声，姜絮言略带惊慌道："不是说六点就叫我吗？"

张知陈扯唇："我起晚了。"

姜絮言边下床边小声抱怨："让你早点睡的，肯定又熬夜打游戏了，待会儿在车上记得补觉……"

"言言。"

他突然打断她，声音沉哑，姜絮言下意识地顿在原地，将手机紧贴耳边，轻"嗯"了声。

屋里很安静，奶奶还在熟睡，姜絮言心跳微顿，等着他接下来的话。

"对不起。"

姜絮言无奈："你又莫名其妙道什么歉？"

张知陈握着手机，看着天边的日出，肩颈线条紧绷轻颤，他喉结滑动，良久后才鼻音浓重地轻笑道："没事儿，就是做了个噩梦。梦里把你弄丢了。"

不知道为什么，听到张知陈的这句话，姜絮言忽然觉得有种莫名的难过从心底冒出来。她不自觉地紧皱眉头，深呼吸了一下，低声笑道："那你后来找到我了吗？"

张知陈没想到姜絮言还真信了他的话："你生我气了，一直躲着我，我找了你好久。"

张知陈的声音越来越低哑，说完最后一个字便沉默下来。

姜絮言察觉到他这会儿情绪似乎很低落，她轻手轻脚地走进卫生间，将门带上，静静等着他。

沉默了好一阵，张知陈仿佛呢喃自语的声音响起："不过还好，还是被我找到了。"

姜絮言背靠在门后，闻言勾唇："那就好。"

张知陈抬头望向已然升起的旭日："不管你躲在哪里，我都会找到你。"

听到他又突然振作起来的声音，姜絮言微怔，细若蚊蚋地"哦"了一声，宽慰他："只是个梦而已。"

"是啊，只是个梦而已。"张知陈垂眸，轻声重复着她的话。

姜絮言拧开水龙头，用水轻轻拍在温度过高的脸侧，抬头望向镜子里的自己，她想，张知陈好像真的被这个梦吓到了。

她抿了抿唇，启唇："张知陈，你不会把我弄丢的。"

还沉浸在过往自责情绪里的张知陈闻言长睫抬起。

姜絮言低缓温和的嗓音似最强力的抚慰剂："我更不会生你气，也不会躲着你，所以不要自责，梦和现实都是相反的，我就在这儿呢，还有不到半个小时我们就会见面。

"所以啊，不要再突然和我道歉了，你没有对不起我，我也从没有怪过你。"姜絮言轻声说，像哄孩子一样。

你从来没有对不起我，我也从没怪过你。

所以啊张知陈，十二年的自责已经够了，放过自己吧。

恍惚间，张知陈好像看见火光中的姜絮言对他展颜一笑，随后转身离开。

"你还给我带早餐吗？"她又轻声道。

张知陈闭眼，长长地深吸一口气，眉眼被温柔的缱绻充斥。

"想吃什么？"

"小笼包。"

七点一到，姜絮言背着包乖乖站在街口，等费扬包的专车来接。

她穿了件米白色的毛呢外套，没有戴围巾，刺骨的寒风往脖子里灌，她不禁缩了缩脖子，站到粗壮的梧桐树旁，试图挡住寒风。

她抬头望着略显阴沉的天空，天气预报里说这两天有降雪的可能。

平江省属于南方，很少有雪，梧城更是少见。

听菲菲说，梧城就算下雪，那雪也是堆不起雪人的，落地就化。

她从小到大还没见过雪，滨宁是海滨小城，冬天也只会下雨。

姜絮言哈了口气，白雾弥散，冬天清冽冷涩的味道让她感到平静。

好期待下雪啊。

好期待，和张知陈一起看初雪。

不到十分钟就到了，车门自动打开，温暖又夹杂着车载香薰味道的风扑到她面上，周菲菲清脆的声音从里面传来："言言，冷死了，快上来！"

姜絮言柔声道了声"好"，车子底盘很高，她扶着门框正要爬上去，一只骨节分明的手攥住了她的胳膊，力道很重。姜絮言看过去，张知陈穿着一件黑色的加绒夹克，头戴灰色针织冷帽，半张凌厉的脸藏在阴影里，视线相触，他漆黑的眼眸让她心尖一颤。

他白净的手抓在她小臂上，想要将她拉到车上。。

想起早上那通电话，姜絮言心口一顿，微微低头错开视线，借着他的力道顺利上了车。

姜絮言本想和周菲菲挨着坐，但上车后张知陈依旧没松手，她只好在他身边落座。

这是辆七人座的车，周菲菲和封远坐在后排，费扬坐副驾驶，张知陈带着姜絮言坐在中间这排。

坐下后，她手臂上的力道消失。

张知陈今天身上换了种香味，不再是清新的柠檬香，而是变成了温暖又沉静的淡淡木香，在紧闭的环境里，无孔不入地包围着她的感官。

姜絮言莫名紧张，她身子微僵，端正坐好，目不斜视，想让自己看起来没那么不自在。

张知陈将还热着的小笼包递到她面前，姜絮言接过却没动。

在车里吃这个味道太大了，周围都是香香的，她不好意思破坏。

"太多了你也吃不完，给我点。"

盯着她看了一会儿，张知陈忽然倾过身子，将她腿上的盒子打开。

姜絮言被突然的凑近吓到，怔怔盯着他轮廓分明的侧脸看。

张知陈斜睨了她一眼，最后目光凝在她被冻红的鼻头上，几不可见地蹙了下眉。

姜絮言呼吸顿了顿，捧起盒子递过去，张知陈捏起一个小包子就塞进了嘴里，车里顿时被肉香充斥。

封远闻着味，扒着椅背就凑了过来："好香啊，吃什么呢？"

姜絮言："小笼包，你要吃吗？"

"好啊好……"

"别给他。"张知陈按住她的手腕，扭头耷拉着眼，"是谁一大早吃了碗鸭血粉丝外加三个茶叶蛋的。"

封远闻言悻悻地收回手，冲姜絮言笑道："不吃，我不饿了。"

周菲菲极有眼色，连忙将人拽回来："闭嘴吧，吃那么多，也不怕待会儿晕车都吐出来。"

封远："……"你们都欺负我。

姜絮言被逗笑，抬眸撞上张知陈带笑的目光，心头一紧，抿唇收了回去。

"吃吧，待会儿凉了。"张知陈把盒子推给她，手撑着下巴歪在座椅里，神色慵懒。

姜絮言点点头，低头开始吃早餐。

女生吃东西很专心，细嚼慢咽。

张知陈不加掩饰地看着她，似是要将这一幕刻进心里。

两人心照不宣地沉默着，谁都没主动提起早上那通电话。

那是只有他们俩共享的小秘密。

经过这段时间的相处，类似的小秘密还有很多。

自从姜絮言在他面前剔除自己的软刺，暴露自己的柔软后，张知陈对她越来越心疼。

姑娘性格真的太好了，好到他在面前都有点自惭形秽。

张知陈脾气不算好，三十岁了，内里还是又拽又傲，可多年的阅历让他知道如何伪装，但一放松下来，面对他瞧不上的人和事就会下意识地懒散轻慢起来。

可她，即使是他早上莫名其妙地因为一个莫须有的噩梦而情绪低落，也会好脾气地顺着他的话柔声安慰。

许是嫌车内太过安静，副驾驶上昏昏欲睡的费扬抬手点开音乐，霎时，低缓悦耳的钢琴前奏响起。

我在这里 / 想象心中的你的呼吸 / 同样的熄着灯的窗子

你在那里 / 听不到我呼吸着分离 / 我走向前 / 你看不见 / 真的遥远

就连叹息 / 影子听见 / 也是无言

你走向前 / 我看不见 / 你的思念

你和我之间 / 刻着一条界线 / 不曾有改变

歌手独特的嗓音轻柔地诉说，让原本就静谧美好的氛围愈加温柔。

姜絮言听到音乐弯起眼眸。

只是听到一首好听的歌，就如此满足。

张知陈盯着她，哑涩的声线从唇边吐露："晚上想去看星星吗？"

姜絮言腮边鼓鼓的，闻言张大了眼睛，点点头："想。"

张知陈不由得伸出手指，轻轻戳了戳她微鼓的腮："那今晚基本上就不能睡了哦，你熬得住吗？"

姜絮言垂眸看向他的手指："我可以。"

张知陈收回手，眼眸漆黑："好。"

因为起得太早，不一会儿车里就只剩下轻缓的音乐声，除了姜絮言其他人都陷入了沉睡，她昨晚睡得早，并不太困。

耳边传来沉沉的呼吸声，姜絮言侧过头，静静地瞧着张知陈好看的睡颜。

她这会儿才注意到男生眼下泛着淡淡的乌青，看来他昨晚确实没有睡好。

帽檐盖过他凌厉的眉骨，醒时张扬极有侵略性的男生此时格外乖顺柔软。

姜絮言也只敢在他睡着的时候这样明目张胆地打量他。

张知陈真的长得很好看，是她见过的最好看的男生。

眉眼和张大明十分相像，其他则应该是继承了母亲的优秀基因。

她从没有听张知陈提起过他妈妈。

但从平日里的蛛丝马迹中，姜絮言也猜到了。

张知陈和她一样，妈妈都不在了。

她深知没有妈妈的滋味，也感同身受张知陈的痛苦，所以她完全能理解张知陈以前的叛逆和自甘堕落。

她心疼他。

两个小时后，车子抵达榆宿，在古城入口处停下。

榆宿是个极具江南水乡气质的古镇，很适合写生，是今阳美术生每年集训的固定地点。

一行人拿着行李下了车，步行去费扬舅舅开的民宿。

离开温暖的车内，突然站在寒风里，姜絮言一时受不住，下意识地往张知陈宽阔的背后躲了躲。

男生注意到她的小动作，伸手自然地接过她手里的背包，顺手递给前面的费扬，自己则侧身挡在姜絮言面前，将人拦了下来。

姜絮言疑惑地看着他，张知陈没说话，沉沉地看了她一眼，抬手扯掉自己脖子上藏蓝色的围巾，下一秒围在了她的脖子上。

围巾上属于张知陈的温度穿透皮肤，落在心头，让她整个胸膛都暖了起来。

姜絮言表情微怔，捏着围巾的一角，看着他软声说："你把围巾给我了，你怎么办？"

张知陈抬了抬眉骨，露出一个无所谓的笑："我皮糙肉厚的，不怕冷，不像某些小孩，细皮嫩肉的，冻得鼻子都红了。"

姜絮言闻言心一烫，抬手摸了摸鼻子，张知陈笑得漫不经心，从兜里拿出一个发热的暖宝宝，捉住她的手腕，塞进了掌心，手覆在女生的手上，带着她收拢。

"手指都冻得发白了，知道要出远门，不戴围巾也不戴手套。"他语气轻哑，顿了顿，抬眸盯着她，"一点也不会照顾自己。"

姜絮言抓紧暖宝宝，霎时感觉整只手里里外外都被温暖包裹，原本冷得细细打战的身子停了下来，浅色的瞳仁被白茫的天光照得宛如玻璃珠，折射着温润的笑意。

"不过幸好有我在。"张知陈又低声道。

姜絮言抿唇笑了笑，眉眼弯弯，下巴藏在宽厚的棉质围巾里："嗯。"

幸好有你在。

"你俩说什么悄悄话呢！快跟上，别迷路了！"

不知不觉两人已经落在队伍后一大段距离，费扬转身朝他们高声道。

"好！"姜絮言应了声，扯着张知陈的袖口就往前跑。

手臂被她扯起来，男生故意拖着步子，像个人形沙袋一样，任由姜絮言略显艰难地拉着他。

嘴角扬起的弧度却透露出他此刻大好的心情。

走了不到五分钟便来到了民宿门口，费扬的舅舅宋翔年轻的时候在西藏当过兵，退伍后留在川西工作，前几年因为妻子得了癌症就选择了辞职全职照顾她，妻子去世后他在成都开了两年民宿，去年年初因为费扬外婆太过思念儿子，打电话劝舅舅回来，他才离开了充斥着妻子回忆的地方，回到榆宿开了这家店。

民宿是座三层的独栋古风小楼，客房的风格也是新中式，一楼大厅摆着一张没有雕刻过的木根茶台，小院里是回廊式的山水造景，墙根那片空地种满了竹子，风一吹，沙沙作响，令人心神宁静。

都说外甥像舅舅，一点也不假，费扬笑起来和宋翔一模一样，不过宋翔因为当过兵的缘故，看起来更坚毅一点。

古城早晨比较冷清，封远还晕车了，办完入住后大家回到客房打算继续休息补眠，下午再好好玩。

姜絮言和周菲菲住一起，刚进门，周菲菲就立刻打开空调，甩掉鞋子躲进被子里，闷声说："宝贝我先睡了。"

"嗯，你睡吧，等中午吃饭我再叫你。"姜絮言将她的鞋子摆好，轻声说。

周菲菲打了个哈欠："你也睡会儿吧，晚上不是还要去观星吗，肯定要到很晚。"

"知道啦。"姜絮言笑了笑，轻轻将围巾拿下来，整整齐齐叠好放在沙发上，盯着看了一会儿才脱掉外套和鞋子上床。

她本来不困，可沾到枕头的刹那，有股淡淡的疲惫从全身每个毛孔冒出来，让她忍不住闭上眼睛，很快便进入梦乡。

梦里，她莫名觉得好热，呼吸越来越困难，黑暗中，就像有团火在面前烧了起来，炙烤着她的皮肤和神经，她紧皱着眉，在睡梦中额头冒了一层细汗，表情痛苦，时不时发出难耐的轻哼。

直到一个温凉的触感落在额头上，耳边隐隐约约响起断断续续的呼唤，叫的似乎是她的名字。

姜絮言努力睁开眼，想要看清声音的主人。

"言言，言言，醒醒……"周菲菲坐在床边，伸手探着她的额温，过高的温度让周菲菲拧紧眉头。

周菲菲手穿过头发，按在姜絮言的脖侧。

身上的温度也很高。

她轻晃了晃姜絮言的身体，又呼唤了几句，第四声时，姜絮言醒了。

姜絮言猛地睁开了眼，眼前雾气弥漫，目光并不聚焦，急促地喘息着。

"言言，你感觉还好吗？"见姜絮言醒了，周菲菲松了口气，摸了摸她的额角，拂去薄汗，轻声问。

姜絮言愣怔地看着周菲菲，茫然地眨了眨眼，缓了一会儿后才将呼吸平复："没事，做了个噩梦。"

她撑着想要坐起来，周菲菲把靠垫放在她背后，眼里的担心满溢："梦到什么了？"

周菲菲递来一杯水："你快吓死我了，一直叫你都不醒，我还以为你魔着了。"

姜絮言接过并没有喝，她脸色苍白，身上的冷汗还未干，心跳依旧很重，显然还沉浸在刚才的梦里。

她沉默片刻，低声道："我梦到我在一片火海里。"

"啊？"周菲菲不明白，"什么叫你在一片火海里？你梦见哪里失火了吗？"

姜絮言犹疑地摇了摇头："不是，是我在一间点燃的屋子里，被……烧？"

她不确定地说出烧那个字，心口顿时涌上一股痛苦的窒息感，仿佛又回到了刚才在梦里的感觉。

"真的很真实，火星落在皮肤上的灼烧感，还有浓烟吸进肺里无法呼吸的感觉。"姜絮言表情痛苦，她越是努力回想，身体就越是条件反射般地难受，她用力抓挠自己的胳膊，感觉皮肤真的在焦黑炭化。

周菲菲瞧着姜絮言这副吓魔怔了的样子，心一紧，连忙伸手抱住她，安抚性地轻拍后背："不怕不怕，只是个梦而已，都是假的，哪有什么大火，你好好的呢。"

姜絮言下巴搁在周菲菲的肩头，对方的体温传过来，背上轻柔的拍打让她渐渐从噩梦里缓过来，身上那股子不适感总算平息，她苍白着脸点点头："嗯，你说得对，都是梦而已。"

她想起早上张知陈那通失魂落魄的电话，不禁好笑，原来噩梦的威力这么大。

两人从楼上下来，餐厅里已经煮起了火锅，香辣的气味在空气中弥漫，让人口齿生津。

姜絮言瞧见张知陈背对着她的身影，那股莫名其妙的心慌彻底安定下来。

封远怪叫着要喝酒，被费扬一个栗暴敲了回去，周菲菲嫌弃地扫了他一眼，被封远逮个正着，他直接端走周菲菲面前的嫩牛肉，惹得她张牙舞爪跟他抢。

桌上顿时变得更加热闹起来。

姜絮言刚坐下，手捏着一双筷子就递到了她面前，她抬眼，撞上张知陈压过来的视线。

"怎么脸色这么难看？"他用只有两个人能听见的音量说。

姜絮言摇摇头，表示没事。

见她不说，张知陈抬了下眉，随后注意到女生身上的衣服，皱了皱眉："吃完饭要去榆山，要待到晚上，你穿得太少了，待会儿把我的外套套上。"

姜絮言闻言盯着他看，张知陈声线紧绷："看我干吗？"

姜絮言若无其事地收回视线，嘴角压着笑："没事。"

张知陈挠了挠脖子，用手机黑屏打量自己的脸。

没沾到东西啊。

吃完火锅，宋翔从仓库里拿出他年初买的望远镜，那会儿他沉迷天文，就想着买个望远镜观星，可他是个三分钟热度的主，没撑一个月就放弃了，装备直接放在仓库吃灰。

张知陈看到望远镜，饶有兴味地挑了下眉。

果然外行挑装备都是照最好的来。

他上前轻轻拂去目镜上的灰尘，随手调试了几下，动作娴熟，惹得宋翔惊奇地笑道："你懂这个？"

张知陈随意扯唇："略懂，家里有一台，我父亲买的。"

宋翔了然点头。

姜絮言看着他游刃有余又自谦的模样，想起平日里他给她科普天文时的表情，如果那叫略懂，真懂得什么样。

宋翔又带了三个帐篷和几个睡袋，打算今夜就在山顶过夜，将准备的东西装上车后，几人朝着榆山进发。

榆山去年为主峰新建了登山缆车，为了方便每年冬季来这儿观星的天文爱好者。

售票口附近有租帐篷和睡袋的地方，他们自己带了，省了不少钱。宋翔帮大家买了票，四个男生扛着装备进了前面的车厢，姜絮言和周菲菲坐下一个跟上。

姜絮言第一次和朋友出来玩，下车后就一直很兴奋，她不停地朝透明的车厢外张望，眼见着缆车越升越高，脚下是茂盛的山脉，不远处是阳光下波光粼粼的湖泊，古城尽收眼底。

"好漂亮啊！"周菲菲看着美景，不自觉地发出感叹。

姜絮言表示赞同地点头，张知陈的外套在她身上显得过于大了，衬得她的脸越发小，脸颊因为兴奋透出红色。

周菲菲瞧见，笑着从包里掏出微单，对着姜絮言就拍了一张："今日份和好朋友的旅游纪念。"

听到"好朋友"这三个字，姜絮言心口一热，不知道该怎么表达自己现在的心情。

她觉得自己自从来到今阳后就好幸运。

幸运得让她觉得一点都不真实。

不一会儿，缆车登顶，姜絮言和周菲菲牵着手小心下来，跟着已经到达的男生来到观星的平台。

那里已经支起了不少五颜六色奇形怪状的帐篷，围栏边也架着多台天文望远镜。

山顶的风光比在缆车里看到的还要好，凌晨时分榆宿下了场小雨，山顶云雾缭绕，将群山掩盖，直到中午阳光刺透白茫，视野才宽阔起来，今晚一定可以看到漫天繁星。

"我们还挺幸运的，本来我以为今天一整天都会是多云阴雨，没想到中午就转晴了。"宋翔转身笑道，在平台北侧的空地上放下装备，"来吧，一起搭帐篷。"

姜絮言接过她和周菲菲的那顶，学着张知陈的动作开始人生第一次搭帐篷的体验。

"哇，哥你好熟练啊，没听说你喜欢户外野营啊。"封远手里拿着说明书研究半天，转头看见张知陈已经把杆都穿好了，不由得凑过来好奇道。

张知陈眉眼稍敛，不动声色道："小时候经常和我爸爬山，他教我的。"

屁，张大明懒得连动都不想动，平江省内海拔最低的果山都没去过。

"哦，怪不得。"封远讨好地笑了笑，"哥你搭完帮我和费扬搭吧。"

"别带我，谁像你似的。"费扬连忙拒绝，"我可是立志要环游世界的人，这点生存小技能不在话下。"

张知陈听到这话勾了勾唇。

是，一个人跑到新西兰旅居，然后两年时间哪儿都没去。

封远瞪了费扬一眼，索性开始当甩手掌柜，跑到前面的小卖部买烤肠吃。

张知陈很快便搭完了，扭头看见姜絮言和周菲菲合力也完成了大半，不禁眼角溢出笑意，轻叹道："真聪明。"

姜絮言没听清，抬眸看他："你说什么？"

"我说搭得不错。"

姜絮言得意地弯唇："跟你学的。"

张知陈双手插兜，走到她身边，吊儿郎当道："那我是不是得收点学费？"

姜絮言愣怔地抬眼，对上男生漆黑浓重的眼眸，心头一跳，移开视线撇了撇嘴："想要什么？"

"嗯……"他摸了摸下巴，摆出一副认真思考的样子，随后指着一个方向，"副峰山顶有间寺庙，听说很灵，你陪我去那儿拜一拜吧。"

姜絮言眨眨眼，他还信这个啊。

"你想求什么？"

张知陈耸了耸肩，少年身形挺拔，黑色短发随风飘扬，深邃眼眸在阳光下宛如最漂亮的黑曜石，只沉沉地看着她："求你平安。"

求你平安。

姜絮言直直地望着他，手里的动作停了下来。

周遭安静下来，山顶带着冰凉的风裹挟着山雾，打湿了少年漆黑浓烈的眉眼，他笑得随意，可眼角却毫无笑意，姜絮言望着这双眼，一瞬间便明白了张知陈是认真的。

她眼睫轻颤，喉头微动，咽下了从心口涌上来的滞涩。

张知陈走近几步，来到她面前，自然地接过她手里的帐杆。

姜絮言乖巧地站在他旁边，默默接受他的帮助，不发一言，两人之间的默契已经到了只要一个眼神就能读懂彼此的程度。

他想要她平安。

姜絮言的要强和倔劲，遇到张知陈自动无效。

一旁的周菲菲抿着笑，放下手里的篷布，也跑去了小卖部。

搭好帐篷，宋翔寻了个开阔的地方架好望远镜，张知陈走过来从包里拿出小倍率目镜开始调试寻星镜。

他对准远处一座低矮的山头，将镜筒大致对准目标后，调节焦距，一直到目标清晰可见，让山头处于主镜的中心处。

当年他在哥大读书的时候，加入了学校里的天文爱好者俱乐部，俱乐部时不时就会组织去各地观星考察。

他是俱乐部里最积极的成员，越是危险的地方他越是向往，只有征服高峰的惊险与刺激才能让他的内心不那么荒芜。

每次面对宇宙施舍给人类的那一小片瑰丽，张知陈就感觉自己渺小得如同因小于洛希极限而被撕碎成的天体碎片，环绕在行星周围，按着轨迹运行，周而复始，没有喜悲。

他多希望自己环绕着的，是名为姜絮言的星星。

可以陪伴着她，以数亿年为单位。

调试好望远镜，只等夜晚来临。

周菲菲指着不远处的副峰，想起之前做的攻略，朝众人道："我们去榆山寺逛逛吧，听说求学业和姻缘蛮灵的，我表姐去年来这儿求高考顺利，结果考进京州大学了。"

封远嗤之以鼻："也就骗骗你们这些小女生。"

"那你别去。"周菲菲瞪了他一眼，挽住姜絮言的胳膊，"我们走。"

封远手搭在张知陈肩膀上："你们去吧，我们男生不掺了，是吧哥……

"哎！"

张知陈往前走了一步，搁在肩头的手甩下来，封远重心不稳差点摔倒，只听他哥淡淡道："一起去吧。"

封远闻言手叉腰，瞧着他哥那副不值钱的模样，恨铁不成钢地泄气跟上去："等等我！"

周菲菲得意地回过头，对他做了个鬼脸。

封远：哼。

宋翔和费扬两人对拜佛不感兴趣，便留在原地看装备，其余四人沿着石阶和路牌向另一个山头出发，接连走了二十分钟的石阶，才看到红色庄严的飞檐。

等爬上最后一级石阶，周菲菲累得直接坐倒在地，脸色通红，喘息道："真要命啊，以后我再也不想爬山了。"

封远抹了抹额角细密的汗，闻言冷嘲："刚刚是谁口出狂言说爬山小菜一碟的？"

周菲菲没力气和他斗嘴，接过姜絮言递来的水一口气喝掉半瓶："我坐着歇会儿，你们先进去吧，待会儿我进去找你们。"

姜絮言耐力很好，爬完只是有些微喘，她担心地看向周菲菲："要不我陪你吧？"

"不用，我一个人缓缓就行，你快去吧，再磨叽太阳就下山了。"周菲菲摆了摆手。

姜絮言眉头紧蹙，显然不同意留女生一人在这儿，她正要再次劝说，一旁的封远瞧着张知陈的脸色，主动道："我留下来陪她，你俩先进去吧。"

"你？我不……"周菲菲嫌弃地斜了他一眼，话还没说完，就被封远拿水瓶堵住了嘴。

他僵笑："菲菲同学，你看你嘴唇都白了，少说点话吧。"

周菲菲很烦他，抬手掐了把封远的胳膊，封远疼得龇牙咧嘴，水瓶掉落。

"谢谢封远同学了。"她笑得咬牙切齿。

姜絮言瞧着两人突然上演的同学情谊，莫名其妙地眨眨眼，随即被张知陈打断思绪："我们走吧。"

"啊，哦。"

姜絮言转身，张知陈已经踏进了庙里，她连忙跟上去。

榆山寺并不大，但十分精巧庄严，一进庙，充满着沉静气息的浓郁香火味便扑面而来。姜絮言下意识地屏气噤声，因为爬山而急促的心跳也渐渐平复。

来到主殿门前，一名身着灰色百衲衣的师父坐在门口，身前的桌上摆着香，进来一名游客便会递上一支。

姜絮言跟在张知陈身后领了一支香，走到一人高的香炉前点燃，张知陈盯着燃烧的香，表情严肃庄重，姜絮言看了他一眼，心头微动。

张知陈好像真的很信这个的样子。

第一次见他这副严肃到令人不敢妄言的表情。

"你待会儿想求什么？"愣神间，张知陈眉眼一松，突然问她。

姜絮言看他："这个不能说，说出来就不灵了。"

张知陈和她对视几秒，随后扯唇："行，那我也不告诉你。"语气带着点逗弄似的赌气。

姜絮言觉得可爱，故意道："你不是说要求我平安的吗？"

张知陈眼睛半睁，垂眸斜睨她："我改了。"

姜絮言唇线拉直："改成什么了？"

"不能说，说出来就不灵了。"

行，拿她的话来压她是吧。

姜絮言面无表情地盯着张知陈，张知陈也不示弱，两人就这么对视着，直到瞧见张知陈眼角的笑意，她才略带得意地学着他平时的表情挑起眼尾，脸上是生动的狡黠。

那双灵动温润的眼睛似乎在说：别装了张知陈。

甘心被拿捏的张知陈懒懒地收回视线，喉结缓缓滚动，用气音叹道："败给你了。"

很快便轮到两人，姜絮言学着前面游客的动作，双手端香跪在蒲团上，抬眸看着殿前面容安详肃穆的佛像，心都安静了下来。

她闭上眼，跪伏在地，莫名鼻腔泛热，一阵无尽的哀伤涌上心头。

"佛祖在上，请您保佑家父家母在天之灵，能够安息。"

"还有，请告诉他们，我和奶奶过得很好，也很想念他们。"

这一刻，跪在佛前，万物宁静，她心中唯一想到的，就是爸爸和妈妈。

她真的好想、好想他们。

张知陈以前从来不信这些，他只信自己。

可重生这一遭，他暗暗觉得，也许真的是老天垂怜他，才让他重新来过。

张知陈紧紧闭上眼，可长睫却止不住地颤抖。

"求您保佑姜絮言一辈子平安喜乐，万事如意。"

两个孤独的灵魂此时坦然地面对神佛，求的都不是自己。

从大殿里出来，姜絮言情绪低落，她叫了张知陈一声，慢吞吞地说："这里真的很灵吗？"

张知陈双手插兜，学着她的语调："心诚则灵。"

"该有多诚才能灵啊。"姜絮言自言自语道，张知陈听见却停了下来，她下意识地抬头看他。

"可以验证一下。"张知陈侧头。

姜絮言好奇："怎么验证？"

张知陈认真地看着她，沉默良久才启唇，吊儿郎当的："我求的要用一辈子的时间去验证。"说罢，继续朝前走。

姜絮言愣在那儿，一时间没反应过来。

但随即想起张知陈说过他要求的事情，福至心灵一般，姜絮言瞪大眼睛盯着张知陈的背影，耳朵泛红。

很快周菲菲和封远也拜完从庙里出来，四人在周边又逛了会儿，周菲菲兴奋地扯着姜絮言来到卖纪念品的小摊前，有卖香包的，也有卖各式各样小玩意的。

姜絮言本来对这些东西不感兴趣，可视线扫到其中一个卖手链的摊位时忽地一顿。

她走过去，拿起桌上一对红绳编织的系扣手链。

一粗一细，样式非常简单，就坠了一颗打磨过的乳白色的菩提根。

摊主阿姨连忙推荐："保平安的，一对儿才十块钱，姑娘要是喜欢可以试戴看看。"

姜絮言闻言笑了笑，没有丝毫犹豫地掏出十块钱递过去："我买了。"

"好嘞，要给您包一下吗？"

"不用了，谢谢。"姜絮言摇摇头，将手链放进衣服口袋里，扭头悄悄看了眼张知陈，见对方正和封远说话没注意这里，松了口气。

几人在太阳彻底落下前赶回露营地。

随意吃了点自带的零食，一行人围坐在一起边聊天边等待深夜来临。

张知陈习惯性地关掉手机和电筒，周围有经验的观星爱好者也自发地将场地附近的光源都关掉。

顿时，四周陷入一片漆黑之中，只有头顶那璀璨的星海熠熠生辉。

今夜是弦月，没有月光的掩盖，星星尤为明亮。

姜絮言情不自禁地站起身，仰望着繁星点点的夜空，被大自然的美而震撼，胸口翻涌出类似于感动的情绪。

其实这片星空并没有书上的灿烂瑰丽，但足够令她一辈子都难以忘怀。

因为陪她一起看的，是张知陈。

"还记得我和你说过木星是什么样的吗？"张知陈不知何时已悄悄走到她身旁，嗓音沉沉道。

姜絮言心口泛热："月亮旁边最亮的那颗就是木星。"

"真聪明。"他从不吝啬对她的夸赞，"想看土星的星环吗？"

姜絮言比星星还亮的眼眸看向他："想。"

张知陈在昏暗里扯起唇角，用指尖捏住她的衣袖，将人带到望远镜前，示意她看里面。

姜絮言看了他一眼，得到鼓励的目光后，微微低头，看向目镜。

只见一片寂静的黑暗中，被星环环绕的土星倾斜着挂在那儿，既可爱又孤寂。

瞬间，姜絮言眼眶一热，她感觉自己只是窥探到了宇宙千万分之一的美好，却已经被震撼到心潮澎湃。

而一旁的张知陈则专注地望着她，仿佛眼前的人比宇宙还要美。

"土星的光环是双层的，内环和外环之间有条黑暗的缝隙。"张知陈微俯下身子，声音低浅，"看到那条缝隙了吗？"

姜絮言连忙点头："看到了！"

"那就是卡西尼缝，1675 年意大利著名天文学家卡西尼观测到的，后人为了纪念他，就把这条缝隙称为卡西尼环缝。"他解释道。

姜絮言沉浸在宇宙的神奇中，没有吭声。

"姜絮言。"张知陈突然哑声叫她。

女生脸颊被兴奋染红，这才侧头看他："怎么了？"

两人在繁星下四目相对，张知陈目光沉沉，喉结轻缓滑动，眼里只有她。

"未来，我会带你去看更多的星星。"

第十章

知了和梧桐

　　宇宙之大，星星数不胜数，少年目光灼灼，远处的山峦群星都是他的背景，精致凌厉的眉眼染着点点笑意，帅气炫目地让人眼眶温热。

　　他用只有彼此能听到的缓慢语调，对她说："带你领略曾经我独自面对的浪漫，把整个宇宙看透。"

　　把整个宇宙看透。

　　这怎么可能呢。

　　但不知道为什么，从张知陈嘴里说出来，姜絮言就是相信。

　　"好。"

　　姜絮言眼睫轻颤，一眨不眨地望着他，似乎想把这一幕印在脑海里，她嘴角轻扬，均匀又绵长地呼吸，平复着内心不断翻涌的感动，感受着料峭的风，还有此刻比群星还要夺目的张知陈。

　　"你俩别动，我给你俩拍张照！"

　　周菲菲在前方笑着招呼道，让对视的两人回过神，下意识地齐齐看过去，只见下一瞬，一道闪光灯骤然亮起，周围不少人投来不悦的眼神。

　　周菲菲抱歉地笑了笑，关掉闪光灯，接着指挥："快站好，我再来一张！"

　　姜絮言被闪光灯吓到，眼睛飞快地眨了眨，直到张知陈伸手扳过她的肩膀，两人并肩站在一块，她才恍然侧头看他，入目是男生的侧脸轮廓。

　　"笑一笑。"张知陈捕捉到她的视线，用口型缓缓说。

　　姜絮言心跳一顿，连忙摆正脑袋，盯着周菲菲的镜头，肩头被张知陈坚硬的胳膊抵着，她没有动，听到"茄子"的刹那，她抿唇弯起一抹乖巧的笑容，眼形弯弯，明媚又鲜活。

　　之后众人一直玩到半夜才困顿地爬进帐篷里，明早五点多就要起来看日出，再不睡肯定起不来。

　　周菲菲从包里掏出湿巾给自己洗了把脸，随后躺进睡袋，把自己裹成了一条毛毛虫，伸手打开电筒，开始姐妹夜聊。

　　姜絮言披着外套靠坐在一边，低垂着头，乌发披散落在耳侧，五官在冷白灯光下柔和又静好。

她正翻看着周菲菲今天拍的照片。

"哎，言言，你想考梧大的哪个专业啊？"周菲菲好奇道。

闻言，姜絮言抬头，思索了一下："天文吧。"

听到这个答案，周菲菲了然地笑了一下。

姜絮言轻笑："干吗？"

"真好。"周菲菲翻了个身，手枕着头，看她，"我也想遇到一个能让我看到未来的人。"

听到这句话，姜絮言指尖一顿，显示屏里跳出今晚周菲菲给她和张知陈拍的那张开闪光灯拍的照片。

照片里，她和张知陈面对面站着，一高一矮，齐齐扭头，表情惊诧双目圆睁，过曝没有让照片失去美感，反而有种别样的氛围。

姜絮言关掉相机，抬手摸了摸发热的脖子，脱掉外套缩进睡袋里，眼睛在昏暗里润泽晶亮，闷声说："会的，会遇到的。"

她从没露营过，又睡得浅，周遭的风声和环境音在耳边放大，姜絮言翻来覆去好长时间才迷迷糊糊陷入沉睡。

她又做了上午在民宿做过的梦。

这次她看得更加清楚，被灼烧烟熏的感觉也更加真实。

姜絮言用力捂住口鼻，在浓烟和滚烫里看着周遭的一切，忽然表情一滞。

这是她和奶奶住的出租屋。

烧的，原来是她的家。

想到这儿，姜絮言从角落爬起来跑到门边，用力拍打着被锁上的门，可不管她如何哭喊嘶吼，都没有得到任何回应，反而屋顶上被烧断的木质横梁发出断裂的恐怖声响，她抬头尖叫着望向下一秒朝她砸来的横梁，猛地睁开了眼。

剧烈后怕的喘息在静谧黑暗的帐篷里响起，姜絮言僵硬着身子，眼眸在黑暗里惊疑地四处打量，冷汗已然爬上了后背，缓了好一会儿才渐渐平复。

她慢慢坐起来，冷空气从裸露的脖颈钻进衣服，姜絮言凭着冷意彻底从噩梦里缓过神。

刚刚那场梦太过真实，真实到她甚至感觉被砸中的脚隐隐传来灼烧感和疼痛。

姜絮言摸了摸自己的小腿，那里完好无损。她长长地呼出一口气，披上一旁张知陈留给她的厚重夹克外套，慢慢温暖回笼。

突然觉得帐篷里好闷，她现在只觉得神经都宛如被烤过一样不舒服，只想出去透透气。

轻手轻脚地拉开拉链，她悄悄出去，没有惊动周菲菲。

平台地面上亮起了地灯，星空下的山顶是刺骨的冷，姜絮言缩了缩脖子走到不远处的台阶上坐下，愣愣地盯着远山发呆。

直到有道身影坐在她旁边，她才轻动眼睑，扭头看过去。

张知陈捧着一个保温壶，和她对视一眼，随后拧开瓶盖倒了杯热水递给她："睡不着？"

姜絮言没吭声，垂眸盯着冒着热气的水杯，心底的后怕彻底散去。

她伸手接过，也不喝就光拿着，直到热气渐渐消散，才低声道："做噩梦了。"

声音微弱又带着点不易察觉的委屈。

张知陈眉头一收，膝盖抵着她的："梦到什么了？"

姜絮言摇摇头，目光没什么焦点："没什么，就是做了一些光怪陆离没有逻辑的梦，有点吓到了。"

张知陈盯着她，知道她在撒谎。

姜絮言每次撒谎都不敢和人直视，语气平直冷静，一点波动都没有。

沉默几秒，男生突然轻笑了一下，伸手按在姜絮言的肩膀，不轻不重地拍了拍。

姜絮言抬眸看他。

一阵冷风吹来，将张知陈漆黑的额发四散，他看着她，抬起手指轻轻点了下姜絮言的额头，她脑袋轻晃，无辜地望着他。

"没什么，现在好点了吗？"他不动声色地转移话题。

姜絮言点点头，莫名哑声问："你之前做完噩梦是不是也很难受？"

张知陈长睫稍抬，认真地望着她，漫不经心地"嗯"了声："何止是难受，还很害怕。"

姜絮言："怕什么？"

"怕梦境成真。"

怕失去你。

姜絮言目光一怔，随后有些眼热，她扯起唇角，尽量让自己笑得随意点："噩梦成真，那太可怕了。"

"嗯。"

空气安静下来，两人移开对视的目光，各自望着被星空覆盖的远山。

心照不宣地感受着只属于两人的静谧。

姜絮言原本因为连续做了两次的噩梦而惴惴不安的心，因为张知陈在身旁而慢慢安定。

沉默良久，她才又轻声打破："张知陈，如果哪天我真的……不见了，你会怎么做？"

"只要我活着，我就会一直找你。"

她话音刚落，张知陈沉到沙哑的嗓音就跟着响起。

姜絮言心口一窒，两人的视线再次相撞。

张知陈喉结轻滑，眼睛里的真诚和笃定不加遮掩、毫无保留地展现给她："就算是无数个十二年，我也耗得起。"

这句说得极为轻浅，轻到几乎是呢喃自语，姜絮言只能捕捉到其中几个字眼，在寒风中哑声问道："为什么是十二年？"

正常都是十年、二十年这类整数，为什么张知陈要说十二年？

张知陈咽下喉头的滞涩，伸手将姜絮言的外套衣领竖起，护住她露出来的肌肤，眼睛低垂并不看她，懒声说："没什么意义，只是个数字而已。"

姜絮言眨眨眼，没再纠结。

拉好领子，张知陈并没有收回手，他双手往上，掌心温热，慢慢贴在姜絮言冻得失去知觉的耳郭上，将自己的温度传递过去。

姜絮言感觉周遭的一切声响都被隔绝了，只有闷闷的呜咽风声和眼前之人轻到宛如从另一个时空传来的承诺。

"我一定会找到你，不管在哪个时空，不管你变成什么样，我都会义无反顾，哪怕……"

张知陈喉结上下滚动，眼眶在黑夜里染上水汽。

"哪怕世上再无我。"

"那你不见了怎么办？"姜絮言听到自己的声音。

张知陈极轻地笑了一下："那肯定不是我，我永远不会消失不见。"

早晨五点半左右，姜絮言是在张知陈的肩头醒来的，她身上除了夹克外套又被他披了件羽绒服。

"言言，醒醒。"张知陈带着沙哑的声音，让她慢慢睁开眼睛。

入眼便是从群山之中露出一角的冬日暖阳。

温暖的阳光洒向人间，刺破黑暗，公平地照亮每一处不被善待的角落。

姜絮言揉了揉眼睛，许久才适应光亮，一抬头，张知陈正含笑地看着她。

"这是 2011 年你看的第一场日出。"他顿了顿，语气多了几分认真，"新年快乐，姜絮言。"

姜絮言怔怔地盯着他的眼睛，一股酸涩从胸口蔓延至鼻腔，她脸上还有初醒的困顿，可此时有股难言的情绪涌上来。

除了奶奶，他是这么多年来第一个对她说新年快乐的人。

不知道张知陈是太懂她需要什么，还是误打误撞。

可姜絮言就是被这么一句小小的祝福惹得哭了鼻子。

她都怀疑，是不是爸爸妈妈放心不下她，所以把张知陈送到了她的身边。

思及此，姜絮言低下头，吸了吸鼻子，很小声地说："谢谢，你也新年快乐。"

说罢，她不再吭声，重新把脑袋搁在他的肩头。

谢谢你。

希望明年，还能和你一起看日出。

看完日出，一行人拆掉帐篷收拾好装备下了山，到达山脚才早上九点，几人昨晚在山里都没睡好，一回到民宿便各自回了房间，睡醒后随意逛了下古城，一直到晚饭时间才回民宿。

宋翔做了一桌拿手的川菜，刺激味蕾的辣香让寒冬的夜染上几分家的温暖。

姜絮言不擅长吃辣，她仔细挑出辣子鸡里的鸡肉放进嘴里，刚嚼了一下便被辣到脖子都红了。

她接过可乐喝了几口，余光和张知陈的撞上，只见对方端走了辣子鸡，将几盘清炒蔬菜移到她面前。

"你的胃不能吃辣。"他下意识地说。

姜絮言从来没跟他说过自己胃痛的毛病，但也没细想，"嗯"了声，专心吃起蔬菜来。

"你们待会儿可以在院子里放烟花，今天我出去买了不少回来。"吃到最后，宋翔边收拾边笑道。

"好耶！"封远兴奋地怪叫一声，跑到后院，果然看到堆在廊下的一堆烟花炮仗。

周菲菲正吃着冰棍，闻言凑到姜絮言旁边，笑道："言言，你爱看烟花吗？

"言言？"

姜絮言在听到烟花这两个字的时候整个人开始僵硬，脸上的红润顷刻间褪去，苍白到令人心惊。

屋里开了空调很温暖，可她就是觉得如坠冰窖，由内而外地感到寒冷。

眼前恍惚出现一些杂乱纷扰的画面，尖厉嘈杂的人声，消防车刺耳的鸣笛声，还有那声响彻夜空的爆炸声。

当年爸爸妈妈出事的那晚，她听奶奶的话，乖乖待在家里守着生日蛋糕，等待他们回来给她过生日。

可一直等到了深夜都没有人回来，小小的她跟跄地从家里出来，朝着爸爸的烟花厂跑去。

一路上，天边的火光逐渐清晰，大火宛如张牙舞爪的恶魔，一直窜到天上，烧着云边，也烧着姜絮言最爱的人。

消防救援的声音和人群的声响离耳边越来越近，她喘着粗气，心里并不太清楚到底发生了什么，直到她跑到距离工厂仅隔一条马路的街角，空气中弥漫着硝烟的味道，一声巨大到刺破人耳膜的爆炸声，让她前进的脚步停滞。

姜絮言摔倒在地，愣怔地盯着不远处被火舌吞噬的工厂。

还记得爸爸当初决定开烟花厂，就是因为女儿喜欢，想要制造出最漂亮的烟火送给她。

可是爆炸发生的那一刻，她最爱的烟花夺走了她最爱的亲人。

回忆结束，姜絮言神色恍惚，周菲菲还在耳边呼唤，她看过去，视线却没有焦点，像个失去灵魂的提线木偶。

"我……"

"她不喜欢。"

姜絮言还未说完，张知陈就替她回道。

周菲菲遗憾地"啊"了声："不喜欢啊，好吧，那我和封远他们玩。"

她说罢便跑到院子里，留下姜絮言和张知陈还坐在沙发上。

姜絮言眼睫轻颤，紧抓着茶杯，手指无意识地发颤，直到张知陈抽走杯子，她才抬眼瞧他。

张知陈和她对视，面容温和："陪我出去逛逛。"

姜絮言眼眶微红，怔怔地点点头。

在烟火点燃升空前，两人走出了民宿，古城到处都是节日气息浓郁的灯笼和招牌，刚下了场小雨，地面还未干，水洼反射着暖色的光影，倒映出路过的行人。

两人并排走着，直到出了民宿所在的巷子，身后不远处的天空才传来接连不断的烟花炸响。

姜絮言脚步一顿，眉头紧皱，立马闭上眼捂住耳朵，整个人瑟缩起来，靠着墙壁，肩膀都在细微发抖。

往年过节的时候，每到晚上她都会一个人躲在被子里，用手捂着耳朵，熬过热闹的夜晚。

张知陈反应过来，立刻摘下自己的线帽，挡在姜絮言面前，将对女生来说稍大的帽子整个扣在她头上，遮住耳朵，下一秒男生宽大温暖的手掌覆在姜絮言的手背上，帮她一起隔绝那令她害怕的声响。

一个皱眉闭着眼，一个心疼地看着眼前的人，默默等着烟花结束。

过了一会儿，炸声消失，世界陷入片刻的静滞。

姜絮言长睫轻颤，慢慢睁开眼，张知陈沉沉的黑眸映入眼帘，用口型对她说：
"不怕。已经结束了。"

姜絮言呼吸一涩。

她终于不用一个人躲在被子里害怕了，张知陈会帮她一起捂住耳朵。

"张知陈。"

张知陈按着她的肩膀："我在呢。"

"我想妈妈了。"她轻声说。

张知陈心头一窒，鼻息变重："我也是。"

闻言，姜絮言抬起头，目光湿润："她们在天上也会想我们吗？"

张知陈垂下眼，认真地看着她："会的，她们比世上的任何人都想我们。"

"那为什么我一次都没梦到她。"泪眼掉落，姜絮言鼻头微红。

张知陈呼吸一顿，心口泛起细细麻麻的疼："因为她不希望看到我们哭啊。"

"真的吗？"

"真的，妈妈是最疼我们的人，她知道你看见她就会哭鼻子，她会心疼的。"张知陈用最温柔的话语哄着女生。

他清楚姜絮言心里的那道口子，很深很深，必须满到溢出来的爱才能填满。

他舍不得让她再经受任何一次失望和痛苦，无法忍受任何人再去伤害她，就连他自己也不行。

姜絮言用力擦掉脸上的眼泪，强迫自己扯起唇角，露出一个乖巧的微笑。

张知陈赞许地"嗯"了声，把出门前塞进口袋里的糖拿出来，放在她手心："奖励给听话的小朋友。"

姜絮言低睫看着还留有余温的奶糖，抿了抿唇，攥紧手掌，然后她另一只手将口袋里藏了好久的礼物拿出来，其中细的那根已经被她戴在了自己的腕上，剩下稍粗的这条，是她要送他的，新年礼物。

张知陈瞧着女生垂着脑袋，把一条坠着菩提根的红绳手链递到他面前，不禁挑眉，好笑道："这是什么？"

姜絮言有些不好意思："新年礼物。"

"哦。"他勾唇，忽地抬起左手，露出手腕，"能帮我戴上吗？"

她慢吞吞地将红绳系好，乳白色的菩提根散发着温润的光泽，衬得张知陈的手腕越发白净："听说是保平安的，你不要弄丢了。"

动作间，张知陈自然也看到了姜絮言手腕上的另一条，看起来是一对。

他闻言轻笑出声，眉眼在暖色灯光下熠熠生辉。

"我可舍不得弄丢。"

张知陈把袖子拉下来，将红绳藏在里面："不然你又要哭了。"

"……"姜絮言无奈地抬眸看他，她现在在他眼里彻底成了一个爱哭鼻子的小孩了。

两人又沿着街道散了会儿步，走到古城最中心那棵树枝上绑着无数红带子的大树下时，有片冰凉的触感落到姜絮言的额头上。

她以为又要下雨了，正打算提醒张知陈，没想到再抬睫，入眼的是纷纷扬扬飘落的雪花，在灯光的映照下似飞舞的雪白精灵，落地便融化消失。

"快看！下雪了！"姜絮言扯住张知陈的衣角，神色兴奋。

张知陈下意识地跟着抬起头，细小的雪花落到他的眉眼，弱化了男生桀骜的气质，增添了几分独属于冬日的温暖。

在南方，这雪下得不算小。

他忽地想起留学时有一次圣诞节去芬兰看极光，他坐在狗拉的雪橇上，入眼皆是白茫茫的一片，呼进去的空气都夹杂着雪粒。

那个时候，整片广袤的雪白天地里只有他一个人。

可他却十分想念梧城那连雪人都堆不起来的雪。

"下得好大呀，明早起来是不是就可以堆雪人了？"

姜絮言清脆的带着笑意的声音将他从过往里扯回。张知陈偏过头，注视着姜絮言因为兴奋而晶亮的眼眸："一定可以。"

这是姜絮言出生以来看到的第一场大雪，也是平江今年的第一场大雪。

她想起周菲菲说过的，关于初雪的传言。

"听菲菲说，一起看初雪的人，会永远在一起。"姜絮言盯着如杨絮般飞扬的雪花，喃喃说道。

张知陈自然听到了，他抬起手掌，轻轻按在姜絮言的头顶。

姜絮言抬睫撞上他温柔的目光，眸光微闪，语气迟疑："张知陈，这是真的吗？"

张知陈直视她："你希望它是真的吗？"

姜絮言没有回避，认真道："虽然没有科学依据，但我希望是真的。"

"行。"张知陈眼尾稍抬，露出一个稍显为难的表情，"那我就勉为其难地帮你实现它吧。"

姜絮言瞧着他这副得意的样子，强忍着笑意，切了一声，甩掉头上的手，往旁边跨了一步："既然这么为难，那就算了。"

得，生气了。

张知陈轻哼出声，他抬手摸了摸鼻子，紧跟上去，十分不自然地撒娇道："没有为难。

"乐意之至。"

从榆宿回来的第二天便是大年三十，夜幕降临，姜絮言陪着奶奶在无人的街角给父母烧纸钱。

王卉满眼含泪，嘴里呢喃说着些想念的话语。姜絮言握着她的手，用自己小小的力道支撑着这位丧夫又丧子的可怜老人。

回到出租屋，电视里春晚的热闹声响驱散了些许冷清，王卉做了一桌拿手好菜，姜絮言将爸爸妈妈的照片摆在桌子的空位前，倒了两杯酒。

照片里姜高和成岚笑容明媚生动，还是年轻时的模样，时间没有给他们染上一丝岁月的痕迹。

姜絮言轻抚着照片上妈妈的笑颜，强忍着呜咽，逼着自己翘起嘴角。

今天是除夕，她不能哭，爸爸妈妈在天上看见会心疼的。

吃完年夜饭，时间才九点多，王卉歪在床上听着电视里春晚的声音，困倦地不断打盹，姜絮言无奈地笑了笑，上前帮她盖好被子，关上电视，轻手轻脚地走出家门。

夜凉如水，朦胧的烟花声自四面八方传来，姜絮言拿出挎包里的随身听，将耳机塞进耳朵，乐声占满她的整个感官，让她整个人放松下来。

这是张知陈送她的随身听，说是可以帮她度过充斥烟花的除夕。

随着音乐进入副歌部分，姜絮言下意识地翘起唇角，沿着冷清的街道朝今阳的方向走去。

在路过学校南边的奶茶店时，店里的一个身影吸引了她的注意力。

是舒则。

他正独自一人坐在角落靠窗的位置，面前点了一杯已然冷掉的茶饮，面色沉静淡漠，目光落在杯子上，不知道在想些什么。

姜絮言脚步一停，莫名地盯着他看。

大年三十晚上，他不和亲人团聚，一个人待在这里做什么？

这么想着，姜絮言晃神一瞬，再抬眼，舒则的目光直直投射过来，将她锁在原地。

舒则原本平静的黑眸，在看到窗外姜絮言的刹那，起了波澜。

两人四目相对，是舒则先移开了视线。

姜絮言眨了眨眼，有种偷看被逮住的尴尬。

她手插进口袋，收回视线，继续往前走。

在十字路口等绿灯时，身着黑色长毛呢大衣的舒则跟上来站定在她左侧。

冷然清冽的檀香从左侧飘过来，姜絮言偏头看过去。

舒则直视前方，紧绷着脸，表情沉郁，眉骨下压，漆黑的眼眸里似乎藏着极为浓烈的情绪。

他垂在身侧的手紧握着，仿佛在隐忍着什么。

姜絮言拿下耳机，主动打招呼："班长。"

舒则恍若初醒，他眼睫轻动，垂眸"嗯"了声，并不看她："这么晚了还一个人出来？"

"睡不着，就想出来逛逛。"

空气再次沉默下来。

姜絮言扯了扯唇角，接着搭话："你怎么也一个人出来了？"

"不想和他们待在一个房子里，好吵。"舒则淡声说，表情冷漠到仿佛在说别人的事。

他们……指的是家人吧。

姜絮言悄悄打量他，不知道为什么，总觉得此时毫不掩饰自己冷漠脾性的舒则，比平时戴上面具努力合群的他更显得正常点。

红灯还有四十秒，姜絮言第一次觉得等待是件痛苦的事情。

"保送的话是不是就不用参加高考了？"她实在受不了尴尬的氛围，硬起了一个话题。

舒则这才垂眸看她，嗓音低哑："对，我不用高考了。"

莫名地，姜絮言觉得此刻对方看着她的眼神无比寒冷，明明刚才两人还在正常说话，怎么一提到高考他就像生气了一样。

"你呢，已经和张知陈说好了一起考梧大？"舒则眉尾微挑，露出几分嘲讽的神色。

姜絮言皱了皱眉，没有吭声。

总是这样，每次想和他好好说话，舒则总会夹枪带棒地扯上张知陈。

见她不接这话，舒则表情淡了下来，他从鼻子里轻哼一声，自嘲道："我还真是问了句废话。"

绿灯适时亮起。

姜絮言立刻踏上斑马线，远离这个总是莫名其妙的人。

走到正中央，右侧马路上突然照来一道强光，伴随着汽车急促鸣笛，姜絮言下意识地看过去，只见一辆丝毫没有减速的汽车冲她直直开过来。

面对即将到来的危险，姜絮言还没反应过来，整个人愣在原地，这时胳膊被一个极重的力道拉扯着往后，身子远离了汽车的前进轨迹，而汽车从她面前呼啸而过。

四周静得能听到急促的心跳声，姜絮言扭过头，撞上舒则垂下来的、复杂的目光。

"谢，谢谢。"

她看向舒则抓在自己胳膊上的手，冷白的手因为过于用力，指骨泛起白色，甚至还在细微发抖。

舒则没有松开她，眉间倏地拧起，似乎承受了什么重大的痛苦，他咬着牙死盯着姜絮言的脸，仿佛是从牙缝里蹦出来的字句："姜絮言，你是有多想死？"

姜絮言闻言眉头一皱，下意识地反驳："我没有……"

"够了。"舒则冷声打断她，甩开她的胳膊，望向别处，又恢复成那副漠然的样子，"和我没关系。"

"没关系"三个字他说得极轻，仿佛自言自语，声音轻到随着硝烟味的空气飘散消失。

姜絮言咽下话语，收敛了神色，不再管他，兀自朝着自己原定的方向走去。

姜絮言的背影消失在拐角，还站在红绿灯前的舒则身形萧条，冷白色的皮肤衬得他在夜色中犹如游魂般没有着落。

他盯着姜絮言消失的方向，许久都没有动。

向来没有感情起伏的人，莫名地红了眼眶，但很快便被他逼退了回去。

他以为自己已经放下了，可当看到姜絮言处在死亡的边缘，那股被他藏了十二年的后怕和愧疚，压都压不住地从心底冒出来，几乎让他浑身颤抖。

舒则垂下眼眸，看向自己还在轻颤的手，上面残留着姜絮言的温度，眼前浮现出当年的一些画面。

他站在空无一人的街道，望着不远处冲天的火光，眼底被映照出奇异的亮色。

那一刻，当时的他是怎么想的？

舒则攥紧手掌，指甲戳刺掌心，疼痛让他冷静下来。

忘了，只记得当时，他为数不多的心动，随着那场大火，彻底平息。

是的，他应当如藏在暗处的毒蛇一般冷血，冷眼旁观世人的丑态。

而不是……

他抬眸望向拐角，眼底是被他自己刻意忽略的想念和心软。

而不是，像个被爱冲昏头脑的懦夫，耽于过往。

二月中旬，今阳高三开学。

还有不到四个月的时间便是 2011 年的高考，黑板右上角写着大大的高考倒计时，大家都在埋头苦学，为这场他们准备了十几年的毕业考试而冲刺努力。

元宵节学校放了一天假，下午的时候张知陈一个人来到东延街上的那个大型商场，在进门的地方，看到了身着保安服的秦劲。

他正如姜絮言日记中所言，长相普通，但眉眼间却透着狠戾。

这会儿他胖了不少，因为在滨宁犯事蹲了几年牢，出来后已被仇家端了窝，躲债逃到梧城，在这个商场做保安。

三月份的时候姜絮言会在这里遇到他，从而陷入被这个人渣骚扰折磨的黑暗日子。

想到这儿，张知陈眼底一暗。

搁在口袋里的拳头紧了紧，张知陈眼尾上挑，故意朝站在那儿和同事插科打诨的秦劲走去。

在他不注意的时候，肩膀重重撞过去。

秦劲没有防备，被撞得身形一晃，张知陈口袋里的钱包顺势滑落。

"哎！"秦劲脸上横肉一抖，怒声道，"你小子怎么走路的！长没长眼啊！"

张知陈皮笑肉不笑地道歉："不好意思啊叔叔。"说罢便转身走进商场。

身后秦劲还在骂骂咧咧，张知陈瞬间收敛表情，嫌恶地拍了拍肩膀。

他象征性地在一楼随意逛了逛，最后见时间差不多了，走进一家张大明常去的高级服装定制店，和店员说帮他父亲，也就是冉星的张总拿定制西服。

店员听到少年说他是张总的儿子，连忙诚惶诚恐地将人引到休息间等待，不一会儿便把西服包好送了过来。

结账时，他手伸进口袋，意料中地摸了个空，但张知陈却刻意高声道："哎？我钱包呢？"

这句话让在场众人面面相觑，店长斟酌道："您是不是忘带了？"

张知陈斜了他一眼："不可能，出门前我爸亲手给的卡，我亲手塞进钱包放到口袋里。而且我下车时钱包还在，怎么一进来就没了。"他冷笑一声，扫了眼在场的众人，"钱包不可能无缘无故消失，您是店长，是不是该给顾客一个交代？"

"这……"店长和同事对视一眼，赔笑道，"您别生气，我这就联系保安，给您调监控，我们再帮您在附近找找……"

"不用了，我信不过你们商场的保安，吊儿郎当的。"张知陈摆摆手，冷声道，"直接报警。"

"报警？"店长满脸踌躇，他入职以来第一次遇到这种事，一时没了头绪，愣在原地。

张知陈歪在沙发里跷起二郎腿，模样散漫。

他不太耐烦地望向店长："报警，听到了吗？"

店长不再犹豫立刻拨打了报警电话。

这边秦劲嫌屋外太冷，跑进商场一楼的洗手间附近蹭暖气偷懒。他烟瘾犯了想掏出烟盒抽一根，手刚伸进外套口袋，就传来了皮革的手感。

秦劲心一跳，连忙将刚捡的钱包拿出来。

他以前给情人买过这个牌子的包，自然知晓这个钱包价值不菲。

秦劲捏了捏极具分量感的钱包，精明地扫了眼四周。见无人在意他，于是悄悄退到洗手间一旁堆放杂物的隔间里。

他关上门，急不可耐地打开钱包。

眼前的情景果然没有让他失望。

厚厚一沓钞票，好几张银行卡，夹层里还有一些美金。

秦劲眼睛猛地瞪圆，天降一笔横财让他整个人肾上腺素激增，明明隔间里阴冷异常，他的额头和掌心却出了一层汗。

他前段时间沾上了赌，开始的时候确实赢了不少，他本想见好就收赢点小钱就退，但尝到了其中的甜头后，面对这种动动手指便能来钱的巨大诱惑，他逐渐上头，沉迷其中。

好运不是常伴的，渐渐地，开始赢来的钱都被他败光，连先前攒的吃饭钱都投了进去，结果当然是有去无回，甚至还欠了不少。

他如今已经到了穷途末路的阶段，没想到老天爷竟然送了一大笔钱给他。

秦劲此刻被不劳而获的喜悦冲昏头脑，他拿出现金手指沾着唾沫数了数，有三千多，美金两千，加起来就有小两万，还不算卡里的钱。

秦劲咧嘴一笑，打算今晚拿这笔天降横财去找回场子。

他把包里的钱和卡都掏了出来塞进自己的背心口袋里，贴身放着才安心，钱包本想扔掉，可这玩意拿到二手名牌店还能换点钱回来。想到这儿，他将空掉的钱包塞进裤兜里。

一切做完，他叼着烟从隔间里出来，商场暖气扑面而来，他忽地回过神。

脑海中浮现出半小时前那个撞到他的冒失小鬼。

这不会是那个小鬼的钱包吧。

如果真的是他不小心掉的，那小鬼等会儿一结账就会发现钱包不见了，到时候肯定会引起骚乱。

他和对方撞到过，臭小子绝对会要求搜身查看。

思及此，秦劲抓了抓身上放钱的位置，脸色难看。

到时候这钱可就保不住了，而且就算他一口咬定是捡到的，但钱包已经被他整个翻空，明显是不打算归还想私吞，对方一定不会善罢甘休。

要是闹进局子里，他又有案底，商场肯定不会再要他。

好不容易找到的工作，他可不能折在这里。

想到这儿，秦劲扫了眼尚且平静如常的楼层，抬脚朝保安室走去，打算先和经理称病请个假，把钱带出去。

他走到保安室附近，却见两名身着藏蓝色警服的警察正站在门口，和他那名共同值班的同事说着话。

秦劲脚步猛地一顿，后背僵硬，面色顿时难看起来。

同事的位置刚好能看见他，只见对方抬头注意到来人，立刻指着他和警察说了句什么，两名警察下意识地回过头。

逮了个正着。

秦劲后退几步，暗骂怎么这么快。

他在滨宁坐过三年牢，在监狱里受了不少罪，出来后最怕的就是穿警服的。

眼下见对面两人气势汹汹地朝他走来，还高声呵斥让他别动，秦劲心头猛地一跳，立马转身朝大门跑过去。

接到警情来例行调查情况的警察愣了愣，见对方看到他们的第一反应竟然是转身就跑，显然就是心虚害怕的表现，这下原本还不确定的事顿时有了方向。

二位警官不费吹灰之力便将秦劲制服，随后厉声质问："跑什么？！"

秦劲侧脸贴着地面，脖子挣得通红，谄媚地交代："警，警官，我捡到一个钱包，在，在裤兜里。"

年纪稍长的警察闻言将手伸进他的裤兜，将已经空掉的钱包掏出来，见和报案人描述的失物一模一样，只不过里面已经空空如也。

"孩子，这是你丢的钱包吗？"

张知陈"恰好"在聚集的人群中出现，他面无表情地走近看了眼，点点头："是我的，里面有五张卡，三千多人民币还有两千的美金。"他淡淡睨了眼地上的秦劲，为难地皱了皱眉，"警察叔叔，这到底算捡还是算独吞啊？"

"臭小子！谁独吞了！别瞎说！"

秦劲一听这话气得立刻挣扎着吼道，却被背上的警察按住了头部："老实点！"

"说，里面的钱呢？"

秦劲头点地，懊恼又惋惜，他顿了顿才恹恹地说："在我棉背心的内袋里。"

周围聚集了不少看热闹的群众，都是来商场消费的客人，一听这里的保安竟然私吞捡到的钱包，人群里立刻响起了不小的议论声。

商场经理也迅速赶了过来，连忙向围观的顾客们赔礼道歉，还特意向张知陈保证，说一定会严肃处理这件事。

张知陈淡淡地"嗯"了声，但神情却极为不爽，俨然一副好心情被破坏的模样，纨绔少爷做派十足。他睨睨地上的秦劲，极轻地扯起唇。

因为涉及金额过高，且秦劲有逃跑行为，他被警察带回局里调查，张知陈作为当事人跟着去做笔录。

车上，秦劲狠狠瞪着前排的张知陈，嘴里骂骂咧咧，被警告了好几次才堪堪闭上嘴。

张知陈轻嗤一声，透过后视镜看着他："大叔，省点力气吧。"

来到警局，再出来夜已经深了。

张知陈没有同意和解，坚持要秦劲赔礼道歉，后到一步的商场经理这才从警察口中得知秦劲是个有刑事案底的，吓得当场便解雇了他。

小许接到电话立马开车过来等在警局门口，见张知陈从里面出来，按响了喇叭。

张知陈刚坐进车里，小许便满脸担忧地道："少爷您没事吧？"

"没事。"张知陈声音低沉，整个人处在昏暗里，轮廓冷漠。

小许从后视镜看了眼少爷，心底小小地感叹——自从升入高三后少爷成熟懂事了不止一星半点，和以前相比简直是两个人，有时候甚至比张总更有气势，自己在他面前都不太敢贸然出声。

"许特助，帮我调查一个人。"沉默片刻，张知陈暗哑的嗓音在车里响起。

小许立刻坐直，宛如即将被委以重任的臣子，中气十足地道了声："您说！"

张知陈被他这一嗓子弄得一愣，扯唇笑了笑，气氛放松了下来："别紧张，就是今晚偷我钱包的那个，叫秦劲，在东延百货当保安，刚刚被辞退了，你查查这个人现在住哪儿。"

"好！"小许应道，没有好奇多嘴问一句。

"他最近应该会重新找工作，你装作招聘人员联系他，把他介绍到再星在宜南的分工厂。"张知陈随意把玩着手机，眸色深沉，"临时工就行，不用给太好的待遇，分配在西南角的老宿舍楼，吩咐老陈把人看住了，别让他跑了。"

小许心一跳，暗道这个叫秦劲的看来是彻底把张知陈惹毛了。

谁不知道宜南分工厂订单多，工作量大，待遇再高都留不住人。而且西南角的老宿舍早就没人住了，背阴，常年照不到太阳，漏雨又渗水，在那儿住一周就得起湿疹。

还是临时工，钱少事多环境还差。

小许突然想起上次帮少爷联系的那位王姨。

果然人和人的差距真大。

车里安静下来，小许斟酌道："他要是不去怎么办？"

张知陈抬手抚了抚眉尾，晦涩不明地轻笑一声："这就要看许特助你的了。"

小许咽了咽唾沫，生出一股名叫压力的情绪。

说罢，车里再次安静下来，张知陈瞧着窗外飞速而过的街景，凌厉的眉眼散漫低垂，他屈指按了按额角，全身透着股慵懒的狠劲。

秦劲，我就是要把你一辈子都控制在眼皮子底下，永远都翻不了身。

一周后，张知陈收到了来自小许的电子邮件。

邮件里只有一句"OK"，下面附着一张照片。

是监控的画面截图，模糊的画面里一身灰色工装的秦劲正在操作间里工作。

看到男人老实憨屈的模样，张知陈垂眸冷笑，给小许回了三个字：看住了。

随后他点击鼠标关闭邮箱页面，彻底将秦劲这个人一辈子在姜絮言的世界里清除。

日子在平静中度过，转眼来到五月中旬，姜絮言生日前夕。

学校的樱花早已凋谢，萧瑟的冬季过去，梧桐叶在春风中茂盛如盖，空气中蕴含着温暖的春日气息，这是姜絮言出生的季节。

十五号当天是周日，为了给姜絮言生日惊喜，张知陈悄悄让周菲菲晚上约姜絮言出来。

夜里九点多，姜絮言写完最后一张数学试卷，套上米色针织开衫走出家门，刚踏出巷子口，一道机车的轰鸣声便在耳边炸响。

姜絮言抱着胳膊吓了一跳，下意识地看向左侧，只见昏黄的街道上，一辆红色重型改装摩托停在路边，车主跨坐其上，蹬着黑色靴子的长腿支撑地面，见她出来，前灯朝她的方向转，眼前视线有片刻模糊。

姜絮言后背一僵，以为是遇到了大晚上骑车炸街的不良少年。

她抿了抿唇，正要后退重新走进巷子，却见车上的少年摘掉头盔，短发飞扬，他随意拨弄了几下额前碎发，仰起那张在路灯下夺目又凌厉的脸。

姜絮言松了口气，又有些后知后觉地欣喜无奈："怎么是你？"

张知陈把头盔搁在车把上，下车朝她走来，在不到十厘米的距离停下，几乎要贴到她身上。少年垂着脑袋，嘴角压着笑，眼里只有她。

他拖着腔，嗓子黏糊道："不能是我吗？"

姜絮言脸颊发热，下意识地往后挪了挪，她只能仰头憋着笑看他。

两人对视了一会儿，张知陈耳尖泛红，移开视线摸了摸后脖颈："是我叫她约你出来的。"

"所以菲菲说的惊喜也是你准备的？"姜絮言见他一副不好意思的样子，轻笑道。

张知陈黏黏糊糊地"嗯"了声，不敢看她："明天是你生日嘛，想带你放松一下。"

姜絮言目光一怔。

她已经记不清上一次好好过生日是什么时候了。

自从十岁生日那天，父母去世之后，她的生日也同样成了父母的忌日。

她失去了在这一天能无忧无虑、自己最大的权利。

"生日"这两个字像无形的枷锁，把她牢牢困住。

即使奶奶努力表现出庆祝的模样，也掩饰不住她眼里的哀伤。

后来渐渐地，她就再也不过生日了。

张知陈刚刚说，想让她放松一下。

是放松，不是快乐。

他知道她快乐不起来。

眼前这个人，太懂她了，懂她的缺失和遗憾，也懂她的隐忍和渴望。

甚至想方设法地弥补她。

"张知陈，你知道的，我的生日也是爸爸妈妈的忌日。"姜絮言望着他，目光湿润，低声说。

像故意按着结痂的伤口，渴望有人能理解她的别扭："我早就不过生日了。"

空气安静下来，张知陈眉目收敛，直视着她。

他目光沉沉，喉结上下滚动，胸膛震颤："可这是你出生的日子，我很在乎，我想认真过。"

我很在乎。

"谢谢。"她鼻音浓重的声音自胸前响起。

谢谢你在乎。

张知陈轻笑："姜絮言，你还说不要我跟你道歉，那你的谢谢能不能也收回去。

"数数你都跟我说过多少次谢谢了，这么客气。

"我是服务员吗？"

本来还沉浸在感动里的姜絮言笑出声，她抬起头没什么攻击力地瞪着他，又恢复成了往日鲜活的模样。

"张知陈，你好烦。"她喜欢叫他的全名。

张知陈吊儿郎当地接她的话茬："是，我烦人精。"

姜絮言嘴角压不住笑："那你叫张知了好了。"

笑他话多是吧。

张知陈眯了眯眼，朝心情变好的姜絮言又走近一步，迫使对方后背紧贴墙壁。

张知陈瞧着她紧张的模样，心情大好，不由得弯下腰，目光与之平视，嘴角翘起懒散又得意的微笑："那你叫姜梧桐好了。"

姜絮言眼中浮现疑惑："为什么？"

张知陈微微偏头，眼眸明亮。

姜絮言听到他轻声说："因为，知了最喜欢梧桐了。"

这是姜絮言第一次坐机车，她戴着明显略大的头盔，心脏急速跳动，紧紧搂着张知陈的腰，不敢睁开眼睛。

耳边是呼啸而过的风，街边景色疾驰而过，她忍住尖叫，听见了自己的心跳。

忽然，搂着张知陈的手被轻拍了拍，姜絮言睁开眼，抬头看向他，心口一顿。

紧张的情绪因为这个安抚性的动作而得到缓解。

她开始试着放松下来，去感受速度带来的快感和释放。

长久以来积压的烦闷和委屈，在这一刻有了倾泻的豁口。

"啊啊啊啊啊！"

姜絮言依旧紧搂着他，但却借着风畅快地将一切喊了出来。

她听见张知陈爽朗的笑声，自己也跟着笑起来。

不知过了多久，两人来到檀山公园附近。

停好车，张知陈带着她走到湖边的露营地，那里已经支好了帐篷，湖边有台天文望远镜，桌子中央摆放着一个包装精致的蛋糕。

来到桌前坐下，晚春的夜晚气温还是很低，姜絮言不自觉地搓了搓胳膊，下一秒，一件宽大的外套落在她身上。

"穿好。"张知陈垂眸，沉沉地看了她一眼。

"哦。"姜絮言眨眨眼，老实穿好。

张知陈走到望远镜前简单调试了几下，然后对准夜空观察片刻，眉头微皱："今晚云层太厚，效果不会很好。"

"没关系，看不到星星也没事。"姜絮言轻声说着走到他身边，乖巧地望着他，"有你在就行。"

姜絮言下意识地说出口，却让张知陈心尖一颤。

湖面在月色下泛起柔色的波光，草丛里隐约响起断断续续的虫鸣。

张知陈脖颈微僵，借着昏暗的月色沉沉注视着眼前宛如梦里才会出现的场景。

姜絮言正笑盈盈地注视着他。

比他前一世见过的最瑰丽的星空都要美。

张知陈手伸进口袋，拿出早已准备好的礼物。

"这是？"姜絮言看着略显古朴的木盒，不确定道。

张知陈："生日礼物。"

话音刚落，他便打开了盒子，拿出里面的东西。

是一条用深棕色编织绳穿成的手工项链，坠着一块硬币大小的银灰色石头，石头并不光滑，上面遍布着杂乱的灰白色十字花纹。

姜絮言抬睫与他对视，无声地询问。

"这是 2001 年于西北非摩洛哥境内发现的陨石，TAZA 铁陨。"张知陈摩挲着椭圆形状的陨石，眼神温柔，"被归类在 NWA 序列 859 编号，有特殊的维纹十字架结构，被人称为'上帝的天铁'，发现量少，这块还是我辗转得来的。"

竟然是陨石。

姜絮言好奇地仔细看了看，手感温润，摸起来和普通的石头没什么差别，但就是有种奇异的美感。

宇宙的神秘瑰丽仿佛浓缩在这块小石头里，让人莫名感动。

"虽然我不信这个，但听说铁陨石有非常强大的灵力，可以保人平安。"张知陈声音带着沙哑，将项链展开，轻轻挂在姜絮言的脖子上，"希望它能保佑你。"

姜絮言眼睫一颤，怔怔地望着他。

张知陈好像一直以来，都在求她平安。

这个念头让姜絮言鼻子再次酸起来，她摸着石头，语气坚定："我会的。"

有你在身边，我会的。

张知陈不置一词，侧身望向辽远无边的夜空，声音明朗带笑："在我看来，陨石就是宇宙送给地球的宝石。"

"宝石吗？"姜絮言笑了笑，"好浪漫。"

两人默契地沉默下来，呼吸春夜的风。

良久，张知陈靠近她，视线落在月亮上，低声说："生日快乐。"

姜絮言："张知陈，还有一个小时才到明天。"

"我允许你生日提前一个小时过，"张知陈扭头，"那样你就可以毫无顾虑地，快乐了。"

张知陈不算柔和的轮廓此刻比月光还要夺目。

姜絮言吸了吸鼻子，垂下长睫，轻声说："知道了。"

在临近十二点的时候，张知陈点燃蛋糕上的蜡烛，还给她唱了《生日歌》，姜絮言第一次经历这么具有仪式感的生日，有点别扭地紧张，但看着男生一脸认真的模样，她不想让他扫兴。

许完愿吹完蜡烛，时间指向十二点。

她的生日，父母的忌日。

姜絮言盯着在空中飘着余烟的蜡烛，眼睛滞涩，刚刚还雀跃的少女心因为想到父母而瞬间失落。

安静须臾。

张知陈仰躺在折叠椅里，偏头瞧她，忽地出声："躺下一起看看星星吧。"

姜絮言眨眨眼，驱散那股失落，扯了下唇角："好。"

她学着他的姿势，将折叠椅放平，外套盖在身上，望着夜色无边的天空，上面缀着几颗不算太亮的星星，感受着夜风的温柔，一直以来紧绷的神经逐渐放松下来。

四周再次安静，没人开口，都在享受着默默陪伴的舒适。

将近一年的相处，张知陈给她的感觉，很奇怪。

张知陈并不像这个年龄阶段下青春"中二"的男生，他很冷静，时而展现出超出年龄层面的成熟，懂得很多，行事风格令人舒适，会用向下兼容又不会让人感到俯视的方式去教她一些东西。

她能很直白地感受到张知陈浓烈的好感，但他并不会时刻黏着你，也不会急于寻求一个答案。

和他待在一起很放松，即使一句话不说，也不会尴尬烦闷，张知陈可以敏感地捕捉到她的情绪起伏，然后用最润物无声的言行去安抚她。

少年就像早春的风，还残有冬日的料峭却又带着让万物复苏的温暖。

姜絮言总觉得和他像是认识了很久，上辈子就认识的那种。

随即又暗道荒唐，这辈子都没活明白呢，哪儿来的上辈子。

要是真有，那她上辈子一定做了什么伤天害理的事情，不然老天也不会带走她的挚爱，让她这么多年在沼泽中苟活。

可转念一想，老天又待她不薄，起码把世上最好的张知陈送到了她的身边。

思及此，姜絮言偏头看他，少年半闭着眼，长睫低垂。

她用眼睛细细描摹着他的轮廓，心头微微泛酸。

在遇到张知陈之前的人生，姜絮言在生活这潭泥沼里艰难前行，可是在那个炎热的午后，他就像刺破黑暗的一道光，没有道理地降临，挡在她面前，承受了徐珈曼泼来的污水，没有让她沾染到半点脏。

从那以后，她掉的每一颗眼泪，都会被他接住。

"好看吗？"

张知陈轻声问。

姜絮言目光一滞，慌乱地收回视线，底气不是很足："挺好看的。"

"我是说星星。"她意识到什么，连忙找补。

张知陈懒懒地偏头，若有所思地看着她。

气氛静下来，姜絮言顶不住这略带调侃的视线，脸颊在夜色里慢慢染上绯色。

察觉到他一直盯着自己不说话，姜絮言清了清喉咙，转移话题："想听歌。"

看出她害羞了，张知陈嘴角上扬，站起来就要进帐篷拿音响，挑眉道："想听什么？"

姜絮言的视线落在他身上："我想听你唱。"

"……"张知陈神情微顿，极轻地笑了一下，佩服地瞧着她。

"唱什么都行？"张知陈重新坐回去，睨她一眼，嘴角压笑。

让他唱歌完全是脑袋一热的想法，没想到他真会答应，姜絮言蒙蒙地点头，顺着他："什么都行。"

张知陈对唱歌没什么兴趣，以前犯浑的时候常去KTV，但大多是听兄弟们鬼叫，自己很少唱，升入大学后就再没什么机会唱歌了。

但她既然提要求了，他必须有求必应。

张知陈在脑海里寻摸了一圈，突然想起来一段旋律。

是他从封远那听到的。

还记得是2017年的冬天，封远和他女朋友杜薇闹分手，伤心地拉着他跑去通宵唱歌，那一晚上，臭小子一直点同一首歌，说是杜薇经常听的。

回忆结束，张知陈笑了笑，扭过头，不出意料地撞上姜絮言探寻的视线。

薄唇微启，低沉轻缓的清唱在夜色中响起。

"亲爱的你躲在哪里发呆，有什么心事还无法释怀，我们总把人生想得太坏，像旁人不允许我们的怪……"

是完全陌生的歌曲，她极快地眨了眨眼，随着歌曲往后，她渐渐沉浸于好听的歌声里。

张知陈唱歌好听，他乐感很好，咬字清晰，音色很符合他给人的感觉，类似于金属的冷感，让人耳朵一酥，泛起鸡皮疙瘩。

走过陪你看流星的天台 / 熬过失去你漫长的等待 / 好担心没人懂你的无奈 / 离开我谁还把你当小孩 / 我猜你一定也会想念我 / 也怕我失落在茫茫人海 / 没关系 / 只要你回头望 / 会发现我一直都在……

唱到这一段，张知陈莫名嗓音沙哑，最后停了下来。

姜絮言心跳一顿，忽地抬眸看向他。

四目相对间，她皱了皱眉，感受到了他眼里化解不开的悲伤。

他为什么要露出这种神情？

自己为什么也会跟着难过？

"这首歌叫什么？"姜絮言问。

张知陈喉结滚动，垂眸掩去眼里的情绪："《永不失联的爱》。"

"好好听，谁唱的啊？"

张知陈摇摇头，哑声说："不知道，偶然间听到的。"

其实唱这首未来才会出现的歌，他是抱着小小的私心的。

渴望她未来的某一天能够发现，会诧异，会怀疑。

此时此刻，在她面前的张知陈，不是十八岁，不是突然降临。

而是，熬过失去你漫长等待的，三十岁。

那天晚上，两人待到半夜，张知陈才骑车送姜絮言回去。姜絮言轻手轻脚地开门进屋，王卉还在沉睡，她轻声洗漱完爬上床，闭上眼，脑子里都是张知陈给她唱歌的样子。

姜絮言心跳急促起来，她捂着发烫的脸颊，将头蒙进被子里，直到喘不过气才冒出头。

之后的日子宛如攥在手心的沙，流逝飞快。

眨眼间便到了高考前夕。

蝉鸣充斥，梧桐叶愈加繁盛。

张知陈也愈加惶然。

距离姜絮言出事的日子，只有三天了。

虽然已经帮她规避了秦劲，奶奶也没有出事，但他就是无法彻底放心。

两人高考考场分在了同一栋楼，张知陈在一层，姜絮言在顶层。

每场张知陈都会提前交卷，早早在校门口等她出来，亲自送她回家，亲眼看着她进屋，再慢慢等到月挂枝头才离开。他已经提前在她家附近长期订了间酒店房间，保证时刻能赶到她身边。

道别前也会用手做出话筒的手势，提醒她有事就打电话给他。

姜絮言对他这种突然间加重的关心和紧张哭笑不得："我高考感觉你比奶奶都紧张。"

张知陈绷着脸，没接她的打趣，声线平直："有事就第一时间给我打电话，听到没有？"

姜絮言故意逗他："打给你，你能比110还快？"

"姜絮言。"他第一次这么严肃地叫她。

姜絮言一怔，收敛了笑意。

"在。"

张知陈深深地看着她，沉声说："只要接到你的电话，我会立刻赶到你身边，我保证。"

姜絮言被张知陈这副认真严肃的表情和气势吓到，几不可见地轻轻皱了皱眉，忽地想起之前做的那个梦。

她闭了闭眼，往前走了一步，轻轻碰了碰张知陈垂在身侧的手。

和他相比起来小很多的手，握住了他的手指。

姜絮言感受到了他细微的颤抖。

她紧了紧力道，虽然不知道张知陈在紧张什么，但她想要给他一点安慰。

没想到下一秒，张知陈反手包住了她的手。

过高的温度传过来，烫得她抬起眼睫，望进他深不见底的黑眸里。

四目相对，张知陈的眼神很沉，像深不见底的湖水。

姜絮言心头一顿，随即笑了笑，带着安抚的意味："明天是最后一天了，考完就解放了。"

张知陈低低地"嗯"了声："明天会下雨，我早上来接你。"

姜絮言："我看天气预报说的是晴天啊。"

张知陈目光微闪，沉吟几秒，挑眉："天气预报不准，你信谁的？"

"信你。"姜絮言笑，"好了，快回去早点休息，明天见。"

说罢晃了晃手，示意他松开。

"……嗯。"张知陈喉结滚动，松开她，目送着姜絮言转身走进黑暗里，昏黄摇曳的灯光将他的影子拉得很长。

"明天见。"直到关门声传来，他才呢喃自语。

2011 年 6 月 9 号，高考最后一天。

凌晨便开始下起了小雨。

姜絮言看着阴沉的天空，暗道还真被张知陈说中了，她加了件薄外套，打开红伞走出巷子，看到站在檐下的张知陈。

少年穿了件灰色短袖，眼下有淡淡的乌青。

姜絮言走过去，扯着他的衣角，语气略带责备："是不是又熬夜了？"

张知陈的视线从她出来就一直黏在她身上，他垂眸扫了眼她搂着他的手，抬眉一笑："没有。"

姜絮言知道他在撒谎，盯着他看了一会儿。

"行了。"张知陈抬手揪住女生的帽子，失笑，"再看就红了，走吧。"

姜絮言轻哼一声。

考完最后一场，雨也没有要停的意思，张知陈先姜絮言一步出考场，给姜絮言买了一杯热奶茶，手提着纸袋站在一众家长里等着，没过多久，姜絮言乖巧地背着书包，打着伞出来。

阴沉沉的天地间，学校门口瞬间被各色雨伞撑起一片多彩的屏障。

姜絮言一眼便瞧见了人群中的张知陈，她弯了下唇，小跑着来到他身边。

两人心照不宣地对视一笑。

高考结束，意味着中学时代的终结，他们可以光明正大地在一起了。

张知陈朝她伸出手。

姜絮言看了眼面前这双白净修长的手，故意扭头指了指前面："我们去吃汉堡吧。"

她说罢就抬脚朝前走，留了个轻快的背影给他。

张知陈轻笑，收回手，几步便走到她身边，伸手握住她的手。

姜絮言下意识地抬头看过去，对上张知陈看过来的视线。

他掌心很热，烘得她整个人都烧了起来。

姜絮言避开交缠的视线，将红伞举得高了点，不让他被雨淋到："张知陈同学，你这是在干吗？"

张知陈嘴角压着笑："在牵女朋友。"

姜絮言眼睫一颤，神色微怔，再次看他，她心跳加速，紧张地飞快眨眨眼："我什么时候答应了？"

"哦——"张知陈拖腔带调，微微松了力道，"那算我自作多情，这就放开……"

"知道了。"姜絮言连忙开口，抬手握住他的手腕，偏头瞪他，"你真的很烦，张知了。"

张知陈低哼，拿眼居高临下地睨她，语气桀骜："这可是你不让我放的，那就当你答应了。"他眉头收敛，认真起来，"你嫌烦我也不会再放手了。"

姜絮言深深地看着他，唇瓣轻抿："好。"

她怎么会嫌弃他烦呢。

随后两人都没再说话，默默在迷蒙细雨中朝前走，姜絮言看着张知陈手腕上的那条红绳手链，心口发麻，一种占有欲得到满足的充盈感让她忍不住轻捻他的手指，细细把玩，小动作亲昵又充满依赖感。

红色旧伞很小，到最后两人肩头都被打湿了。站在餐厅门口，张知陈弯下腰，抹掉姜絮言小腿上的雨滴。

张知陈站直身子，摸了摸她的头顶，嗓音低哑："今天想吃什么都行，犒劳一下我们的准大学生。"

吃完饭出来，天色被黑夜覆盖，时间不早了，姜絮言该回去了。

两人慢步走到她家巷子口。

细雨依旧没有停的迹象，摇晃的路灯投射出微弱的暖色灯光，将两人笼罩其中。

面对面站定，姜絮言舍不得分别，轻声道："回去路上小心。"

张知陈没吭声，他举着她的伞，眉眼温柔如夜晚深沉的海，沉沉地凝望着她。

眼前闪过当年，相同的时间段，也是这场雨，他和姜絮言面对面站着，彼此之间却隔着怎么也跨不过去的距离。

两人分别处在明与暗里，他满眼哀伤和愤懑，质问她为什么不去考试，为什么不遵守彼此的诺言。

而姜絮言浑身的伤，用这把红伞遮挡住自己在他面前仅剩的自尊，对他说："我很累，没空陪你玩下去了。"

这句轻飘飘的话，却打碎了那个时候硬撑着的少年，让他忽略了所有的不对劲，留下她一人，葬身于火海。

那场火，在他心中，烧了十二年。

这一晚，他不敢再留她一个人。

"今晚你能陪陪我吗？"

手刚松开，张知陈忽然说道，姜絮言转身的动作一僵，回眸诧异地看向他。

那眼神仿佛在说，你要不要听听自己在说什么？

张知陈回过神，摸了摸后脖颈，耳朵变红，给自己找补："不是那个意思，我，我……"

"张知陈。"姜絮言摆正身子，忽地低声打断他。

"啊。"他喉头一顿，怔怔地盯着她。

姜絮言的脸颊在路灯下变得绯红。

她躲闪着视线，背在身后的手指慌张地交缠："别太黏人。"

说罢，她留下还在愣神的男生，转身小跑进巷子里。

张知陈愣了愣，抬头望着路灯，最后失声笑了起来。

♡ 第十一章
不要惹她哭

分别后，张知陈在巷子口徘徊了许久，直到时针指向十二点，预示着今天结束，他才彻底放下心来。

他站起来活动了下僵硬的身体，打算回去休息。

可刚抬脚，一阵强烈的眩晕感铺天盖地地朝他砸来，脑袋仿佛炸裂般的疼痛让他脚下踉跄一步，又重新跌坐回去。

他用力捂着脑袋，拧着眉，眼前模糊起来。

是运动会那天的感觉，又来了。

张知陈心下一惊，有种寒意从心底蔓延开来。

他强撑着站起来，逼自己看清眼前的一切，可脑袋里仿佛有无数根针在扎着他的神经，疼到宛如灵魂即将被剥离。张知陈眼前一黑，再次跌坐，用力闭上眼睛，开始剧烈地喘息。

"啊——"他死死咬紧后槽牙，还是没忍住，压抑地低吼出声。

他以为这次也会像之前那样，疼疼就过去了，最多被处在无名黑暗中的小张知陈叫嚣着滚出去。

可这次的疼痛持续了好久都没有消失。

张知陈一瞬间，感觉自己又回到了当时被卡车撞到的痛苦中，一种五脏六腑翻江倒海的痛苦。他满头冷汗，脸色苍白如纸，在无人的街道脱力般躺倒，像条上岸濒死的金鱼，痛苦地喘息着，一点点感受自己生命的流逝。

他挣扎着掀起眼皮，浑身使不上一丝力气，上方是广袤无垠的星夜，张知陈盯着其中最亮的一颗，忽然无声地轻笑了一下。

难道就到这儿了吗？

难道老天给他的时间只有这么一点吗？

张知陈红了眼眶，微凉的泪水滑落进鬓发里，消失无踪。

他好不容易自私一次，想着用偷来的人生陪姜絮言从头走完这一生。

可是，好像不能了。

是在催促他吧，完成了心愿就赶紧滚蛋。

张知陈无力地闭上眼，耳边是夏夜蝉鸣还有头顶路灯吱呀摇晃的声响，他忽然想到，要是明天姜絮言起来，发现他又变回以前那副混不吝的模样。会不会失望，会不会伤心？

想到这儿，张知陈就止不住地难过，他用尽最后仅存的力气挪动手指，伸进口袋里，颤抖着掏出手机。

翻开机盖，屏幕光照亮了一小方地面，通讯录里第一位便是"言言"二字。

他皱眉盯着这两个字，黑眸闪烁，眉宇间透着浓烈到化不开的哀伤与缱绻。

张知陈最想要的就是她好好活下去，哪怕没有他的陪伴，也要活下去。

这个世上还有很多比他更美好更值得的事物存在，山川海河，日月星辰，银河宇宙，就算只是路边一朵不起眼的雏菊，都是生命自由鲜活的证明。

他希望他的言言，哪怕哭着也要朝前走，去领略世界，享受生命，感受喜怒哀乐。

而不是以最痛苦的方式，陨落在美好的十八岁。

只是……

张知陈苦笑着扯起唇角。

好可惜啊。

张知陈最后还是没有拨通号码，他不愿意让她担心，就不说再见了。

希望再次醒来，能从费扬口中听到，她完好地活在世界的某个地方。

这样就够了。

他合上手机，抵抗着愈加沉重的疼痛，颈项青筋暴起，整个人蜷缩起来，眼前黑斑越来越密集，他的思绪已经慢慢弥散，不知过了多久，无边的黑暗将他吞噬，他彻底昏了过去。

第二天天刚蒙蒙亮，刺眼的天光让躺在地上的少年不适地动了动眼皮。

张知陈不爽地皱了皱眉，抬手遮挡住眼睛，撑开眼皮，环视着周遭的场景。

是学校附近的街道。

他撑着坐起来，全身就像被汽车碾过一样，从骨头缝里冒出来的酸软疲惫。

张知陈轻轻"嘶"了声，摸向后脑的位置，那里完好无损，可就是宛如针扎般刺痛。

他烦躁地揉了两把，眉宇间充满戾气。

脑海里像放电影似的，闪过无数画面。

那些画面，都是他和姜絮言相处的场景。

可张知陈清楚，这个人不是他。

思及此，他轻扫着牙根，偏头望向右侧的巷子，眸色暗了暗，手握成拳。他踉跄着站起身，身上的手机在这时掉落。

他垂眸冷冷扫了眼手机，桀骜不驯的视线又随之落在手腕上。

张知陈手指挑起那根红绳手链，用力一扯，结扣散落，上面的菩提根因为与水泥地摩擦划出无数道细口。

他用力揉捏着珠子，长睫垂下，眼里的情绪晦暗不明。

张知陈走到一旁的垃圾桶边，抬手想要将其扔进去，可恍惚间，姜絮言温润的浅眸在眼前浮现，他心跳顿了顿，挫败地攥紧了拳头，将手链包藏在手心。

还是没舍得扔。

他捡起地上的手机，本想打电话让司机来接他，可刚点亮屏幕，就转到了草稿箱界面。

上面简短地编辑了一句话。

张知陈面无表情地扫了眼，嘲讽似的嗤笑一声。

【不要惹她哭。】

2022 年 5 月 26 日，下午，新西兰奥克兰医院重症病房。

接着呼吸机的张知陈手指微微动了动，眼睫轻颤，有了苏醒的迹象，他表情略带痛苦，似乎挣扎着什么，但很快便平静下来。

巡查的护士察觉到不对劲立刻联系了主治医师，费扬听到动静，连忙跑了过来，紧张地在走廊上徘徊。

时间一分一秒地过去，半个小时后，教授从里面出来，费扬连忙上前："怎么样？"

教授安抚性地拍了拍他的肩膀，声音带笑："费先生请放心，张先生已经从昏迷状态恢复过来，可以转移到普通病房了，再让他休息一会儿，就能彻底苏醒。"

听到这话，十多天来费扬一直悬着的心总算放了下来，他腿一软，手指都在打战，抓住教授的手，说尽他能想到的感谢的话语。

"感谢上帝吧，是他也不忍带走这位年轻人。"教授是天主教徒，笑着说道。

费扬一个无神论者这会儿也不管什么七七八八的了，连忙跟着一起双手合十对着空气念叨："感谢主，感谢上帝，感谢佛祖，感谢菩萨，感谢感谢……"

当天晚上，费扬守在病床边，眼见着已经撤掉呼吸机的张知陈睁开了眼睛。

"老张？"见他直勾勾地盯着天花板看，其他什么反应都没有，费扬生怕他被撞出什么后遗症，立刻凑上前满脸担忧，"你现在感觉怎么样？"

听到熟悉的声音，张知陈眼睫轻动，机械地转动眸子，看向他。

双目对视的瞬间，张知陈才从愣怔中回过神，黑眸开始聚焦。

他抬起躺得发麻的右手，用力抓住费扬的衣领，没什么力气地把人提到自己面前，苍白起皮的唇瓣无声开合，似乎想要说些什么。

费扬顺着他的动作，将耳朵靠近他的嘴巴，仔细分辨孱弱的气音。

"姜，姜絮，姜絮言呢？"

这四个字断断续续，却还是精准落入费扬的耳中。

听到这个名字，费扬倏地皱起眉，眼中划过担忧和哀伤。

没想到，他这兄弟从鬼门关走一趟，醒来后念叨的还是那个已经去世多年的无疾而终的初恋。

费扬不知道张知陈是因为脑部受伤导致记忆出现了混乱，还是在昏迷的时间里在梦境中回到了过去，但他知道——

现在梦已经醒了。

偌大的病房里很安静，安静到只有心电监护仪的微弱声响。

费扬吞咽着口水，不太敢对上张知陈此刻这双充满希冀和祈求的眼睛。

他往后撤了撤，清了下嗓子，让自己的语言显得平静自然些，医生说了，不能让他有过大的情绪起伏。

费扬勉强笑了下："说什么呢你，被撞糊涂了？"

张知陈深邃的黑眸锁住费扬，面无表情，心跳逐渐加快，心电监护仪显示器上的数值开始波动。

一瞬间，他觉得自己像是即将面对审判的囚徒，等一个渺茫的希望。

就算这段时间所经历的一切都是一个梦。

他也要折磨自己，强求一个结果。

费扬停顿了两秒，可这两秒对张知陈来说，却无比漫长。

对方嘴唇上下开合的动作自动在他眼中放缓。

"姜絮言不是在十二年前的夏天就去世了吗……还是你亲手给她立的碑。"

时间静止了。

只余沉重急促到仿佛泣诉的呼吸。

张知陈感觉到一阵从胃里涌上来的恶心，他深呼吸了两下，随即侧过身子，趴在床边朝着地面干呕了两下。

可是已经空了许久的胃，哪还能吐出东西，只有灼烧食道和鼻腔的胃液挤压而出，刺激得他红了眼眶。

"姜絮言不是在十二年前的夏天就去世了吗……还是你亲手给她立的碑。"

这两句话像魔咒一般在忽然发蒙的脑海里回旋盘绕，张知陈吐得眼里血丝狰狞，整个人匍匐在床头，像只发怒受伤的猛兽，用尽全身的力气吼叫出声。

声音哀恸，让费扬心神一震。

随后便是男人悲伤到灵魂深处的低吼，无尽的泪水砸在吐出来的黄水上，混杂在一块，斑驳又狼狈。

费扬手足无措地站在那儿，想要扶起张知陈，可男人震颤的肩膀和仿佛被打碎的脊背，让他不敢上前。

他看着张知陈这副狼狈的模样，一时神情复杂。

上次见张知陈这副要死要活的模样，还是姜絮言刚走那会儿。

整整一年时间。

那段日子，张知陈整个人恍惚，活得像个游魂，时常出神，盯着梧桐发呆，话更少了，仿佛变看一个人。

虽然他一句都没提过姜絮言，可哥几个都清楚，以前的张知陈已经随着那场大火，和姜絮言一起走了。

2012 年的春节，合家欢乐的日子，他和封远约张知陈出来，打算通宵喝酒放松。

向来不怎么碰洋酒的张知陈，那天晚上魔怔了一样，点了瓶威士忌，一声不吭地往嘴里灌。

两人合力才制止了他，但威士忌已经下去了大半瓶。

张知陈醉倒在沙发里，醉眼蒙眬，说了些胡话，但很快便睡了过去。

过了一会儿，他突然清醒，眼神愣怔，直勾勾地望着包厢迷幻的灯光，哑着嗓子对他们说。

"我梦见姜絮言了。"

这句话让全场都沉默了下来。

张知陈喉结滚动，眼泪顺着脸庞滑进领口，嘴角含着一抹苦涩又夹杂着眷恋的笑意。

"我梦见她完好地站在我面前，还给我买了我最爱的热带红鹦鹉金鱼。她看见我哭了，还笑话我。"张知陈闭上眼，轻笑一声，"问我是不是又做噩梦了。"

自从姜絮言去世之后，这是张知陈第一次在他们面前提起这个名字。

费扬和封远面面相觑，他们放下手里的话筒，静静地听着眼前怅然若失的男人诉说着毫无根据的梦境。

包厢里环绕着《她说》的钢琴前奏，这一刻成了最应景的背景音。

张知陈失魂落魄地抬手捂住眼睛，湿热的眼泪在掌心扩散，他死咬着牙，但喉咙还是控制不住地冒出一声呜咽。

"我问她为什么丢下我。"良久，他又低声说，眼前浮现出刚刚梦里那个真实到令他心颤的场景。

"她盯着我看了一会儿，眼睛突然红了，然后紧紧抱住我……"说到这儿，张知陈忽地轻笑了一下，从胸膛深处吐出的气息微微发颤，"像哄孩子一样，叫我好好活着，以后会再见的。"

费扬眉头轻拧，担心地望着他，还是没把心里残酷的话语说出口。

怎么可能再见呢。

阴阳相隔，除非有奇迹出现。

但这个梦对此时的张知陈来说，却是一种短暂的特效药。

那天晚上之后，张知陈振作了不少，笑容多了起来，也开始参加各种集体活动，重新对世界燃起了好奇心。

他慢慢变得优秀，变得沉稳，变成大家的骄傲，成为足以让周围的人信服倚靠的存在。

张知陈的一切成长轨迹，明明没有姜絮言的陪伴，但她又仿佛无处不在。

他有在认真听她的话。

好好活着。

重伤昏迷苏醒后身体本就虚弱，情绪又起了巨大的波动，导致神经性呕吐，等费扬反应过来再去扶他时，张知陈再次晕了过去。

又是一阵手忙脚乱，费扬满脸疲惫地站在床边，无奈地看着睡梦中都在皱着眉的张知陈。

他无声地叹了口气，轻轻走出病房。

本想去买点吃的回来，可重症病房那又传来消息。

舒则也醒了。

费扬顿了顿，回过神跟着护士赶过去。

舒则伤得比张知陈轻点，醒来后检查了一番确定已无大碍。

他的情绪比张知陈要平静很多，看到费扬后并没有说什么，只是虚弱地望向一旁的护士询问自己的手机和随身物品在哪里。

等护士去帮他拿东西的空当，病房里重新归于安静。

费扬面对舒则心里是有愧的，车祸这事虽然大货车负全责，但他也不是全无责任，要不是他停车和舒则讲道理，也不至于让两人受这一遭无妄之灾。

"对不起，要不是我的疏忽，你也不会受伤。"费扬沉思片刻，主动道歉，"你放心，这次住院的费用都由我负责，等你身体恢复好，回国的费用我也……"

"张知陈醒了吗？"

没等费扬说完，舒则嘶哑的嗓音忽地打断他。

费扬抬头对上他漆黑深邃的眼眸，心头莫名一顿，迟疑道："醒了。"

闻言，舒则轻挑了下眉尾，眼里饶有兴味，但语气依旧冷淡且高高在上："他醒来后有问你什么吗？"

费扬皱了皱眉，不知道为什么，看到他这副表情，下意识地防备："你问这个干吗？"

瞧着费扬的神情，舒则心里有了底，他扭头望向窗外被路灯渲染的夜空，摇了摇头："没事。"

随后他又轻声道："你出去吧，我要休息了。"

费扬临走前深深地望了他一眼，总觉得这两个人苏醒后奇奇怪怪的。

等到关门声响起，舒则才将头摆正，淡淡地盯着被白炽灯照得惨白的天花板，嘴角扯起一抹几不可见的弧度。

张知陈，很痛苦吧。

一定要记得这份痛苦，余生都不要忘。

2011 年，梧城。

盛夏的梧城是全国出名的火炉城市之一，每天都是将近四十摄氏度的高温，直到一场八月末的秋雨降下，这才将令人难耐的暑气驱走大半。

自从高考结束那天晚上两人在巷子口分别后，两个多月的时间，姜絮言就再也没和他见过面。

张知陈好像在故意躲着她。

不管她给他打了多少个电话，对方都是拒接的状态。

刚开始的那两天，她以为张知陈出了什么事，想去找他，可冷静下来才惊觉自己连他住在哪儿都不清楚。

她只好去找封远，想要从对方口中得知张知陈的情况。

那会儿她想，就算只是单纯不想见她也好比真出事的好。

"张哥他……"封远视线游移，回避着姜絮言的眼睛，嗫嚅道，"没出事，人挺好的。"

听到没事，姜絮言松了口气，手脚一阵发软。

沉默片刻，她抿了抿唇，垂在身侧的手握紧，眸光微闪："那他……怎么不来见我？连电话也不接。"

封远侧过身用力挠了挠头，实在不敢看姜絮言。

我怎么知道，张哥突然犯病了似的，说什么他和人家什么关系都没有，要是她找来就说他不想见她，让她不要再缠着他之类冷漠的话。

听到张知陈说他和姜絮言没有关系，几个兄弟都蒙了。

那这一年你死乞白赖地黏着人家，还对人家那么好，都是狗屁？

想到这儿，连封远都有些生气，他叹了口气，扭头看向小心翼翼的姜絮言，咽了咽唾沫，组织措辞："他，他……"

组织了半天，他发现自己一个屁都蹦不出来，本来就不擅长撒谎，对面又是红了眼眶的女生。

封远心里已经骂了张知陈无数脏话了。

"封远，他是不是不想见我啊？"

看到封远这么为难的样子，姜絮言一个念头浮现出来，她说出了长久以来深埋在心底的惶惶不安。

女生低哑到让人心头揪起的低喃被蝉鸣揉碎。

封远立马着急地摆摆手："不是不是，他只是最近太累了吧，想一个人安静一下。"

这套说辞封远自己都觉得没有说服力，更何况姜絮言。

封远走后，姜絮言一个人在街上站了很久。

烈日炙烤着大地，瘦弱的女生背影孤寂，孤零零地站在那儿，目光直直地看向远方的地平线。

她被晒得脑袋开始发晕，眼前却不断放映着她和张知陈相处的画面。

警局里、操场上、医院里、星空下……

对方的一颦一笑还有一字一句，像烙印一般刻在心里，怎么也挥之不去。

姜絮言攥紧手机，忽地垂下长睫，一阵汹涌的酸涩从胸腔蹿上鼻子，连带着呼吸都滞涩起来。

她颤抖着肩膀，手扶着梧桐树才不至于摔倒，大颗大颗的眼泪砸在滚烫的地面，很快蒸发，消失得无影无踪。

梧桐大道依旧繁茂，可在她的世界里，蝉鸣却在此刻停止了。

之后的两个月里，张知陈这个人在姜絮言的世界里彻底消失了，就像他起初出现时一样，突然到让人没有防备。

姜絮言恍然意识到，原来她和他之间，从来都不是她主动就会有结果的。

一直是张知陈在引导着这段关系，他想见她就会出现，不想见了就可以消失得干干净净。

姜絮言以为自己已经习惯了离别。

可当她意识到往后的人生里自己和这个人再也不会产生联系，过往的美好和承诺都是假的时。

她好难过。

难过的是她本以为一切都在变好。

七月份高考成绩公布，八月份录取通知书陆续发放。

姜絮言以 408 的高分顺利考进梧大天文系。

而张知陈却以 396 的分数考进了梧大商学院。

这个消息，姜絮言还是从周菲菲嘴里听到的。

一瞬间，姜絮言压抑了两个多月的情绪有了倾泻的突破口。

心脏仿佛被人重重揉捏着，呼吸都困难了起来。

连说好的一起去梧大天文系的承诺都要违背吗？

张知陈，你真行。

姜絮言肩颈笔直，红着眼嗤笑一声。

晚上，她打了个电话给封远，第一次用强硬的语气和别人说话："告诉我张知陈现在在哪儿？我要见他。"

"这个……"

"他要是怪你就说我逼你说的。"

电话那头非常喧闹，似乎是在聚会，时不时传来玻璃瓶相撞的声响，还有男男女女嬉笑打闹的声音。

"天澜会所三楼最里间的大包厢。"封远看了眼坐在角落里独自喝酒、一言不发的张知陈，犹豫了两秒，还是报了地址，"他就在这儿。"

姜絮言眼睫一颤，"嗯"了声，挂断电话。

她抓起薄外套推开门就要走，可脚刚迈出去，一股怯意就弥漫开来。

姜絮言忽地意识到，要是面对满眼都是冷漠和厌弃的张知陈，她真的能完整地说出一句话吗？

估计她的眼泪会立刻不受控制地流下来，在对方讥讽嘲笑的目光里，哭得狼狈又可笑。

一想到那个场面，姜絮言无力地捂住眼睛。

她好讨厌自己这样，明明是对方的错，可自己却在这守着这要命又不值钱的尊严，连一个答案都不敢去要。

就这么在晚风里站了一会儿，姜絮言深吸一口气，用力抹掉眼泪，擦得眼睛周围红了一大片。

去就去，就算闹个不欢而散，她也要让他明白，招惹她的代价。

这个点正是晚高峰，等姜絮言打车赶到会所门口，已经是一个小时之后的事了。

聚会气氛到了最热闹的时候，大家都喝得有了醉态，玩游戏的玩游戏，唱歌的唱歌，几个男生抱在一起鬼号一般唱着歌，噪得人不停笑骂。

在一片嘈杂嬉笑的声音中，聚会的发起人却独自坐在角落里，男生骨感的手指摩挲着啤酒瓶口，漆黑长睫轻压，背略微躬着，包厢内昏暗低迷的灯光打过来，侧脸线条棱角分明。

张知陈垂着脑袋，他的头发长了点，乖巧地落在桀骜孤僻的眉眼上，生出一股生人勿近的冷漠。

不知道为什么，张知陈今天特别沉默，从聚会一开始就坐在角落里，独自闷头喝酒，别人也不敢凑过去主动搭话，低气压让场子差点热不起来。

苏雨从进来开始，视线就没从张知陈身上移开过。

自从高三之后两人就没有再见了，也没碰到张知陈去东街玩过。

倒是听说对方和一个中途转来的女生走得很近，不过依照大少爷的脾性，估计过几天就腻了。

没想到却是整整一年。

这位大少爷是个让人捉摸不透的冰山，苏雨知道张知陈不喜欢她，两人认识也是她主动的。

她本以为自己和张知陈不会再有交集了。

但是暑假的这两个月里，以前爱玩的张知陈仿佛又回来了，他重新融入了厮混的集体，时不时就攒局出来喝酒，她也得以再次靠近他。

"哎苏雨，你报的哪所学校啊？"一个红发的女生挑起话题，把众人的注意力引到苏雨身上。

苏雨看了眼和他隔了个座位的张知陈，笑道："梧城艺术学院。"

"哇，那和梧大很近欸，就隔了一条街。"红发女生故意放大音量，"我听封远说张知陈考上了梧大，那你们俩大学也可以时常见面了。"

苏雨五官生得十分明艳，是具有攻击性的长相。

听到这话，她难得生出点腼腆的神色："是啊，在本地念大学也方便点。"

说罢，她抬睫盯着张知陈，向男生的方向挪动，下一秒，衣服的布料相贴，她身上馥郁浓烈的香水味窜进张知陈的鼻腔，惹得他不适地皱起眉头。

张知陈耷拉着眼皮，没看她一眼，对瓶喝了口酒。

苏雨望着他，眼神贪婪缱绻。

"这已经是第五瓶了，别喝了。"苏雨语气轻柔，抬起手按在他的手背上，"第二天起来头会痛的。"

姜絮言刚把包厢门推开一条小缝，抬眼看到的就是这一幕。

长发的漂亮女生紧紧靠着张知陈，凑近他的耳朵轻声低语，他没有推开她，甚至微微偏头，两人姿势亲昵，手搭在一起。

气氛暧昧到了极点。

姜絮言呼吸一滞，脸上的血色褪去，眼睫颤动，下意识地往后退了一步。

她突然想起那个雨天，张知陈牵着她，也像这样，在逼仄的伞底，温柔地和她耳语。

这一刻，姜絮言被一种名为背叛和愤怒的情绪淹没，她眼眶渐热。

她宁愿张知陈只是和她随便玩玩，也不想看到他能这么毫无负担地和别人调情。

姜絮言突然间好佩服他，那些甜言蜜语和奋不顾身如果真是装的，那张知陈的演技太好了。

好到骗过了所有人。

可就算是装的，那也是整整一年啊。

姜絮言握紧双手，指甲尖陷进肉里，用疼痛来让自己不要失控，她移开视线，深呼吸了一会儿，随后用力推开大门。

　　这边张知陈斜了眼搭在自己手背上的手，眸色冷了下来，正要让她滚，却发觉场面突然安静了下来。

　　鬼哭狼嚎的歌声停止，吵闹的人群齐刷刷地看向门口。

　　张知陈下意识地抬头，撞上了姜絮言湿润无助到令人心颤的眼睛。

　　倏忽间，心口猛地一窒，一阵钝钝的疼痛从胸腔蔓延至四肢百骸。

　　他眼神发怔，甩开苏雨的手，站了起来。

　　酒精让他的头脑昏沉不已，却在看到姜絮言的刹那瞬间清醒。

　　张知陈怔怔地望着孤零零站在门口的女生，胸膛起伏，呼吸乱了节奏，眼眶在昏暗的光线里开始泛热。

　　他本以为逼着自己两个月不见她，那种不对劲的感觉就会缓解消失，可他错了，不管喝醉多少次，不管周围如何热闹。

　　他脑子里想的还是只有她。

　　张知陈攥紧拳头，咬着牙，喉结艰涩地滚动，平复想要走到她面前的冲动。

　　气氛因为姜絮言的来到一下子陷入冰点。

　　几个男生面面相觑，视线在两人之间游移，懂事地闭上了嘴。

　　他们都认识姜絮言，自然也清楚张知陈有多喜欢她，这段日子少年整个人都很不对劲，闭口不谈人家，明眼人一看就知道两人是吵架了。

　　他们知趣地缩到角落，封远还贴心地调小了音量。

　　不过和苏雨一起来的女生们就坐不住了。

　　红发女生瞧着刚刚还高冷得很的张知陈因为这个莫名闯入的女生而突然有了人气，再看姐妹苏雨被甩后惊愕的模样，一下子来了火气，指着姜絮言骂道："你谁啊？走错包厢了吧？"

　　姜絮言没有吭声，她这会儿全部的注意力都放在张知陈的身上。

　　憋了一肚子的话想要质问，可和张知陈对视的瞬间，任何语言都失去了逻辑，她只想哭，把气都撒出来，不然她这辈子都走不出来。

　　见对方不搭理自己，红发女生表情狰狞，站起来就要过去推她："跟你说话呢！你耳聋是吗……啊——"

　　没等她挪动脚步，一道巨大的声响在包厢里炸开。

　　红发女尖叫一声，惊疑不定地看向罪魁祸首。

　　只见张知陈将桌上的烟灰缸用力砸向地面，全场人心猛地一跳，视线全都聚集过来。

　　男生低垂着头，额发遮住了眉眼间的情绪，哑声吼了一句："都给我滚！"

　　苏雨愣住了，她看了看张知陈，又看了看门口的女生。

忽然想起一年前别人给她讲的八卦。

"张知陈看上的那个转校生，长得可清纯了，听他们班男生说，那女的和别人说话都会不好意思，没想到啊，原来他喜欢这种类型的啊。"

眼前的女生，气质和这个地方格格不入。

苏雨瞧着张知陈这副失态的模样，哪还有不懂的。

她咽下苦涩，带头站起来往外走，路过姜絮言时脚步微顿，她深深地看了眼对方，没想到姜絮言也看向了她。

四目相对间，姜絮言目光澄澈直白，带着倔强。

苏雨微怔，仓皇地避开了视线交错。

向来自信张扬的她，在这个女生面前，怯了。

等包厢里只剩下他们两个人时，姜絮言抓着外套衣角，脊背挺直，逼着自己直视他，眼睫却在细微发颤。

她听见自己哑声说："为什么躲着我？"

张知陈深吸口气，神情已经恢复自然，他重新坐回沙发，姿态慵懒随意，目光却不看她："还能为什么，腻了呗。"

姜絮言倏地蹙起眉。

提前设想了无数他会说的话，可真的听到，心脏还是疼得揪起来。

姜絮言脸色苍白，她关上门朝他走去，脚步虚浮，在距离男生一步之遥的地方停下。

两人的姿态一高一低，俯仰间，彼此对峙着，气氛僵到了极点。

张知陈抬眼看她。

姜絮言瘦了，好不容易养起来的脸颊肉又不见了，衬得眼睛越发大，看他的时候整个人张开全身的刺。

"腻了？"她低声重复道，眼眶红得不像话，"张知陈，你说你腻了？"

姜絮言陡然气息不稳，眼泪控制不住地开始往下掉，吼道："那你招惹我的时候你怎么不说你会腻！

"凭什么你说开始就开始，说结束就结束！

"你凭什么！

"张知陈你浑蛋！"

这句话吼完，她开始急促地呼吸起来，整个人都在发抖，剧烈的情绪起伏让本就被折磨得虚弱不堪的她彻底支撑不住。

姜絮言身子发软，即将栽倒的时候，张知陈立马搂住了她的身体，按进自己的怀里。

再次闻到对方身上的味道，姜絮言脑子里紧绷的弦断了，她抓着张知陈的衣领放声大哭，额头抵着他的锁骨，用力撞了两下："浑蛋，王八蛋，我讨厌你……"

她说尽能想到的脏话,将心里的气撒出来,眼泪洇湿衣服,烫着心口,张知陈闭上眼,任由她撒气,手却松开,滑落至身侧。

"姜絮言,"良久,张知陈嘶哑的嗓音在头顶响起,"别来找我了。"

我不想再错下去了。

怀里的女生顿时停下一切动作。

空气陷入死寂。

姜絮言恍然抬起头,眼睛哭得通红,气息细弱,让人心疼又不忍。

张知陈只看了一眼便移开了视线。

"张知陈,别这样折磨我,你哪怕给我一个理由,不喜欢了也好,而不是什么狗屁的腻了。"她哽咽着说道。

"好,我不喜欢你了。"张知陈额角那块因为经常按压而留下的印记在这两个月里消失殆尽。

姜絮言扫过那处,眼眸微闪。

"我不喜欢你了,行了吧,姜絮言,你真的很难搞,好聚好散懂不懂,你能不能有点自尊,都已经这么明显了,还来这一趟干什么!"张知陈硬声说,用最冷酷的话语把她推得远远的。

姜絮言愣怔住,嗓子像被棉花堵上了一样。

他之前也说过她难搞。

明明是同一个人,怎么说出口的意思差别这么大。

场面又安静了下来。

姜絮言盯着他,拧着眉头,撤离了他的怀抱。

就这么看了他一会儿,良久她才颤声说:"我这辈子都不想再看见你了。"

话音落地,姜絮言转身离开,决绝没有一丝留恋。

包厢门再次关上,昏暗重新袭来。

张知陈全身仿佛脱了力一般,坐倒在地,他直愣愣地望着前方,将桌上的酒瓶一个个摔碎。

直到最后一瓶化为碎片,四周陷入死寂。

张知陈闭上眼,眼泪顺着脸颊滑落,无声砸在地毯上,消失不见。

都是假的。

不应该是这样的。

一切都是错的。

她爱的不是现在的他。

他也无法变成她爱的那个张知陈。

自尊让十八岁的他无法坦诚勇敢地面对姜絮言，他怕一步做错就会令她起疑失望。

他做不到温柔体贴，事事有回应，做不到侃侃而谈成熟稳重，更做不到带领她，让她依赖。

甚至连大学都不是十八岁的他考上的。

他用什么去维系这段感情，用什么去留住她呢。

十八岁的少年承认了他的胆怯。

有些事，是无法跨过时间的鸿沟的。

姜絮言从会所跑出来，外面已经下起了雨。

这是燥热盛夏以来梧城的第一场雨，这场雨结束后，秋天也要来了。

姜絮言盯着被霓虹分割的雨幕，脚边溅起细密的水花，落在小腿上，带来丝丝清凉。

身后是温暖的灯光，眼前是倾盆的秋雨，世界都在这场雨里被蒙上了一层雾气。

姜絮言用力闭了闭眼，驱散眼里的雾气，一切再次变得明亮，她垂眸没什么力气地轻笑一声，胸口仿佛压了块大石，堵得她喘不过气。

她慢吞吞地将藏在衣领下的陨石项链拿出来，精巧的石块被她的体温浸染，握在冰凉的掌心渡来温热和暖意。

姜絮言看着这块张知陈亲手为她做的陨石项链，终于支撑不住，呜咽从唇边倾泻，在雨声的遮掩下几不可闻。

她宛如被丢弃在雨夜树丛中的幼猫，下意识地想要抓住一切活下去的机会，竭尽全力地呼喊，可想要丢下你的人不会因为你的求助而回头。

不管做多少无畏的挣扎，被丢下就是被丢下了。

她不是最明白的吗？

人和人之间怎么会有永恒的关系呢，爸爸妈妈抛下了她，将来奶奶也会。

从张知陈照进她生命里的那一刻开始，她就想到了的。

可对方的眼神和语言，真诚到让她忘了这个可能。

过度呼吸让她脑袋缺氧，姜絮言慢慢蹲下来，想要让自己不那么难受，可伴随着雨丝的风吹过来，寒意钻进衣领，她感觉自己整个人仿佛掉进了冰窟，只能感受到冷和麻。

姜絮言觉得自己快死了。

她不释放的话，估计会挺不过这一遭。

这么想着，姜絮言抬睫望向越来越密集的雨幕，她缓缓站起来，攥紧项链，没有丝毫犹豫地冲了进去。

封远拿着伞刚追到门口，看到的就只有姜絮言在雨中跑远的背影。

这是她第二次这么彻底地被雨淋透。

第一次是在十一岁，那年她刚升入初中，滨宁几乎人人都知道她家的烟花厂爆炸，不仅老板死于其中，还连累了几名工人。

那些工人的家属恨透了她家。

其中一名工人的孩子和她分到了同一个班。

姜絮言和那个男生从小一起长大，可自从爆炸发生后，一切都变了。

男生不仅对她恶语相向，还联合班上其他同学一起排挤、冷暴力她。

小到撕作业扔书包，大到堵进厕所被女生教训。

那一年是她最黑暗的时光。

冬夜的一个晚自习，当时也下起了大雨，放学后她闷头打着伞顶着旁人的嘲讽围观朝家走。

刚出校门口，那个男生就扯着她进了死胡同里，空间昏暗逼仄，她被力气过大的男生按到墙上，雨伞随之跌落，被风吹远。

姜絮言当时很害怕，可她心里对他有愧疚，是爸爸害得他失去亲人的，她没有底气去反抗。

沉默间她感受到男生压抑的呼吸，不知过了多久，伴随着嘈杂的雨滴啪嗒声，她听到了对方的低声泣诉。

那一刻，姜絮言的眼泪也开始决堤。

两个人本该在彼此记忆里是最美好的青梅竹马，却因为一场事故都失去了父亲，从而开始变得面目可憎。

他们借着这场雨，在黑暗里小声哭泣，彼此和解。

姜絮言听见他说："求你走吧，我不想看见你，一看到你这张脸，我就会想到那场大火。"

姜絮言记得自己当时听到这句话时，心里像是天塌下来一样的悲伤。

小小的她背着沉重的书包，慢慢地朝家的方向走去，边走边在暴雨里放声大哭。

回到家整个人都湿透了，嗓子也哭哑了。

当天夜里她发了高烧，做了许多光怪陆离的梦。

梦里她看见了去世的父母，还有男生。

他们笑容温暖，可姜絮言却怎么也抱不到他们。

病好了后，她和奶奶便离开了滨宁。

灰溜溜的，像是潜逃。

姜絮言从那以后就觉得，除了奶奶，没人会要她了。

姜絮言淋雨回到家把王卉吓了一跳，她连忙拿毛巾帮孙女擦掉身上的水渍，可不管怎么擦怎么保暖，姜絮言都抖得厉害。

姜絮言发烧了，三十九点八度。

像小时候那样，王卉背着她赶到医院，在门诊打了一夜的点滴。

姜絮言躺在病床上，陷入梦魇之中怎么也醒不过来，她眉头紧锁，嘴里不停呢喃，说着胡话。

"张知陈……"

女生脸色呈现出不自然的潮红，断断续续地喊着张知陈的名字。

王卉听不真切，叫她又不醒，急得死死扣住孙女的手，祈祷她快点退烧苏醒。

姜絮言做了个很奇怪的梦。

梦里她来到了一座墓园，四周是郁郁葱葱的青山，排列整齐的灰黑色墓碑，恍惚间，她听到一个熟悉的声线从前方传来。

姜絮言心头一窒，下意识地抬脚朝声音传来的方向走去。

越近那声音就越清晰。

"言言，我找不到你其他的照片，只能向老郑要了你的学生照，你要是觉得难看就托梦给我，骂我也好。"男人的嗓音低沉嘶哑，他顿了顿，又嗤笑道，"别不理我。

"我没给你办葬礼，我怕没有人来参加，你会不高兴。

"我把你安顿在了奶奶旁边，她肯定一直在等你，你应该已经见到她了吧。"

男人似乎彻底绷不住了，他双手捂脸，哽咽着不断呼唤再也给不了他回应的人："别怕……我永远都不会忘记你，只要还有我记得，你就存在。"

话音落地，他想到了什么，扯唇轻笑："所以就当奖励我，能不能多等我一会儿。"

"张知陈？"

在看清男人满是憔悴的脸时，姜絮言目光一怔，整个人僵在那儿，脱口而出男人的名字。

跪在墓前捂着脸的男人似乎也感受到了什么，只见他猛地抬起头，望向身侧。

"言言！"

那里什么都没有。

只有一阵夹杂着远山孤寂的风吹来，将墓前他特意送给姜絮言的洋桔梗吹倒，散了一地的花瓣。

张知陈心跳急促，不停地四处张望。

他明明听到了的。

他死都不会听错，那是姜絮言的声音。

是姜絮言叫了他的名字。

"张知陈！"

再次睁开眼，姜絮言脸色苍白，她大口喘息着，盯着门诊雪白的天花板，耳边是王卉惊喜又心疼的呼唤。

"言言，你总算醒了，是不是做噩梦了，乖，不怕，都是假的，奶奶在呢。"王卉怜惜地拂去姜絮言额角的冷汗，眼眶泛热。

姜絮言心跳得很重，她惊疑地看了看王卉，又看了看四周。

她在医院里，不是墓园。

"还有哪里不舒服的，头还晕吗？"

姜絮言平复着呼吸，她闭上眼咽下喉头的干涩，闻言摇摇头，声音哑得不像话："没事，您放心吧。"

王卉吊了一晚上的心总算放了下来，她替孙女捏好被角，嘱咐道："奶奶去给你买热粥，你再躺会儿。"

"嗯。"

等王卉走后，姜絮言怔怔地盯着天花板，脑海仍旧不停浮现出刚刚梦里的场景。

落拓颓唐的张知陈跪在她墓前，胡子拉碴，发丝凌乱，一点不见往日朝气的模样。

他对着墓碑，诉说着不着边际的胡话。

这个梦太真实了，真实到仿佛真真切切地发生过。

她为什么会梦到这个？

她是怎么死的？

种种疑问砸过来，姜絮言痛苦地闭上了眼睛。

高烧后被掏空的虚弱神经容不得她再思虑耗费心神半分。

而且就算她哪天真死了，张知陈也不会像梦里那样的。

梦里的那个张知陈，说的那些话，好听到让她心都揪了起来。

2022 年 5 月 27 日，新西兰奥克兰医院。

自上次张知陈情绪激动再次昏迷后，他睡了整整一天，再次醒来已经是第二天的下午。

此时窗外阳光大好，蓝天白云，秋叶零落，护工在做着清洁工作，费扬在走廊上打电话，一切都是那么真实与平静。

天气好到令人不敢直视。

张知陈慢慢地坐起来，他面无表情，眼神毫无波动，只是静静地打量着四周，随后归于平静。

过了半分钟，费扬重新进来，撞上张知陈投射过来的视线，神情一滞，随后欣喜道："醒啦，感觉怎么样？我去叫医生，你等……"

"费扬。"张知陈打断他，声音平淡。

费扬停下转身的动作，扭头看他："你说。"

张知陈长睫微垂，身上蓝白相间的病号服衬得男人越发苍白虚弱："我昏睡的时候突然梦到了第一年去墓园给姜絮言送花时的场景。"

又是姜絮言。

费扬眉头一皱，脸色沉了下来。

"你到底怎么了，从醒来后就一直姜絮言姜絮言的。"他走到床边的椅子上坐下，叹声说，"她早就已经不在了，都这么多年过去了，你能不能放过自己！"

张知陈闻言抬眸，漆黑的眼眸直勾勾地望着他，魔怔了一般，哑声接着说："我当时真的在墓碑前听到了她叫我的名字。"

"死人怎么会叫你的名字！"费扬压着火，语气有些不太好，"张知陈，醒醒吧，你也想死是吗？"

张知陈嘴角噙着苦笑，闭上眼："我宁愿死。"

而不是从一场即将窥见天光的大梦中醒来。

发现什么都没改变。

自从苏醒之后，张知陈沉默了许多，时常盯着窗外发呆，面对国内亲人朋友的关心，回应得也并不热络，整个人仿佛被什么打击到了一样。

他又回到了当年姜絮言刚走那会儿的状态。

看起来很正常，能吃能睡能交流，可就是没有神韵，仿佛失去了灵魂般，只余一架空壳撑着。

费扬看在眼里急在心里，他不止一次去找过医生，担心张知陈是不是在车祸中伤到了大脑，才导致的表现奇怪。

主治医生则斩钉截铁地告诉他，张先生很正常，恢复得很好，只要做好复健很快便可以出院。

费扬听到这个结果，心里庆幸之余又升腾起更深的担忧。

那张知陈到底怎么了？

联想起张知陈醒来时反复提起姜絮言，费扬猜测，可能他昏迷这段时间，梦到了过去吧。

毕竟和姜絮言经历过的时光，是张知陈这一生都无法释怀的美好。

想到这儿，他叹了口气，他这个兄弟，这辈子算是过不去了。

另一边，舒则并没有追究费扬的过失，更没有要他的钱，反而在苏醒后自行找了护工，拒绝所有人的探望。

费扬和舒则没什么交情，看他不愁人照顾也就由着他了，自己专心陪张知陈复健。

一个月后，两人已经彻底康复，办出院手续那天是六月底，不同于国内，新西兰已然进入了深秋时节。

体感温度不到十摄氏度，寒冷迫使行人换上温暖的秋装，黑白灰成了人群的基调。

张知陈在病房里换下病号服，穿上费扬为他准备的毛衣和外套，动作缓慢，神色平淡，稍长的头发昨天请人修剪过，现在变得短俏利索，衬得脸部轮廓越发深刻，气质孑然。

男人慢条斯理地换好衣服，他淡淡扫了眼角落里从车祸现场抢救回来的随身背包，眉眼微顿。

从那场大梦中醒来后，他就下意识地回避任何能提醒他想起曾经的事物。

他怕接受现实，怕看到任何证明姜絮言死亡的一切。

怕梦中他自以为是去竭力改变的，只是自己给自己补偿的一个梦境。

所以休养的这一个月里他没有碰过一次那个背包。

里面装着姜絮言的日记，上面清楚地记录着她曾遭受过的所有苦痛心酸。

也记录着，张知陈自以为已经改变，但其实没有任何变化的，苦痛心酸。

思及此，张知陈自嘲轻哼，眼尾微垂，显出几分疲态。

费扬帮他办手续回来，气还没喘匀就嚷道："外面风太大了，你记得把帽子戴上，我现在去缴费，你收拾完就先到楼下等我。"说罢又风风火火地走了。

张知陈无奈地轻笑，想起费扬的嘱托，不由得走到窗边，将窗户打开了一条小缝。霎时，冰凉刺骨的寒风从缝外挤进来，扑面上卷走温度。

张知陈眉头微皱，关上窗，思忖片刻，还是走到背包前，抬手拉开拉链，打算将冷帽拿出来戴上。

他记得帽子被他随意塞到了最底下。这么想着，张知陈直接伸手掏向最深处，摸索了几下，帽子没碰到，反而手背蹭到了夹层里的一个小东西。

圆的，指甲大小，很硬。

他眉头几不可见地轻动，仔细摸了摸那个类似于珠子的东西，下一秒，全身血液仿佛凝固一般，脸色霎时变白。

他指尖微颤，抬手慢慢伸进夹层里，将它拿了出来。

看见手链全貌的时候，张知陈的神思凝固了。

心脏沉重的跳动鼓噪着耳膜，让他听不见周围的任何声响，只余自己越来越急促的呼吸声。

为什么梦里姜絮言送他的菩提根手链会出现在他的包里？

张知陈眼睫颤抖，喉结滞涩地滚动，他不敢相信地抓着手链，细细打量其中的差别。

除却乳白色菩提根上有不少遭受摩擦而留下的细密小口，不管是结扣的样式，还是绳链的编织手法，都和姜絮言送他的那条一模一样。

张知陈跌坐在床边，还未等他回过神，脑袋突然剧烈疼痛起来。

一些破碎又陌生的记忆像涌入港口的海水一般，汹涌地进到他的脑子里。

灯光迷幻的包厢里，姜絮言哭着质问他，不知道他说了些什么把她惹哭了，女生毫不留恋地开门跑走。

隔着倾盆的大雨，他眼睁睁地看着姜絮言走进雨幕，纤弱的身影被雨淋湿，如梦似幻。

画面再一转，他眼前是冲天的大火，耳边警笛侵扰神经，他想要冲进去可是腰被人死死搂住，眼睁睁望着一切再次化为灰烬。

张知陈忍受着记忆的重塑，也忍受着再次失去她的痛苦。

不知过了多久，他额角冒出冷汗，疼痛慢慢平复。

满室的空气都凝滞了，只余张知陈沉重的喘息。

随着记忆的重新归整，张知陈望着手链，眼眶渐红，泪水无声模糊视线，他抬手捂住双眼，菩提根贴在颤抖的眼皮上，被泪水浸湿。

呜咽声从喉咙深处压抑地冒出来。

原来那不是梦。

他是真的回去了。

这么想着，张知陈心头猛地一跳，他再次拿过包焦急地翻找，最后在内袋隔层里找到了姜絮言的日记本。

只是日记本不再是之前的模样。

它像是从火堆里捡出来的，已经被烧得不再完整，粉色封皮呈现出斑驳的黑灰感，四角都有火焰吞噬的痕迹，要不是有封皮保护，估计内里都会被烧光。

张知陈神情恍惚，没时间细想，连忙翻开日记，手指都在细细发抖。

扉页正中央依旧是一行娟秀小字"姜姜的日记"。

张知陈心跳如擂，他颤着手继续往下翻。

2010 年 8 月 26 日 晴

明天是我正式转到今阳的第一天，希望一切顺利，可以交到好朋友。

没有变化。

张知陈喉结滚动，他红着眼吸了吸鼻子，接着往下。

2011 年 9 月 1 日 晴

今天过得其实很糟糕，被徐珈曼和周瑶针对，差点被泼了一身脏水，但……

那个看起来在班级里最不能招惹的张知陈突然出现，挡在了我面前。

他这个人很奇怪，但我能感受得到他其实并没有看起来那么坏。

总体来说，今天过得也没有那么糟糕。

泛黄的纸张被大火烧得只能看见大致的文字内容，但足以让张知陈神经崩溃，大颗大颗的眼泪砸在纸上，将钢笔留下的痕迹浸染。

2011 年 9 月 2 日 晴

今天张知陈帮我擦药的时候，我竟然哭了，现在想想真的好丢脸。除了奶奶，他是第一个对我这么温柔的人，可是他只是想让我帮他补习。

不愧是今阳最浑的男生，对待女生也很有办法，让人心揪在一起，对他产生好感后再提出请求，没有女生会拒绝他吧。

可我不喜欢被他这样随意对待。

2011 年 9 月 3 日 晴

我今天好像把张知陈惹哭了，虽然不知道他发生了什么，但意外地很开心。

他说他没有哄我玩，我也没有误会。

张知陈其实很孤单吧，看似走到哪都呼风唤雨的，但其实心里并不开心，总是望向窗外发呆，在热闹里格格不入。

我很想知道他为什么变成这样。

听说心疼一个人就是喜欢的开始。

我想我是心疼他了。

2011 年 9 月 14 日 晴

今天发生了很多事，果然我是个灾星吧。

让张知陈在生日这天受了伤，还进了警局。

可是，我今天也很开心，原来有人撑腰的感觉这么好，好到让我忍不住想依赖他，把自己所有难以示人的软弱展示给他。

我一直很怕自己变成麻烦。

人生第一次，我想麻烦他。

⋯⋯⋯⋯⋯⋯

2011 年 10 月 4 日 晴

拿到了长跑第二名，本来以为能拿到冠军的，第一次因为跑步进了医院，还是张知陈陪着我，不知不觉间，他习惯了为我收拾残局，我也渐渐对他敞开了自己。

其实有时候麻烦别人的感觉，很好。

就连被徐珈曼捉弄都没那么难过了。

能感受到自己被另一个人珍贵地对待，这种感觉出乎意料的好。

…………

张知陈说会永远帮我兜底，我信他。

我想告诉张知陈我喜欢他，可我太自卑了，他那么热烈耀眼的人，我怕一说出来自己就会变得没那么特别。这段关系我想要长长久久，具体有多长，我希望是一辈子。

张知陈做了把我弄丢的噩梦，我得让他明白，我永远不会丢下他。

土星比想象中还要美，我得一辈子记在脑海里。这是张知陈带我看的第一颗星星，往后还有无数颗，我还是攒钱买台相机吧，以后做成相册，亲手送给他。

知了最喜欢梧桐。我想说，梧桐也最喜欢知了。

往后的生日多了一个开心的理由，那就是让张知陈唱歌给我听。

不是梦，他真的有一件一件把她的痛苦改写。
这本日记里，每一天，每一句，到每一个字，都在向他告白。
明明是姜姜的日记，可看到最后，记录的却是姜絮言对张知陈最隐晦又热烈的爱。
张知陈跪倒在地，日记本被他按在心口的位置，痛心的哀号在病房里响彻。
张知陈一直以为他是爱得更多的那一方。
可原来，面对姜絮言，他始终处于下风。

第十二章
心上的玫瑰

　　这本日记，清楚地告诉张知陈，回到过去并不是他补偿给自己的梦境，而是真实发生的。

　　可他已经让姜絮言避开了秦劲，奶奶也安然无恙，她为什么还是死了？

　　姜絮言没有理由自杀。

　　他不相信她会因为小张知陈的几句冷言冷语就看不开。

　　姜絮言没那么傻。

　　思及此，张知陈踉跄地爬起来，后背冒出了冷汗。

　　那只能说明，姜絮言的死因有蹊跷。

　　他攥紧日记，手背青筋暴起，整个人陷入一种茫然无措又极为暴躁的状态。

　　他甚至开始怀疑当年姜絮言的死亡可能并非自杀。

　　而是有人故意制造了假象。

　　这个人是他不知道的，藏在暗处的威胁。

　　思及此，张知陈脸色苍白。他平复好情绪，将日记本小心揣进包里，再小心翼翼地戴上那根红绳手链，往下扯了扯袖子，温润的菩提根贴在他腕侧脉搏的位置，就像是姜絮言在安抚他。

　　张知陈背上包，走出病房，来到楼下等费扬出来，一起乘车赶去机场。

　　手机在车祸中报废，醒来后他刻意不去接收任何有关于现实的信息，就一直没再重新买。

　　此时张知陈一刻都不能等了，落地梧城后他决定立刻赶去南淮区一趟，封远现在就在南淮分局当警察，他爸封兆光是当年负责的民警，肯定了解更多细节。

　　当年他也询问过封兆光关于火灾现场的详细情况，他并不相信姜絮言就这么自杀了。

　　可对方还把他当孩子看，丝毫不和他提及半分案子的细节，只斩钉截铁地说，现场并没有异样，姜絮言确实是自杀。

　　张知陈相信，这次肯定有变化。

　　费扬在他苏醒的那天说姜絮言死在了 2011 年的夏天，说明她是在和小张知陈闹掰不久后出的事。

想到这儿，张知陈握紧了拳头，他盯着院前飘落满地的枯叶，心跳得极快。

喉结上下滚动间，他感受到自己鲜活的生命重新回到了身体。

既然他回到过去是真的，改变了历史也是真的。

那他一定还可以再次与姜絮言相见。

哪怕……

张知陈眼睫颤动，用力闭上了眼。

哪怕再死一次也无妨。

费扬很快缴完费下来，见张知陈站在路边，背影高挺，肩颈笔直，戴着冷帽眉眼低垂。

不知道为什么，费扬莫名觉得此刻眼前的男人变精神了。

这种细微的变化还表现在他听到身后动静时扭头露出的微笑。

这个笑，自信又鲜活。

他又变回了那个独当一面、成熟稳重的张知陈。

费扬怔了怔，提心吊胆担心了快两个月的心陡然放松下来，他跟着笑了下，走上前重重拍了拍张知陈的肩膀，打趣道："笑什么呢？"

张知陈手揣兜，懒懒地抬眸看了眼雾蒙蒙的天空，沉默两秒，随后笑着摇了摇头："没什么，就是感觉，心情不错。"

"是因为终于要回家了？"费扬挑眉。

张知陈垂眸，想了想："算是吧。"

安静下来，等车的间隙，费扬听到他说："费扬，很高兴能交到你这个兄弟。"

费扬一愣，偏头看他："你小子突然煽什么情？"

张知陈扯唇，继续道："没事儿，就是在想，我真的蛮幸运的。"

费扬没吭声。

"年少时拎不清走弯路的时候，上天让姜絮言出现。她走后，还有你和封远这帮兄弟陪着我。"张知陈神情淡淡，直视着前方，"三十岁这年上天还愿意给我个机会。"

"什么机会？让你从车祸中活下来的机会吗？"费扬开玩笑道。

张知陈喉结轻滚，自嘲一笑。

氛围又安静了下来。

费扬奇怪地瞥了他一眼。

这小子怎么突然感慨起人生了？

"费扬。"

"啊？"

"如果哪天我消失了，你不要为我担心。"张知陈沉哑的嗓音飘散在萧瑟的风中，令人听不真切。

"消失？"费扬倏地蹙起眉，紧张地望向他，"你要去哪儿？"

张知陈看他这副一惊一乍的模样，无奈轻笑："紧张什么，我就随口一说。"

费扬明显不信："消停会儿吧，你这次出事张叔知道后都快骂死我了，以后我可不敢再带你出来了。"

张知陈眉眼收敛，指尖摩挲着手腕上的菩提根，没再吭声。

很快接送两人的车便停在了医院门口，坐上去后费扬看了眼时间，离登机还有两个多小时。

张知陈望着窗外飞驰的景色，忽然道："封远和杜薇和好了吗？"

话音刚落，空气凝滞了两秒。

张知陈莫名扭头，撞上费扬看鬼一样的眼神，他说："封远和杜薇？你在说什么呢，他俩什么时候好过？我怎么不知道？"

张知陈眉头轻皱："他俩不是从大学的时候就一直在谈吗？来新西兰前他还和我抱怨杜薇又生他气了。"

费扬语气顿了顿："他女朋友一直是周菲菲啊，哪儿来的杜薇？你怎么回事，出个车祸还把记忆撞乱了？"

周菲菲……

张知陈目光一怔，汗毛直立，他抬手用力摸了把后脑，动作凝滞。

他再次感受到蝴蝶效应的威力。

一切微小的细节都在改变。

"张知陈？"

"费扬。"张知陈咽了咽口水，神情陡然认真起来，嗓音哑涩，"你还记得当年姜絮言具体是怎么……去世的吗？"

怕对方怀疑，他又补充道："其实我醒来后出现了记忆混乱的情况，我怕你们担心就没说。"

费扬表情一滞，惊疑地上下打量他。

怪不得一副失魂落魄的样子，没想到是记忆出现了问题。

思及此，费扬放松了下来，他斟酌着措辞，害怕当年的事情又打击到张知陈。

"火灾，警方通报的是……自杀。"

听到"自杀"这两个字，张知陈闭上眼，半张脸落在阴影里，看不清神色。他没有说话，示意对方继续。

费扬叹了口气："就在大学报到的前一天，我还记得是9月1号，当天傍晚开始一直在下小雨，直到深夜才停，然后就……"

他没说完，但后面发生了什么，所有人都心知肚明。

283

"9月1号……"张知陈忽地睁开眼，低喃着重复着这个日期。

姜絮言的死亡时间从6月9号推迟到了9月1号。

在姜絮言去质问小张知陈之后的第三天。

想到这点，张知陈的脑袋又开始剧烈疼痛起来。

更新的记忆又一次袭来。

这次张知陈又看到了更多关于那场大火的清晰画面。

不过还是断断续续的片断，时间过去太久，人的记忆力毕竟有限，尽管他努力去回想，还是只能捕捉到细枝末节。

张知陈痛得弓起腰，手肘抵着膝盖，哑声又问："奶奶呢？姜絮言的奶奶，她人呢？"

费扬拧眉："老人家在孙女去世后的第三天也跟着走了，是突发的心衰，走得很急，还是你出钱给两人办的葬礼。老人家本来心脏就不好，打击太大，直接在医院走的。"

张知陈捂着脑袋，神情痛苦。

这样不行，他必须回去，不管用什么办法都要再改变一次。

张知陈这么想着，越发坚定。

在看到日记后形成的计划也逐渐明确。

既然他是通过撞击后达到濒死的状态才穿越的，那只要再经受一次这种状态就有机会重新回到过去。

要是失败了……

张知陈捏紧拳头，眼底一沉。

还有什么比尝过幸福之后再失去更痛苦的事呢？

他已经无法忍受继续活在没有姜絮言的世界里了。

说他自私也好。

那就自私一次吧。

2022年6月20日，梧城机场。

经过将近十二个小时的长时间飞行，航班终于抵达青浦机场。

张知陈拿上随身背包跟在乘客身后慢慢走下飞机，梧城温暖的风迎面吹来，取代了新西兰的寒冷，让人不由自主地放松神经。

张知陈神态疲惫，从摆渡车上下来跟着人流走向取行李的地方。

懒散的视线扫到了前方的一个身影，目光稍顿。

是舒则。

他们竟然是同一个航班。

张知陈想起高中时沉默寡言的舒则，心中升腾起一种莫名的情绪，有种恍若隔世的亲切和不真实感。

他下意识地加快脚步，想代费扬和舒则道个歉。

舒则走得并不快，张知陈即将追上他时，一对状似情侣的游客突然从旁边着急冲了过来，舒则避闪不及，被连人带包撞倒在地。

张知陈连忙跑过去，蹲下就要扶舒则起来，那对情侣也立刻停下道歉，解释说是航班即将登机，他们快来不及了，所以才跑起来的。

舒则在张知陈抓住他胳膊的瞬间便猛地抬起头，目光死死盯着张知陈的侧脸，眼神阴骜。

"没事儿吧。"张知陈抓着舒则的手臂，将人搀扶起来，低声询问。

舒则还盯着张知陈，神情阴晴不定。他轻轻挣开张知陈扶着他的手，慢条斯理地整理凌乱的衣角，拂过被对方碰过的地方。

张知陈自然也看出了舒则动作里的嫌弃，不禁挑了挑眉，往后撤了一步，声音散漫："怎么，舒律还有洁癖？"

"对你有。"

听到这么直白又具有针对性的话，张知陈耸了耸肩，无所谓地笑了笑："好吧。"

打发完情侣，舒则看都没看张知陈一眼，直接就准备走人，可脚刚抬起，他猛然想到了什么，幽深的黑眸中划过不易察觉的阴狠。

既然碰上，他怎么说也应该送张知陈一个大礼。

舒则扯起唇角露出一个稍显扭曲的笑，他慢悠悠地将脖子上戴的东西从衣服里扯出来，大刺刺地展示在胸前，随后脚步一转，脸上摆出一副真诚的表情："谢谢了。"

张知陈被这突如其来的道谢绊住脚，下意识地侧身看过去。

四目相对，视线从上至下，随即猛然定住。

张知陈盯着舒则胸前的挂坠，脸上瞬间失去所有血色，变得苍白骇人无比。

空气都凝滞下来，广播声和人群嘈杂声都在这一刻化为诡异的变调，空间扭曲变形，只有重到令呼吸都艰难的心跳鼓动着耳膜。

那个挂坠是此时浑身僵硬、愣怔在原地的张知陈唯一能看到的。

那是他亲手制作，并亲手送给姜絮言的铁陨项链。

怎么会挂在舒则的脖子上……

张知陈艰难地吞咽着唾沫，他颤着眼睫，慢慢看向对面男人的脸，当对上舒则阴沉又暗含讥讽的眼神时，他的瞳孔剧烈紧缩，一个可怕的念头在心头升起。

原来，是你。

机场人来人往，不断有人从对峙着的两人身旁走过，行色匆匆，没人在意站立不动的两人之间的暗流汹涌。

当意识到这一点后，张知陈狠狠攥紧拳头，想也没想地甩掉背包挥起拳头重重砸向舒则带笑的脸。

拳碰肉的闷响伴随着舒则从喉咙深处发出的嘶哑痛吟落地，静滞的空气总算流转。

舒则没想到张知陈竟然会在公共场合来这一下，被打蒙了，一时反应不过来，偏过头，目光怔怔地倒在地上。

张知陈也并不想给舒则反应的时间，弯腰单手揪住舒则的衣领，把人拎起来右手照着他的脸不停重重落下，骨节撞到牙齿，磕出血沫也没有停止的意思。

俯视他的男人双目赤红，眼中的浓暗带着毁灭一切的暴戾。

舒则对上这双眼，心下一惊，他一点也不怀疑张知陈会把他打死。

当男人再次把他扯起来时，舒则猛然回神，他立刻抬手护住自己的头部，求生的本能让他死死攥住张知陈的胳膊，阻止再次落下的拳头。

可防了上面，下面却失了守。

张知陈扯住他的后衣领，屈起膝盖，用力撞击舒则最脆弱的腹部。

"呕……"男人瞬间发出痛苦的干呕声，血沫搅着吐出的酸水滴在地上，他感觉自己的五脏六腑都移了位。

舒则痛得表情狰狞，浑身泄了力气，蜷缩在地，目光涣散，嘴里发出无意识的呻吟。

机场安保人员挥舞着警棍赶了过来，一人从后穿过张知陈的腋下将他架了起来，迫使他远离看起来处于弱势的舒则。

张知陈没有挣扎，他赤红着眼，呼吸急促，死死瞪着舒则，眼神骇人，仿佛下一秒就会毫不犹豫地扑上去杀了舒则。

舒则被人搀扶着脚步跟跄地站起来，他咳了两下，低头吐出一口血沫，脸侧疼得厉害，应该是有颗牙松了，他抬手抹去被撕裂的唇瓣上的血迹，抬眸愣愣地望着宛如杀神一般的张知陈，嘴角扯起嘲讽的笑意。

"你还好吧？"扶着他的保安问。

舒则无意识地笑了笑，看到张知陈这副痛苦又暴怒，想杀他但又没有办法的样子，心里就止不住地畅快。

连身上的痛都成了兴奋的催化剂。

他捡起那副好好先生的假面，摆了摆手，喘息道："帮我报警，我要告他故意伤害。"

"哦，哦好好。"保安闻言愣了愣，随即反应过来，连忙报了警。

被突发的暴力事件吓到的围观群众对着两人指指点点，一时间周遭的喧哗让本就燥热的天气愈加使人烦闷。

被控制住的张知陈看着对方嘴角得意又嘲讽的笑，心头的暴怒再一次涌现，他哑着声，目眦欲裂，一字一句道："为什么？"

这声不大，但足以让舒则听见。

只见对方闻言神情一顿，眼睛微微睁大，一副无辜又茫然的样子，但眼角的笑意却怎么也掩饰不住："什么为什么？这位先生，我到底怎么你了，突然冲上来打我？"

边说他边掏出口袋里的手机，翻出律所小孙的电话拨了过去："我这边出现了点突发状况，你现在就赶到南淮区警局。"

挂掉电话，他看都没看张知陈一眼，转身随着安保人员向门口走去。

张知陈咬了咬后槽牙，目光还锁在舒则的背影上，眼眶发红。

原来，那个一直隐藏在暗处，不肯放过姜絮言的人，是这个浑蛋。

张知陈此刻才彻底想通，他反复回忆着穿越后这个浑蛋的行为和言语，恨对方隐藏得太好，也恨自己没有把对方放在眼里。

舒则也回到过去了，而且可能比他还早一步。

南淮分局收到警情后很快便赶到了机场，将两人带了回去。

因为不是坐同一辆车，直到审讯完回到调解室，张知陈才再次和舒则碰上。

"张先生，这是我的名片。我是功成律所的孙宁，您在公共场合无故对我律所的高级合伙人舒则先生实施故意伤害的行为，现我代表舒则先生对您提起诉讼。"孙宁站在舒则旁边，将一张名片从桌面上递过去。

张知陈没有理他，只是平静地看着对面的舒则，良久才冷声说："鉴定伤情你连轻微伤都达不到，我最多被行政拘留两天，可能拘留都不用，赔点钱就完了。"

舒则闻言饶有兴味地挑起眉尾，抱臂好整以暇地望向他："没想到张教授还懂法。"他略带苦恼地皱皱眉，接着轻笑一声，"不过传出去对张教授的职业生涯恐怕会造成影响，梧大应该不会容忍一个档案上有行政处罚的教授继续留在学校任职。"

张知陈冷嗤一声，他倾身抵着桌面，神色阴郁，眼底浓黑翻滚："你觉得我现在还在乎这些吗？"

两人你一言我一语，一旁做调解的民警大哥连忙打断："行啦，事情呢我们已经了解了，是张先生无故动手有错在先，他也同意了私下调解赔偿损失，如果您这边还要继续上诉那我们就出具一份不予立案通知书。要是双方都没有意见，就签字回去吧。"

孙宁暗自打量着这两人之间剑拔弩张的气氛，将劝说的话语咽了回去。

舒律最是睚眦必报冷血无情的性格，被人无缘无故打一顿心里肯定不乐意就这么算了。

他还是看上司的脸色，提前把材料准备好吧。

沉默对峙间，调解室的门被人推开，众人一致望向门口，看清了来人。

张知陈目光稍抬，和封远的视线撞在一起。

封远出完任务回来，刚接了杯水喝上，就听说带回来了两个在机场打架斗殴的当事人，本来没当回事，可在听到动手之人的名字时，一口水就这么从嘴里喷了出来。

民警大哥上前拍了拍封远的肩膀，将人带出去，把门带上："你来干吗？"

封远紧绷的眉眼一松，笑了笑："老陈点了盒饭，叫你去吃，这里要不我善后？"

民警没多想："行，反正也处理得差不多了，你看着两人把字签了。"

"哎，去吧。"

目送民警离开，封远的脸色又沉了下去。

他重新推开门，这次他自然也看见了脸上被张知陈打得青一块紫一块的舒则。

"小孙，我们走吧。"舒则突然起身，胸前的陨石项链随着动作晃了两下，落在张知陈眼底，再次点燃怒火。

"嘭"的一声，张知陈猛地站起来，凳子腿和地面发出刺耳的声响，他越过桌面一把揪住舒则的衣领，像提着破布玩偶一样，把人扯过来，阴狠的脸靠近，呼吸沉重："浑蛋！"

"张知陈！"封远怒吼一句，上前扯住男人的胳膊，"这里是警局！你不想活了！给我松开！"

张知陈的力气大得出奇，任封远怎么扯他都纹丝不动。

张知陈也不理他，只狠狠盯着舒则这张无所谓到令人胆寒的脸，用只有彼此能听到音量哑声说："你也回去了吧？"

这句话让舒则没有波澜的眸子微微一闪，他忽地翘起唇角，拱火道："回哪儿去？你在说什么我听不懂。"

捕捉到舒则脸上细微的变化，张知陈心里的想法更加笃定。

"我的执念是让姜絮言平安度过 6 月 9 号，你的呢，再次杀了她是吗？"这句话张知陈说得极为冷静，但用力攥紧的拳头却在细细发抖。

他想了一路，如果舒则也同样回到了过去，那他在机场故意把陨石项链展示给他看，就像在炫耀战利品。

这个浑蛋想看到他痛苦并且失去理智。

真可怕。

张知陈从心底冒出一股寒意。

舒则穿越后一直在装，扮演着高中生，不在他面前露出一丝马脚。

舒则一直在等，等他自以为"得偿所愿"苏醒后，再给予致命一击。

"张先生请你冷静，你要是在警局动手这事可就大了啊。"孙宁脸色一白，急忙出口制止他。

"张知陈松手！"封远也跟着劝道。

张知陈咬了咬牙，用力推开舒则，接着双手猛砸了下桌面，巨响吓得孙宁心一跳，连忙上前查看舒则的情况，并把人带离出房间。

临走前舒则冷冷扫了眼发怒的男人，抬手扯掉胸前的项链，走出警局路过街边的垃圾桶时，右手随意一抛，"咚"的一声轻响后，一切归于平静。

"你怎么回事？"封远手叉腰，居高临下地看着坐着的张知陈，语气无奈，"没事突然打人干吗？打的还是舒则，你不知道他是干律师的吗？要是死抓着你不放，你该怎么办？"

张知陈没有正面回答，他怔怔望着前方，沉默了两秒才低声道："那个浑蛋杀了姜絮言。"

空气猛地凝滞。

封远表情一僵，他整理了一下这句话的逻辑，害怕是自己的幻听。

"他杀了谁？"

张知陈疲惫地闭上眼，沉沉叹了口气，无力地摇了摇头："没有，你听错了。"

整件事，包括穿越，他心里清楚说出来不会有人信的，他们只会觉得那是他重伤昏迷时的一场大梦。

舒则能逍遥法外这么多年，说明当年的证据里没有丝毫可以锁定他杀的证据。

姜絮言住的那条巷子附近没有一个监控，就算现场有不对劲，大火也足以吞噬一切。

他再这么失去理智一般闹下去，只会让所有人觉得他是疯子。

张知陈的肩膀颓然地塌下来，他睁开眼，垂下长睫，盯着自己的掌心。

手还在颤抖。

既然已经知道了凶手是谁。

张知陈慢慢握紧手，心里的念头越发坚定。

他要去找她，陪在她身边。

张知陈这副半死不活的样子让封远头疼不已，他拖着凳子坐到张知陈旁边。

当年瘦猴一般的男孩已经成长为坚毅硬朗的警察，不笑时自带压迫："张哥，费扬打电话说你自从苏醒后就变得很奇怪，是不是身体还有哪儿不舒服？"

"我没事。"张知陈微微偏过头，满脸回避。

"行。"封远见他不肯说，转换了话题，"你无缘无故打他干吗？你一大学老师，大好前程不想要了？"

听到这话，张知陈低垂的眼睫抬起，面无表情地转过头，沉沉地看着封远，沉稳的面庞压抑着情绪："大好前程？呵。"他冷哼一声，胸腔震颤，"那我宁愿不要这大好前程，也要活活打死他。"

后面半句话张知陈几乎是咬着牙说的，眼中的狠戾和一闪而过的疯狂让封远呼吸一停。

大好前程，笑话。

当他知道杀害姜絮言的凶手就在眼前，而且逗弄了他这么多年，逍遥法外了这么多年。

那一刻，他挥起拳头冲过去的那一刻，就没想过自己所谓的大好前程。

姜絮言当时该有多害怕，多疼啊。

被大火灼烧，被残垣断壁掩埋，呐喊求助无门，最后眼睁睁感受着自己生命的流逝。

一想到女生死前的痛苦，张知陈的心脏就像被千万根针毫无章法地扎着，呼吸酸涩艰难，浑身颤抖发麻。

他什么都顾不了，大好前程算个屁，就算一命抵一命，他也要弄死那个畜生。

可还有更重要的事情等着他。

张知陈不能遂了那个畜生的愿。

封远愣怔片刻，不明白张知陈为什么突然对久未谋面的舒则生出如此大的怨恨，不禁问道："你俩到底有什么过节？张哥，你不是会说这种冲动话的人。"

张知陈深吸口气，压抑着暴虐的情绪，浑身紧绷："和你没关系，我现在能走了吗？"

封远闻言面露担心，上下打量他："可以。不过你现在的情况我放心不下，叫司机来接你吧。"

原本想拒绝，可听到"司机"两个字，张知陈眼睫微动，伸手向封远借电话。

封远眉骨稍抬，将手机递过去："你手机呢？"

"被撞烂了。"张知陈接过，输入早已滚瓜烂熟的号码，贴到耳侧，电话接通哑声说，"许叔，来南淮警局门口接我。"

封远送张知陈来到门口，本想陪他一起等车来，可张知陈拍了拍他的肩膀，眉眼疲倦："别送了，回去吧。"

"我不用你管，今晚能早点回去，等送你上车我也走。"封远随意笑道，炫耀般举起左手，夸张地晃了晃，主要为了秀腕上的手表，"我老婆给我买的，好看吧。"

张知陈斜了一眼，眉尾上挑："不吵了？"

“说什么呢，那叫夫妻情趣，你一单身狗懂什么呀。”封远笑得欠揍。

张知陈轻笑，手插兜看向不远处街边的路灯，情绪缓和了下来，漆黑眼眸折射着淡淡的光华。他不由得低声轻叹，语气感慨：“没想到啊，阴错阳差，还让你和对的人在一起了。”

曾经，封远和杜薇在一起时，永远是他单方面的付出和迁就，两人三天一小吵五天一大吵，每次杜薇都说要分手，每次也都是封远卑微地去道歉挽留，这段感情让他非常痛苦。

两人分分合合纠缠了六年，还是无疾而终。

这一次对象变成周菲菲，没想到竟然结婚了，而且看起来封远很爱她。

看到好兄弟现在如此幸福和满足，张知陈鼻腔轻涩，侧头笑着望向他，由衷地补上自己欠的祝福：“封子，祝你俩百年好合，对人家姑娘好点。”

封远笑了，抬手捶了下张知陈的胸口：“哥，这话我结婚那天你都说过好几遍了。”

“说多点让你长记性，别动不动就和人家吵架。”张知陈收回视线，掩住眼里的落寞，喉头滞涩，“能和心爱的人结婚，不容易。”

封远抻了抻胳膊，没察觉到对方的不对劲：“是啊，不容易。”

两人正有一搭没一搭地聊着，一辆黑色轿车停在了街边，按了两声喇叭。

“车来了。”封远提醒。

张知陈随意扫了眼身后，没有立即离开，而是认真地看着封远，嘴角噙着微笑。

从小就一直跟在他屁股后面叫哥的小孩如今长成了能独当一面的警察，张知陈胸膛充斥着难以言说的感慨。

汹涌的时间洪流冲刷而过，总会留下馈赠。

“封子，好好的。”他沉着嗓子，眸光流转，听到人耳朵里颇有种诀别的意味。

封远莫名心口一窒，不舒服地咽了咽唾沫，扯唇笑道：“知道了，快回去吧，身体刚好不久。”

“嗯，再见。”

“再见。”

撂下一句再见，张知陈转身的瞬间，嘴角上扬的弧度落了下去，眼睫低垂，一身的孤寂。

再见，却不知道还能不能再见。

对不起兄弟，他要奔赴一场大概率会失败的重逢。

坐进车里，许特助连忙焦急地询问起他的身体状况，张知陈语气疲惫地耐心回答，没有任何不耐和敷衍。

这些年来冉星的商业版图越来越大，如今公司面临上市，张大明几乎睡在公司，要不是许特助一直协助在侧，照顾他的身体，张大明那生活习惯，早把自己弄垮了。

所以张知陈心里很尊敬这位亦叔亦友的长辈。

"张总得知你出车祸那天，吓得高血压都犯了，直接在家里晕了过去，幸亏刘妈发现得早。"许特助将他不在梧城的这段时间里发生的事告诉他，"不过你放心，在医院住了两天就好了。"

听到张大明晕倒，张知陈嗓子发紧："他这会儿人在哪儿呢？"

"前天飞去美国了。"许特助叹了口气，"要帮你打视频电话吗？"

"不用了，让他好好休息吧。"张知陈摇摇头，淡淡看着窗外飞驰而过的法国梧桐，盛夏夜晚蝉鸣喧嚣，风中是梧城独有的味道。

车里一时安静下来，许特助透过后视镜看了眼阴影里的他，窗外霓虹灯分割成碎影，落到张知陈瘦削的脸侧，衬得轮廓越发冷瑟，整个人孤寂又低落。

张知陈瘦了好多。

"和学校请个长假好好休养一番吧。"许特助轻声道。

张知陈手指微动，按了按额角，沉默两秒才好似回过神："好。"

本以为张知陈会拒绝，没想到竟然爽快答应了，看来是伤得很重，不然向来就爱泡在学校天文台的他是不可能会同意请长假的。

"刘妈给您买了好多补品，就等着您……"

"许叔。"张知陈喉头滚动，声音嘶哑着打断他。

许特助在红灯前停下车，扭头瞧他："怎么了？"

张知陈眼神黯淡片刻，随即又被什么点亮。

"帮我买一张去滨宁的车票吧。"他状似轻松地弯了弯唇，"想去散散心。"

2011 年 8 月 31 日。

姜絮言发烧刚好，王卉又病倒了。

这次还是心脏的问题，医生的建议是不能再拖了，需要尽快进行心脏搭桥手术，姜絮言自然一百个同意。

王卉这大半年打扫那套没人住的空房，攒下了不少钱，但都是留给孙女上大学用的，听到手术需要将近十万，她想都没想便要拒绝。

"奶奶没事，别听医生胡说。"王卉安慰道，强撑着就要起床回去。

姜絮言将人按了回去，无奈道："可我希望您做。奶奶，比起上大学，您对我更重要。"

"钱没了可以再挣，可您要是不在了，我就真成孤儿了。"姜絮言嘴一撇，眼泪掉下来，她笑着用最轻松的语气说出最令王卉心碎的话，"我真的很怕，再被你们丢下。"

王卉见孙女哭，颤着手将小小的姑娘搂进怀里，骨瘦如柴的手轻轻拍打着她的后背："乖不哭了，咱做，不哭。"

姜絮言将脸埋进奶奶的胸前，不停点头，放肆地闷声抽泣起来，释放心口压抑了许久的情绪。

2022年7月1日，滨宁。

张知陈背着黑色旅行包从火车站出来，坐上年代久远的古早大巴，摇摇晃晃地朝着老城区的方向前进。

大巴里奇特的汽油味道混杂着烟味造就了独属于小城的记忆。

张知陈的目光一动不动地盯着车窗外不停变化的街景，不愿放过一处。

滨宁是姜絮言的家乡，这里承载了她的童年，也是她幸福和痛苦的来源。

前一世，姜絮言不止一次和他提到过滨宁的那片海。

广袤，深蓝，宁静。

这些词汇足以让他的脑海里事先构建出一片无际的海洋。

那片海也是姜絮言的"秘密基地"，她说，有任何想要倾诉的，都可以讲给它听。

海会包容你的所有。

可当这片海真正出现在他眼前时，张知陈还是嘲笑自己想象力的限制和匮乏。

它比想象的更广袤，更蓝也更壮阔，海浪拍打着高耸嶙峋的沉黑色焦岩，发出大海的轰鸣，白色浪花掀起又落下，循环往复。

怪不得姜絮言念念不忘。

张知陈背着包，手脚并用地爬上最高的那一大块礁石，站稳的那一刻，视野顿时开阔。

男人目光惴惴地注视着这片海，湿润的海风扑面。

看着看着，张知陈红了眼眶，胸膛深处不停震颤，喉头滞涩滚动。

一想到小小的女生在父母去世之后，一个人晚上偷偷跑到这里对着大海掉眼泪，他就好心疼。

张知陈扔下背包，对着这片能包容一切的海，用尽全身力气喊道："姜絮言！你听得到吗？"

2011年8月31日深夜，姜絮言正举着手电筒走进巷子，早晨下的雨晚上才停，她趁着雨停赶回来帮奶奶拿住院期间的换洗衣物。

倏然间，她似有所感，下意识地回过头，看着被昏黄灯光照亮的巷口，莫名眨眨眼。

那里空无一人。

姜絮言蹙起眉头，心头莫名一顿，泛起涟漪。

刚刚她明明听到了有人叫她的名字。

姜絮言收回视线，吸了吸鼻子，压下心口莫名的酸涩。

应该是她幻听了吧。

张知陈怎么会出现在这里叫她的名字呢。

他和她就像偶然间被命运捉弄而相交的线，纠缠过后始终要回归各自的方向。

再也没有交集的可能。

这么想着，姜絮言神情黯淡下来，她垂下长睫举起手电筒仔细照着脚下的路，下一个拐弯时手电筒的光柱无意间扫到不远处躲藏在黑暗里伫立的人影。

姜絮言专心脚下，并没有看见。

2022 年 7 月 1 日，滨宁。

"等我去找你。"

张知陈低喃道，回应他的只有海浪拍打礁石的声响。

男人身形落寞，胸膛起伏，红着眼望着没有边际的深海，他突然感到一阵惶恐与孤独。

广袤天地间，只有他一人在乎姜絮言了。

思及此，他痛苦地闭上眼睛，思念在这一刻如凶猛的洪水般冲刷着神经，眼前浮现出女生的一颦一笑，张知陈平复着呼吸，掏出离家前带出来的旧手机，点开通讯录，找到张大明的号码拨了过去。

拨通后是漫长的嘟嘟声，在张知陈以为对方不会接时，电话被接通。

"喂？"吵醒后带着沙哑的嗓音从听筒传出。

张知陈抬手用力按了把眼角，脸上挤出笑意，迫使自己的语气轻松正常点："老张，干吗呢？"

"知陈！"张大明的睡意瞬间被赶跑，连忙坐起来，"身体好点了吗？小许说昨晚去警局接的你，出什么事了？需要爸爸帮忙吗？"

听到张大明一连串关心和紧张的询问，张知陈强忍着情绪，扯起唇角，鼻音浓重道："我能有什么事，我三十了，又不是十几岁的小屁孩，还需要爸爸擦屁股啊。"

张大明舒了口气，靠着床枕，两鬓已经冒出了白发："在我心里你一直都是长不大的小屁孩，跟在你妈后面告我状。"

提到陈冉，张大明话音一顿，神情落寞片刻，随即转移话题："怎么想着这个时候给我打电话？"他望向窗外，此时的美国正值深夜。

张知陈看着礁石崖下的浪花，心里估仗着距离，沉默两秒才低声说："刚看到一篇关于量子力学的论文，突然有个事儿很好奇，就想问问您。"

张大明从酒店床上下来，走到客厅倒了杯水，闻言挑了挑眉："说。"

"如果我回到了过去，您最希望我做什么？"

张大明本以为儿子是想和他探讨一些深奥的学术理论或者人生道理，没想到只是个天马行空的假设。

他表情一愣，反倒被问住了，沉吟片刻："我最希望你开心自由，还有……

"原谅我。"

张知陈目光一怔。

"当年你妈走后，我靠酒精来消极逃避，忽略了你的情绪，害得你用自甘堕落的方式来反抗。"张大明深吸口气，语气抱歉，"对不起啊儿子，幸亏你成长得很好，要不然等我死了，我都不敢去见你妈。她肯定会教训我，怪我没有把你照顾好。"

张大明略显苍老疲态的嗓音远渡重洋，落到张知陈的耳朵里，男人这才惊觉，父亲真的老了。

这个认知让他再也控制不住呼吸，带着隐忍哭腔的哽咽从嘴角倾泻，他连忙握拳抵住。

张知陈望着远方，攥紧手机："爸，我从来没有怪过您。我当时只是不知道该怎么办了，看见您痛苦，我以为自己变得糟糕点会让您从妈妈去世的打击里分出点注意力。"

此时此刻，远在大洋彼岸的张大明也红了眼眶。

父子俩这么多年，第一次如此坦诚，诉说出对彼此的爱。

"对不起知陈，我真的不是个合格的父亲。"要强了一辈子的商人面对儿子说出自己的软弱，是种十分奇特的感受。

轻松感慨之余又隐隐察觉到一些不安。

他听到张知陈那边传来海浪的声响，不禁皱起眉头："你在海边吗？"

张知陈吸了吸鼻子，语气又恢复成往日的散漫："是啊，来海边散散心。"

"你身体刚恢复，别再到处乱跑了，回家叫刘妈多做些好吃的补补。"张大明嘱咐道。

张知陈"嗯"了声："好。"

双方沉默下来，张大明等了等，见对方好似没有要说的了，正要提挂电话，却听下一秒，张知陈的声音又响起："爸，照顾好自己。"

张大明笑了笑："知道了，臭小子。"

挂断电话，张大明望着杯里陡然泛起波澜的水面，心底莫名生出一丝惴惴不安来。

但很快他便摇摇头，不再纠结。

张知陈盯着手机界面，无声地笑了一下，他抬头看着蔚蓝的大海，突然毫无征兆地将手机扔了下去。

礁石顶距离海面将近五十米，几乎是转瞬间，手机就被惊涛骇浪吞没，杳无踪迹。

张知陈垂头望着汹涌的海面，面无表情。

从这个高度坠下去，冲击力不输于车祸发生的瞬间。

张知陈的计划就是这个。

再次重现车祸时的情境，通过巨大的冲击达到濒死的状态，只要再经受一次这种状态就有机会重新回到过去。

他要赌一把。

张知陈眸色浓暗，他拿出背包里被烧得残破的日记，紧紧攥在手心，腕上的红绳手链已经变得陈旧不堪，但仍然能看出来主人保存得很好。

"姜絮言，"男人喉结滚动，眼眶红得不像话，"如果可以的话，我不想回来了，其实我最希望、最想要的，就是和你永远在一起，亲眼看着你慢慢变老。哪怕……一切从头来过，放弃所谓的大好前程。

"你不在的这些年，我其实过得一点也不好。

"所以就算你骂我傻，我也要赌这一次。

"姜絮言，我来找你了。"

张知陈的喃喃自语被海风吹散，伴随着下一瞬浪花溅起的细弱声响，海浪再次席卷，一切又恢复如常。

2011 年 8 月 31 日，梧城。

姜絮言走到家门口，从口袋里掏出钥匙熟练地打开门锁，刚踏进去，一只戴着手套的手从身后伸过来，用力捂住了她的嘴巴。

突如其来的动作让她整个人都蒙了，她下意识地抬手想拿掉嘴上的桎梏。那个比她高大许多的人先一步察觉出她的动作，另一只手立马擒住她手腕反扣在她身后，不管她怎么用力都没有办法挣脱，她被他带着往屋里走。

头顶上方男人微乱的呼吸略显沉重，手上的力度一点不减，死死堵住姜絮言的嘴，不让她发出一丝声响。

姜絮言使劲扭头去看那人的模样，可此时周围漆黑一片，他又戴着帽子和口罩，只露出一双眼睛，在昏暗里折射着晦涩不明的光亮。

"唔！"姜絮言拼尽全力地挣扎，奈何两人体力悬殊过大，不管她怎么摆动身体，拒绝前进，还是无法阻止被迫进屋的现实。

在屋门被推开的刹那，姜絮言的脑袋开始空白，惊恐的泪水从眼角滑落。

这个人想要干吗？

是贪财还是侵犯？

贪财不至于这样对她，那只可能是侵犯。

这个念头一冒出来，姜絮言的心落到了谷底，她开始更加疯狂地挣脱起来，目光落在厨房摆放刀具的位置，试图趁着歹徒松懈的瞬间冲过去拿刀自卫。

似乎瞧出了她的想法，男人将屋门踢上，随后把她按在门后，她感觉自己的脑袋猛地砸在木门上，眼前白了一瞬。

男人趁她愣神，移开捂住她嘴的手，从口袋里掏出细麻绳，正要将她的手腕反身绑上。

可下一秒，姜絮言忍着疼痛用尽全身力气往后一撞，男人被撞得踉跄一步，失去了对她的桎梏，姜絮言反应很快，没有一丝犹豫，她打开门就要往外冲。

"救——唔！"脚刚踏出去，男人伸手一把拽住了她的头发。

姜絮言吃痛地顺着惯性往后倒，男人掌控住她的两只胳膊，捂住她的嘴巴，无声地将门重新关上。

寂静的黑夜里，无人知晓一场罪恶的发生。

姜絮言被男人用力甩在了地上，后腰磕到凳子腿，发出巨大的摩擦音，她盯着站在面前俯视她的歹徒，心脏急速跳动，感官在黑暗里不断放大，包括害怕的情绪，她颤抖着："你是谁！你要干吗！救命啊——"

不打算给她任何求救的机会，男人倏地扑过来，掐住了她的脖子。

"呃！救命——"

对方的力气极大，掐住她脖子的两只手都在慢慢收紧，她无法说出连贯的语句，她呼吸不畅，脸色涨得通红，眼底已经冒出血丝。

求生欲让她不停地抓挠着脖子上的手，男人裸露的小臂上顿时留下无数道冒着血珠的伤痕，她双腿乱蹬，却被男人轻易压制。

月光照进来，洒在两人身上，也微弱地照亮了男人的脸，姜絮言挣扎着抬手去够他脸上的口罩，男人也没有躲。

在越来越急促痛苦的抓挠下，口罩带子从耳后脱落，露出男人在月光下惨白骇人的脸。

等看清男人的长相，姜絮言的瞳孔忽地紧缩，呼吸越发短促困难。

是舒则。

竟然是他！

舒则此刻压在姜絮言上方，面无表情，本就苍白的肤色此刻宛如纸一般惨白，如同厉鬼。

他的双手紧紧扣着对方纤细羸弱的脖颈，眼里情绪复杂翻涌，有痛苦，也有解脱。

舒则紧盯着姜絮言开始充血的眼睛，将其中的诧异和惊恐尽收眼底，心口顿时如同被人紧紧攥在手心揉搓挤压般难受胀痛。

多年前同样的场景如同噩梦一样重新回到他的脑海，刺激得他浑身发抖，他慢慢红了眼眶，喉咙深处发出宛如野兽般的低吼。

对不起，姜絮言。

你不能活着。

你死了一切才能回到正轨，你死了张知陈才能一辈子活在痛苦中。

亲手杀了你，也好过看着你和他在一起。

再见了，姜絮言。

再见了，这场噩梦。

脖子上的力道越来越重，姜絮言死死瞪着舒则，眼里血丝充盈，浅色瞳仁映出舒则陷入疯狂的狰狞表情，痛苦的泪花不停滑落进散落的头发里，她的呼吸越来越弱，蹬踢着地面的双腿不再动弹，抓挠的双手也无力地垂下。

姜絮言感觉自己的生命在慢慢流逝，舒则眼见着姜絮言被掐得翻出白眼，随后闭上眼睛整个人泄了力气，身子瘫软，就像跳出水面的鱼，不管如何挣扎，最后还是逃不过缺水而亡的厄运。

舒则没有立即松手，他还保持着半伏着的扭曲动作，粗重的喘息声在寂静昏暗的夜里无比清晰。

姜絮言不是装的。

印证了这个可能，舒则的心猛地一跳，他像是看到了什么极为恐怖的东西，双手仿佛被灼烧一般连忙撤开，他跌坐在地上，手脚并用不停后退，直至后背抵上墙壁，冰凉坚硬的触感让他恍然回过神。

他胸膛剧烈起伏着，大口大口地呼吸，试图用这种方式平复自己全身不断升腾的颤抖。

舒则垂眸望着自己发抖的手，漆黑额发轻搭在眼睫上，月光透过窗子照亮了昏暗的房屋，失去血色的皮肤越发惨白惊心。

他宛如一头从地狱爬上来的吸血厉鬼，凄厉又疯狂。

舒则无意识地扯了扯唇角，心口被汹涌的快感和悲伤填满。

再来一次，她还是死在了他手上。

她最后一眼见到的人，还是他。

这个认知让男人的颤抖越发严重。

舒则死死扣住抖动的手，摇摇晃晃地靠墙壁站起来，俯视着躺在月光里的人。

黑发四散，白皙的皮肤此刻毫无生机，姜絮言残破得就像凋零的白玫瑰，让人只看一眼便生出无限怜惜。

舒则静静望着她，心中汹涌翻滚的波澜渐渐平息。

但随之而来的，是从灵魂深处传来的空荡。

他抬手抚了把脸，想将脸上的冷汗抹掉，却在触碰到眼角时动作微顿。

明显从眼睛里冒出来的液体，让舒则心头一颤。

他不由得想起当年，也是这样的夜晚，他都没有哭。

为什么三十岁的他，这次却哭了。

明明这是他蓄谋已久的结果，可这一刻真的到来时，他竟然生出了悔意。

本来在发现张知陈的性情又恢复往常，证明只要消除执念就能回去时，他就可以动手的，可他偏偏拖到了现在。

他甚至产生过，反正张知陈已经走了，要不算了的念头。

三十岁的张知陈已经不在了，现在这个时空里只剩下他一个人知道一切，那是不是说明，他和姜絮言还有可能。

这个念头一起，就如潘多拉的魔盒般，引诱着他迟迟不肯行动，差点放弃他已经得到的所有殊荣和地位，留下来陪着她。

可惜，他和张知陈不一样。

张知陈是个为爱甘愿失去生命的傻子，他不是。

爱，对他来说是天生就缺失的东西。

所以他清楚，即使留下来，他也无法真正地去爱。

那还不如抓住一些看得见摸得着的东西。

金钱、地位、他人的景仰与恐惧，这些才是他赖以生存的养料。

思及此，舒则脸上再次恢复往日的冷静与漠然。

他轻轻推开门走出去，拎着早已准备好的汽油返回，将门关上，走到姜絮言面前，居高临下地打量已经没有动静的人，扯着她软绵绵的胳膊，把人整个横抱起来，轻轻放在床上，低头时他注意到姜絮言胸前的陨石项链，一个恶意的想法闪过，他低笑一声，伸手把项链扯下来。

拧开汽油盖，将刺鼻难闻的液体播散在女生周围的床单上，没有让她沾到半分。

舒则不放过任何一个角落，等泼完一整箱汽油，屋子里已经被刺鼻的气味充斥，死寂的空气中仿佛有种焦灼的因子。

一点即着。

舒则把手伸进口袋，拿出防风打火机，"叮"的一声拨开打火机盖，指腹按住触发齿轮。

他走到门口，把挂在门外把手上的大锁拿下来，从屋里关上门反锁好，捡起姜絮言挣扎时掉落在地的钥匙，塞进口袋里。

最后将撞倒的椅子扶好，擦去他留下的一切痕迹。

有条不紊地收拾好现场，舒则推开厨房里的那扇窗户，轻轻翻了出去。

只要再把打火机扔进去，关死窗户，就形成了完美的密室，大火足以毁掉任何残存的细枝末节的证据。

他中午便来这儿蹲守，汽油也是前几天就备好放在附近的，这一片是旧城区，都是老式居民楼，巷道错综复杂，几乎没有监控，街口的那台监控时间线也对不上他。

大家都会认为姜絮言是自杀。

究其原因就是和喜欢的男生分手了，导致想不开，还能给小张知陈一记重击。

这么想着，舒则嘴角扬起一抹嘲讽的笑意，他倏地点燃打火机，火苗登时蹿起，点亮了黑眸。

他最后抬眼望向躺在床上的人，眼底划过自己都没有察觉的哀伤，随后扬起手，打火机在空中画出一道弧度，犹如慢镜头般，带着死亡的意味。

落地的瞬间，汽油"轰"的一声炸响，火光顺着地板开始朝四面八方蔓延、生长、壮大。

舒则关上窗户，确保无法轻易打开才转身离开。

脚刚抬出院子，身后的火光就已经足以照亮他前进的路。

他脚步一顿，但只迟疑了一秒，还是背影决绝地离开了这里。

姜絮言是被浓烟呛醒的。

她猛地大喘一口气，眼睛瞪大，在灼热中清醒过来，脖子上的桎梏消失，氧气挤进肺部，但伴随着浓烟，迫使她一边剧烈咳嗽，一边捂住口鼻，眼泪如断了线的珠子，不断往下掉。

"救，救命……"

她嗓音嘶哑，喉咙的疼痛还未缓解，紧接着被突然起来的大火阻隔了呼喊。

姜絮言手脚发软，几乎是跌下的床，她惊恐地望着四周，窗帘和木质家具已经烧起来了，屋内温度越来越高，浓烟不断朝上翻滚，她踉跄地爬到门边，鼻子凑到缝隙旁贪婪地嗅着屋外的空气，无助地不断拍门，哑声叫着救命。

舒则掐她的力道太大，导致喉咙损伤，发出的声音嘶哑细弱，根本没有任何求助的效果。

姜絮言想起之前在榆宿做的那个梦。

梦里的痛苦如今真的实现了。

顿时，巨大的绝望和害怕将她裹挟，姜絮言忍不住放声大哭，可声音依旧很小，被噼里啪啦的燃烧声音掩盖。

她无力地倒在地上，静静等待着死亡到来，可一闭上眼，生命里那些重要的人和事如同过电影般不断浮现。

爸爸、妈妈、奶奶，还有……张知陈。

张知陈……

姜絮言猛地睁开眼，呼吸急促，她爬向床边的柜子，从最底下的那格里翻出张知陈给她的手机。

"只要接到你的电话，我会立刻赶到你身边，我保证。"

高考那天晚上张知陈对她说的话在耳边响起，在此刻给濒死的女生带来虚妄的救赎。

姜絮言颤着手指点开通讯录，里面只有一位联系人。

可是这个号码，她已经很久都拨不通了。

想到这个姜絮言就觉得好难过。

为什么面对死亡给她希望的是他，可是生生夺走希望的也是他？

张知陈，不喜欢我可以，但是为什么要骗我啊……

浓烟愈演愈烈，姜絮言捂住口鼻咳得眼泪不断，视线被雾气模糊，她喉头哽咽着，还是按下了拨号键。

原来在生命的最后一刻，她还是想听听他的声音，哪怕被他骂没有自尊也好。

姜絮言没办法责怪张知陈。

他之于她，早已不是喜欢的人这么简单。

她爱他，只要想到张知陈知道自己的死讯后脸上出现一点点难过悲伤的表情，她就好心疼。

这种心疼的情绪浓烈到仿佛是从上辈子就积攒下来的。

姜絮言瘫倒在地，手机紧贴着耳朵，她听着手机里"嘟嘟嘟"的声响，哭到不能自已，意识也逐渐模糊起来。

在她即将失去希望时，男生喑哑克制的声音在火舌吞噬声中格外清晰。

"喂。"

单单一个字，姜絮言心头一颤，死死咬着下唇，但仍旧挡不住压抑的呜咽。

听到姜絮言的抽噎，张知陈呼吸一乱，语气焦急："姜絮言？"

"张知陈，救我……"

姜絮言嘶哑到令人皱眉的嗓音传来，张知陈顿时全身紧绷，猛地从椅子上站起来，吓得一旁投入游戏中的封远抬起头看他。

"你怎么了？你现在在哪儿？"张知陈呼吸沉重，拿起桌上的车钥匙就往外走，"说话！"

"哎！哥你去哪儿？"封远摘下耳机，看着张知陈离开的背影，一脸茫然。

张知陈冲出网吧，坐上机车，把钥匙插上，一连串的动作没有丝毫犹豫。

"在，咳，在家里……火，火烧起来了……我出，出不去……"

"火烧起来？"姜絮言断断续续又夹杂着难耐咳嗽的话语让张知陈的呼吸紊乱，他联想到姜絮言此刻的遭遇，顿时感觉自己的手脚都在发麻，不禁焦急道，"你先拿湿毛巾捂住口鼻，躲在角落里，尽量趴在地上……"

心跳得很快很重，他自己都不知道自己在说些什么，只觉得耳鸣严重，绞尽脑汁地想着应对方法，可不管他怎么说，对面却一点动静都没有了。

"姜絮言！"张知陈害怕地颤声吼出她的名字，"给我听着，千万不能睡着，等我过去找你！"

说罢，他挂断电话，拧动把手，机车霎时发出引擎轰鸣声，惹得行人纷纷侧目。

下一秒，机车如同离弦的箭，飞一般蹿上街道，朝着姜絮言家所在的方向驶去。

这边，听到张知陈发怒的低吼，姜絮言被热气灼烧得清醒起来，她挣扎着爬到暂且没被大火侵袭的浴室里，打湿毛巾捂住口鼻，蹲在角落。

刚刚张知陈说，让她等他。

姜絮言闭上眼，苦笑一声。

真是无药可救了，看来她这辈子都做不到不去相信他。

车速过快，耳边呼啸而过的风宛如刀割一般刮蹭着脸颊，张知陈压低上半身，紧紧盯着前方，将手把拧到尽头，机车轰鸣声在寂静的街道上惊扰了一树的夏夜蝉鸣。

他此时已经无法听到任何声响了，只余自己心口沉重急促到几乎夺走呼吸的心跳。

自从重新掌控身体后，他一直很逃避。

逃避去承受，逃避去面对。

逃避一切姜絮言依恋的眼神。

因为他比谁都清楚，那个眼神里装的并不是真正的他。

姜絮言爱的人自始至终都是三十岁的张知陈。

而十八岁的张知陈，真正拥有的只有她转学来到今阳那天，在办公室一见钟情的回眸。

那之后与姜絮言发生的种种羁绊——落寞时的安慰、无比直白的心意、语重心长的开导、看遍所有星星的承诺……都不属于他。

他要怎么去自私地承受呢？

自从妈妈去世以后，他其实一直很孤单，只能借助朋友们的围绕来显得自己不是那么可怜。

可越是这样，心底的窟窿越是空荡。

直到姜絮言出现的那天，晨曦洒进办公室，给女生覆上一层朦胧的光华，连脸颊上细软的绒毛都无比清晰，就像一朵世上无人可以比拟的玫瑰。

悄悄种在了他的心上。

可惜，那个让她安心绽放的人不是他。

他不得不承认，如果再来一次，如果三十岁的张知陈没有出现，他和姜絮言会有结果吗？他可以保护她吗？他无法毫不迟疑地做出肯定回答。

时间是非常残忍的东西。

祭奠青春换取成长，十八岁的他做不到面面俱到、情绪稳定又事事包容。

姜絮言不会喜欢十八岁的他。

想到这些，张知陈苦笑，眼角被扑来的晚风染上了红色。

对不起啊言言，之前对你说了那么过分的话。

不是不喜欢你，是太喜欢你了，所以宁愿失去也不想让你失望。

求求你，一定要等我，只要你还愿意等我，我再也不会丢下你。

在机车即将拐过街角时，张知陈突然感受到一阵天旋地转，就像有人举着一把铁凿猛烈地敲击在后脑一般，剧烈的疼痛让他眼前一黑，四肢百骸都失去了力气。

"砰"的一声，因拐弯时重心偏移，驾车的少年又陡然陷入昏迷来不及操作，机车重重砸向地面，车上的人因着惯性被整个摔飞出去，翻滚数圈才撞到护栏停下来。

张知陈趴在街道上，额头被磕破，鲜血顺着滑落至眼角，混杂着眼泪在水泥地面扩散开来。

寂静天地间，他只能听见梧桐叶随风而起的沙沙声。

张知陈用尽全身力气睁开眼睛，望向前方近在咫尺的巷口，火光已经吞噬了天边的云尾，浓烟混杂着夏夜青涩的草木气息，裹挟着他的所有神经。

疼痛让他的意识逐渐模糊，他挣扎着朝着姜絮言所在的方向伸出擦破的手，眼中的担心和眷恋化作眼泪无声滑落。

意识陷入无边黑暗前的最后一秒，张知陈听到由远及近的消防车警铃声，他神经一松，嘴角漾起释怀又难过的微笑，用只有自己才能听见的音量说。

"要活下去。"

还有，对不起。

大火终于吵醒了周遭沉睡的居民，众人连忙拨打火警电话，院门外堵满了七嘴八舌的围观群众，有与王卉相识的阿姨提出这家的老太太生病住院了，孙女在医院陪护，屋里应该没人，即便有人，这么大的火，再怎么着都求救。

可是屋里没有任何声响，大家理所当然地认为屋里空无一人。

直到消防车停在街道上，数名全副武装的消防员挤进拥挤的巷子里，将众人隔绝开远离火源点。

"里面还有人吗？"指挥队长询问围观居民。

"这家的老太太生病住院了，她还有个孙女，不知道在不在里面。"有人迟疑地回道。

消防队长拧了拧眉，思忖片刻还是决定破门进去探查一番，正要开口发号指令，一道身影却突然拨开人群冲了进来。

没给众人反应时间，满头是血的高挑少年翻过刚刚设下的隔离带，毫不犹豫地绕过挡在门口的消防员，朝着被大火吞噬的房屋跑去，脚步如风，被火光照亮的五官坚定又带着决绝。

"拦住他！"消防队长回过神，连忙跟上去。

张知陈没有踹门，而是有目的性地跑到厨房窗边，想也没想抬起手肘便把玻璃窗撞碎，锋利的玻璃顿时倾倒四散，划伤了他裸露的手臂和侧脸，瞬间冒出了血珠。

他根本来不及感受疼痛，脑海里只有一个念头，那就是姜絮言。

玻璃破碎后窗户被轻而易举地打开，张知陈双手撑住窗台，轻松翻了进去，脚刚落地，一阵灼人的热浪扑面而来，张知陈被热气熏到了眼睛，不禁闭了闭眼。

屋里的一切都被火焰吞噬，张知陈强忍着眼睛的不适，避开阻拦的火舌，边呼喊边朝着浴室的方向前进："姜絮言！"

没有回应，张知陈的心顿时落了下去，他艰难地走到浴室，一眼便瞧见晕倒在洗手池旁的人，呼吸急促起来。

没时间耽误，张知陈心疼地摸了摸姜絮言眉头紧皱的脸，视线扫到她脖颈上触目惊心的紫红色掐痕，心头翻涌着暴戾和怒火。

"言言，不要睡，我来了。"张知陈边说边打横将姜絮言抱起来，小心翼翼地朝着窗边走去。

姜絮言似有所感，长睫颤动，迷迷糊糊地掀开眼，从这个角度看过去，张知陈轮廓分明的下颌映入眼帘，脖颈上青筋浮现，是熟悉的安全感。

姜絮言鼻子一酸，还以为自己快死了，所以出现了幻觉，她略带哭腔地说："张知陈，你来晚了。"

张知陈心口抽痛，垂眸紧盯着她，语气极为认真："对不起。"

"你又道歉。"姜絮言无奈道。

周围是愈加汹涌的火海，可她此刻无暇顾及其他，只能看到眼前突然降临的男生，把他牢牢记在心里，下辈子都忘不掉。

"对不起。"张知陈扯起唇角，露出一个安抚性的笑，"以后不会把你丢下了。"

姜絮言注意到他额头上的血,呼吸一滞:"你受伤了。"

"我没事。"

张知陈小心地走到窗边,正好消防员这时破开了大门,冲了进来,护着两人离开了燃烧的房屋。

逐渐远离火源,呼吸到新鲜的空气,姜絮言混沌的思绪才慢慢缓过来,她紧闭双眼死死揪着张知陈的衣领,脸贴在他的颈侧,感受着对方身上渡过来的温度,身子不自主地发抖,缩成一团。

张知陈也紧紧抱着她不撒手,就算刚刚从车上摔下来导致全身像散了架一般地疼,他都不愿意放下她。

张知陈跪倒在路边,大口地喘着气,后背被冷汗打湿。他紧紧环着她,像是抓住了救命的稻草,庆幸又后怕,力道重得仿佛要把女生揉进骨血里。

姜絮言也下意识地攀附他,抬手搂住他的脖颈,脸埋进他的颈窝里,贪婪地汲取着氧气。

两人像冬日里只有彼此的小兽,互相取暖,挨过寒冬。

场面混乱不堪,火光冲天,人群嘈杂,警铃声和车鸣声交缠刺耳,只有他和她周围自带旁人不忍心打破的结界,感受着彼此身上鲜活的生命力。

张知陈眉头紧锁,喉结滞涩地上下滚动,嘴角倾泻出难以压抑的哽咽。

这次终于,终于救下你了。

姜絮言此刻就在他的怀里,是他亲手把她从那场折磨了他十多年的大火里抱了出来。

这个认知让张知陈神经陡然一松,身上的酸软和疼痛更加明显。

不一会儿救护车赶到,张知陈腿上发软站不起来,怀中的姜絮言不知是晕过去了还是睡着了,脸色煞白没有血色,但好在神色正常,呼吸还算平缓。

两名医护人员想要将姜絮言从张知陈的怀里接过来,可姜絮言即使没有意识也依旧死死抓着张知陈的衣服不放。

张知陈低眸瞧着被她抓变形的衣服,又看向姜絮言恬淡的睡颜,无声地笑了笑,对着医护人员轻声说:"还是我抱上去吧。"

说罢他顿了顿,强忍着身上的不适,抱着姜絮言站起来朝救护车走去,可刚走了几步,就感到脑袋一阵眩晕,随后眼前发黑,向后倒去。

他失去意识前还不忘护着姜絮言,不让她掉在地上。

"哎!"

跟在身后的医生惊呼一声,众人连忙围上去,将两人艰难地分开,一起抬上了救护车。

姜絮言做了一个十分奇怪又极为真实的梦。

梦到的都是她经历过的。

却又和现实不一样。

梦境中，张知陈并没有出现帮她挡那桶脏水，来小吃店闹事的人从赵成变成了向铭，张知陈也没有出现帮她撑腰，是她自己一个人进了警局，独自惶恐地面对一切。

没有被诬陷作弊，也没有参加运动会，徐珈曼照例排挤她，知道奶奶是保洁后依旧送了鞋子，这次张知陈看不下去帮她出头了，但并没有说出永远帮你兜底的承诺。

她和周菲菲也没有变成朋友。之后的一起观星，张知陈半夜带她去过生日等等这些，梦里都没有。

这个梦里的张知陈，和她认识的那一个一点也不一样。

不会直白地说出对她的心意，也不会第一时间义无反顾地出现在她任何窘迫害怕的时刻，两人心照不宣地彼此暗恋，谁都不戳破那层窗户纸。

张知陈为了和她考上同一所大学，拼了命地学习，她给他补习，一步一步看着他磕磕绊绊地进步。

直到高三下学期，秦劲的出现，打破了一切平衡。

姜絮言看着那张如同魔鬼的脸，即使在梦中都不自觉战栗。

秦劲发现了她，并威胁奶奶，借此不断纠缠着她们。

她也因为这个原因故意疏远张知陈，把男生推得远远的，不让自己黑暗的人生沾染到他半分。

然后画面转到高考前的晚上。

那天深夜，秦劲一身酒气地敲响了她家的门，邻居们都已熟睡，这次没有人再来帮她们了。

秦劲似乎输了一大笔钱，心里不痛快就喝了个烂醉，无赖般地来找她们要钱，奶奶连忙将她藏在柜子里，还不等奶奶把柜门锁上，秦劲便踹开了房门，摇摇晃晃地冲进来。

王卉心下一惊，急忙上前哄着把他拉出去，可秦劲嘴里直嚷着姜絮言的名字，似乎今晚铁了心要见她。

"死老太婆给我滚开！叫你孙女出来！"秦劲一身酒气，脸色涨红，喝醉酒的人本就手上没轻没重的，他只觉王卉碍眼，便一把拽住老人的衣领，将人甩在地上。

"咚"的一声，王卉的太阳穴撞上锋利的桌角，顿时血流如注。

老人的痛苦低吟传进姜絮言的耳朵里，让她心头陡然一惊："奶奶！"

她顾不上奶奶叫她绝对不能出来的嘱托，跟跄着从柜子里爬出来，眼见着老人满头鲜血，呼吸微弱地歪倒在地上，嘴里还在不停低喃着让她躲进去。

她霎时感觉自己的血液都凝固了，她尖叫着扑到奶奶身旁，手足无措地给奶奶止血，可不管她怎么用手去捂着，拿毛巾去擦拭，那血就是不停，如同关不上的水龙头一般，往她的心尖上流，慢慢带走奶奶的生命力。

"奶奶！奶奶别睡！你醒醒！醒醒啊！"没过一会儿，王卉便失去了所有力气，没了声息，闭上眼永久沉睡了过去。

到死，奶奶的手还紧紧抓着她的衣角，乞求她赶紧逃跑。

短短不到五分钟，亲眼见着奶奶在自己面前死去，姜絮言犹如被人陡然扔进冰窟里，浑身的温度退却，冰凉到让她无法回神。

她哭喊着摇晃失去活力的老人，企图能像往常一样将奶奶叫醒，可却事与愿违。

"吵死了！别给老子叫！"一旁的秦劲失去了耐心，他一把扯住姜絮言的后领子，将人抓起来，扣在眼前仔细打量，醉红的双眼里满是贪婪，"果然长大后更漂亮了，还记得我吗？我是秦叔叔……"

"放开我！"奶奶被眼前的人渣弄死了，这个认知让姜絮言抛弃了理智，她疯狂地挣脱秦劲的桎梏，抄起凳子不停地砸向他。

秦劲生生扛了几下，吃痛地蹦出污言秽语，但到底两人的体格和力气过于悬殊，最后还是姜絮言落了下风。

姜絮言被男人死死压在身下，秦劲的巴掌不知轻重地落下来，扇得她瞬间眼前泛白，失去了反抗的能力。

"给脸不要脸的东西！你爸欠我钱，你作为他的女儿就应该子承父债！老子让你干吗你就得干吗！"喝得已经失去理智的男人扇完巴掌还不尽兴，他的手转了方向，顺着领子伸进女生的胸口，嘴里发出令人作呕的笑声。

悲恸和恨意在心中翻涌，姜絮言拼了命地挣扎，低头咬上秦劲的虎口，男人痛苦地号叫一声，拽着姜絮言的头发往地上撞，可她就是不松口，不一会儿嘴里就荡漾起血腥味。

"啊！臭丫头！给我松开！"秦劲边叫边砸着她的头，见没有效果，伸手一把扣住女生的下颌，掐得她呜咽一声，眼泪如决堤般滑落。

秦劲借着屋外的月光看见自己虎口上整齐一排血印，心口陡然生出无边的怒火，他拽着她的头发，将人拖至院子里，开始没轻没重地殴打脚踹。

不一会儿，姜絮言瘦弱的身体上便布满了伤痕和淤青，人也气息微弱地瘫倒在地，抽噎着，眼底失去了生机。

发泄完一通的秦劲呼吸粗重，好似从醉意里渐渐缓过了神一般，他身子一抖，看了眼地上奄奄一息的姜絮言，又看了眼屋内已然失去呼吸的王卉，吓得头脑瞬间清醒。

见出了人命，秦劲再也顾不上任何下作的欲望，屁滚尿流地跟跄着跑出了院子。

姜絮言呼吸微弱地趴在地上，强撑着疼痛的身体，慢慢爬进屋子，眼神木然发直，她颤着手拿起座机听筒，搭在耳边，打通了报警电话。

不一会儿，巷子外响起警车鸣笛声，大批民警涌进院子，她被抱起抬进救护车，而奶奶则被盖上白布，在她的余光里，被宣布死亡。

姜絮言几乎是哭着梦到的这段。

奶奶的死太过真实，真实到就像她亲身经历过一样，连被秦劲打的时候都能感受到身上的疼痛。

奶奶被送到停尸房，报警后不久秦劲就被捉拿归案，姜絮言躺在病床上，听着身着制服的警察姐姐柔声开导她，她眼神木然地盯着天花板，眼泪无声打湿鬓边的头发，此时窗外太阳升起，今天是高考的日子。

张知陈这会儿应该已经进考场了吧。

他要是知道她没去考试，肯定会很生气。

这么想着，姜絮言闭上了眼，脑海里绷着弦终于断了，她压抑了一夜的悲伤如同汹涌的潮水将她淹没。

"啊！"

抑制不住的痛苦哭喊从她口中倾泻，悲恸到令人心脏揪起的哀号在病房里回荡，最后化为低声的呜咽。

女警心疼地上前抱住她，希望给这个失去世上唯一亲人的姑娘一点宽慰。

姜絮言在医院里躺了两天，高考最后一天才在医院停尸房见到奶奶已经僵硬的尸体。

可怜的老人盖着白布躺在那儿，双眼紧闭，太阳穴的位置有处黑洞洞的伤口，虽然血已经不流了，可那血流不止的画面却深深印在姜絮言的脑海里，怎么也挥之不去。

"奶奶……"姜絮言哭得红肿干涩的眼睛已然挤不出泪了，她跪倒在地，颤着手抚摸上老人鬓白的额角，气息不稳，嘴唇颤抖，"对不起，还没能让您过上好日子……这么多年，您辛苦了。"

是啊，辛苦了。

年轻丧夫，老年丧子，一人把孙女拉扯大，还扛着巨额债务，从滨宁辗转到梧城，身体不好却还要打工，要为她的学费发愁，没过上一天好日子。

她真是个不称职的孙女。

这么想着，姜絮言又哭到不能自已，最后被扶着走出停尸房。

晚上，梧城下起了淅淅沥沥的小雨，每到重要考试，这座城市总会下雨。

姜絮言撑着家里唯一的陈旧红伞，回去给奶奶拿生前的衣服。

没想到在巷子口撞见了被雨淋湿的张知陈。

他应该是一路跑来的，胸膛上下起伏，灼热晦涩的黑眸紧紧盯着她，侵略性极强的目光让她无所遁形，姜絮言的眼眶霎时红了，她下意识地放低红伞，遮住此刻狼狈的自己。

"姜絮言，你为什么不来考试？"张知陈几乎是咬着牙说出了这句话，异常沙哑的嗓音在雨幕的映衬下听起来像是泣诉。

姜絮言心头一颤，眼泪顿时顺着脸庞滑落，心中不断默念：对不起……

她不能再自私下去了，她和张知陈是没有未来的。

"为什么……不是说好的要一起上……"

"张知陈。"女生的声音很冷很轻，在风雨飘摇的夜里，冰冷地划清界限，"我不想上大学了。"

"你也别来找我了。"姜絮言鼻音浓重，声音嘶哑，尽量让自己的语气听起来足够正常与冷漠，"我很累，没空陪你玩下去了。"

是啊，她太累了。

奶奶去世后，她已经失去了所有面对这个世界的热情与勇气。

她不愿意让张知陈这样美好的人被她一起拉近沼泽里，慢慢把对彼此残存的美好消磨殆尽。

就这样吧，恨她也好，总比将来烦她的好。

"姜絮言，真有你的，合着都在耍我是吧。什么一起考大学，都是狗屁，我也是贱，还真的信了。"

撂下这一句，男生头也不回地转身离开，也离开了她的世界。

姜絮言后背倚着墙壁，不让自己跌坐在地，她捂住嘴巴，抵挡住无法控制的呜咽，眼泪如断了线的珠子，不停掉落。

是她亲手把张知陈推远的，还有什么理由去哭呢？

这不是她想要看到的结果吗？

可是好难过，为什么只有她的人生如此糟糕？为什么她在乎的人一个个从生命里消失？

为什么……

滔天的绝望和哀伤将她包围其中，姜絮言失魂落魄地走出巷子，沿着栽满梧桐的街道漫无目的地朝前走，直至走到分岔的 T 字路口才恍然停下。

前方是一大片树林，夜晚很少有人来到这儿，四周寂静无比。

姜絮言反应迟钝地眨眨眼，仿佛被抽了魂一般，盯着漆黑的树林，生出进去一探究竟的可笑想法。

过了两秒，她轻笑一声，到底是怕死的怯懦占了上风。

她漠然转身，视线却撞进一双熟悉的淡漠眼神。

"班长？"她低声道。

舒则穿着黑色连帽卫衣，帽子被他扣上，上面沾满了细小雨滴。

"你怎么在这儿？"姜絮言又问，嗓音没什么力气。

"你为什么没去考试？"舒则拿下帽子，脸彻底露了出来，在昏暗的天地间有种诡异的色彩。

听到同样的问题，姜絮言轻嗤一声，只觉得无力。

"没什么，不想去考而已。"姜絮言随便找了个理由搪塞他，举着红伞打算往回走，"班长，已经毕业了，我怎么样你管不着。"她此时没有力气和他周旋，低声撇清了两人的关系。

可舒则并不是这么想的。

在姜絮言即将与他擦肩而过时，舒则用力扯住她的手腕，表情狰狞起来，语气冰冷："我管不着，那张知陈就能管是吗？"

听到张知陈的名字，姜絮言皱起眉头，她弱弱地挣脱男生的桎梏，身上的伤还没好透，再被他这么一抓，前天夜里的恐怖记忆再次涌现，她情绪处在崩溃的边缘，神色痛苦惊骇。

"放开我！"她尖声道，声音在雨夜里格外惊心。

舒则一怔，对上她嫌恶又排斥的视线，一直以来压制着的暴虐因子从胸口迸发。

"很讨厌我是吗？"舒则不但不放，反而抬起另一只手，扣住了姜絮言的两只手腕，红伞落在脚边，被风吹远，"姜絮言，我哪儿比不上他？！

"张知陈这种小混混有什么好？只会混吃等死，以后也不会有出息，他那样的垃圾你都喜欢，凭什么你就是看不见我？！"

"放开我！"姜絮言被他这么一刺激，脑海里顿时浮现出那晚被秦劲按在地上踢打的情景，整个人颤抖起来，情绪激动，下意识地呛道，"是！你就是比不上他！快点放开我！你放开我！"

她边说边剧烈地反抗，脚下不停地踢打着舒则的小腿，啃咬着舒则抓着她的手，男生手上刺痛，闻言更是双目赤红，火气直蹿脑门，他扯着女生瘦弱的胳膊，一把将人甩开。

只是没控制好力度，姜絮言惊呼一声，整个人摔进了树林，顺着土坡不断翻滚，裸露在外的肌肤刚蹭到树枝和石块，原本就青紫的身上再次留下大大小小的伤痕。

氛围陷入诡异的寂静。

只余淅淅沥沥的小雨在天地间坠落。

舒则愣住了，呆立在原地，不可置信地盯着自己颤抖的双手。

他做了什么……

不知过了多久，树林里归于平静。

舒则感觉自己的血液重新开始流转，他咽了咽唾沫，挪动脚步小心顺着斜坡下去。

姜絮言躺在那儿，衣服凌乱沾满泥泞，浑身都是青紫伤痕，脸色惨白如纸，此时天边惊雷闪现，照亮了昏暗的树林。

也照亮了女生惨白的面容。

舒则的呼吸停滞了，冷汗忽地冒了出来，被雨夜的风一吹，凉得刺骨。

他呆立着等了一会儿，见躺在那儿的姜絮言丝毫没有苏醒的迹象，他的心掉入了谷底。他犹疑着走到她身边，居高临下地盯着姜絮言。

天边无声的惊雷再次闪现，照亮了嶙峋的树影，将这一幕映衬得宛如恐怖片中诡异骇人的场景。

舒则面无表情，手无力地垂下。不知过了多久，他终于有了动作，他弯下腰把陷入昏迷的姜絮言扛起来，慢慢爬出去，回到巷子里的出租屋。

他掏出姜絮言身上的钥匙打开了门，又无声地关上。

姜絮言刚被他放在床上，便幽幽转醒。

昏暗中，姜絮言看到了令她血液倒流的画面。

她仰躺着抬眼，撞上舒则幽暗深邃到可怖的眼神，他似乎没想到她会醒，原本深凹的眼眸忽地瞪大，黑眸无波无澜，在月光的映照下犹如野兽的眼睛。

周围陷入死寂，雨丝也不再落下。

整个混沌世间，她只能听到身前舒则压抑沉重的呼吸，还有自己过速的心跳。

"舒……唔！"

他伸手死死掐住了她的脖子，力道很大，硬生生把还未吐露的声响断在喉咙深处。

求生意识让姜絮言不停扣挠着舒则的双手，他的手背上瞬间留下一道极深的伤口，鲜血顿时冒出来，滑落进指缝。因为血液肌肤摩擦变得滑腻，腥气钻进鼻腔，姜絮言只觉得呼吸困难，想吐却吐不出来。她整张脸都发涨充血起来，感觉脖子下一秒就会被勒断。

万籁俱寂的雨后夏夜，生机盎然，蝉鸣再次占领黑夜，无人知晓女生濒死时的害怕和痛苦。

画面一转，已经是大火燃起之后了。

姜絮言无助地在火海中苏醒，坠下陡坡之后又被掐晕，本就虚弱的身体达到了极限，她想打电话求助，可听筒里却没有任何声响。

不一会儿，房梁被烧断，伴随着女生的尖叫，一切归于平静。

绝望和灼烧让女生渐渐不再挣扎。

姜絮言梦到这里时，感觉自己像一个飘浮在空中的灵体，冷眼旁观着一切。

和当时在榆宿梦到的一模一样。

没有张知陈来救她。

眼前的这个版本，真实到令她感觉，这才是现实。

而张知陈如神祇般出现的那版，更像是美梦。

姜絮言心头陡然冒出一个可怕的设想。

会不会她死去的这个版本才是真的。

她不禁想起发烧时在医院做的梦，梦里不就是张知陈在墓碑前祭奠她吗？

姜絮言又仔细搜刮了一遍这一年来和张知陈相处的细节，好似男生很多时候就如早有预料一般，出现在她最狼狈最无助的时刻，在她即将坠入深渊时伸出手，救她出来。

还有张知陈前后的反差。

高考前的温柔，包厢里的排斥。

就像是占据同一个身体的两个灵魂。

到底哪个才是真正的他？

姜絮言感觉自己眼前有一片浓雾，看不清真相，可心底有个大胆的念头，让她不敢细想，却又觉得这是最有可能的答案。

那就是张知陈换了灵魂。

而一直护着她的这个灵魂，来自知晓一切的另一个平行时空未来。

姜絮言闭眼深吸口气，努力消化这个荒唐的想法。

她还沉溺在刚刚漫长的梦中，眼睁睁望着和自己长着同一张脸的可怜女孩儿活生生葬身于火海，逐渐变得面目全非。

直到天边泛起鱼肚白，朝阳升起，漫天的大火才渐渐熄灭。

警铃大作，无数身着制服的人拥堵着巷口，他们围起隔离带，阻止着围观群众的前进。

议论声不绝于耳，姜絮言飘在半空中木讷地望着混乱的场面，宛如置身事外瞧着一场闹剧的观众。

直到一个身影推开拥堵的人墙，踉跄地朝摆放着"她"焦尸的方向跑去，模样颤抖又疯狂。

看清那人的脸，姜絮言的眼泪倏地无声滑落。

是张知陈。

没想到，她还是从他脸上看到了如此悲伤的表情。

"叔叔，让我看看她好不好？她是我……同学，我认识她，求您，让我看一眼，就一眼……

"求您，让我看她一眼。

"别碰她！你们要对她做什么！

"求求你们！求求你们！让我再看她一眼，就一眼就好！求求你们放开我……"

男生声嘶力竭的号叫响彻天空，他被拦着无法上前，不由得跪倒在地，双手不停抓挠着泥泞的地面，试图爬向被白布盖着的尸体，模样狼狈又可怜。

张知陈眼睁睁地看着姜絮言离他越来越远，嗓音哭到嘶哑，整个人以最卑微的姿态匍匐在地。

向来天不怕地不怕、一身桀骜的少年，第一次坠落到尘埃里，只是想要再看一眼"她"的尸体。

姜絮言无声地掉着泪，眼睁睁望着张知陈被打碎了一身傲骨。

不等她再多看地上的少年一眼，场景再次转换。

姜絮言来到了之前梦到过的墓园。

她心里已经有了答案，但还是忍不住朝着那个方向走去。

胡子拉碴、落拓颓丧的张知陈正靠着她的墓碑。他送了一大捧洋桔梗给她，淡青色的花瓣还沾着露水，姜絮言默默走到男生面前蹲下，满脸心疼。

她想要伸出手碰一碰他紧锁的眉头，可却怎么也做不到。

张知陈眉眼怔怔，视线没有焦点地望着远处的青山和白云，声音低沉，似最深情的缱绻："言言……"

他鼓起了很大的勇气才艰难开口，可当姜絮言生前他从未敢当面叫出的亲昵小名倾泻而出时，张知陈还是没忍住从喉咙深处发出哽咽。

男生唇瓣轻颤，垂下长睫，喉结艰涩滚动，深吸口气才继续呢喃："对不起。"

明明有无数心事想要说给她听，可最后冒出来的，只有一句对不起。

张知陈清楚，往后余生，他再也走不出来了。

姜絮言望着他，边哭边摇头。

难怪他再来一次总是和她说对不起。

上一世的张知陈失去她之后，到底是怎么过的呢？

姜絮言不敢去想，她怕张知陈真的孤家寡人一个，傻傻地等她，活在回忆里不肯出来。

这会让她心疼到崩溃。

寂静安宁的墓园，阴阳相隔的两人面对面坐着，但张知陈看不见她，独自沉溺在世上再无她的悲伤里，一想到要面对没有姜絮言的未来，就失去了活着的希望。

他那么努力，拼了命地学习，就是想要搏一个有她参与的未来。

可因为他的疏忽，他的星星还是选择了坠落。

张知陈将头靠在姜絮言的照片旁，不敢看她，他不禁想，姜絮言死前会不会后悔，会不会因为想到他而生出活下去的念头。

哪怕一点点也好。

可惜他一辈子都不可能知道了。

张知陈长长地叹了口气，心脏难受得厉害，他已经好多天都没睡个好觉了，一闭上眼就是姜絮言，可对方却一次都没来过他的梦里。

他望着被云层遮盖的天空，低声自语道："你是不是已经变成一颗不是那么亮的星星了，嗯？"

张知陈无奈地勾唇轻笑："给我出了个难题呢，我估计要花很长的时间才能从繁星中找到你。

"姜絮言，要是哪天你看到我了，给个信号行吗？

"以你的倔脾气，肯定不愿意搭理我了。"

张知陈语气卑微，自嘲一笑："就当可怜我吧，别不理我。"

姜絮言望着陷入魔怔的他，只有心疼，她伸出手想要抱抱他，可不管她怎么努力就是无法触碰。

无奈和悲怆让她神经一痛，下意识地惊叫出声，从梦里清醒过来。

"张知陈！"

脱口而出的名字让陪在她床边的男人眸色一闪，随即漾出欣喜，俯身将温凉的手按在姜絮言的额头，略微粗糙的指腹轻轻拭去她额角的冷汗，嗓音低沉："我在。"

姜絮言刚从梦里惊醒，愣怔的眼眸微微湿润，看向昏暗房间里逆着光的男人。

"张知陈。"她又低声叫他，因受伤而低哑的声线染上让人心颤的哭腔。

张知陈垂眸撞上姜絮言过于依恋直白的眼神，呼吸微顿，心软得一塌糊涂："我在呢。"

他以为她做了噩梦，所以醒来后才如此黏人，不由得抚摸她的脸颊，却在眼角触到流下的液体。

张知陈眉头轻皱："怎么哭了？"

姜絮言喉咙嘶哑疼痛，她没有吭声，只直勾勾地望着他，目光认真缱绻，似要将他刻在心上。

她润了润喉咙，眼睫轻颤，莫名问了句："是你吗？"

张知陈神情微滞，随即嘴角漾出一抹不太明显的笑意："当然是我啊。"

"我是说。"姜絮言鼻腔酸涩，"是来自未来的你吗？"

空气陡然安静下来。

张知陈心跳一顿，随后跳动得愈加急促，他漆黑的眼眸深处瞬间翻江倒海，晦暗深邃，他不可置信地望向病床上的女生。

四目相对，张知陈红了眼眶。

两人就这么对视着，四周静谧无声，都不是爱哭的人，可脸上就是出现了难以抑制的眼泪。

"张知陈。"姜絮言唇瓣颤抖，"你多少岁了？"

张知陈喉头滞涩，呼吸带着颤，他紧紧扣着姜絮言的手，像个委屈无助的孩子死死抓住给他力量的源泉："三十岁了。"

他轻笑："是不是很老？"

"三十岁……"姜絮言重复着，盯着他的眉眼，眼前模糊，"十二年，好长啊。"

"没有很长。"张知陈向前倾着身子，手肘撑着床铺，握住她的手，摇了摇头，"一眨眼的工夫就过去了，真的。"

姜絮言当然不信。

十二年啊，又不是十二天。

四千多个日日夜夜，他到底是怎么熬过来的。

"张知陈，这么多年……"姜絮言哽咽道，"你过得好吗？"

张知陈咬紧牙，握着她手的力度加大，心口翻涌着委屈。

他过得一点也不好。

失去她的每一天，都是活着罢了。

哪有好不好这一说呢。

张知陈抿了抿唇，垂眸掩去眼里的情绪，不敢看她，强装着轻松道："好啊，那个时空的我可是梧大最年轻的天体物理学教授，每天都满课，还去了世界各地看星星，结识了许多热爱天文的朋友……"

"交女朋友了吗？"姜絮言轻声打断。

张知陈动作微顿，老实道："没有。"

姜絮言皱眉闭上眼。

果然……

这个傻子。

她长叹了口气，颤声说："那你该多孤单啊。"

张知陈呼吸泛酸，抬眼再次和她对视，看到姜絮言满眼的心疼。

"不孤单。"张知陈摇头，"我白天都让自己忙起来，晚上想你。过得非常充实。"

姜絮言闻言哭得更凶了，直骂他傻子，整个人都在微微颤抖。

"不哭了，宝宝。"张知陈见她情绪激动，生怕她再次昏倒，站起身双手捧住她的脸，额头抵着额头，轻声安慰，"都过去了，往后把你赔给我就行。"

"张知陈，抱我。"姜絮言细声说。

"好。"

张知陈脱掉鞋，掀开被子，高大的身躯挤上单人病床，空间顿时拥挤，两人只能面对面相拥躺下，视线胶着在一起。

单人病房里只开了一盏夜灯，光影柔柔地打在两人身上，似月光般温柔。

姜絮言脸色苍白，眼眶红肿，整个人显得越发脆弱易碎，张知陈轻轻拂去她脸庞的碎发，指尖描摹着她的五官轮廓，她脸上酥麻的痒意传进心里。

两人相视不语，空气里挤满了美好的气息，让人不忍打扰。

"前两天你说不喜欢我。"姜絮言从鼻子里哼了声，悄悄在他腰上掐了把。

张知陈故意嘶了一声，捉住她作乱的手，眼尾微挑含笑，气音低哑："骗你呢。我对你可是一见钟情。"

他抬头又凑近她几分，鼻尖的距离被缩短。

姜絮言心跳一顿，迟疑道："一见钟情？"

"嗯。"张知陈沉声说，眼神浓烈，带着化不开的喜欢，"你转来的第一天，我路过老郑办公室，你一个背影就把我迷住了。"他哼笑一声，"真的就只是无意间的一瞥，心就跳得厉害。"

姜絮言耳朵红透，心跳加速，原本还感动的情绪被羞赧代替，她眨了眨眼，不好意思地移开视线，张知陈身上好热，把她都带热了。

"言言。"

"啊？"姜絮言手足无措地抬眸，下意识地回答。

张知陈紧紧锁住她的目光，过于好看的眉眼充斥着姜絮言看不懂的情愫。

他滚了滚喉结，嗓音微哑："认识你之后，我没有任何一天是不喜欢你的。"

姜絮言神色一怔，心头滚烫，脱口而出："我也是。我也好喜欢，好喜欢你。"

"不对，我爱你。"她抬起身子缩进他的怀里，手臂勾住他的脖颈，眼睛泛着泪光，"特别特别爱你。"

张知陈勒紧她的腰肢，密不可分。

姜絮言用鼻尖蹭了蹭他的，亲昵又依恋："知陈，往后的每一天，我都不会再离开你。所以不要害怕。"

听到姜絮言一番无比认真的告白，张知陈叹了口气，任由她像只小动物一样蹭着他，双臂收紧，顺着她的长发。

"我也是。"张知陈轻声说，"再也不会丢下你了。"

姜絮言主动凑上去，轻轻地吻住了他的嘴唇。

张知陈闭上眼，也温柔地启唇回应。

两人像彼此渡暖互相舔舐皮毛的小动物，温柔、轻缓、越吻越深入。

重逢后的温存，让思念得到释放，爱意得到归宿。

一切尘埃落定。

张知陈找到了他的星星、他唯一的小玫瑰。

姜絮言也等到了张知陈来爱她。

他们都清楚，未来不管再发生什么，有一点是肯定的。

那就是彼此都不会再放开对方的手，哪怕是死亡。

不管在哪个时空，自始至终，爱姜絮言如生命的，都是张知陈。

宇宙无边，他放在心上的小玫瑰，永远盛开。

——正文完——

♡ 番外一
好好活着

2012 年 1 月 25 日，梧城。

今天是大年初三，梧城被浓浓的年味充斥着，晚上十点街道依旧张灯结彩，火红的灯笼挂在路牌上，给萧瑟的天地增添了一份温暖。

张知陈从火锅店里出来，手插兜站在路边，望着天边的厚重云层，张嘴哈出一口白雾。

距离那场大火，已经过去了半年。

张知陈神思恍然，细想起自己这段时间是怎么度过的。

对什么都提不起兴趣，睡个好觉都成了奢侈。

就连踏进梦想中的学府梧大，也是失落大于开心。

他的喜怒哀乐因为姜絮言的离开，而失去了衡量标准。

张知陈淡淡垂下眼睫，吸了口冷涩的空气，肺部被冷空气充斥，让他吃完火锅而升起的暖意逐渐消散。

他走进一旁的商店，随意指向以前常抽的烟，默不作声地买了一包。

自从决定好好学习后，他就没再碰过烟了。

这半年里他为了舒缓神经，不得已又开始抽起来。

张知陈撕开塑封膜，熟练地拽掉软纸，抖落出一根叼在嘴边，掏出打火机背着风点燃。

猩红的烟头在风中闪烁，男人低眉深吸一口，顿了两秒才吐出烟雾，漆黑深刻的眉眼隐在雾气中，孤寂又落寞。

张知陈感受着返上来的神经酥麻，轻嗤一声，眼神嘲弄。

这玩意和酒相比，麻痹作用还是差点。

一根烟抽完，封远和费扬才从店里出来，三人本来约好大年初二晚上就出来聚的，可是费扬临时被拉去榆宿拜年，直到初三才回来。

见张知陈站在路边抽烟，封远和费扬对视一眼，无声叹了口气。

"走吧，包厢我订好了，还是老地方。"费扬上前拍了拍男人的肩膀，"今天就咱们兄弟三个，必须唱个痛快！"

"提前说好了，今晚不喝酒，不然回去老封得杀了我。"封远打预防针。

"开玩笑的，喝个屁呀。"费扬摆了摆手，走向停在对面的车，"我还得开车呢。"

张知陈没吭声，俯身坐进后座，目光落在窗外，浑身透着失魂落魄的寂寥，被黑暗掩盖。

很快便到了几人常去的KTV，走进包厢封远自然地开始霸占麦克风，费扬向服务员点了果盘和饮料，点完人正要走，却被张知陈叫住："麻烦拿点酒上来。"

"……"费扬眉头轻压，默不作声地望向他。

张知陈神色淡淡，低睫点燃一根烟，目光沉沉："我自己喝。"

费扬瞧他这副半死不活的颓唐样，想骂又骂不出口。

他无法感同身受张知陈的痛苦，所以没有立场去指责和高高在上地劝解。

封远正埋头点歌，把歌单占满之后抬起头，却见桌上摆满了啤酒，中间还有一瓶已经开了的威士忌。

他微微一怔，扭头和费扬含着愠怒的视线撞上，这才反应过来。

"哥，你是要把自己喝死吗？"封远沉了口气，上前去夺张知陈正要灌进嘴里的整瓶洋酒。

张知陈面无表情地躲过，长睫轻垂，漆黑的眼眸在包厢灯光的映照下折射出细碎的光亮，男人微驼的背脊像只颓败的弯弓，一触即碎。

他不言语地反抗，又倔又轴，仿佛在和自己较劲。

似乎真应了封远的话，男人带着要把自己喝死的愤怒，接连不断地灌酒。

封远和费扬在一旁就这么眼睁睁看着，看着张知陈沉溺酒精，靠外力来让自己不那么清醒，暂时逃离这个没有姜絮言的现实世界。

张知陈眼尾染上红色，他边往嘴里灌酒，边失神地望着头顶的灯球，眼前雾蒙蒙的，周围开始变得扭曲，他也逐渐变得恍惚起来。

心口空落落地难受，他深深吸了一口气，妄图填满那处空缺，可不管怎么深呼吸，那里却越来越酸，这种酸顺着胸腔爬上鼻子，刺激着泪腺，迫使大颗温热的泪滑落。

张知陈总算明白了陈冉去世后，张大明为什么夜夜酗酒了。

这种不用控制痛苦，不用压抑思念，尽情释放的感觉，比任何事物都要令人上瘾。

喝到最后，张知陈将酒瓶"砰"的一声砸在玻璃桌面上，脸色通红，眼里血丝狰狞，他前倾着身子，呼吸间都是酒气。

他自暴自弃地把自己全身心交给酒精，神经麻痹后痛感减弱不少，张知陈自嘲一笑，向后将身体砸进沙发里，目光直直地盯着天花板，感受着胃里的灼烧和脑袋的眩晕。

渐渐地，耳边的音乐开始模糊起来，眼前泛起黑色的斑驳影块，张知陈闭上眼，心道终于可以好好睡一觉了。

要是运气好，姜絮言能来梦里看他一眼，这个年过得，也还不算太差。

张知陈是被一阵窸窸窣窣的声音吵醒的。

他不适地皱了皱眉，不知是不是因为烈酒的缘故，后脑疼得厉害，他抬手摸向脑后，轻撩起眼皮，却被眼前的景物惊得动作一顿。

此时的他并不在KTV的包厢，而是在陈冉留给他的房子里。

张知陈心口一窒，脑袋彻底清醒，他从沙发上坐起来，身上盖着的毛毯随之掉落，他下意识地抓住，视线下移，看到了摆放在茶几上的一沓照片。

张知陈后背猛地僵滞。

照片是新打印出来的，还没有放进相框，待看清照片上笑容明媚的女生时，男人苏醒后干涩的眼眶忽地泛起热来。

被他压抑了半年的想念，将心冲开了一道口子，如同汹涌的海水般，倾泻而出，将他淹没。

张知陈伸出发抖的指尖，拿起照片，呼吸急促，胸膛上下起伏。

照片里，姜絮言身着姜黄色的吊带短裙，长发披散，笑着站在梧桐大道上，阳光热烈明媚，透过梧桐叶的缝隙散落一地斑驳树影，衬得她的肤色越发透明，仿佛下一秒就会消失一般。

张知陈一张一张地翻看着，唇瓣是他自己都没有察觉到的颤抖。

大颗的泪砸在照片上，他慌乱地用指腹擦去，可效果甚微，眼泪越擦越多，他也呜咽得越来越厉害，空荡的客厅里顿时响起男人压抑克制的哭泣，在静谧的夜里漾起浓烈的哀伤。

"醒啦？"

身后陡然响起一道温软的声线，还有踩着拖鞋由远及近的脚步声。

张知陈动作一顿，双眼不可置信地瞪大，全身的血液凝固，心跳开始剧烈地跳动。

姜絮言径直走向客厅的另一边，来到硕大的鱼缸前，将手里的东西放下，翻开盖子，瞧着里面的观赏鱼，轻笑一声："你们又要有小伙伴啦。"说罢，她拿起装着水的塑料袋，里面是她回家路上买回来的热带红鹦鹉金鱼。

鱼全身是热烈的血红色，嘴形酷似鹦鹉，非常可爱。

老板给袋子系了个死扣，姜絮言皱了皱眉，边用剪刀磨着扣结边嘟嘟囔囔地低语："剪刀怎么不锋利了……"

张知陈恍然抬头看去，只见那个带走了他魂魄的人，正完好地站在那儿，穿着她最喜欢的米白色针织衫，长发懒懒地绾了个低马尾，眉眼低垂，不听话的碎发从耳后落到脸侧，温暖的灯光照在她脸上，五官柔和又乖顺，整个人温柔漂亮到让他忘了呼吸。

似乎感受到了男人的视线，姜絮言柔柔地看过来，嘴角扬起一抹不太明显的弧度，语气温柔低缓："是不是做噩梦了？

"我买了你最喜欢的鱼，过来看看……"

"……"张知陈没法说话，他就这么直勾勾地望着眼前的她，眼泪控制不住地冒出来。

表情委屈又可怜。

姜絮言表情一顿，连忙放下手里的东西走到男人身边坐下，手捧住他的脸，凑到眼前左看右看，连哄带笑："哎哟，怎么还哭了？

"梦到什么了，哭得和小狗一样，不怕不怕，梦和现实都是反的……"

不等她多安慰几句，张知陈突然捉住脸上温热的手，攥进掌心，另一只手扣住姜絮言的腰，将人用力带入怀中。

张知陈把脸埋进她的颈窝里，痛苦地闭上眼睛，微凉的眼泪落在姜絮言的皮肤上，温度灼人。

感受到他的颤抖，姜絮言愣了愣，反应过来后紧紧回抱住他，下巴依恋地蹭了蹭对方的脸，闷声道："怎么了？"

张知陈没有吭声，他此刻只想好好抱一抱她。

他不敢耽误，只怕这个美好的梦会突然惊醒。

姜絮言感受到他情绪不对，也不再说话，安安静静陪着他，呼吸间都是彼此身上的味道，她像往常那样唇瓣贴着他的脖侧，小猫似的磨着那块皮肤。

过了好一阵，张知陈才慢慢睁开眼，无神地望着鱼缸，血红色的鹦鹉金鱼映入眼帘。

"为什么丢下我？"他突然开口，嗓音低沉沙哑。

姜絮言眼睫微动，从他怀里出来，和他对视："什么？"

张知陈目光依恋又哀伤，他以为自己是在做梦，于是便将心中最真实的想法说出来："半年了，这是你第一次来梦里看我。我本来以为还可以继续忍受的，可刚刚一看到你，我就知道我已经撑到极限了。"

他抚摸着姜絮言的脸，贪恋着她的柔软和温度，声线染上颤："我想去找你了，可以吗？"

姜絮言望着他，忽地皱起眉，看了许久，眼眶慢慢红起来。

她意识到了什么，虽然无法用科学去解释，但应该就是她想的那样了。

姜絮言心疼地抬起手覆在张知陈的手背上，眉头轻蹙，红着眼摇了摇头："不可以。"

张知陈脸上的表情更委屈了，他哽咽道："可我好想你。"

闻言，姜絮言眸光闪烁，泪水从眼角滑落，她略带哭腔地说："不可以，张知陈，不可以，就算再想，也不可以……"

　　心脏疼得像被针扎一样，她连忙搂住他的脖颈，抱得很紧，似乎想要把全身的力量通过这种方式渡给眼前的少年。

　　张知陈也不再压抑，哭声悲伤又委屈。

　　"对不起，是我错了，我那天晚上不应该走掉的，我怎么能把你一个人扔在那里呢……你该多疼啊……我一辈子都没有办法原谅自己……"

　　"不是的，我没有怪你，我从来都没有怪过你。"姜絮言不停地摇着头，想让此刻陷入自责深渊的少年明白，她从没有那么想过。

　　张知陈紧紧抱着她："我真的好想你啊，姜絮言……"

　　这一刻，面对梦里的姜絮言，少年才敢将心中藏了许久的，无法言说的想念倾泻而出。

　　他不用在意旁人担心的目光，也不用顾虑任何为他好的劝导，只是把心中汹涌的想念说给她听。

　　"我知道，我知道。"姜絮言哭着说，"我一直都知道。张知陈，好好活下去，就当是为了我，好好活着，活成人样。"

　　张知陈摇头苦笑："你不在我身边，我活得再好又有什么意义呢。"

　　他那么拼命地学习，考进梧大，从来都不是为了什么狗屁的活出人样。

　　他自始至终，想要的都是和她在一起。

　　"以后还会见面的。"姜絮言心疼到胸口酸胀，她摸着他的脸，直视着少年，语气带着点生气的警告，"但不是现在，张知陈，你给我记住，不准死。给我好好活着，我会在未来等你。"

　　张知陈痛苦地望着她，显然不信。

　　他们两个，哪还有未来啊……

　　"我想要你活下去。"姜絮言声音软了下来，染上祈求，"知陈，即使很孤单很痛苦，也要活下去，活下去才有希望。"

　　"姜絮言，你好残忍。"他低睫轻笑，像是被女生打败了一般。

　　姜絮言抿紧唇，眼泪再次决堤。

　　她第一次如此直观地感受到，张知陈失去她之后的那段日子，到底是什么样。

　　她猜到会很痛苦，只是没想到张知陈痛苦到竟然想陪她一起死。

　　这个认知让姜絮言心疼到几乎承受不住。

　　两人抱了好久，久到张知陈再次没了动静。

　　姜絮言等了一会儿，怀中人苏醒过来，她连忙盯着他的脸，四目相对，张知陈眼里浮现出迷茫，嘴角扯起宠溺的笑意，哑声说："睡个觉还要搂着我，姜絮言，要不要这么黏人呀。"

　　意识到 2012 年的张知陈消失了，姜絮言呜咽出声，她扑进男人的怀里："嗯，半天没见，就好想好想你。"

　　张知陈微愣，随即低笑，将人抱到腿上，亲了亲她的额头，哄孩子一样，语气无奈："黏人。"

警方在案发后根据姜絮言的证词和她指甲缝里残存的皮屑组织锁定了犯罪嫌疑人，当天便于家中将舒则捉拿归案。见到警察时，他显得格外冷静，没有一丝反抗，现在人正拘在看守所，等着检方开庭审理。

张知陈得知这个消息后，瞒着姜絮言去了趟看守所，见到舒则的瞬间，对上双充满阴鸷的眼睛，张知陈便知道，此刻占据这个身体的还是三十岁的舒则。

因为张知陈及时赶到，舒则的计划失败了，灵魂还被困在这个时空里。

"怎么是你？"舒则见来人是他，挑了挑眉，跷起二郎腿，明明身着黄色的拘留马甲，看起来却还是一副游刃有余、矜贵自持的模样。

他还以为此时的张知陈是十八岁的小毛孩。

隔着玻璃，张知陈冷冷扫了他一眼，并未多言，然后抬手随意摩挲了把眉尾，垂眸勾起唇角，露出一个意味不明的笑，气质成熟又透着和外表不符的锋芒。

舒则看在眼里，心头一顿，眼神忽地冷了下来。

"怎么不能是我。"张知陈抬眉，笑着望着他，"向来只把别人送进监狱的舒大律师，如今自己进来了，我非常好奇你会是什么表情。"

舒则呼吸一滞，脸色非常难看。

他为什么又回来了？

张知陈瞧着对方铁青阴郁的神色，颇为满意地点点头，表情欠揍："失败的滋味怎么样？很不好受吧？"

舒则顿时攥紧拳头，额角青筋浮现，他从座位上腾地站起来却立刻被身后的警官按了回去。

张知陈见对方如此失态，和平时那副高高在上的模样大相径庭，觉得他总算有了点"人"味。

只不过更多的是气急败坏和不甘心。

"张知陈！你是怎么回来的？"舒则怒声质问道。

张知陈眉骨下压，收敛起笑意，眼神像在看一件垃圾："舒则，好好在里面待着吧。"然后他慢条斯理地站起来，手插兜，居高临下地睨着舒则，黑眸深邃，意有所指道，"你这辈子，别想好过。"

言外之意是，我已经知道是你了，就算出来了，你也别想有好日子过。

"别走！告诉我！你到底是怎么回来的？告诉我！"舒则双目赤红，歇斯底里的嘶吼在屋子里回荡，他此时像只跳脚的小丑，执拗于穿越的真相，还妄想拿回他原本的人生。

张知陈没再施舍给他一个眼神，从接见室里出来，大门在舒则绝望又不甘的视线里慢慢合上，也阻断了他凄厉的谩骂。

张知陈走出看守所，他摩挲着口袋里那个送给姜絮言的陨石项链，还是从舒则身上搜出来的。

阳光热烈，夏末的天气依旧闷热，张知陈忽地停下脚步，神情微怔，不禁有些惶然。

当时他毫不犹豫地跳下礁石，就没有想过失败，大不了就是一死，也算陪她了。

可他此刻突然好庆幸。

庆幸他回来了，救下了她。

张知陈抬起头，眯着眼望向太阳，嘴角扬起一抹疲惫又温柔的笑。

不然这么好的天气，姜絮言再也看不到，该多遗憾啊。

因为救援及时，姜絮言在大火中并没有受到太大的伤害，但她最近这段时间情绪波动较大，身体又本来就虚弱，导致她不得不在医院多住了几天才把身体调养好。

住院期间，张知陈每天都在她身边陪护，张大明得知消息后也来了好几趟医院，听说王卉需要做心脏搭桥手术他特意联系了自己熟识的心外医生，还瞒着祖孙俩帮忙垫付了医药费。

张知陈见张大明考虑如此周全，不由得打趣道："老张，你把事儿都办完了，我该干什么啊。"

张大明打开手机点开日历："学校那边我帮你俩请过假了，等小姑娘身体好全了，你俩再一起去报到。"

张知陈挑眉，偏头看向病房里还在睡的姜絮言，她睡颜柔和，乖得不行。

他收了笑，语气缓下来："爸，我替她谢谢您。"

张大明神情一怔，没想到张知陈竟然会为了这点小事跟他道谢，不由得在心底感慨，看来他儿子是真的很爱这个姑娘。

"知陈，你妈生前就经常和我说，很期待你未来媳妇是个什么样的女生。"张大明表情微沉，拍了拍张知陈的肩膀，叹声说，"等姑娘好了，带她去见见你妈。你妈妈肯定会很喜欢她的。"

张知陈轻笑道："那必须的，我眼光那么高。

"只挑最好的。"

临近傍晚，姜絮言从昏睡中清醒过来，她刚迷迷糊糊动了一下，手指便被攥进温热的掌心，她抬眼对上张知陈带笑的眼睛，不禁也跟着翘起唇角。

"饿了吧，我去给你买吃的。"张知陈扶她坐起来，亲昵地靠近，抬手顺了顺姜絮言翘起的长发，表情认真又缱绻。

姜絮言看着近在咫尺的男人，忍不住反手勾住他的手指，凑上前亲了亲他的唇角。

温软的触感从唇瓣蔓延至心口，泛起酥酥麻麻的痒，张知陈眼睫轻颤，低下视线，四目相对，鼻息纠缠在一起，姜絮言浅琥珀色的眼眸透着睡醒后的蒙眬水光，那里面只有他。

气氛一时陷入暧昧的尴尬，姜絮言钻进他的怀里，借此躲开他过于直白的眼神，闷声说："我什么时候可以出院？"

"下周吧。奶奶刚手术完不久，到时候和她一起出院。"张知陈抚着她的背，低声道。

怀里的人安静下来，不知过了多久才闷闷地发出声响："谢谢。"

张知陈捏了捏她的后颈，笑道："又道谢。"

"我知道奶奶的手术费用还有我的医药费，都是你家出的。"姜絮言抬起头，碎发凌乱地贴在脸上，张知陈替她拨开，对上她湿润的眼眶。

"姜絮言，"张知陈沉着嗓子叫她，哑声道，"我的就是你的，张家以后也是你的家，你的奶奶也是我的奶奶。"

他认真地凝视着她，生怕显得不够真诚："往后的日子，都会由我来陪你过。所以不要和我客气。"

姜絮言眸光微闪，鼻子泛起酸涩："好。"

张知陈松开她时，姜絮言发现脖子上被挂了条项链，她低头一看，是被舒则拿走的陨石项链。

姜絮言温声说："你帮我拿回来啦？"

"嗯，不过看来它还是不够保你平安。"

姜絮言看出了他眼里的自责，摇了摇头："以后你在就好了，你才是我最大的平安符。"

张知陈黑眸深深地凝望着她，无声地笑了笑。

出院那天张大明特意派了身边最得力的许特助到医院门口接他们。

王卉已经从姜絮言那听说了所有的前因后果，后怕之余更多的是对张家的感谢，要不是张知陈及时赶到救了孙女，还帮她出了做手术的钱，她们祖孙俩真不知道会变成什么样。

没想到上次在警局的一面之缘，后续会产生这么多瓜葛。

王卉见到许特助自然也认出了他是委托她打扫房子的人，再看向一旁面带尴尬躲闪的张知陈，心里还有什么不明白的。

王卉不禁叹了口气，摸了摸姜絮言的头发，想嘱咐些什么，可又不知道该怎么说。

这孩子看起来是真心喜欢言言的，可是白白受人家这么多的帮助，她心里还是过意不去，想着还得努力存钱，未来要是结不成亲家，也能断得坦荡些。

王卉和姜絮言是一类人，她们都不愿意平白受人好处，遇到善意总是想尽办法地还回去，宁愿自己多吃点苦也不想成为麻烦，惹人嫌弃。

姜絮言不清楚奶奶心里的忧虑，她还不知道张知陈偷偷帮奶奶安排工作的事，看王卉坐在车里兴致不高的样子，不由得握了握奶奶的手，低声说："奶奶，还不舒服吗？"

王卉回过神，笑着摇了摇头，反手扣住她的手："好多了。"

王卉："对了，我们现在去哪儿啊，房子不是被烧了吗？"

坐在副驾的张知陈闻言扭头笑道："我爸在城南有套房子，一直空着没有人住，奶奶你们可以先在那里住下，等找到合适的房子再说。"

姜絮言抬眸看他，四目相对，张知陈嘴角含着温柔的笑意，不管是他的语言还是行为，都让她感到踏实和安稳。

王卉表情为难："太麻烦你们了，本来这段时间就一直是你和张先生为我们祖孙俩忙前忙后，手术费都是你们出的，我实在是没脸再住……"

"奶奶，"张知陈轻声打断她，"不用觉得不好意思。"

张知陈沉了口气，神情极为认真："在我心里，我们已经是一家人了，那房子您想住多久就住多久，我会和言言一起给您养老。"

听到这话，姜絮言心头一颤，目光直直看向他。

他微微端坐，抬睫认真地注视着王卉："我保证未来的每一天，我都会陪着她，守着她，一辈子对她好，永不弃她。您可以放心地把言言交给我。"

他自始至终，最想要的也是这个。

一辈子陪在姜絮言身边，给她一个家，陪她走过生命里的每一个阶段，把她从前缺失的爱和陪伴都补回来，哪怕她嫌他烦，张知陈都不会再松开手。

话音落地，车里安静下来。

许特助惊得张大了嘴巴，透过后视镜不停地偷看准少奶奶，心道少爷真的猛，一点都不避着的，在人家奶奶面前丝毫不怵。

王卉深深地望着眼前"大言不惭"的男生，没有说话也没有表态。

她心里还是有所怀疑的，毕竟两人年纪还小，一辈子太长，变故太多，谁能保证这份爱意能维持一辈子。

这话说出去，任谁听了都会觉得这只是少年人血气方刚的豪言壮语。

可姜絮言相信，她是这个世界上，最相信张知陈能办到的人。

因为她深知此刻说出这些话的男人都经历了什么。

那是失去她十几年无人能懂的孤寂，是甘愿为她放弃一切，乃至生命的勇气。

姜絮言就是因为太相信他了，所以更加心疼。

心疼那个独自走过漫长岁月，又跨越时空艰难走到她身边的张知陈。

"奶奶。"

见王卉不说话，姜絮言抬起微红的眼眸，笑道："我们就去那儿住吧。"

听到这话，王卉看向眼里透着恳求的孙女，心里也明白了。

言言很喜欢他。

罢了，言言喜欢就好，这孩子自从父母去世后跟着她就没过上几天好日子，现在遇到一个她喜欢的，也喜欢她的，王卉又有什么理由再去反对呢。

"好，我们去那儿住。"

那场大火将两人的所有家当都烧成了灰烬，包括姜絮言仅有的一张爸爸和妈妈的照片。

在新房子里安顿好，时间才到中午，姜絮言坐在布置精美的房间里独自出神，心头浮上浓烈的失落。

爸妈留给她的唯一念想也没了。

思及此，她垂头叹了口气，鼻子泛酸。

"别老叹气。"张知陈不知道什么时候出现在门口，身材高挑挺拔，极具存在感。

姜絮言抬头看他，朝他伸出手。

张知陈走过去牵住，紧挨着她坐到床边。

男人身上清冷稳重的檀木香飘过来，姜絮言感到被他包裹住的手又紧又暖，不禁心头一热，歪头靠在他的肩头，没有吭声。

张知陈瞧着她这副低落的模样，偏头用嘴唇碰了碰她的头顶，沉声说："下午能把时间都给我吗？"

姜絮言疑惑地抬起头，嘎嚅道："下午你要干吗？"

他握住她放在腰后的手，哑声道："带你去拍照片。"

姜絮言眼睫轻颤："拍照片？"

"嗯。"张知陈喉结滚动，眼里划过一丝不易察觉的哀伤，"上一世，我连一张你的照片都没有。"

立墓碑也是向郑荣要的学生照。

姜絮言心口一窒，心湖泛起涟漪，她用力抱紧他，点点头："好，以后我的照片都由你保管。"

张知陈搂住她纤细的腰肢，怀里的女生身子软得像只小猫，他的长胳膊只能收紧才能牢牢抱住她："嗯。"

两人抱了许久，出门的时候姜絮言都有些困了，走进电梯里就不想动了，张知陈无奈只能背着她朝车库走去。

"先睡会儿，到了我再叫你。"

张知陈启动车子，开了空调，他倾过身子帮姜絮言系好安全带，摸了摸她小巧的脑袋，轻声说。

姜絮言困得睁不开眼，黏糊地"嗯"了声，之后便靠着软垫睡了过去。

开了有半个小时才到预约好的摄影工作室，张知陈在街边停好车，走到副驾边不顾姜絮言的挣扎直接把人抱了出来。

没人的时候张知陈怎么做姜絮言都随他，可现在光天化日的，她实在做不到像他那样厚脸皮："放我下来。"她小声反抗道。

张知陈睨了她一眼，挑眉道："不困了？"

姜絮言摇摇头："不困了。"

他将人放下，两人牵手一起进店。

一进店，工作人员便迎了上来，因为有预约所以一点时间没耽误，化妆老师领着姜絮言走进化妆间，边帮她洁面边夸她皮肤好，长得漂亮，是她见过最漂亮的女生。

姜絮言第一次遇到这种场面，不知道该怎么回话，只能不断微笑，尴尬地看着镜子里滔滔不绝的老师，时不时点头应和。

"这五官和气质，简简单单上个淡妆，换上一条白裙，就特别出片。"化妆老师语气赞叹，真心觉得姜絮言非常漂亮。

姜絮言闻言有些无措地望着镜子里的自己，出神时，镜子里映照出张知陈的身影，她莫名紧张起来，直到两人的视线在镜子里对上，男人神情一顿，随后走到她身后。

姜絮言眨眨眼："怎么样？"

张知陈下颌紧绷，漆黑的眼眸一动不动地锁住她："很好。"

姜絮言悄悄松了口气，这是她第一次化妆，本来她不觉得这算什么事，可张知陈一进来，对上他的视线，姜絮言就禁不住地紧张，想要得到张知陈的肯定。

化妆老师的目光在两人之间游移，脸上浮现出赞叹的神色。

化妆老师梳着姜絮言的长发，建议道："妹妹，你的头发都及腰了，要不要试着剪短一点，会显得更加精致。"

姜絮言犹豫地摸了摸发尾，有点心疼，不太想剪，但化妆老师一直在讲解剪短后有多好看，热情得让她不好意思拒绝，想着要不就剪短一点试试吧。

刚要点头，就听张知陈低沉散漫的嗓音响起："她不剪，就留着吧。"

姜絮言眸光微闪，抬眸从镜子里看向他，四目相对，张知陈抬手怜惜地抚摸着她的长发："多好看啊，剪了她不心疼，我都心疼。"

心口一窒，姜絮言顿了两秒，仔细描摹着他的五官，扯起唇角："嗯。"

本来要换小白裙，可张知陈扫了眼一整排的服装，却从里面相中一件灰粉色的圆领泡泡袖连衣裙，他的目光霎时柔软，不知想到了什么，随即指着那条裙子："穿这件吧。"

姜絮言闻言看向那条裙子，不解地眨眨眼。

张知陈上前牵住她的手，用只有两个人能听见的音量说："当年我第一眼看到你的时候，你就穿的粉色圆领上衣。漂亮到我以为看见了公主。"

姜絮言心跳一顿，没想到他还记得她当时的衣着，她自己都忘了。

张知陈抬手捧起她的脸，垂下的长睫掩盖不住眼里浓浓的爱意，他的声线低哑又沉郁："我的小公主，你能不能成全我一下？"

"好。"

姜絮言被他这声公主叫得鼻子又酸了。

这么多年没人要的野生小玫瑰，被张知陈小心捡回家，当成珍宝一样对待。

番外三
你就是我的南十字星

张知陈特意要求多拍几张及胸的证件照，方便打印出来放进钱包里，可以随身带着。

姜絮言不明白他的心思，以为前世她的死给他造成的阴影还未消散，所以不敢怠慢，好脾气地坐在白色幕布前，表情略带拘谨地看着摄像头，唇线绷直，想要笑一笑，可一扯起唇角却显得格外僵硬。

张知陈盯着显示器，注视着女生紧张的模样，眼里抑制不住笑意。

到底才十八岁刚成年，虽然上了妆，可一到镜头里，看起来还像个稚气未脱的孩子。

青涩和成熟在姜絮言身上碰撞出最纯欲的气质，让摄影师迸发出无穷的创作灵感，边夸赞边不停地按着快门，现场气氛慢慢热络活跃起来，姜絮言也跟着放松了点。

"这种拘谨中带着点强装镇定的样子，真的很可爱不觉得吗？"张知陈压着声，忍不住和一旁的助理说道。

女助理闻言颇为赞同地点点头："而且她有点不上镜，真人更漂亮呢。"

听到别人夸姜絮言，张知陈眼尾上挑，勾了下唇，神色有些骄傲。

还是那句话，一见钟情不是没有道理，他的眼光很高的。

照片拍好后还要等几天才能出来，张知陈表示到时候他亲自来取。

牵着收拾好的姜絮言坐进车里，刚系好安全带，张知陈便从后排车座上变魔术一般拿出一个包装精致的礼盒，递到姜絮言面前，非常霸气地说道："成年礼物。"

姜絮言一怔，看了看礼盒，又抬头看他。

拍照，送礼物，还有待会儿带她逛街吃饭，合着都是在庆祝她成年。

这些是家长才会做的事，张知陈却一点不落地带她感受。

反应过来其中的意思，姜絮言心软得一塌糊涂，她用力眨了眨酸涩的眼睛，接过礼物，端正坐姿："现在可以拆吗？"

张知陈挑眉："当然。"

小心翼翼地拆开包装，里面是一个藏蓝色的绒面盒子，她慢慢打开，入眼竟然是一枚华贵精美到令人心惊的绿色宝石戒指。

戒指一看便是老古董，宝石有指节大小，是浓烈清透的深绿色，周围镶嵌了一圈繁复华丽的钻石装饰，沉甸甸的一枚。

姜絮言有点被吓到了，她无措地望向他，显然没想到会是这么贵重的礼物。

张知陈接过戒指，牵过她纤细白皙的手："这是我母亲说要留给未来儿媳妇的。"

姜絮言心头一颤，握紧了他的手。

"我母亲生前是个宝石收藏家，这枚祖母绿戒指是她所有收藏里最爱的一个。"张知陈深深地看着她，"说要把最好的亲手交给我爱的女孩。"

姜絮言眼前泛起雾气："可我们还没结婚呢。"

"迟早的事。"

张知陈痞气一笑，抓着她的手指将戒指小心地戴在无名指的位置，尺寸正好，细长如葱段的手指和华贵的宝石相得益彰，仿佛它本就该出现在女生的手指上。

张知陈神情认真，像端详一件艺术品，看得入了神，他细细摩挲着姜絮言的手背："早就想送给你了，可现在才有机会。以后怎么处置都随你。"

姜絮言看着自己顿时贵气起来的手，心疼地摇摇头："我得保存好，将来也送给儿媳妇。"

张知陈点了点她的脑门，无奈地摇了摇头。

两人在车里腻歪了会儿，随后去商场买了一大堆衣服和鞋子。吃完晚餐，张知陈牵着姜絮言沿着马路边散步边消食。

"已经帮你申请不参加军训了，下周正式开学直接去上课就行。"张知陈偏头瞧她，突然说道，"你是想住宿还是走读？"

姜絮言没回答，而是反问："你呢？住宿还是住校外？"

"校外，我妈的那套房子正好离学校很近，你要是不想住学校也可以搬来和我一起住。"

姜絮言闻言走到他面前，将人拦下来，眯了眯眼："张知陈，你问这个问题，故意的吧。"

张知陈也不装，目光坦然直白："嗯，所以你来吗？"

"……"

姜絮言发现自己越来越扛不住他了，她撇了撇嘴，朝前走一步站在他身前："我一住进去还能完好地出来吗？"

张知陈胳膊一揽把人扯进怀里："放心，保证照顾好你。"

姜絮言"喊"了声，突然想起一件事："对了，你志愿填的商学院。"

两人高考前说好一起报考天文系，可现在因为小张知陈的缘故，承诺没有兑现。

张知陈揉了揉她的脑袋，将心中的考量说给她听："上一世我因为你的遗憾所以选择了天文这条路，那些年里我忘乎所以地投身进科研事业，常年奔赴各地，泡在天文台，逼自己忙起来，好消解对你的思念。"

听到这话，姜絮言心疼地皱起眉，收紧抱他的力度。

张知陈揉着她的后脑，叹了口气："也因此忽略了身边的亲人和朋友，我爸他为了公司一直强撑着身体，我眼见着他慢慢变老，却故意忽视责任，一直躲在自己的世界里。所以再来一次，我想为他做点什么，以后接手公司，好让他早点退休安享晚年。"

姜絮言满脸心疼，抬手捏了捏他的脸："知道了。"

张知陈表情认真："反正我们的未来我都计划好了，你只管去做你想做的任何事。还是那句话，我永远帮你兜底。"

姜絮言眼眶泛热："我真的行吗，感觉天体物理学好深奥啊。"

张知陈捏住她的脸颊，语气宠溺："别怕，我已经替你把路都走过一遍了，往后所有的困难和荆棘，都有我陪着你。

"哪怕出国深造，去各地探险观星，我都会跟着你，像狗皮膏药一样，甩也甩不掉。

"况且你很聪明，学什么都很快，我根本比不上你。"

听到张知陈说"我已经替你把路都走过一遍了"，这句话像把钝刀不停磨着姜絮言的心脏，疼得眼泪往下掉。

姜絮言吸了吸微红的鼻子，脸埋进他的颈窝，哽咽道："你真的好傻呀。"

"不傻怎么能再次见到你呢。"

幸好他傻。

梧大开学后不到一个月的时间，全校都知道了商学院新晋院草张知陈名草有主的消息。

对方是开学第一天凭借一张偷拍照就火爆论坛的天科院院花姜絮言。

据说两人高中时就是一对，而且感情非常好，每天都一起上下学，几乎形影不离。

张知陈看起来挺傲的，可是却极听女朋友的话，自己没课就去陪女朋友上课，学习优异，奖学金期期不落，积极参加各种比赛。

还很洁身自好，参加聚餐会主动报备，晚上十二点前肯定回家，不抽烟不喝酒不泡吧，除了运动就是学习，然后就是宠女朋友。

大一上学期结束，寒假第一天张知陈就拉着姜絮言开始了他计划已久的双人旅行。

姜絮言在张知陈的带领下，体验了很多的第一次。

第一次坐飞机，第一次乘绿皮火车，第一次爬雪山，第一次高反，第一次穿民族服饰，第一次吃菌子火锅，第一次游湖泛舟，第一次体验篝火晚会。

来到云南的第三天，姜絮言总算习惯了高海拔的生活，他们今早到的泸沽湖，虽已是冬季，但湖面依旧湛蓝温暖，从尼泊尔来的海鸥围着小舟向他们讨要小鱼干，面对成群飞来的尖嘴动物，姜絮言害怕地缩进张知陈的怀里，看着笑得极为开怀的他，恐惧消散了不少。

晚上结束篝火晚会，姜絮言一进到酒店房间便累得倒在了床上，张知陈把她拉起来："洗完澡再睡。"

姜絮言睡到第二天中午才醒，她强撑着坐起来，身上像被车碾过一样，恨恨地瞪着床边慢条斯理穿衣服的某人。

张知陈漆黑的头发还未干，看来又去洗了一次，他低垂着长睫意味不明地看了她一会儿，喉结滚动，爬过去亲了亲姜絮言的唇角，嗓音低哑："我们明天再走好不好？"

姜絮言警惕地望着他："想干吗？"

张知陈轻笑："这边环境太好了，适合两人多待一会儿。"

"……"我信你个鬼。

姜絮言摸了摸他的耳垂，忍不住翘起嘴角，她抬睫看进张知陈的眼睛里，心头温软，忍不住凑过去轻轻碰了他唇瓣。

"好。"

从前没有机会陪着他，往后的日子里，她都会一点一点弥补和他的所有遗憾。

时间一晃来到 2019 年，姜絮言二十五岁，硕士毕业，两人整整谈了八年的恋爱，王卉才同意他们结婚。

张知陈为了给姜絮言一个最浪漫的求婚仪式，在她生日前一个月就瞒着她订了前往新西兰的机票。

他打算在特卡波小镇，这个他前世每年都会去许愿，也是一切开始的地方，向她求婚。

姜絮言还以为这次只是一趟普通的旅行，张知陈也从没有跟她说过，他前一世每年都在她生日当天来到这里，企图寻找到变成星星的她。

下午两人在基督城逛了许久，直到天色渐暗的时候才驱车前往特卡波小镇星空保护区。

直到 5 月 16 号凌晨，登上约翰山顶，面对浩瀚瑰丽到无与伦比的星空，张知陈突然揽住她的肩膀，呼吸喷洒在她的耳侧，姜絮言下意识地看过去，四目相对，他的眼眸比星空还要璀璨。

"生日快乐。"张知陈轻声道。

浪漫的星空下，姜絮言看着眼前的男人，心跳失去节奏，耳边也朦胧起来，仿佛周遭的一切都消失了，只余她和张知陈两个人。

不管在一起多久，只要看到他，姜絮言就止不住地心动。

"谢谢。"

张知陈盯着她哑声道："我当时每年都会在你生日这天来到这里，寻找变成星星的你。"

男人眼尾泛红："你说过你想变成不是那么亮的一颗，可宇宙太大了，你真给我出了一道难题。"

姜絮言听到这话，心口钝痛，眼前浮现雾气，她吸了吸鼻子，扯起唇角："你现在找到我了。"

张知陈垂眸勾了下唇，随后抬起头，望向星空，突然指着一块地方："那个认识吧。"

姜絮言看过去，失笑："南十字星，在半人马座的下方，由四颗最闪耀的星星连接成十字架的形状。"

"传说在没有北极星的南半球，水手就是靠着南十字星在苍茫的大海上辨寻方向，在迷惘中找到归途。"张知陈喃喃道，眸光闪烁。

"姜絮言，"张知陈叫她的名字，哑着声，一字一句道，"在我心里，你就是我的南十字星。

"出现在我原本黑暗迷茫的世界，给我指引方向。"

姜絮言表情淡了下来，她没有吭声，怔怔地盯着张知陈的侧脸，眼泪止不住地滑落，鼻头微红，看起来又可怜又乖巧。

张知陈用指腹蹭了蹭她的眼角，接着单膝跪地，在浩瀚无垠的宇宙前，拿出准备许久的戒指。

姜絮言微愣，红着眼和他对视，眼泪模糊了视线，她用力眨眼，想要看清眼前的男人。

"姜絮言，我真的好爱好爱你。

"就算宇宙消失，这份爱意都不会退却。

"爱到不管在哪个时空，不管你身在何处，我都能找到你。

"凭着这份爱，我可以熬过无数个没有你的黑夜，哪怕失去生命，只要未来的尽头是你，我都无怨无悔。

"所以姜絮言小姐，你愿意嫁给我吗？

"愿意嫁给，这个只会绕着姜梧桐转的臭知了吗？"

姜絮言此刻根本无法思考，她哭得满脸通红，只能不停地点头："我愿意。"

张知陈也难以抑制地红了眼眶，他等这一刻等得太久了。

十二年，加上陪着她的八年，二十年。

人生旅途中光是等她，就花了这么久。

往后的日子，总算只属于他们两个了。

套上戒指的刹那，两人四目相对，一齐破涕为笑，随后紧紧抱在一起。

"该改口叫老公了吧。"

"老公！"姜絮言很听话，脆生生地叫了声。

张知陈轻笑一声，捧着她的脸吻了下去。

"哎！老婆！"

两人的婚礼定在了 2019 年的 10 月份，地点在姜絮言的家乡滨宁。

因为九月时，为爱退圈的顶流影帝纪柏惟和妻子在这里举行了盛大的婚礼，所以滨宁一举成为新婚夫妻举办婚礼的网红地点。

由于太火爆，海边场地接下来一年都被订满了，幸亏张知陈很早就打算在这里办，不然年底也约不到。

试婚纱那天姜絮言已经为了婚礼减了一个月的肥。

她看着根本不胖，可这几年被张知陈养得太好，和高中那会儿比更加圆润富态，人也越发漂亮精神。

但姑娘说婚礼一辈子只有一次，她必须以最完美的状态去面对。

姜絮言照着网上的减肥食谱吃了一个多月，外加各种减肥操，生生将体重下到了一百。

张知陈极其反对她这种不要命似的减法，半夜偷偷用美食诱惑过好几次，可姜絮言态度坚决，还拉着他一起减。

效果非常明显，一个月后，姜絮言原本笑起来脸上可爱的婴儿肥都消失了。

张知陈坐在外面看书等待，忽然隔帘被猛地拉开，周菲菲挡住身后的人，笑盈盈地看了他一眼，随后跳开，双手做撒花状："噔噔噔！快看你老婆！"

张知陈的目光被头顶的灯晃了一下，随后便定在了眼前人的身上，目不转睛，连呼吸都忘了，眼里都是惊艳。

只见姜絮言穿上了他从国外为她量身定制的婚纱，蓬松洁白的裙摆，复古泡泡袖，低胸一字领，精致锁骨一览无余，脖颈修长犹如优美的天鹅，肩背薄瘦，蝴蝶骨嶙峋，她将头发随意盘起，几缕碎发落在脸侧，明眸皓齿，美得随意又耀眼。

对着他笑时眼里仿佛盛满了星星。

整个人像从童话世界中走出来的精灵公主。

他向来是知道她的美的，可还是被狠狠震撼到。

这种震撼不单单是因为这身打扮，让他忽然有了真实感。

有了他们是夫妻的真实感。

张知陈喉结滚动，鼻头悄然泛起酸涩，他盯着她慢慢起身，在她带笑的目光中走向她，眸光深邃。

姜絮言看着男人走到自己面前，抿唇盯着他笑："好看吗？"

"好看。"张知陈嗓音低哑，深深地望着她，抬手捧起她的脸，就要低头吻上去。

姜絮言握住他的手腕，有些羞赧地看向周菲菲的方向，可对方早就在张知陈起身时就识趣地离开了。

她拗不过他，被男人轻捏住脸，下一刻唇瓣被攫取。

张知陈的吻总是强势又绵长，她只能被他圈进怀里仰颈承受。

"言言，我感觉自己好幸福啊。"分开的刹那，他抵住她的额头喘声低哑道，"好不真实，像做梦一样，我怕有一天我醒了，你又消失了。"

姜絮言闻言心口一室，搂住他的脖子："知陈，我不会消失的，你已经找到我了，而且这次你牢牢牵住了我。"

姜絮言知道他在害怕什么。

"往后我们还会有孩子，他会叫你爸爸，叫我妈妈，他是我们爱情的结晶，我们会一起慢慢变老，相守走完一辈子。"她轻声哄着他，想要给他能量。

张知陈眼圈泛红，唇瓣止不住地轻颤："我也不会消失的。我好爱你，好爱好爱，如果我哪天不爱你了，那肯定不是我。"

两人静静抱了会儿，他突然说道。

姜絮言好笑地看着他："傻子，说什么呢？"

张知陈搂住她的腰，低头腻歪地蹭着她的脸，小声嘟囔："我在网上看到说，很多相爱的人步入婚姻后，爱情就会慢慢消失，变成亲情，或者直接相看两厌，以离婚收场。"

他抬头定定地注视着她，表情认真又缱绻："虽然这会儿说这种话很像是我正在上头，所以给你承诺，可是我还是想告诉你。

"姜絮言，我很爱很爱你，我想象不到我不爱你的时候会是什么样子，但那肯定不是我，我已经请公司的法务帮我草拟了一份婚前协议，只要我婚后出现一丝不爱你的迹象，你都可以凭着协议分走我所有的财产，这是我给你的安全感，但这不是我未来肯定会变心的意思，我永远不会改变爱你的那颗心，我想给你一个保证，哎，我都说糊涂了，我的意思是我永远不会变心，用我的一切做担保……"

"知陈。"姜絮言红着眼轻声打断他，哽咽道，"我知道，我一直都知道。你爱我，你是世界上除了奶奶，最爱我的人。"

不说穿越时空，无望等待，就凭连死都不怕也要去找她的这份决心，姜絮言就不可能会怀疑他的爱。

"这一点，我从不会怀疑，不管听说多少失败的婚姻我都不会怀疑，也不后悔和你结婚，不对，面对你，我根本不会有后悔这种心情。"

"老公，"她哑声叫他，眼泪顺着脸颊滑落，被张知陈抬手擦去，"我也好爱好爱你，我不需要什么协议做保证。"她勾唇狡黠一笑，"我可不会跟你客气。"

张知陈闻言轻笑出声，亲了亲她的额头，叹息说："别说全部财产，在你的问题上，命我都不在乎。"

姜絮言呼吸一滞，从心底涌出无限的难过。

她紧紧抱住他，两人像彼此交缠共生的藤蔓，心也密不可分。

"傻瓜，我们以后都会好好的。"

"嗯。"

婚纱照两人特意奔赴新西兰拍摄，这里对他们有特殊的意义，等他们回到梧城，婚礼筹备也提上了日程。

姜絮言事事都自己经手，从喜帖的样式到现场客人的座位排布，样样躬亲，干劲十足，张知陈在一旁瞧着她乐在其中的模样，时不时顺着她给些建议，但大体都是她定。

这个婚礼他等了二十年，只要是姜絮言布置的，什么样都是最好的。

张知陈这些年已经代替张大明成了公司的实际掌权人，在姜絮言读研究生的第一年他便让公司成功上市，成为公司最大股东，张知陈每一步都走得很稳，不骄不躁，也不忍让退缩，在姜絮言眼里他是个做什么都会成功的人。

因为他很明白自己想要什么。

他想要姜絮言，便能舍弃所有去找她。

这份决心和痴情，上天也会让他得偿所愿。

婚礼当天是个顶好的大晴天，不热不冷，风也柔和。

张知陈站在神父旁边，瞧着不远处高耸的礁石，那天他义无反顾从那跳下去时粉身碎骨般的疼痛犹记于心。

幸好，他成功了。

哪怕此刻他陷入的是自己营造出的美梦，张知陈也想一辈子不醒来。

因为他看见红毯的尽头，姜絮言身着洁白婚纱，被张大明牵着，隔着头纱和他对视。

这幅画面，他幻想过无数次。

如今成真了，他难以抑制地湿红眼眶。

他的言言，他爱到骨子里的人，真的成了他的妻子。

往后的人生，他会和她一起走，再也不分开。

《婚礼进行曲》响起，张知陈看着她一步步走向自己，心口止不住地战栗发酸。

姜絮言的手被搁在他的掌心，他想也没想便用力攥紧，死死地，指骨泛白。

姜絮言眼睫轻颤，反手握住他的，指腹摩挲手背，无声安慰。

誓词和交换戒指还未开始，新郎官便红了眼眶，无声哽咽。

"我的知陈，他是这个世上将我爱到融入骨血的人，可能说出来在座的各位并不会相信，但我知道，曾经在某个不知名的时空中，我的少年，孤独地等了我好久好久，他将完完整整的爱都给了我。是他的爱，让我们今天能站在这里。他的温柔，不顾一切的勇敢，跨越银河，向我奔来，将我从沼泽中拉出，变成一颗闪耀无比的星星。"姜絮言拿起话筒，红着眼对她的知了说，"我想告诉你，我爱你，我的爱不会比你少。

"张知陈，未来，我不会再让你等我了。"

话音落地，两人面对面深深对视，彼此眼中都是汹涌的情绪，下一刻，他们在掌声和祝福中拥抱、接吻。

不管世事如何变迁，知了只会绕着梧桐转，这一点永远不会改变。

说完誓词，彼此说了"我愿意"，交换完戒指，海风温柔，阳光洒落，他们相视一笑，终于圆满，成为往后余生里彼此生命中唯一的另一半。

张知陈偷偷给姜絮言准备了惊喜，在祝歌环节时，正唱着歌的费扬突然将话筒递给台下的张知陈，这时，音响原本播放的浪漫歌曲忽然停止，转而响起悠扬轻缓的吉他前奏。

姜絮言目露惊讶，张知陈接过话筒，站在台前，低沉醇厚的嗓音被音响扩开。

等待着你

等待你慢慢地靠近我

陪着我长长的夜到尽头

别让我独自守候

…………

我对你情那么深

意那么浓 爱那么多

等待着你

等待你紧紧拥抱着我

告诉我你的心里只有我

永远爱我

等待着你

是王若琳的《一生守候》。

唱歌时，张知陈认真地看着他的新娘，哪怕唱到哽咽，唱到两人相视一笑，他的视线也没有移开过一分一毫。

姜絮言微微歪着头，安静听着，眼泪无声地流，仿佛此时此刻整个世界只有她和眼前的男人。

还是去年的这个时候，姜絮言偶然间听到这首歌，听完便立刻分享给了张知陈，说她很喜欢，歌词非常打动人。

她都快忘了这件事了，没想到张知陈一直记着，两人婚礼这天他还亲口唱了出来。

每一句歌词此时都成了张知陈最深沉的心事、告白和承诺。

姜絮言从不怀疑他会食言。

因为那个人是张知陈，不是别人。

她的知陈，哪怕面对的是没有她的未来，也从没想过不爱她。

婚礼结束后，两人本来计划去欧洲度蜜月，姜絮言却因为婚礼那天吹风受凉而发起了高烧，蜜月暂时搁置，张知陈为了方便照顾她，开启了居家办公模式。

早上在书房开完会，就出来去厨房煮粥，白粥没滋味姜絮言不爱喝，他就照着菜谱研究各式口味的粥，熬好后就端到她面前一口一口喂她吃下去。

"老公，好烫。"姜絮言瓮声瓮气道。

张知陈闻言试了一口："温度刚好啊。"

"就是烫。"她噘了噘嘴，莹润的浅色眼眸带着浅浅的笑意。

张知陈看着她，知道她这是在撒娇，不由得心口一热，宠溺地笑了笑，重新舀起一勺吹了吹，语气像哄小孩一般："是是是，太烫了，我再吹吹。"

姜絮言开心地笑了笑，慢慢将一碗粥喝了下去。

吃完午饭，张知陈用温度计给她测体温。

"37.8度。"他轻声读出上面的数字，皱了皱眉，"还是有点低烧。"说罢，他俯身用自己的额头探了探姜絮言的额温。

他能感受到对方比自己高的温度。

"知陈，我头还是好晕。"姜絮言缩了缩脖子，声音听着就不舒服，她眨巴着眼盯着他看，语气委屈，"你抱着我睡午觉好不好？"

张知陈心疼不已，揉了揉她的头发："好，我们把药吃了，然后我抱着你睡。"

"嗯。"

吃完药，姜絮言重新缩进被子里，张知陈跟着上来，自然地将她搂进怀里，姜絮言也抱住他的腰，将脸埋进他的颈窝，亲昵地蹭了蹭。

"老公，你下午还有会吗？"

张知陈扶着她的后颈，闻言摇摇头："没有。

"怎么？"

姜絮言抬头亲了亲他的下巴，小声耳语道："那你下午能一直陪我吗？"

话音刚落，张知陈眼尾轻挑。

他算是发现了，姜絮言生病之后特别黏人，虽然平常也爱黏着他，但病后几乎到了形影不离的程度。

"好，我哪儿也不去，就在这儿陪着你。"张知陈轻笑，胸膛震颤，能感受到他内心的愉悦。

头顶响起张知陈压抑愉悦的哼笑，姜絮言朝他怀里缩了缩，闷声道："不准笑。"

张知陈渐渐止了笑，他爱不释手地揉上姜絮言水滴似的耳垂，轻声唤她："老婆……"

"嗯？"姜絮言从他怀里出来，下意识地应了声。

下一秒，张知陈盯着她，眸色浓暗，忽地低头咬住她的唇瓣，炙热又强势。

第二天，姜絮言的烧退了，张知陈却又病倒了。

"肯定是我传染给你的。"姜絮言边给他喂粥，边语带歉意地说。

张知陈轻轻哼了声："你得好好补偿我，我前几天怎么照顾你的，你就得怎么照顾我。"

"知道啦。"姜絮言看着幼稚的男人，无奈轻哂。

两人彻底康复后便迫不及待地开始蜜月旅行，王卉说要是能得一个蜜月宝宝也是好的。

张知陈却并不赞同，姜絮言不管多大，在他眼里都算年纪还小，这么早就生孩子当妈妈，他舍不得。

况且怀孕生子这是女人自己的选择，跟蜜不蜜月，时机成不成熟这些都没有关系。

姜絮言要是喜欢孩子，自己想生，他作为她的丈夫和孩子的父亲，不论如何都会支持她。

可要是她不想，谁也不能逼她。

蜜月结束前的最后一天，姜絮言跟他探讨了这个问题。

她表示想继续攻读博士学位，可等她毕业，那会儿她就快三十了，这个年龄在大众口中已经不是最佳的生育年龄。

张知陈看出了她的纠结，抬手轻弹了下她的脑门："傻姑娘，谁给你的这种莫名其妙的焦虑，结婚就是给相爱的人一个合法的公证罢了，谁说结婚下一步就一定要生孩子的，你该做什么就去做，想成为什么样的人就去争取，孩子你要是想要我就努力，生了我们就一起将他抚养成人，人生没有固定的框架和模板，没有必须去完成的环节，你嫁给我也不是来给我生孩子的，我娶你也不是为了你的肚子。"

他抱住她，捏了捏她的后颈："我爱你，所以娶你，你爱我，所以嫁给我，孩子是惊喜和礼物，不是你的负担和焦虑，再说了，你在我眼里永远十八，自己还是个孩子，我才舍不得你去冒险。"

姜絮言忽地红了眼眶，她搂住他的脖子，哽咽道："知陈，你真好。"

"我一点也不好，我好就不会让你产生问题。说到底还是我不够坚决，这样吧，明天我就去结扎，等你哪天想要孩子我再……"

"滚蛋！"姜絮言破涕为笑，推了他一把，她知道他是在逗她笑。

张知陈观察着她的反应，笑了笑："不苦恼了？"

"嗯嗯，我一点也不焦虑了。"

张知陈松了口气，摸摸她的脸："那就好，我真怕你胡思乱想然后把自己憋出毛病，以后心里再有事一定要告诉我，我们一起想办法。"

"知道啦。"姜絮言重重点点头。

七年后。

姜絮言温柔地看着床上终于睡着的小女孩，轻轻关上门走了出去。

张知陈笑问："小梧睡着了？"

小梧是他们的女儿，大名叫张梧恩。

意在指，张知了和姜梧桐一辈子恩恩爱爱，永不相离。

"睡着了，累死我了，这小妮子现在讲公主的故事已经不管用了，我只好把哈利•波特讲给她听，总算睡了。"姜絮言揉了揉酸涩的肩膀，轻声说。

张知陈熟稔地上前给她按摩肩颈："小梧性格跟你真是一点也不像，你多乖巧文静啊，她跟个猴崽子一样，每天上蹿下跳，精神十足，也不知道像谁。"

"你说呢？"姜絮言回头好笑地看着他，"今阳扛把子张哥。"

张知陈一脸窘迫，他轻咳一声："那会儿叛逆不懂事。"

"是吗，其实我还挺喜欢那会儿的你的。"姜絮言靠在他胸前，轻声说，"无畏又恣意的少年，很鲜活，但也很嘴硬。"

张知陈心头一顿，想起十八岁的自己。

那时的他确实很多地方做得不好，但对姜絮言的爱，没有半分掺假。

"如果再回到十八岁，你会后悔认识我吗？"沉默片刻，张知陈忽然问道。

"你为什么这么问？"姜絮言诧异。

张知陈叹了口气："毕竟，如果不是因为我，舒则也不会想置你于死地吧。"

"张知陈，如果真的让我重来一次，我还是会选择转来今阳，认识你，喜欢上你。"姜絮言认真地看着他，语气坚定，"哪怕面对死亡。"

张知陈眼睫轻颤。

"就像你再来一次，还是会选择拯救我一样。"

"我舍不得你，我想让任何时空的张知陈和姜絮言都能相知相爱，哪怕结局可能不好，但相较于成为陌生人，我更想和你纠缠不休。"

空气安静下来。

张知陈心跳加速，没忍住亲了亲她："知道了。

"还有，我也是。"

不管在哪个时空，我都会朝我的星星奔去。

因为宇宙无边，小玫瑰一直在等待她的王子。

——全文完——

与张知陈还有他的小玫瑰相识的这大半年来，我有感动，也有痛苦。

对张知陈这个人物的刻画，一开始并不完美。这是我第一次以男主视角展开故事，他的内心活动和外化表达都要符合一个内心成熟、饱含深情的成年男性，还不能产生割裂和违和感，对我来说是极大的考验。

前期我几度想要放弃，因为我怕我抓不准这两个深刻又极致的人物，怕流于表面，怕传递的情感浅薄……怕得太多，导致束手束脚。直到张知陈站在饭店门口，红着眼偷看姜絮言的那一刻，他在我心中活了。是啊，他的深情就是他最大的利器，他爱这个人，所以后面他不管如何都是成立的。

之后的故事我写得无比顺畅，熬过了最痛苦的那一关，接下来便都是感动。

感动于张知陈理解姜絮言的拧巴和别扭，感动于姜絮言的美好和坚强，更感动于，他们之间跨越时空、跨越生死的感情。

"宇宙无边，小玫瑰永远盛开。"

姜絮言就像《小王子》里的那朵玫瑰，她是独特的，唯一的一朵，是长在张知陈心头的温柔。

他割舍不了，于是便有了整个故事。

感谢和他们相遇，让我可以痛痛快快地相信爱情一次。

禾刀

寻星日记

·全文完·

XUNXINGRIJI